L'ENSORCELEUSE DE POINTE-LÉVY

(LE CRÉPUSCULE DES ARCANES –1)

L'Ensorceleuse de Pointe-Lévy

(Le Crépuscule des arcanes –1)

Sébastien Chartrand

Illustration de couverture : BERNARD DUCHESNE
Photographie : SÉBASTIEN CHARTRAND

Distributeurs exclusifs :

Canada et États-Unis :
Messageries ADP
2315, rue de la Province
Longueuil (Québec) Canada
J4G 1G4
Téléphone : 450-640-1237
Télécopieur : 450-674-6237

France et autres pays :
Interforum editis
Immeuble Paryseine
3, Allée de la Seine, 94854 Ivry Cedex
Tél. : 33 (0) 4 49 59 11 56/91
Télécopieur : 33 (0) 1 49 59 11 33
Service commande France Métropolitaine
Tél. : 33 (0) 2 38 32 71 00
Télécopieur : 33 (0) 2 38 32 71 28
Service commandes Export-DOM-TOM
Télécopieur : 33 (0) 2 38 32 78 86
Internet : www.interforum.fr
Courriel : cdes-export@interforum.fr

Suisse :
Interforum editis Suisse
Case postale 69 – CH 1701 Fribourg – Suisse
Téléphone : 41 (0) 26 460 80 60
Télécopieur : 41 (0) 26 460 80 68
Internet : www.interforumsuisse.ch
Courriel : office@interforumsuisse.ch
Distributeur : OLS S.A.
Zl. 3, Corminboeuf
Case postale 1061 – CH 1701 Fribourg – Suisse
Commandes :
Tél. : 41 (0) 26 467 53 33
Télécopieur : 41 (0) 26 467 55 66
Internet : www.olf.ch
Courriel : information@olf.ch

Belgique et Luxembourg :
Interforum Benelux S.A.
Fond Jean-Pâques, 6, B-1348 Louvain-La-Neuve
Tél. : 00 32 10 42 03 20
Télécopieur : 00 32 10 41 20 24
Internet : www.interforum.be
Courriel : info@interforum.be

Pour toute information supplémentaire
LES ÉDITIONS ALIRE INC.
C. P. 67, Succ. B, Québec (Qc) Canada G1K 7A1
Tél. : 418-835-4441   Fax : 418-838-4443
Courriel : info@alire.com
Internet : www.alire.com

Les Éditions Alire inc. bénéficient des programmes d'aide à l'édition de la Société de développement des entreprises culturelles du Québec (SODEC), du Conseil des Arts du Canada (CAC) et reconnaissent l'aide financière du gouvernement du Canada par l'entremise du Fonds du Livre du Canada (FLC) pour leurs activités d'édition. Nous remercions également le gouvernement du Canada de son soutien financier pour nos activités de traduction dans le cadre du Programme national de traduction pour l'édition du livre.

Gouvernement du Québec – Programme de crédit d'impôt pour l'édition de livres – Gestion Sodec.

Dépôt légal : 2e trimestre 2013
Bibliothèque et Archives nationales du Québec
Bibliothèque et Archives Canada

Pour Nathalie, qui a cru en moi toutes ces années.

*Pour Maxime, qui a été le premier pour qui
j'ai inventé des histoires.*

*Et pour Érick, qui a arpenté tant
de mes mondes imaginaires.*

TABLE DES MATIÈRES

PROLOGUE

Il aurait pu blâmer son engagé, qui avait sorti l'idée
sur un coup de tête. Ou cette fille, qui semblait ne
pas vouloir se montrer. Ou encore la boisson, qui lui
avait fait accepter ce plan sans poser trop de questions.
Mais à défaut de l'être avec ses clients, ses voisins ou
sa famille, Joachim Crête avait l'habitude d'être honnête envers lui-même. « Mon problème, marmonna-t-il
tout seul dans l'air hivernal, c'est que j'ai toujours été
un suiveux. »

La neige dure couinait sous ses pieds comme un
vieux plancher d'érable alors qu'il sautillait sur place
pour s'activer le sang. En guise de réponse, les branches
d'un arbre dépouillé craquaient au vent. Il s'agissait
précisément du genre de nuit où Joachim Crête aurait
aimé s'abstenir de sortir. Le vent était coupant, la
lune et les étoiles voilées par des nuages pareils à de
la poussière de craie. On ne voyait, au loin, que les
timides lueurs en provenance des demeures où les
fêtards réveillonnaient bien au chaud.

Car c'était la nuit de Noël, même s'il s'en fichait.
Il n'enviait pas le moins du monde tous ces gens qui

s'agitaient stupidement sous les grincements d'un violoneux, se bâfraient de nourriture grasse et se racontaient les derniers potins du village avant d'aller se parquer dans une église pour entendre geindre le curé Lamare. La seule chose qu'il souhaitait écouter geindre ne se trouvait pas trop loin d'ici, lui avait-on promis.

Joachim ricana un peu en réajustant son manteau de laine auquel il manquait deux boutons. Ce maudit vent semblait ignorer ses vêtements et chercher à lui mordre les os. Le meunier bougea un peu sur place, souffla dans ses mains, se mit à piétiner. Finalement, il enviait peut-être aux fêtards leur bon feu de poêle. Non qu'il fît *vraiment* froid ; jusqu'ici l'hiver n'avait pas été trop méchant et ne le serait pas si on en croyait l'almanach, les rhumatismes de la vieille Boisvert et la pelure unique qui enveloppait les oignons de l'automne dernier. Mais malgré qu'il n'y eût que quatre pouces de neige entre la semelle de ses bottes et la terre gelée, Joachim commençait à se dire qu'il aurait dû rester chez lui à jouer aux dames avec son engagé, Hubert Sauvageau.

Pourtant la soirée avait bien commencé, avec de bonnes bûches d'érable franc dans le poêle et une pipe bien bourrée de son tabac bon marché. Les cruchons vides s'entassaient au pied de la table comme autant de soldats tombés au champ d'honneur : vin de pissenlit et de rhubarbe, petit-cidre et cidre corsé, baboche du bonhomme Durand. Presque tout y était passé. Ce n'était pas inhabituel pour le vieux garçon et son engagé. Ils en étaient à leur douzième ou treizième partie, sous la lumière pâlotte du fanal qui suffisait à peine à distinguer les dames rouges des noires, quand le Sauvageau avait ramené encore une fois le sujet des femmes avec un drôle de sourire.

— Pour sûr qu'à votre Noël, m'sieur Joachim, ça vous dirait une vraie dame ? Un bonhomme comme vous, ça nourrit pas ses ardeurs avec l'air du temps.

Joachim avait éclaté d'un grand rire gras avant d'écarter la proposition.

— La veuve Gélinas doit être pas mal occupée de c'te soir-ci…

— Pas la Gélinas, avait écarté Sauvageau avec une face vulgaire, même si elle connaît son affaire, elle a bien quarante ans passés. J'pensais plutôt à une jument plus jeune…

— La p'tite Latulipe ? avait lancé Joachim en riant encore plus fort. Oublie ça, son père l'a envoyée chez sa parenté, aux Trois-Rivières…

— Non, pas la Latulipe non plus, même si c'est de valeur avec la paire qu'elle a… j'pensais plutôt à du gibier plus rare…

Ledit gibier, se remémora Joachim, qui l'avait poussé à sortir du moulin en pleine nuit pour aller patienter près des cordes à bois, c'était une Sauvagesse, une petite écornifleuse d'Indienne qui rôdait autour du moulin, au dire de Sauvageau, depuis quatre nuits consécutives. Juste à y repenser, Joachim oublia un instant l'inconfort du dehors. Les Indiennes ont les cuisses chaudes, disaient les gars de chantier. Il aurait aimé s'en assurer lui-même.

Pour autant qu'elle finisse par arriver, l'Indienne. Joachim sacra en repensant au cruchon de bon rhum qu'il n'avait pas encore entamé, se le réservant pour minuit… et le feu du poêle qui devait s'être éteint, désormais. La maison serait froide comme un caveau quand il rentrerait. Il aurait peut-être mieux fait de rester au moulin, en fin de compte. Et aller voir la veuve Gélinas le lendemain, après avoir fendu son bois. Ç'aurait été plus simple que d'endurer toutes ces bourrasques qui semblaient prendre en force. Il remarqua d'ailleurs le bruit de la porte de grange qui s'était mise à claquer. Autant rentrer. D'un pas vif, il retourna vers son moulin, longeant la vieille clôture aux piquets rendus gris par les mêmes intempéries qui avaient couvert de rouille le fil de fer.

Une ombre émergea, inattendue, arrachant à Joachim un braillement geignard, à demi étranglé. L'espace d'un respir, il en oublia l'attente, le vent et la Sauvagesse. Puis l'ombre murmura :

— C'est juste moi, m'sieur Joachim. Prenez pas les nerfs…

Sa première surprise passée, Joachim s'empressa de reconstituer son image virile par quelques sacres jetés d'une voix sourde et autoritaire :

— Viens-tu fou, maudit calvaire de grand fanal ? Veux-tu me faire mourir là, s'ti d'innocent, à me jouer des peurs de même ?

Sans se donner la peine de répondre, Sauvageau entraîna son patron hors de vue et lui enjoignit de s'accroupir derrière une corde de bois. Dans l'air hivernal, son haleine se condensait en une fine vapeur.

— Elle est toute proche, notre Indienne, marmonna l'engagé avec un sourire plein de sous-entendus.

La résolution de Joachim Crête changea à nouveau du tout au tout. Plus question de retourner au moulin. L'attente n'avait pas duré si longtemps, finalement.

— Elle n'est pas loin, reprit Sauvageau en respirant bruyamment, elle s'éloigne et revient… Elle sait qu'on est dehors, mais elle n'a pas fui, elle hésite, elle se rapproche, même…

— De quoi tu parles ? coupa Joachim Crête en prêtant l'oreille. J'entends rien.

— Non, répliqua l'autre dans un souffle, elle fait pas un bruit, pas un son… c'est du gibier rare, ça laisse pas de trace… mais ça sent, dit-il en humant bruyamment l'air pour prouver ses dires.

— Y'a rien icitte, ça fait assez longtemps que j'suis dehors pour m'en être aperçu…

— Juste là, chuchota lentement Sauvageau. Proche de l'arbre sec. Gardez les yeux rivés dessus, m'sieur Joachim… ça va grouiller dans pas long.

Ce que Sauvageau appelait « l'arbre sec » était un immense érable qui, dépouillé de son feuillage et assombri par la nuit, avait un aspect franchement lugubre. Joachim y fixa son regard, ayant vaguement conscience que son engagé marmonnait dans son coin.

C'est là ! furent les seuls mots clairement audibles de Sauvageau, quand il se dressa en montrant du doigt le vieil arbre, juste comme une énorme branche se détachait avec un craquement sinistre.

Ahuri, Crête tressaillit :

— Comment t'as su ?

Mais avant que l'engagé ne réponde, une vive silhouette, auparavant dissimulée par le vieil érable, se découpa dans l'obscurité.

— C'est elle ! rugit Sauvageau en grognant comme une bête.

Joachim n'eut pas le loisir de rester interloqué quand son engagé franchit d'un seul bond la corde de bois de cinq pieds. Sauvageau était déjà loin au-devant, courant comme un fou à travers le champ en vociférant des mots rendus indistincts par le vent. Il eut quelques paroles sèches, que Joachim ne comprit pas, puis il lança une espèce de long cri qui résonna dans l'air nocturne. Des hurlements de chiens et le hennissement d'un cheval lui firent écho. Quand, à bout de souffle, Joachim parvint enfin à rattraper son employé, celui-ci contemplait triomphalement ce qui gisait à ses pieds.

À deux verges d'une charrette renversée, parmi les roues brisées, les tonneaux éventrés et les vestiges de marchandises, l'Indienne s'était inexplicablement empêtrée les pieds dans une vieille bâche. La toile lui serrait si étroitement les chevilles que Joachim se demanda un instant comment elle s'était trouvée en pareille posture.

Mais il chassa vite cette pensée par de plus agréables considérations. Elle était enfin là, la Sauvagesse. Étendue sur la neige, prête à être cueillie comme un fruit mûr. Il n'était pas déçu.

Elle était maigre comme un clou, avec de très grands yeux sombres anormalement fixes. Son visage presque émacié était encadré de longs cheveux noirs qui se découpaient sur le sol enneigé. Sa jupe, très courte, dévoilait des jambes fuselées et parfaitement galbées. Joachim pouvait distinguer ses petits seins à travers la mince étoffe de son vêtement. Leur pointe saillait à cause de la froidure du sol – ou était-ce l'excitation ? Dans son bas-ventre, Joachim Crête sentait déjà poindre la sienne.

Un reniflement le surprit. Sauvageau, dont il avait presque oublié la présence, s'agenouilla près de l'Indienne, emprisonna les deux frêles poignets dans une seule de ses mains. Il lui dégagea les chevilles, écarta ses jambes sans ménagement. Indifférente au torse massif qui s'arquait au-dessus d'elle, la fille ne tentait pas le moindre geste pour se dégager. Elle avait même perdu son regard de bête aux abois. Avec un petit sourire en coin, elle commençait à se tortiller sur la neige. Sauvageau se tourna vers son patron :

— Elle nous veut, la p'tite...

Joachim poussa pour la seconde fois de la nuit un cri d'effroi. Il avait assez dessoûlé pour remarquer que Sauvageau portait maintenant une barbe de plusieurs jours alors qu'il s'était rasé le matin. Ses traits paraissaient même avoir changé. Ses yeux noisette avaient viré au bleu-blanc, comme ceux d'un chien de traîneau. Et il avait pris du coffre au point que c'en était terrifiant.

D'instinct, Joachim recula d'un pas. Vit que son engagé ouvrait la bouche pour parler mais qu'il émettait plutôt une espèce de jappement rauque. Auquel répondit au loin la longue plainte d'un chien.

Tout dérapa pour de bon quand l'Indienne jura dans sa langue. Ou ce que Joachim Crête croyait être sa langue. Une lumière bleutée crépita dans l'air, en projetant Sauvageau plusieurs pieds plus loin. La fille se releva tout doucement. Avec un poignard dans chaque main, le regard d'un prédateur et en poussant le cri strident d'un oiseau de proie.

Joachim tomba sur son séant en tentant de reculer. Il sentit que quelque chose n'allait décidément pas quand il entendit son engagé répondre au cri par un grognement sourd. Son esprit semblait lentement se détacher de la scène. Il vit bien que Sauvageau fonçait sur la fille, mais qu'il le fasse à quatre pattes le déstabilisait. La physionomie de son engagé semblait s'être adaptée à cet assaut.

L'Indienne accueillit la charge en décochant un coup de pied au visage... et son pied, soudain pourvu de griffes affûtées, lacéra le mufle du chien. *Du chien ?*

Il semblait à Joachim qu'il ne voulait plus penser. Qu'il ne pensait plus. Qu'il n'enregistrait plus que quelques perceptions éparses : la dureté du sol, le froid de la neige, le cri inhumain sortant de la bête qui avait été Hubert Sauvageau, l'amertume de la bile qui remontait, l'humidité de son pantalon qu'il souillait d'urine… puis le soulagement salvateur de sentir qu'une limite dans son esprit était enfin atteinte, enfin dépassée, le doux plaisir de sombrer dans l'inconscience. Et ne plus se demander ce qu'il y a d'angoissant dans la vision d'un loup bondissant la gueule ouverte pour empêcher un hibou blanc de s'enfuir.

Livre I

Le Bel Étranger

Ô Morts ! dans vos tombeaux vous dormez solitaires,
Et vous ne portez plus le fardeau des misères
du monde où nous vivons.

Pour vous le ciel n'a plus d'étoiles ni d'orages ;
Le printemps de parfums, l'horizon, de nuages
Le soleil, de rayon.

« Ô Morts »
Octave Crémazie

CHAPITRE 1

Le faux prêtre

20 février 1849

L'air était encore frais malgré le hâtif ensoleillement. Le vent printanier portait l'odeur résineuse des pins géants qui se dressaient, de chaque côté du chemin, comme d'austères gardiens. Les champs n'étincelaient plus depuis plusieurs jours, mais il faudrait encore quelques semaines pour que se révèlent les formes de la terre. Aucun vieillard, aucune grand-mère n'avaient souvenir d'un dégel aussi hâtif. Pourtant, les signes les plus probants étaient là : encore hier, on avait aperçu non loin des sentiers un ours éveillé de son sommeil hivernal.

Les bottes trempées de terre humide, Faustin Lamare constata, bien qu'il ne l'eût avoué qu'à contrecœur, que Madeleine avait eu raison d'insister pour qu'il revêtît son épaisse veste de laine. D'un bon pas, le jeune bedeau se hâtait de franchir la demi-lieue qui séparait le presbytère du magasin général.

Jusqu'à présent, il était parvenu à éviter les autres paroissiens en s'imposant un large détour par le rang des Érables. En d'autres circonstances, il aurait été ravi de traverser le village et de s'informer des derniers placotages; or, c'était précisément les placoteux que Faustin redoutait en ce moment précis.

Un son caractéristique le tira de ses pensées et lui fit comprendre qu'il avait partiellement échoué, car ses pas l'avaient mené directement vers le bonhomme Lambert, immobilisé un peu plus loin au beau milieu du chemin par sa jument récalcitrante. Le vieux cultivateur, qui vociférait des jurons forts créatifs au sujet des animaux, des saints, du diable et de certaines parties de leur anatomie, se tut soudain, ses cris aussi brusquement étranglés que l'aurait fait la corde d'un condamné.

Faustin, comprenant qu'il était trop tard pour tenter de passer inaperçu, s'amusa de voir le vieillard tenter de se composer un sourire à demi convaincant.

— S'lut, mon Faustin !

— Votre jument vous fait encore des caprices, à ce que je vois, répondit le jeune homme dès qu'il fut à la hauteur de l'attelage.

— Pour sûr, mon gars, mais… l'bon curé Lamare serait-t'y dans l'coin ? s'informa prestement le cultivateur en scrutant les environs.

— Mon oncle est au village.

Faustin baissa la tête pour dissimuler le sourire que lui inspirait le soulagement presque tangible du bonhomme Lambert. Ce dernier se moucha bruyamment dans un bout de chiffon avant d'enchaîner :

— Au village en rapport avec ce qui est arrivé à la mère Bélisle, je suppose ?

— En effet. Le maire et le juge de paix y sont déjà et…

— … et on doit t'attendre, comme de raison, coupa le vieux avec un peu trop d'empressement. Si c'est pas effrayant des histoires de même… Une sainte femme, la mère Bélisle. Tu les salueras, mon bon Faustin. Et tu passeras veiller un de ces soirs.

— Je n'y manquerai pas, monsieur Lambert.

Indifférente à la conversation, la jument choisit ce moment précis pour se remettre en route. Le père Lambert manqua de chuter sous le brusque départ et, se raccrochant de justesse aux rênes, il reprit ses outrageuses protestations là où il les avait laissées.

Faustin attendit que l'équipage se fût éloigné de quelques dizaines de verges avant de pouffer pour de bon.

◆

En se faufilant entre les granges et en coupant par les boqueteaux, Faustin évita d'autres rencontres jusqu'à l'approche du magasin général. Il passa en trois pas le petit pont qui traversait le ruisseau Croche et salua du bout des doigts l'un des marguilliers affairé à réparer sa clôture endommagée par l'hiver. Deux enfants qui s'amusaient à faire rouler un cerceau le doublèrent en courant, l'aspergeant du même coup de l'eau boueuse d'une large flaque. Ce n'est que lorsqu'il parvint aux abords de la boutique de la mère Bélisle qu'il tomba inévitablement sur les premiers badauds.

Dans un petit village comme Notre-Dame des Tempérances, chaque commerce, chaque maison, chaque grange possédait ses historiettes, ses drames et ses fantaisies. Tous les habitants se souvenaient et parleraient encore, dans les veillées à venir, du carcajou qui s'était infiltré dans le caveau du maréchal-ferrant, il y avait de cela plus de vingt ans. Dans autant d'années, on frissonnerait toujours en écoutant l'étrange histoire du champ des Beauchemin, où l'on avait découvert un chapelet d'argent en déterrant une pierre, tout juste une semaine avant que le père Beauchemin ne soit emporté par les fièvres.

Pour autant que Faustin pût en juger, ce qui s'était passé la nuit dernière au magasin général était en voie d'ajouter un épisode à cette saga. C'est à peine si la boutique de la Bélisle était visible tant les voisins s'étaient massés devant, à l'affût du moindre détail croustillant. S'offrant le luxe de marmonner un sacre entre ses dents, Faustin franchit les dernières verges qui le séparaient de sa destination.

Dans n'importe quel petit village, les ragots et les potins étaient des aliments aussi essentiels que le pain, le lait et le lard. On s'en sustentait l'esprit, on les utilisait pour agrémenter le quotidien avec le même plaisir qu'on relevait un bol de gruau avec une goutte de sirop d'érable. Alors autant dire que ce matin, aux abords du magasin général, il y avait distribution d'une ration hebdomadaire, voire mensuelle, de cette nourriture tant convoitée. Tout ce que le village comptait de commères et de conteurs s'était rué sur les lieux comme des corbeaux sur du gibier abandonné. Il n'était donc pas surprenant que l'obèse juge de paix, comme à l'habitude au premier rang des écornifleurs, n'ait pas encore réussi à disperser la foule.

On reconnut Faustin alors qu'il se frayait tant bien que mal un chemin parmi les fouineurs. Certains s'empressèrent de lui céder le passage, d'autres profitèrent de l'occasion pour tenter de lui soutirer un détail qu'ils ignoraient. Il garda les lèvres closes jusqu'à ce qu'il atteigne la porte, puis s'engouffra dans la boutique avec le juge de paix sur les talons.

— Te v'là enfin, mon bon Faustin, souffla le corpulent juge en s'affalant sur une chaise, son visage porcin inondé de sueur.

— Je suis venu aussi vite que j'ai pu, monsieur Lamontagne, mais je suis passé par le petit pont, répondit Faustin en raclant ses bottes couvertes de boue sur le paillasson. Si j'avais emprunté mon chemin habituel, je parie que j'aurais croisé une commère derrière chaque tronc d'arbre.

L'intérieur du magasin général sembla à Faustin étonnamment tranquille. Aucun flâneur ne fumait appuyé sur le comptoir. Personne à la petite table ronde, où l'on se disputait des parties de dames. Les gobelets à whisky blanc étaient sagement alignés et tristement abandonnés. Seul le grincement de la chaise où se berçait la vieille Bélisle semblait meubler le silence – un silence tout relatif, bien évidemment, car il était difficile de faire abstraction de la rumeur de la foule au-dehors. Le maire Latulipe, qui se tenait à côté de la vieille, salua d'un signe de tête l'arrivée de Faustin. Le curé Lamare, quant à lui, semblait spécialement heureux de voir arriver son bedeau. Le maire allait parler quand le juge Lamontagne le devança, en s'épongeant le front d'un mouchoir :

— Dites, mon père, est-ce que ça vous dérangerait de leur parler, aux commères ? Parce que sinon, on sera jamais tranquilles…

Le vieux curé haussa un sourcil, hocha la tête et alla ouvrir la porte d'un geste lent. Il avait le port grave, le visage d'une dure sérénité. Il resta dans l'encadrement, dit deux ou trois phrases, referma doucement la porte. Au-dehors, on entendit aussitôt les curieux se rappeler qu'ils avaient quelque chose d'urgent qui les attendait ailleurs. Le temps que Faustin eût posé son encrier et ouvert son carnet, l'extérieur était devenu aussi silencieux que l'intérieur.

— Merci, mon père, dit le juge de paix avec un réel soulagement.

— On va enfin finir par commencer, renchérit le maire Latulipe. Faustin ?

— Je suis prêt, acquiesça-t-il en testant la pointe de sa plume.

— Fort bien, dit le curé. Madame Bélisle, je vous prie, voudriez-vous nous relater à nouveau les événements d'hier soir ?

La vieille femme se leva de sa chaise, marcha lentement vers le comptoir.

— C'est arrivé juste une couple de minutes après l'souper. Comme que j'finissais mon thé, j'ai entendu un homme qui m'appelait dans l'entrée.

— *It happened just a few minutes after the supper*, répéta Faustin à mi-voix. *I was drinking a cup of tea when a man's voice called me out at our entrance.*

Le maire Latulipe inclina doucement la tête, comme si les mots de Faustin étaient une mélodie. C'était là l'unique raison pour laquelle il exigeait la présence du bedeau. Le maire tenait à ce que les dépositions soient prises dans les deux langues et s'enorgueillissait que son petit village puisse présenter à qui de droit des rapports tant dans la langue des habitants, le français, que dans celle de l'administration britannique. Or, seules trois personnes maîtrisaient la langue anglaise à Notre-Dame des Tempérances : d'abord le curé, auquel il eût été impensable d'imposer une tâche aussi triviale. Puis le notaire, avec qui le juge de paix était en chicane depuis plus de dix ans. Ne restait que Faustin, le bedeau, qui aurait volontiers refusé cette charge si le maire ne lui versait pas chaque fois l'exorbitant salaire de quatre-vingts cents.

— J'ai ouvert la porte pis j'ai vu Mathieu Caron qui me criait de sortir, poursuivait la mère Bélisle. J'suis allée le voir, pis il m'a dit qu'il avait vu un homme qu'était entré par la fenêtre d'en arrière.

— Alors vous êtes restée dehors ?

— Bin sûr, bin sûr… J'étais bin trop apeurée pour faire quelque chose.

— Et Mathieu Caron ?

— 'Est allé chercher les garçons Trottier, juste à côté. Après, ils ont fait le tour de la bâtisse, en dehors comme en dedans. 'Ont trouvé personne. Le mécréant était sûrement ressorti avant leur fouille.

— Est-ce qu'il a eu le temps de vous voler quelque chose ? demanda le curé.

— Du courrier. Qu'était dans mon coffre à cadenas. Y'a même pas touché à la caisse, qui était dedans. Il a juste ramassé une lettre. J'ai vu tout de suite qu'elle manquait parce qu'elle était spéciale, épaisse pis scellée à la cire, comme font les Anglais.

— Adressée à qui ?

— J'sais pas lire, mon père. C'est mon beau-frère qui vient trier le courrier, d'habitude.

Treize ans auparavant, un député dont elle était la tante lui avait obtenu une station postale. Il lui avait offert, du même coup, un splendide cadenas de fonte pour mettre sous verrou le courrier qu'elle recevrait. Toujours pragmatique, elle avait décidé de ranger ses avoirs dans le même coffre. La petite boîte de fer-blanc qui lui tenait lieu de caisse s'y trouvait encore. Pas un cent ne manquait. Mais on avait volé une missive.

— C'est un coffre qu'était bin barré, qui aurait dû donner du fil à retordre même à un vrai voleur.

Ce détail parut importer tout spécialement au maire :

— Tu as noté ça, Faustin ?

— … *should provide challenge to a skilled thief*, murmura-t-il distraitement en laissant errer son regard le long d'une tablette arborant de nombreuses bouteilles de rhum jamaïcain, de whisky américain et de brandy anglais. Pas une ne semblait manquer ; pourtant, c'était en général l'une des premières marchandises dérobées dans ce genre de cambriolage. Il allait d'ailleurs en quémander un verre à la propriétaire des lieux quand le juge de paix se rappela que c'était lui, et non le maire, qui était censé mener l'interrogatoire.

— La serrure, il l'a fait sauter ou il l'a crochetée ? lança-t-il en souriant, fier de la pertinence de sa question.

Néanmoins, la mère Bélisle ne sembla pas spécialement à l'aise d'y répondre.

— Ni un ni l'autre, marmonna-t-elle en fixant le plancher.

— Il a défoncé le coffre ?

— Non plus. En vrai, on dirait qu'il a fait fondre le cadenas…

Faustin poussa une exclamation incrédule en même temps que le maire et le juge de paix. La mère Bélisle leur montra la flaque de fonte qui s'était solidifiée sur le plancher. Seul le curé ne parut guère étonné et jeta à son neveu un regard que ce dernier ne parvint pas à déchiffrer.

— C'est-tu pas effrayant, déplora la mère Bélisle. Un bon cadenas, fabriqué au Saint-Maurice…

Faustin se leva d'un bond lorsqu'il vit que la vieille femme avait l'intention de prendre le coffre.

— Merci, mon Faustin. C'est vrai que c'est plus aussi facile à lever qu'avant, c'te coffre-là.

En le déposant sur le comptoir, Faustin en inspecta le bois. Intact. Pas la moindre trace de brûlure. Il allait le souligner quand, d'un geste discret, le curé Lamare tapota le riche anneau d'or orné d'ambre qu'il portait à l'annulaire gauche. Faustin se retint, alors qu'une expression troublée se peignait sur son visage. Heureusement, une nouvelle question posée par le juge de paix détourna l'attention de tous.

— Vous en avez parlé à Étienne Dubé, madame Bélisle ?

— Le forgeron ? Oui, bin sûr... c'est la première chose que j'ai faite après être allée vous voir. Mais le Dubé, y dit que ça s'peut pas, que l'bois aurait brûlé...

Évidemment, ironisa Faustin. *N'importe quel imbécile vous le dirait. Cependant les faits sont là...*

— Tu as noté, Faustin ? insista encore le maire.

— *The blacksmith said that was impossible*, bafouilla-t-il en se remettant à écrire.

— J'ai dans l'impression que notre Étienne n'est pas très connaissant, côté technique de précision... critiqua le maire, les sourcils froncés.

— Allez donc lui dire ça en pleine face, pouffa le juge en écartant les bras pour mimer la large carrure du forgeron.

— Mon bedeau le compte parmi ses amis, coupa derechef le curé en tapotant de nouveau son anneau. Faustin va se charger de l'interroger sans blesser l'orgueil de notre vaillant artisan. N'est-ce pas, mon neveu ?

Averti par le geste du prêtre, Faustin repéra les mots-codes : *ami – vaillant – neveu*. L'affaire devait être étouffée sans délai. Il acquiesça immédiatement, en craquant ses jointures pour montrer qu'il avait bien compris.

— Bien entendu, mon oncle. Je vous garantis que je saurai trouver les mots justes.

Garanti – juste : à l'insu de tous, il signifiait au curé qu'il agirait rapidement. Le vieux prêtre hocha gravement la tête.

— Excellent ! s'exclama le maire Latulipe sans soupçonner le double sens de l'échange. Je propose de nous réunir chez les Trottier après le dîner pour prendre leur déposition. M'est avis qu'un quêteux quelconque, usant d'un briquet…

Sans souligner au maire combien ses propos manquaient de logique après les déclarations de la vieille Bélisle, Faustin franchit le seuil du magasin général en saluant de la main sa propriétaire. Il n'avait pas fait trois pas au-dehors que son oncle le rattrapa.

— Iras-tu directement chez le forgeron ?

— Oui. J'attiserai aussi quelques rumeurs rassurantes, si j'en ai l'occasion.

— Bien. François s'occupe déjà de faire le tour. Passe voir Lièvre Garceau, quand tu auras terminé. Il aura peut-être quelque chose d'intéressant.

— Compris, mon oncle.

Faustin s'apprêtait à descendre le rang qui menait vers la forge quand le curé le retint par l'épaule.

— Et aussi… jette donc un coup d'œil par ton outrevision, de temps en temps.

— Vous pensez que… demanda Faustin, stupéfait.

— Qui sait ? Mais il n'y a pas de risque à prendre.

Sans plus s'attarder, le prêtre s'en retourna auprès du juge de paix pour lui proposer une inspection rapide du terrain environnant. Vaguement inquiet, Faustin se dirigea chez le forgeron.

◆

— Et moi j'vous dis, claironnait Pierre Durand devant toute la clique de flâneurs, que c'est la p'tite Beaupré qu'a la plus belle devanture.

De gros rires gras saluèrent la déclaration, jusqu'à cc que le forgeron Dubé contredise :

— Si t'as cette opinion, c'est que t'as jamais mis les mains dans la robe d'la fille du maire !

Une avalanche de boutades succéda à ce décret. Comme le constata Faustin quand il en franchit la porte, tous les hommes célibataires restés sur leur appétit de commérage avaient convergé vers la forge Dubé. Les femmes devaient avoir eu un réflexe similaire en se réfugiant chez une quelconque ménagère pour papoter autour d'une théière. Il salua la majorité des hommes, dont la plupart étaient des amis, et accepta un petit verre de rhum lorsqu'il se laissa tomber sur la caisse vide qui lui servait généralement de siège. Un peu à l'écart, le forgeron Dubé inspectait une marmite de cuivre sous tous les angles, profondément concentré.

— Pis toi Faustin, l'interpella Durand, tu penches pour laquelle ? Rose Latulipe, hein ? C'est pas sans raison que t'es toujours rendu chez l'maire…

— Rien à voir. Le maire est un marguillier et comme bedeau j'ai souvent affaire à lui à cause de la fabrique…

— Me semble, oui… taquina de loin le forgeron sans lever les yeux de son ouvrage. Ça a sûrement aidé la fabrique, l'heure que t'a passée avec Rose dans la grange, l'an passé…

— N'importe quoi, coupa Faustin en rosissant. Son père m'avait engagé pour construire un râtelier, et c'est Rose qui m'indiquait les préférences du maire.

— Si c'est vrai c'que tu dis, reprit Pierre Durand, t'es bin simple de ne pas en avoir profité… tout l'monde sait que la Rose, seule dans une grange… y en a plusieurs pour le confirmer !

Un tonnerre de rires accueillit cette déclaration.

— De toute façon, ajouta Faustin, et sans vouloir contredire qui que ce soit, je préfère la grande Ardélia…

— *Sans vouloir contredire qui que ce soit*, se moqua le forgeron en imitant la diction de Faustin, avant d'ajouter : Même en parlant d'femmes, c'te Faustin peut pas jaser autrement que comme un prêtre !

Faustin n'hésita pas à se joindre aux rires. Ce n'était certes pas la première fois qu'on le taquinait sur l'élocution de lettré qu'il tenait de son oncle curé.

— Mais blague à part, mon Faustin, t'as des nouvelles d'la mère Bélisle ?

Faustin se leva pour aller se placer à l'écart, près de l'enclume, afin de pouvoir parler à mi-voix avec le forgeron. Les flâneurs dressèrent l'oreille, à l'affût du moindre détail.

— Le voleur n'a rien pris, à part du courrier. Et il se serait débarrassé du cadenas en le faisant fondre, apparemment.

Le forgeron toisa Faustin de toute sa hauteur.

— Me prends-tu pour un épais ? L'ai déjà vu, le cadenas de la mère Bélisle. C'est de la bonne fonte, qui vient des Vieilles Forges. Ça doit fondre aux alentours de deux mille.

Il secoua la tête avant de reprendre :

— Le bois, ça brûle dans les cinq cents… ça tient pas la route, son histoire. Pareil comme si tu me parlais d'un poêle qui fondrait sans que ses bûches brûlent.

Bien entendu. Encore fallait-il trouver quelque chose pour satisfaire toutes les grandes langues de Notre-Dame des Tempérances. Le curé refusait que la vérité ne s'ébruite ; il l'avait clairement manifesté.

— De toi à moi, répondit Faustin sur le ton de la confidence, tout porte à croire que ce n'est pas le cadenas qui a fondu. La mère Bélisle aurait prêté son cadenas à quelqu'un, et entre-temps elle fermait son coffre avec un fil d'étain qu'elle tordait…

— Pourquoi aurait-elle menti…

— Elle a peur, la pauvre vieille. Elle pense que ses clients pourraient lui en vouloir. Elle s'en tiendra à sa première version, tout illogique soit-elle…

— Elle a tort. C'est quand même pas sa faute si l'voleur est entré chez elle. Remarque que l'étain, ça peut fondre à la flamme d'une chandelle. Ça expliquerait tout…

Faustin leva la main comme pour appuyer un jugement aussi droit. Étienne Dubé était l'un des plus grands bavards de Notre-Dame des Tempérances.

Les flâneurs qui devisaient en riant autour de la table du forgeron seraient les premiers à entendre parler du fil d'étain, sitôt que Faustin aurait quitté la boutique. La rumeur se répandrait comme une traînée de poudre.

Toutefois, le vol chez la Bélisle était pour l'instant le cadet de leurs soucis. Immanquablement, puisqu'on était le Mardi gras et que des festivités s'organisaient à gauche et à droite dans le village. Faustin n'en ferait cependant pas partie, car en tant que neveu du curé Lamare qui vivait avec lui au presbytère, sa présence aurait conféré à la soirée une petite aura inhibitrice. Il était conscient de tout cela et l'assumait sans mal. Il sourit même en apprenant que la veillée la plus anticipée se déroulerait chez les Latulipe – le maire avait soigneusement évité d'aborder le sujet ce matin.

— On connaît le tempérament du bonhomme, lança le forgeron à l'assemblée, tout en versant doucement une louche de métal en fusion dans le petit cercle d'argile qu'il avait placé au fond de la marmite, autour du trou à réparer.

Pour ça, oui, pensa Faustin. Le maire était ce genre d'homme qui donnait des veillées afin d'exhiber les marques de sa réussite. Il fallait le voir, relevant ses bretelles de ses pouces, louanger ses possessions tel un grand seigneur. À l'écouter, ses vaches étaient des laitières intarissables, sa terre si riche que le seul entretien qu'elle nécessitait était de la clôturer et sa femme, l'une des plus grandes beautés de la rive sud, n'était éclipsée que par sa fille unique. Les soirées chez Latulipe étaient certes fastueuses, mais elles n'étaient qu'une autre façon de susciter les compliments et de s'entourer de flagorneurs – groupe auquel Faustin n'appartenait certes pas.

— Il s'imagine que tout le village va se rameuter chez lui pour se vanter d'avoir veillé chez le maire, continuait le forgeron sans détourner les yeux de son ouvrage. Alors que, dans le fond, tout le monde sait que les hommes y vont pour sa fleur.

De francs éclats de rire saluèrent la déclaration. *Une fleur*. C'était, à Notre-Dame des Tempérances, l'expression consacrée pour ce type de fille qui n'avait pas le scrupule d'attendre son mariage pour s'offrir.

Et c'est précisément chez la fleur des fleurs, Rose Latulipe, que s'organisait ce Mardi gras qui promettait d'être mémorable : le père n'avait pas regardé à la dépense pour commander des douceurs aux plus fines cuisinières du coin. Si on ajoutait le père Moisan, qui avait promis son premier sucre d'érable, et Simon Boutin, fils de Georges Boutin, qui venait d'hériter du violon de Fifi Labranche et pourrait enfin exhiber ses talents...

Tous les heureux flâneurs qui se chauffaient autour de la forge s'en donnaient à cœur joie, spéculant sur les demoiselles qui se laisseraient entraîner pour une danse et celles qui refuseraient – déjà un petit groupe de célibataires se lançait des défis, se vantait d'exploits encore à venir et anticipait la bonne humeur d'une jolie fleur comme Rose Latulipe.

— Lièvre Garceau sera là aussi, renchérit l'un des amis du forgeron. Il aura sûrement des histoires de Sauvages plein son sac après son hiver de piégeage.

— Des histoires de Sauvagesses, surtout, renchérit le forgeron en déclenchant l'hilarité générale.

Lièvre Garceau. Faustin se souvint que son oncle voulait qu'il le rencontre. Chaque année, à son retour de pelleterie, Garceau avait quelques objets qui ne manquaient pas d'intéresser le curé Lamare.

Quand Faustin quitta la forge pour se mettre à la recherche du coureur des bois, les célibataires organisaient un concours de bras de fer dont le gagnant serait le seul autorisé à tourner autour de Rose pendant la première heure et dont le perdant devrait inviter à danser la fille de Léopold Bellemare, qui tenait davantage de la vesse-de-loup que de la fleur.

◆

Il fallait toujours un moment, quand on franchissait le seuil de l'Auberge à Beaupré, pour adapter sa vision au persistant brouillard des pipes qu'on fumait pensivement en sirotant un verre ou en écoutant un récit. Il fallait encore plus de temps pour que l'odorat s'acclimate aux relents du plancher humide, des vêtements trempés et des liqueurs frelatées. Il fallait finalement de nombreuses visites afin que l'oreille acquière l'habileté de comprendre son voisin en dépit des rires, des provocations, des contes et des refrains d'ivrognes, davantage hurlés que chantés.

Toutefois, les sens de Faustin se mirent au diapason aussitôt qu'il pénétra dans la vaste salle commune. Il était encore tôt dans la journée et l'auberge était presque vide, comme en témoignait le comportement du tenancier qui prenait le temps de nettoyer les verres sales avant de les remplir, ce qu'il négligerait quand trop de clients attendraient d'être servis.

Faustin lança quelques salutations à l'intention du fils du notaire, déjà ivre avant le dîner, comme d'habitude. Il contourna les tables d'un pas lent, tapota au passage l'épaule d'un prétendant déçu qui noyait sa peine, se faufila entre des vieillards qui parlotaient encore des Troubles de '38. Il atteignit enfin la petite table ronde où il était attendu, tout au fond de la salle commune, juste à côté d'une grande poutre. Affalé sur une chaise en équilibre sur ses pattes arrière, le dossier appuyé contre le mur, Lièvre Garceau fumait doucement son tabac fortement relevé de chanvre indien.

Personne ne savait qui avait affublé Garceau de son étrange surnom. Lui prétendait le tenir des Montagnais, en hommage à sa rapidité ; une fille de joie de Québec prétendait la même chose, dans un sens beaucoup moins élogieux. Une chose était certaine, Lièvre était un coureur des bois, l'un des derniers véritables hommes du métier. Il visitait chaque année les Hauts et le lac Saint-Jean ; parfois il remontait jusqu'à la baie de James et y passait plus d'un an. Toujours à son compte, faisant du même coup la nique aux grandes compagnies et à la législation, il revenait au printemps pour écouler ses trouvailles contre assez d'argent pour effacer la moitié de ses ardoises.

Au moment où Faustin se tirait une chaise, Lièvre Garceau peinait pour retenir auprès de lui la fille du tenancier. La jouvencelle semblait s'ennuyer terriblement de son balai et de ses torchons, en dépit des efforts que déployait le coureur pour évoquer les récits les plus pittoresques de son dernier voyage :

— … ça fait que les deux Anglais qui voulaient m'suivre ont pogné le mal au corps. 'Ont été obligés de rester dans un vieux camp pendant trois semaines pis quand on est enfin arrivés, quasiment toutes les familles de Sauvages avaient vendu à la *Hudson* et…

L'adolescente s'accrocha à l'arrivée de Faustin comme un homme qui se noie s'accroche à une corde. Elle hocha la tête avec chaleur quand il lui commanda deux verres de gin et s'empressa de s'éclipser avant que l'autre ne reprenne son histoire.

— Pas un trop bon voyage, à ce que j'entends ? commença Faustin en posant quelques pièces sur la table.

— Pas trop, non. 'Restait pas grand-chose : du chat sauvage, un peu de rat d'eau… Un beau loup-cervier, ça j'ai réussi à le fourguer à un gars de Québec. Pis une couenne d'ours, aussi. Le bonhomme Bilodeau me l'a achetée pour faire une peau à carriole. 'Aurais eu un plus gros stock si le canot avait pas chaviré dans un rapide. Ç'a été une plaie à repêcher, on a juste repris la moitié. 'Ai perdu tout un ballot de belettes, tu te rends compte…

L'aubergiste vint porter les deux godets de boisson et empocha prestement son dû. Faustin le remercia d'un signe de tête et laissa son interlocuteur reprendre son récit :

— C'est rendu un métier de crève-faim, déplora Lièvre Garceau en engloutissant le contenu de son verre. Le pelus vaut plus grand-chose. Faut remonter toujours plus au nord, chercher les Sauvages qui fuient encore les missionnaires et les compagnies, se faire aimer d'eux… 'Ai déjà vendu un gros ours noir à neuf pelus, dans le temps. Neuf ! Hier, c'est bin juste si j'ai réussi un *bargain* à trois et demi.

Faustin ne broncha pas quand Garceau se saisit du second verre de gin. Il se contenta d'adresser un signe à l'aubergiste pour qu'il rapporte la même chose.

— Si tu es ici, c'est que tu as déjà dépensé toute ta paie dans les auberges de Québec.

— Peut-être bien. Mais j'pense avoir ma chance de récolter encore un peu, avec ce que je te rapporte cette année.

Le visage du coureur des bois prit une mine chafouine lorsqu'il déroula une large bande de cuir et en extirpa deux colifichets, l'un d'os et l'autre de silex. Suivirent un petit tambour, un bracelet, un gobelet, un collier de griffes et une pointe de flèche.

Faustin plongea la main dans sa veste et en sortit sa pipe avec une lenteur calculée. Il avait besoin d'un peu de temps pour ce qu'il s'apprêtait à exécuter. Il bourra méthodiquement sa pipe en prenant de lentes inspirations, se remémora les conseils du curé Lamare, réduisit ses yeux à deux fentes étroites. Il eut un bref vertige, puis sa vision tourna aux tons de gris. Les contours devinrent indistincts et flous ; le décor passa à une toile monochrome.

Sans que Garceau ne soupçonne quoi que ce soit, Faustin usa de son sens particulier pour inspecter le menu fretin. Chaque objet était aussi gris que le reste du décor. À peine la pointe de flèche avait-elle un léger reflet azuré, trop faible pour être qualifié d'aura. Faustin la saisit entre ses doigts en prêtant une oreille distraite au boniment du coureur des bois.

— C'est pas n'importe quelle flèche, mon Faustin. Le Montagnais qui me l'a vendue disait l'utiliser pour chasser les mauvais esprits qui descendent avec le nordet…

— Permets-moi d'en douter. La facture est clairement d'une autre nation, probablement mohawk… et elle a été faite pour un usage beaucoup plus terre à terre, faute de quoi on ne te l'aurait pas cédée.

Toute une palette d'expressions se peignit sur le visage de Garceau qui, d'abord étonné, passa à une mimique faussement offusquée, puis contrite, puis finalement malicieuse.

— Tu ne t'en laisses jamais conter, hein Faustin ?

— Pas par toi, en tout cas. Tu me déçois, Lièvre. Tu m'as déjà amené beaucoup mieux…

— Oublie c't'époque-là, c'te bon temps des tentes de cuir, des philtres qui guérissent le corps barré, des chansons qui appellent le Malin. Les Sauvages savent même plus le sens de leurs danses. C'que j'te ramène, c'est du vieil héritage de l'ancien temps. Ça s'fait plus, de nos jours.

— Je t'ai déjà payé deux gins pour ton déplacement. Je ne pense pas pouvoir t'aider cette année. Ta collecte est sans intérêt.

— Ça doit faire un bon vingt ans que ton oncle curé s'intéresse à la magie des Sauvages... dans le temps, fallait que j'aille à son presbytère. J'te cacherai pas que j'aime mieux depuis que c'est toi qui passes à sa place. Mais ses écritures de lettré, ça avance-tu ?

— La thèse sur la culture indienne qu'il rédige pour le Grand Séminaire demande énormément de recherche. Ce sera une référence incontournable.

— Ah, de la grosse ouvrage, pour sûr... dit pensivement Garceau en se penchant pour ramasser un nouveau verre de gin.

Avec son geste, sa veste s'ouvrit un peu. L'espace d'un instant, Faustin crut qu'il avait mal vu. Pour être certain, il plissa les yeux davantage, resserra sa vision pour la réduire à un voile gris uniforme. Il repéra alors clairement l'éclat vif et bleuté, presque aussi brillant qu'un fanal, qui détonnait à travers la chemise carreautée du coureur des bois.

Faustin inspira profondément, puis laissa tomber négligemment :

— Ce qui plairait peut-être à mon oncle, ce serait ce que tu caches dans ton mackinaw...

Un masque de stupeur se peignit sur le visage de Lièvre Garceau. Avec une mauvaise grâce manifeste, le coureur détacha ses premiers boutons en maugréant :

— Si t'avais pas été élevé par un curé, je dirais que t'as le mauvais œil...

L'objet tinta sur la table quand Garceau l'y jeta négligemment. Faustin sursauta. C'était un couteau dont le manche en bois de cerf avait été teint en noir et orné de plumes blanches. Au pommeau était incrustée la griffe courbée d'un rapace. La lame de silex, la première que Faustin voyait autrement qu'en illustration dans un ouvrage, était plus longue que sa main. Il faillit se couper quand il en testa le tranchant du bout du doigt. Sous la vision de Faustin, l'aura d'azur scintillant dépassait les deux pouces d'épaisseur.

— J't'avertis, siffla Lièvre Garceau entre ses dents. C'est pas pour vendre au neveu d'un curé pour ses p'tits travaux lettrés. 'Ai l'intention de r'vendre ça dans l'Nord, proche de la baie de James. Les Sauvages vont me donner pour ça de quoi compenser ma mauvaise année.

Faustin scruta la salle. Les vieux se disputaient à savoir si le Grand Choléra avait ou non été la cause du décès d'un des leurs. Le fils du notaire, passablement éméché, dormait le visage appuyé sur la table. Le tenancier et sa fille triaient de nouveaux arrivages.

Quand il fut certain que personne ne les observait, Faustin sortit de sa poche un morceau de craie, s'en servit pour dessiner un cercle sur la table de bois. Il traça à l'intérieur deux triangles l'un sur l'autre, joignit quelques lignes entre elles, refit un cercle plus grand.

— Qu'est-ce que tu fous ? demanda Garceau en fronçant les sourcils. Le *boss* va être en maudit…

— *Ammar salìen-hasar ekt zanir ker*, se contenta de répondre Faustin.

La tête du coureur des bois se mit à dodeliner comme s'il venait de recevoir un coup sur la tempe. Il eut le regard vide, l'air égaré. Alors Faustin lui demanda directement :

— Ce couteau, tu l'as eu où, Lièvre ? Et de qui ?

— À Québec, de Hubert Sauvageau, répondit Garceau avec une voix étrangement absente.

— L'ancien engagé du meunier du village ?

— Oui.

— Raconte…

— J'étais aux Deux Chiens, dans le port de Québec. 'Venais de vendre ma fourrure de loup-cervier. 'Voulais avoir un bon souper, prendre un coup, sauter une serveuse. Dans cet ordre-là.

— Sauvageau y était ?

— Ouin. Vraiment mal amoché. 'Avait provoqué le mauvais gars, faut croire. 'Avait un bandeau sur l'œil. Trois grandes coupures sur la face, noircies d'infection. Une oreille tranchée, un trou dans la joue. 'Était obligé de s'coller une guenille sur la face quand il buvait, sinon la boisson sortait par le trou. 'Était soûl, dans un état pas possible.

— Et le couteau ?

— Il essayait un *bargain* avec le *boss* pour échanger le couteau contre de la boisson. Le boss a pas voulu. Moi, j'ai remarqué que c'était un couteau de Sauvage de l'ancien temps. 'Savais que j'pourrais avoir un bon lot de pelleteries pour ça. L'ai acheté à Sauvageau pour une bouteille de whisky blanc.

Du coin de son mouchoir, Faustin nettoya le peu de poudre de craie qui ne s'était pas sublimée lors de l'incantation. Garceau revint doucement à son état normal, ne gardant que le vague souvenir d'avoir parlé des blessures de Sauvageau.

— Quinze dollars, déclara Faustin sans ambages.

— De quoi ? ânonna le coureur des bois en secouant la tête.

— Pour ton couteau. Quinze dollars net. La valeur de plusieurs semaines de salaire. Sans te donner la peine de marchander avec les Indiens.

— *Quinze piastres ? Pour un couteau de Sauvage ?*

— Mon oncle tient vraiment à terminer sa thèse. Et le diocèse l'attend avec impatience.

— Faut croire, faut croire… et tu paierais ça quand?

— À l'instant.

Faustin se leva de sa chaise, ouvrit sa bourse et posa une énorme poignée de pièces sur la table. Pendant qu'il glissait le couteau dans sa veste, Garceau se jetait sur la monnaie comme un mulot sur un sac de grains éventré. Il le salua distraitement de la main et s'apprêtait à franchir le seuil de l'auberge quand le Lièvre lui cria du fond de la salle :

— Et la pointe de flèche? Le curé la voudrait peut-être aussi?

— Sers-t'en pour berner quelqu'un de plus crédule que moi.

◆

Le couteau occupa les pensées de Faustin pendant tout le trajet qui le séparait de l'église. À peine salua-t-il au passage les gens qui lui envoyaient la main. Machinalement, il emprunta le même long chemin que celui pris ce matin. Alors qu'en général les églises formaient le point central d'une paroisse, celle de Notre-Dame des Tempérances avait été construite en retrait du village, juste au sommet d'une colline qu'on surnommait « la côte aux prêtres ». C'était un bâtiment d'une extrême simplicité, trapu et rectangulaire, qui ne se différenciait d'une maison d'habitant que par son modeste clocher. Quant au presbytère, seule sa proximité avec le lieu saint permettait de le différencier d'une maison ordinaire. Et pour Faustin, élevé depuis sa naissance entre ses murs, cette différence était bien mince.

Comme si c'eût été n'importe quelle demeure, il monta l'allée en courant, sauta d'un seul bond les trois marches qui le séparaient de la porte et franchit le seuil sans même frapper – après tout, il était chez lui.

— Tes bottes, p'tit! gronda une voix dans le fond de la cuisine.

Madeleine, la servante du curé. Faustin obtempéra aussitôt, retirant ses chaussures couvertes de boue printanière, pas assez vite cependant pour s'épargner le reste des remontrances.

— Un de ces jours, p'tit, je ne t'avertirai plus. Tu t'éveilleras un matin avec une brosse à plancher dans ton lit et une belle corvée de ménage qui n'attendra que toi.

Faustin se retint de pouffer et marcha rapidement vers la cuisine où Madeleine surveillait la cuisson d'une marmite de soupe.

— Tu me l'as déjà fait quand j'étais enfant, dit-il en plantant un baiser dans les cheveux de la ménagère. Tellement de fois que j'ai fini par me faire bedeau, à force de trimer un peu partout autour du presbytère.

— Inutilement, il faut croire. À quoi bon trimer sur ce fichu plancher si tu me le souilles aussitôt après? Je pourrais aussi bien décider de ne plus le laver et tu ne ferais même pas la différence…

— Allons, Madeleine, tu es trop fière pour tolérer un plancher négligé…

— Et ça t'arrange bien, hein p'tit? répliqua la ménagère en ricanant à son tour.

Le presbytère était toujours d'une impeccable propreté, le plancher, chaque jour frotté à la brosse jusqu'à briller comme l'or. Et comme Madeleine s'appliquait avec un bien-être rêveur aux travaux domestiques, fredonnant doucement des chansons de son enfance, des plats savoureux embaumaient toujours l'air de leurs arômes suaves.

— Le dîner sera bientôt prêt, p'tit. T'éloigne pas trop.

— Cesse de m'appeler « p'tit ». J'ai vingt-deux ans, tu sais.

— À ma mort, p'tit.

— Ne lui enlève pas ses menus plaisirs, la pauvre vieille, intervint une voix qui émergeait du salon.

— François Gauthier ! s'indigna faussement Madeleine. Si tu ne veux pas passer en dessous de la table…

— En voilà une façon de parler à son vicaire, la taquina l'intéressé en pénétrant dans la cuisine.

Le vicaire François Gauthier – un jeune homme dont la carrure saillait à travers une soutane froissée – était l'un de ces prêtres dont l'ordination ne cacherait jamais les origines agricoles. Presque six pieds, les épaules larges, il avait les cheveux blonds comme la paille qui contrastaient avec la couleur de ses sombres habits.

— Je te servirai du « mon père », reprit Madeleine, le jour où tu feras ton *vrai* sacerdoce et que tu seras un *vrai* prêtre. En attendant, toi et le curé Lamare pouvez toujours courir…

— Si les paroissiens t'entendaient… insinua François en éclatant de rire.

François avait trois ans de plus que Faustin et vivait au presbytère depuis qu'il avait douze ans. Alors que le curé Lamare n'avait enseigné à Faustin que quelques bribes de son art mystique, François était un véritable apprenti qui passait l'essentiel de ses journées à parcourir d'antiques volumes poussiéreux.

— Allez vous laver les mains, mes deux marmots, ordonna la servante en replaçant l'une de ses mèches poivre et sel. Je vais servir le repas.

— On n'attend pas mon oncle ?

— Il a déjà mangé.

— Il révise quelques notes, ajouta le vicaire.

De tout l'après-midi, le curé n'avait pas reparu. Au début, Faustin n'y pensa pas trop, étant habitué à ce que son oncle passe énormément de temps avec ses bouquins. Sans se faire de soucis, il s'affaira autour du presbytère pour soigner les bestiaux et fendre un peu de bois. Néanmoins, lorsque le soleil se coucha et que, comptant les couverts que Madeleine posait sur la table, il réalisa que le curé ne souperait pas non plus avec eux, il jeta un œil interrogateur au vicaire, qui répondit par un mouvement de tête discret en direction de la servante. Légèrement préoccupé, Faustin resta silencieux durant presque tout le repas.

Après avoir dûment terminé son assiette, Faustin se saisit de l'os de porc qui gisait aux côtés des restes du rôti. Il en racla toute la moelle pour s'en beurrer un épais morceau de pain, puis il épongea méticuleusement les dernières traces de sauce brune.

À l'autre extrémité de la table, François soufflait sur sa tasse de thé trop chaude. C'était un thé aussi noir que l'étoffe de sa soutane, si saturé de sucre qu'il en était presque aussi épais qu'un sirop. Il y trempa les lèvres avec une visible satisfaction en soupirant d'aise.

— Un vrai thé. Parle-moi d'une tasse qui te tient au corps pour des heures.

Ils passèrent au salon, chacun allumant sa pipe. Faustin souffla pensivement un rond de fumée et le suivit des yeux jusqu'à ce qu'il se dissolve complètement.

— J'ai vu Lièvre Garceau, ce matin.

— Un bon hiver? demanda distraitement François, peu intéressé.

— Pas trop, non. Mais je lui ai acheté un couteau de silex fortement imprégné – une aura de deux pouces, à peu près.

Le vicaire, surpris, cessa de se bercer pour dévisager Faustin. Ce dernier extirpa de son gilet le couteau. Il le tendit à François, qui l'examina sous tous ses angles pendant que le bedeau lui racontait comment Lièvre Garceau l'avait obtenu.

— Tu es certain qu'il s'agit du même Sauvageau? Garceau n'est pas réputé pour son honnêteté lorsque vient le temps de vendre ses trouvailles.

— J'avais tracé des tangentes de véracité, le rassura Faustin. Il s'agit bien de l'ancien engagé du meunier Crête, aucun doute.

— Dans ce cas, ça a peut-être un lien avec ce qui s'est passé à Noël.

L'aura d'azur qu'émettait l'objet sous l'outrevision désignait clairement une magie médiane, si chère aux Amérindiens à l'époque où ils observaient encore ces pratiques. François passa une demi-heure à manipuler le couteau, comme si ces simples gestes pouvaient lui révéler quelque chose.

C'étaient bien là les habitudes du vicaire. Faustin le connaissait suffisamment pour savoir qu'il cachait une forte nervosité. Soucieux, il reparla du cadenas fondu chez la mère Bélisle.

— Mon oncle était très nerveux. Il n'arrêtait pas de m'envoyer des mots-codes et de tapoter son anneau, comme si j'étais trop bête pour m'apercevoir que les arcanes avaient été utilisés.

— Compte-toi chanceux, répliqua François en rejetant un cercle de fumée. De mon côté, j'ai été contraint cet après-midi d'inspecter de fond en comble la boutique de la mère Bélisle. En vain.

Le vicaire n'avait rien appris de plus malgré son labeur. Pourtant, il semblait à Faustin que l'histoire pouvait avoir de lourdes implications.

— Qui, précisément, peut encore user des arcanes de nos jours ? demanda-t-il en se berçant dans son fauteuil.

François aspira une grosse bouffée de fumée.

— Plus grand monde, tu t'en doutes bien. Je pense que toi, ton oncle, moi-même et une poignée d'autres faux prêtres éparpillés dans l'ancien Bas-Canada devons être les derniers à pratiquer la version théurgique des arcanes. Peut-être qu'un Indien ou deux, dans le Grand Nord, sait encore utiliser la médianie. Et pour ce qui est de la goétie – des arcanes noirs, je doute vraiment qu'il subsiste un seul pratiquant. À moins qu'une de ces vieilles familles anglaises, comme jadis…

— Ce qui restreint fortement les possibilités, non ? Et dans le simple but de voler du courrier ? Ça paraît plutôt étrange.

— C'est pourquoi ton oncle ne veut pas tarder à découvrir le fin mot de cette histoire.

Pendant un moment, les deux hommes gardèrent silence. Puis le vicaire précisa :

— Il va tenter une divination, ce soir.

Le siège de Faustin stoppa aussitôt son va-et-vient.

— Tu es sûr ?

— Il me l'a dit lui-même avant d'aller s'enfermer dans son bureau, quand il est revenu de chez la mère Bélisle cet avant-midi. C'est dire à quel point toute cette affaire le trouble. Je n'ai pas voulu en parler devant Madeleine, tu sais comme elle est inquiète du moment que ton oncle use des arcanes.

— Bien sûr. Il n'est plus tout jeune… et l'impact ?

— Il sera élevé, tu t'en doutes bien… j'ai lu certains rapports qui font mention d'un drainage de plus de cinq années. Néanmoins, ton oncle est un maître en la matière. Le contrecoup sera beaucoup plus faible que ça, j'en suis persuadé.

Un masque d'appréhension se peignit sur le visage de Faustin. Tout sortilège, du plus humble charme au plus puissant enchantement, aspirait l'énergie vitale du jeteur au moment du lancement. Pour la plupart des sorts, il ne s'agissait que de quelques heures à quelques jours de longévité ; néanmoins, certaines pratiques très avancées étaient effroyablement plus coûteuses.

Ainsi, bien que le curé Lamare fût âgé de soixante-trois ans, son métabolisme avait prématurément vieilli au fil de la pratique des arcanes. La majorité des gens surestimait de beaucoup l'âge du curé quand ils se fiaient à son apparence.

— S'il croit nécessaire d'affronter de telles consé-quences, reprit le vicaire, c'est que la situation dépasse de très loin la gravité de ce qu'il nous a laissé con-cevoir.

— Il finira par y rester, s'il ne se surveille pas. Il ne s'agit pas de quelques semaines dissipées. On parle d'*années,* François ! Chez un homme de son âge ! Et tu veux le laisser faire ?

— Comment je pourrais l'en empêcher, à ton avis ? S'il juge que les événements l'exigent, il fera comme bon lui semblera, crois-moi !

La conversation tomba comme une pierre dans l'eau. Et lorsque Madeleine vint les avertir que le curé Lamare les mandait à la cave, Faustin sentit l'angoisse peser dans son ventre comme une boule de plomb.

◆

Il y a des enfants chez qui certains lieux de la demeure familiale engendrent un indéfinissable malaise. Pour plusieurs, il s'agit d'une cave, sombre et froide comme un tombeau. D'autres craignent un grenier poussiéreux, hanté par les bruits des mulots qui grattent les poutres et les ombres des petites chauves-souris qui s'y réfugient les matins d'après les moissons. Certains ne passeront jamais devant une chambre sans réprimer un frisson, soit parce que leur grand-mère y a trépassé, soit parce que la lune y projette de sinistres lueurs.

L'enfance de Faustin avait été tourmentée par la vaste pièce que son oncle appelait son bureau. Elle occupait presque la totalité de la cave et, par conséquent, la chambre de Faustin se trouvait juste au-dessus. Combien de nuits avait-il passées, frissonnant malgré les épaisses catalognes qui le couvraient jusqu'aux yeux, à guetter les bruits étranges qui émergeaient entre les lattes du plancher ?

Même adulte, il ne pouvait en franchir le seuil sans éprouver une vague appréhension. Il y avait quelque chose au milieu de ces bibliothèques, de ces alambics, de ces cartes, diagrammes et figures géométriques, qui lui inspirait un trouble curieux.

Son oncle curé était occupé à dégager une large table de bois de ce qui l'encombrait. D'un geste de la tête, il intima à Faustin de l'aider. Faustin s'empressa de caser au hasard les différents livres sur les étagères, en un tout hétéroclite dont il retint quelques titres : le *Petit Albert*, le *Livre d'Enoch*, *Unausprechlichen Kulten* et les *Écrits du Concile de Braga*, entre autres.

Quand il se retourna, François assistait déjà le curé dans le tracé de diagrammes arcaniques. Règles, équerres et compas en main, ils couvraient la table de pentacles et autres symboles. Sachant que la moindre erreur pouvait être fatale, Faustin retint son souffle et s'éclipsa entre une large armoire et une étagère garnie de fioles et de bouteilles.

Les deux hommes en robe noire vérifiaient avec soin chaque mesure, chaque angle. Dans un carnet, le curé recalculait des circonférences, des apothèmes et des hypoténuses. Quand tout sembla enfin lui convenir, la vaste table de cèdre était entièrement couverte de figures géométriques. Les tracer avait requis plus d'une demi-heure, pendant laquelle Faustin n'avait pas bougé d'un pouce. Certaines lignes, certains arrangements de formes lui étaient vaguement familiers et il se creusait la tête pour déduire quelle en était la fonction particulière quand François interrompit ses pensées en déclarant :

— Ce sera un honneur d'assister à cette divination, maître Lamare.

Le vieux curé hocha distraitement la tête, vérifiant une dernière fois la mesure de certains angles.

Avec une grande délicatesse, le vicaire aida son vieux maître à s'allonger sur la table, prenant grand

soin de ne pas effacer les diagrammes. Quand il jugea
être correctement installé, le curé exigea qu'on lui
attache les poignets et les chevilles.

— Apporte les lanières, Faustin, demanda François
en indiquant un sac empli de vieilles ceintures.

Le jeune homme s'empressa d'obéir, puis s'ac-
quitta d'arrimer solidement son oncle.

— Et un bout de bois, Faustin… chuchota le vieux
prêtre.

— Pour éviter qu'il ne se morde la langue, précisa
François.

Plus inquiet qu'il ne le laissait paraître, Faustin
dévissa le barreau d'une chaise et alla se camper tout
près de son oncle. Entre-temps, le vicaire avait déjà
placé et allumé, aux quatre coins de la table, des
cierges écarlates de la grosseur d'un bras. Silencieux
et immobile, Faustin suivit des yeux le reste de la
procédure : François choisit une fiole d'encre ocre,
dénuda le torse du vieil homme et traça sur sa poitrine
deux cercles concentriques. Au centre du plus petit,
il dessina deux triangles superposés en étoile.

— Le stylet, Faustin.

Avec célérité, le jeune homme alla chercher la
lame d'argent placée bien en vue sur un mur et la
tendit à son ami. François s'en servit pour piquer la
chair du vieil homme au centre du diagramme puis il
recula d'un pas. D'un signe, il fit comprendre à Faustin
qu'il était temps d'insérer le barreau entre les dents
du curé.

La pièce aurait été plongée dans le plus parfait
silence n'eût été du souffle laborieux du curé Lamare.
Il faisait de visibles efforts pour se calmer, inspirait
profondément et gardait les yeux clos.

Le vicaire saisit un large volume de cuir laissé à l'écart sur un lutrin. Relut plusieurs fois la formule qui s'y trouvait. Avança de deux pas vers son mentor, épongea du revers de sa manche la sueur qui inondait son front. Du regard, il interrogea le curé, qui l'encouragea d'un hochement de tête. Faustin vit son ami extirper un petit diapason de sa poche, le heurter doucement et se calibrer sur le *la* – et il sursauta quand la voix puissante de François brisa subitement le silence :

Ibn el-maraz ishen es aska-to,
Dakesh rakesia nir-soni…
Issa, essam, miria ek-marar !

Les dernières syllabes furent noyées par les grondements rauques qui émergèrent de la gorge du vieux curé avant de se muer en hurlements. En dépit des solides attaches, le corps frêle se cabra et s'agita dans tous les sens. Paniqué, Faustin se précipita au chevet de son oncle, dont il observa les pupilles s'étrécir puis se dilater. Secoué de spasmes, le curé marmonnait quelques mots d'arcanes à peine compréhensibles en raison de l'entrave qu'il serrait férocement.

Stupéfié par ce qu'il voyait, Faustin en perdit presque le souffle. Déjà les tempes poivre et sel de son oncle pâlissaient, blanchissaient comme le reste de sa chevelure. Les rides du front se creusaient plus profondément ; les pattes d'oie qui cernaient ses yeux devenaient de profonds sillons. Sur le torse nu, la peau pâle se couvrait de taches de vieillesse.

L'une des attaches lâcha et la main libérée griffa furieusement l'air avant d'être immobilisée par la poigne solide de François. Impuissant, Faustin vit la bouche du vieillard se remplir d'une écume qui se mêla au sang épais coulant de ses narines.

Puis le curé exhala bruyamment, son corps retomba doucement sur la table. Son regard redevint lucide. Faustin lui retira de la bouche le barreau presque sectionné.

Aspirant frénétiquement l'air, le vieux prêtre ne parvint qu'à répéter le même mot :

— Combien…

— Calmez-vous, maître…

— *Combien ?*

— Peut-être deux ans.

Les derniers spasmes réprimés, le curé reprit lentement le contrôle de ses mouvements. Incapable d'attendre plus longtemps, Faustin demanda :

— Mon oncle, pourquoi avez-vous…

— Il faut… que vous partiez.

— Mais de quoi…

— *Faustin, calvaire, écoute-moi !*

Faustin recula, pétrifié. Jamais auparavant il n'avait entendu son oncle jurer ni hausser le ton. Alarmé, François questionna son mentor :

— Qu'avez-vous vu ? Les quelques heures ayant précédé le cambriolage ?

— Non… siffla le curé entre deux souffles. J'ai vu… j'ai vu… les heures à venir.

— Les heures *à venir* ? Mais pourquoi ?

Le prêtre se servit de sa main libre pour se détacher et descendit de la table en vacillant. Il se traîna jusqu'au coin de la pièce, où il saisit le bras de la pompe à eau, qu'il actionna en quelques coups secs pour emplir un gobelet de fer. Il essuya du coude le filet d'eau mêlé de sang qui avait coulé dans son cou, puis articula avec peine :

— Il y avait… des traces de goétie… ici, au village. C'était trop grave, il fallait que je sache… Voir le passé ne m'aurait donné que l'identité du cambrioleur. Voir l'avenir… en orientant correctement ma vision… me permettait de faire d'une pierre deux coups : découvrir le voleur…

— … et ses projets, compléta le vicaire.

Le prêtre hocha la tête et adressa un signe vague à Faustin :

— Écoute-moi bien, neveu…

— Mon oncle ?

— Tu vas monter seller Samson…

— Préparer le cheval ? Mais…

— *Faustin !* vociféra le prêtre d'une voix qui résonna dans toute la pièce et lui arracha un mince filet de sang. Tu vas seller Samson et, avec François, vous foncerez chez le maire Latulipe.

Respirant bruyamment, le vieux curé agrippa le bras de Faustin de sa main blême et y planta ses ongles.

— Chez le maire Latulipe, vous… prenez sa fille… la ramenez ici… et si elle est déjà partie… vous me rejoignez aux ruines du vieux moulin.

— Vous n'êtes pas en état de…

— *Tout de suite !* coupa le curé.

Faustin jeta un dernier regard chargé d'appréhension à son oncle et s'empressa d'obtempérer, François Gauthier sur ses talons.

CHAPITRE 2

L'Étranger

Plus tard, quand Faustin repenserait à cette nuit, le bruit lancinant du galop le hanterait. Répétitif, presque mécanique, évoquant une locomotive fonçant inexorablement vers sa destination, sans la moindre possibilité de modifier l'issue de sa course.

Il semblait à Faustin que rien d'autre que ce rythme ne brisait le silence nocturne. Agrippé comme il le pouvait aux rênes de sa monture, il avait le cœur douloureux à force de battre son inquiétude. Derrière lui, le vicaire n'avait guère l'air plus rassuré. Là-bas, au bout d'un champ qui semblait s'éterniser, se trouvait la demeure du maire Latulipe. Contrairement à son habitude, Samson portait bien mal son nom : sous l'effort, la bête massive paraissait regretter le rythme lent de la charrue.

Le cœur de Faustin fit un bond quand la vaste résidence des Latulipe apparut enfin. Des lumières y brillaient encore, bien que minuit fût passé depuis un bon moment. L'espace d'un instant, alors qu'il freinait sa monture, Faustin se demanda comment il convaincrait le maire Latulipe de laisser sa fille l'accompagner à une heure si tardive. Mais un coup d'œil par-dessus son épaule vers François, sévère et imposant dans sa soutane noire, le rassura.

Le vicaire ne se préoccupa pas de frapper et franchit le seuil d'un geste mesuré. Faustin s'empressa de le suivre et s'étonna de la scène qui s'offrait à ses yeux. Les gens étaient peu nombreux parmi les reliquats de fête. Visiblement mal à l'aise, certains sirotaient distraitement un verre d'eau-de-vie. Même Simon Boutin, le violoneux, semblait vissé à sa chaise et ne trouvait aucun meilleur usage pour son archet que de chercher distraitement à le faire tenir debout sur le plancher. Tous évitaient le regard du père Latulipe qui fulminait dans son coin. C'est son épouse qui s'empressa d'accueillir les dignes visiteurs d'un sourire forcé :

— Quel honneur ! Monsieur le vicaire, monsieur le bedeau, minauda-t-elle avec une choquante obséquiosité. Puis-je vous offrir un thé ou un petit verre de vin de rhubarbe ?

À la mine de François, elle se renfrogna aussitôt, réalisant trop tard son faux pas, car le vicaire, tout athée qu'il était, n'en était pas moins passé maître dans l'art de jouer le rôle qu'on attendait de lui.

— Madame Latulipe, répondit-il avec réprobation, il est minuit passé et le carême est commencé.

Il jeta un regard circulaire sur la salle. Plusieurs hommes repoussaient déjà leur verre avec un toussotement gêné.

— Je passais d'ailleurs pour m'assurer que les jeunesses avaient cessé leurs danses.

À ces mots, le père Latulipe se leva d'un bond et tempêta :

— Pour ça, m'sieur le vicaire, y'aurait fallu se garder de l'inviter, lui !

Lui, c'était le violoneux Boutin, qui gardait les yeux fixés sur le sol.

— Je vous l'ai dit, m'sieur Latulipe, c'était contre mon vouloir…

— Contre ton vouloir! Comment peux-tu jouer contre ton vouloir?

Le vieil homme rageait et les derniers invités, intimidés autant par la présence du vicaire que par la colère de leur hôte, s'empressèrent de revêtir leurs capots et de sortir en balbutiant des remerciements.

Diplomate, Faustin laissa tomber:

— Et si vous racontiez à notre bon vicaire ce qui s'est passé…

— C'est tout à cause de lui, reprit le maire en pointant son index accusateur sur le jeune Boutin, qui semblait vouloir fondre sur place.

— Je vous jure, monsieur le vicaire, que je ne voulais pas jouer passé minuit…

— Soit. Vous vous en confesserez demain au curé Lamare.

Mais le violoneux n'avait pas encore vidé son sac:

— Il approchait minuit quand il est entré, monsieur le vicaire. C'était un bel étranger, vêtu avec de beaux vêtements noirs et de la dentelle au bout des manches, comme un prince. Sur le moment, j'ai cru que c'était un Anglais, mais il avait un beau parler français, bien tourné, pas comme ceux de France mais peut-être comme les év… les instruits de Québec.

— C'était un riche, pour sûr, renchérit la mère Latulipe en prenant en main la petite tasse de thé qu'elle venait de se verser. Avec une canne, des gants, une montre et tout. Son cheval était d'une race qu'on voit rarement, découplé et élancé, pas un petit cheval de fer canayen…

— Faites-en donc un hommage, pendant que vous y êtes ! hurla le père Latulipe en se redressant sur sa chaise. Toé, sa mère, perds pas de vue que cet étranger-là s'est sauvé avec notre fille !

— Penses-tu que j'perds ça d'vue, Ozias Latulipe ? Avec c'te méprisable de Sauvageau qu'était avec lui, juste dehors à patienter… penses-tu que j'y pense pas ? Si tu…

— Par saint Joseph, la coupa le vicaire, calmez-vous, bonne mère Latulipe… Que viens faire l'ancien engagé du meunier dans cette histoire ?

Ce fut Simon Boutin qui répondit :

— C'te bonhomme Sauvageau était avec l'étranger. Comme de raison, il est pas rentré, par rapport à m'sieur le maire qui aurait jamais laissé entrer un pareil mécréant…

— La ferme, le Boutin ! C'est pas à toi de décider ceux que j'laisse entrer chez moi, surtout que t'en fais plus partie !

— C'est pas sa faute ! trancha la mère Latulipe. C'est pas sa faute mais v'là quand même ma fille qu'est partie avec deux hommes, si c'est pas une honte…

— Ç'en serait pas là si t'avais élevé ta fille comme du monde !

— Ah ! parce que c'est *ma* fille, à c't'heure ?

La tasse de la mère Latulipe éclata contre le mur, ratant de peu son époux. Le vicaire s'empressa de hausser le ton pour calmer tout le monde et Faustin se mordit les lèvres, mal à l'aise mais certain qu'il s'agissait là d'une chose qui devait arriver un jour ou l'autre. Rose Latulipe n'était pas réputée pour sa vertu… Qu'elle se soit enfuie avec deux hommes ne l'étonnait pas. Néanmoins, il repensa aux pressantes injonctions de son oncle. *Chez le maire Latulipe.*

Vous prenez sa fille, la ramenez ici, et si elle est déjà
partie…

— J'm'en vas faire du thé, si j'suis juste bonne à
ça ! grommela l'épouse du maire en s'éloignant d'un
pas qui sonnait comme des sabots ferrés.

François, imperturbable dans sa soutane noire,
voulait connaître le fin mot de l'histoire et ordonna à
Simon de reprendre son histoire. Ce dernier tremblait :

— Quand l'étranger est rentré, j'étais sur mes derniers morceaux…

— Sauvageau attendait dehors, coupa Latulipe.

— Sauvageau attendait dehors, oui. J'gardais les
yeux sur l'horloge et je savais que minuit approchait.
Mais l'étranger, il avait jeté une sorte d'ambiance
autour de lui. Il souriait à tout le monde, tout le monde
lui souriait. Il avait des belles manières et moi, j'ai
bien vu que c'était un monsieur important.

— Ce maudit étranger-là tournait autour de ma
Rose comme un matou autour d'un mulot. Vous savez
comment elle est, ma fille : tellement accueillante. Le
mécréant en a profité. Sitôt arrivé, il a commencé à
lui faire ses manières de grand seigneur…

— Quand j'ai eu fini mon dernier morceau, rapport
qu'il était minuit, enchaîna Boutin, l'étranger s'est
approché de moi et il a dit : « Juste une valse, en
hommage à mademoiselle Latulipe, et à son père qui
nous reçoit si princièrement. » J'voulais rétorquer que
c'était péché passé minuit, mais les mots sont restés
bloqués et mes doigts se sont mis à jouer… J'me
disais que c'était sûrement un monsieur important,
que monsieur Latulipe serait content que je…

— Tu parles si j'suis content, Boutin ! Me v'là sans
fille !

— Mais j'pouvais pas savoir qu'elle irait dans la grange avec lui !

Un hurlement enragé jaillit de la gorge du père Latulipe qui bondit de sa chaise ; en un éclair ses mains se refermèrent sur le cou du violoneux.

— Torvisse, tu vas arrêter d'salir ma Rose pis d'mensonger à son sujet, p'tit fouille-merde ?

— Pour l'amour du saint Ciel, maire Latulipe, il suffit ! Lâchez-le !

La voix de François Gauthier avait claqué comme un fouet. Voyant que le maire ne lui obéissait pas, il réitéra avec force :

— Lâchez ce garçon sur-le-champ, monsieur Latulipe ! Il n'est pour rien dans cette affaire.

Pendant une interminable minute, personne n'osa poursuivre et un silence gêné pesa sur la maisonnée. Le maire s'était laissé retomber sur son siège pendant que le violoneux se massait le cou. Puis le vicaire, encore une fois, commanda la suite au jeune musicien. Craintif et veillant à rester à proximité du religieux, Boutin ajouta :

— Après que j'ai joué mon morceau, Rose a dit qu'elle allait montrer à l'étranger où installer son cheval dans la grange.

— Pourquoi ne pas avoir laissé Sauvageau s'en occuper, puisqu'il attendait à l'extérieur ?

— Je ne voyais pas d'un trop bon œil qu'un pareil mécréant aille fouiner dans ma grange, expliqua le maire. Pis c'était de bonne politesse que la fille de l'hôte aille installer un visiteur en moyen.

— Et personne n'a été surpris de constater qu'elle s'attardait ?

Le maire lui jeta un regard noir.

— J'ai pensé que c't'étranger lui piquait une jasette. Pis comme la fête était quasiment finie et qu'on était affairé à tout ranger, j'ai pas trop prêté attention. Quand on a entendu un cheval qui partait au galop, c'était trop tard. Elle s'était enfuie avec l'étranger et Sauvageau. Durand a attelé sa Grise pour les rattraper, mais ils avaient trop d'avance.

— Je vais aller jeter un coup d'œil dans la grange, monsieur Latulipe, au cas où je trouverais quelque chose qui nous renseignerait sur cet étranger.

— Excellente idée, dit le vicaire. Et vous, monsieur Latulipe, vous allez demander à votre épouse de réfléchir aux jeunes femmes à qui Rose aurait pu parler d'un projet de fuite.

— Parce que vous pensez que c'était planifié ? fit sèchement le maire, le ton à l'extrême limite du convenable devant un homme d'église.

— N'écartons aucune possibilité. Dès demain, avant la messe, vous irez vous renseigner sur cet étranger auprès de quiconque pourrait avoir des relations haut placées : le juge de paix Lamontagne, le notaire et le jeune Trottier qui fait son cours classique. Même madame Perdichaud, dont le frère est marié à une Anglaise. Quant à madame, elle pourrait s'informer après la messe si une paroissienne n'aurait pas aperçu auparavant cet homme. Vous, monsieur Boutin, vous irez faire un tour à l'auberge – souvenez-vous du carême, toutefois – et demanderez au tenancier si cet étranger ne serait pas passé dans son établissement avant de…

Faustin n'entendit pas le reste. Dehors, le vent glacé qui soufflait dans la nuit semblait plus accueillant que la maisonnée.

◆

Faustin retrouva Samson, qui haletait encore devant la maison. Avec douceur, il lui caressa l'encolure, lui murmura quelques mots apaisants et lui offrit un bout de brioche qu'il avait ramassé sur la table des Latulipe. Songeant qu'il devait être assoiffé, il décida d'amener l'animal avec lui.

La lourde porte de la grange protesta avec bruit. Ça sentait la poussière, le fumier et le foin. Dépourvue de fenêtre, la bâtisse était plongée dans le noir. À peine Faustin eut-il avancé de deux pas qu'il buta sur une caisse de bois. Étouffant un juron, il massa son genou endolori avant de continuer, les yeux étrécis, en cherchant l'abreuvoir dans l'obscurité.

Derrière lui, Samson émit un gémissement. L'animal reniflait nerveusement et tirait vers l'arrière. Il poussa un hennissement plaintif, presque suppliant, et tenta de reculer. Quand Faustin s'obstina, le cheval tira un coup sec, forçant son maître à lâcher les rênes pour éviter de tomber. Sitôt libre, Samson s'empressa de rebrousser chemin, visiblement plus à l'aise dehors qu'au-dedans.

Eh bien tu te passeras d'eau, gros entêté, bougonna intérieurement Faustin. Un bruit le fit sursauter et il rattrapa de justesse la faux qu'il heurta en se retournant. S'avançant pour remettre l'outil en place, il écrasa quelque chose de souple, faillit pousser un cri quand il distingua ce dont il s'agissait : une main humaine. *Rose !* Faustin tomba à genou près du frêle corps féminin qui gisait sur le sol, à demi recouvert par un amoncellement d'objets qui lui étaient manifestement tombés dessus. Il se saisit du poignet, soupira de soulagement en y sentant un pouls vif et régulier.

Inquiet malgré tout, il fouilla dans sa poche, craqua une allumette pour mieux y voir, et se pétrifia d'étonnement.

La fille inconsciente n'était pas Rose. Elle avait les cheveux noirs comme du charbon et le teint mat des gens qui vivent au grand air : une Indienne. Plus surprenant encore, elle portait le genre d'habit traditionnel que Faustin croyait tombé en désuétude depuis des décennies. Outre ses colifichets de griffes et de dents, l'Indienne n'était vêtue que d'une tunique de cuir se terminant en jupe courte serrée à la taille par une ceinture ouvragée d'où pendaient deux fourreaux, l'un vide et l'autre laissant paraître le manche d'un couteau identique à celui que Faustin avait acheté dans la matinée.

Instinctivement, Faustin plissa les yeux et scruta le corps inerte. Comme il s'y attendait, deux puissantes auras de lumière bleutée se révélèrent à lui, l'une émanant de la jeune femme, l'autre du poignard.

L'allumette que tenait Faustin lui brûla les doigts et, quand il la laissa tomber, tout replongea dans l'obscurité. Après avoir vainement tenté d'éveiller l'Indienne en lui tapotant la joue, il la souleva doucement et fut surpris de sa légèreté – il avait déjà tenu des enfants qui pesaient davantage. Sans aucune difficulté, il la porta jusqu'à un tas de foin où il la déposa.

— Faustin ! appela la voix irritée de François.

Faustin émergea de la grange juste assez vite pour surprendre le vicaire marmonnant un juron. Avant qu'il n'ait pu dire quoi que ce soit, François le saisit par le bras, insistant :

— Qu'est-ce que tu fais ? Le maître nous a dit de ne pas traînasser si Rose était absente.

— Il y a une fille inconsciente.

— Rose ?

— Non, une Indienne.

Faustin eut la satisfaction de voir l'incrédulité se peindre sur le visage du vicaire.

— C'est la propriétaire du couteau de silex, je crois. Et je l'ai scrutée : c'est une arcaniste, aussi douée que toi.

— Une théurgiste ?

— Forcément pas. Une médianiste. Mais son aura, toute bleutée qu'elle soit, est d'une force comparable à la tienne.

Les deux hommes s'engouffrèrent dans la grange. L'Indienne n'avait pas bougé d'un pouce depuis que Faustin l'avait déposée dans le tas de foin. Le jeune vicaire ne passa qu'un bref moment à examiner le corps inerte :

— Pas le temps de farfiner. On l'amène. Autant ne pas ajouter au scandale de ce soir. Et toute cette histoire-là ne me dit rien de bon.

— Aide-moi à mettre cette fille sur Samson. On va couper à travers le champ des Lacerte.

Faustin monta le premier et tendit les bras pour prendre l'Indienne. Tout comme lui, le vicaire s'étonna de son faible poids.

— Merde. Elle est bourrée de sciure ou quoi ?

— Elle est juste maigre, je pense. Probablement qu'elle ne mange pas à sa faim, loin des fermes.

François prit place à l'avant et Faustin appuya l'Indienne contre le dos du vicaire. Au pas lent, tant pour ménager le cheval que pour maintenir l'Indienne en place, ils prirent le chemin du moulin.

◆

Quand la débâcle du printemps avait entraîné le moulin à Crête, les habitants de Notre-Dame des Tempérances avaient murmuré leurs ragots la voix transie de crainte divine. Joachim Crête, c'était bien connu, était sacreur, couailleur, un buveur invétéré et un menteur incorrigible. Pire encore, il n'allait jamais à la messe, encore moins à la confesse et au dernier Noël, ultime outrage, il avait laissé marcher le moulin pendant la nuit sainte. Qu'il eût été retrouvé le lendemain, errant dans un champ et l'esprit complètement vidé, n'avait surpris personne : on n'ignorait pas impunément les commandements de l'Église. Mais lorsque, six semaines plus tard, la débâcle avait emporté son moulin et l'avait réduit en morceaux comme les serres d'un aigle broient l'échine d'un lièvre, même les moqueurs les plus irrévérencieux n'avaient osé émettre la moindre plaisanterie. Lorsque la colère divine se manifeste avec une telle véhémence, il n'y a rien d'autre à faire que baisser les yeux, se signer et éviter le sujet.

Tout athée qu'il fût, Faustin ne put s'empêcher d'éprouver un sentiment similaire lorsque les pas de Samson s'aventurèrent parmi les débris de l'ancien bâtiment. Sous le ciel nocturne, la carcasse éventrée du moulin gisait sur une distance d'un quart de mille. Il ne restait aucun morceau qui ne fut plus gros qu'une porte, et de multiples éclats de bois jonchaient la terre comme les os d'un géant depuis longtemps terrassé.

Cherchant son maître des yeux, François descendit de cheval. Faustin l'imita et déposa le corps de l'Indienne sur le plateau d'une lourde table de chêne qui reposait à l'envers sur la glèbe. Il scruta les environs en écoutant résonner l'écho des cris de François qui, à ses côtés, appelait vainement le curé. Faustin avançait, le regard rivé sur le sol pour éviter de trébucher sur les planches fracassées. Espérant repérer son oncle grâce à son aura, il passa à l'outrevision. Dans la brume grise, il distingua aussitôt la lueur de l'Indienne, bleutée, celle du vicaire, argentée… et à quelques pas devant lui, un vague reflet d'argent sur le sol. Il s'en approcha prudemment en attirant l'attention de François. C'était un large cercle pourvu d'un hexagone en son centre, tracé sur le sol avec du sel.

— Un Seuil de Haute Protection, murmura le vicaire, inquiet. Qu'est-ce qui l'a poussé à en créer un – et à le quitter ?

Interloqué, il s'accroupit sur le sol et renifla bruyamment. Fronçant les sourcils, il ramassa une pincée de poudre qu'il porta à ses narines.

— Du soufre… les sortilèges du Al-Zarestra… de la magie de guerre perse.

— Une incantation offensive ? Mais pourquoi est-ce…

— Je crois que notre réponse est juste là, le coupa François en indiquant une masse informe.

Recroquevillé, le corps de Sauvageau reposait sur le sol dans un état de combustion avancée. Seul son visage et l'une de ses mains étaient plus ou moins intacts ; le reste du corps était si profondément brûlé que, dans la petite brise de la nuit, il s'émiettait petit à petit en une fine poudre noire.

Écœuré, Faustin sentit la bile lui monter à la gorge et se retourna pour vomir. Il ne prêta que peu d'attention aux pas du vicaire qui s'éloignaient. À peine eut-il repris son aplomb que François l'appela.

Quelque chose dans la voix du vicaire l'inquiéta aussitôt. Il se hâta de le rejoindre. Sentit la chaleur quitter son corps quand il vit le visage de son ami.

Tremblant malgré lui, Faustin passa à l'outrevision et fut aussitôt pris d'étourdissements. Sur un fond couleur de cendre se détachaient des volutes noires et brillantes comme du mica. Rapidement, il revint à sa vision normale et se laissa choir sur une vieille poutre. Certes, son oncle lui avait déjà parlé de la goétie, mais c'était la première fois qu'il percevait des vestiges de magie noire. Les yeux rougis, François s'approcha et s'accroupit devant lui. Il hésita une seconde et, après s'être raclé la gorge, il chuchota :

— Il est parti, Faustin. Ton oncle. Je veux dire… il s'est dépassé.

Ce fut comme si une flèche avait atteint le jeune homme en plein cœur. *Se dépasser*. L'euphémisme désignait un arcaniste dont les séquelles de ses pratiques avaient outrepassé les limites de son espérance de vie.

— Où est-il ?

— Vieux frère, dit doucement le vicaire en posant une main sur son épaule, je ne pense pas que…

— Je veux le voir ! cria Faustin en bousculant son ami qui tentait de le retenir.

Avant que le vicaire ne se soit relevé, Faustin avait déjà repéré son oncle. Le corps du vieil homme gisait à quelques pas de là. La peau de son visage était si plissée qu'il en était difficilement reconnaissable. Ses cheveux avaient pris la teinte de l'ivoire et ses dents étaient tombées sur le sol. Son corps était rachitique, tacheté de brun, marbré de varices violacées. Ses mains décharnées étaient déformées par l'arthrite.

Le vicaire vint se placer aux côtés de Faustin, qui lui demanda d'une voix blanche :

— À combien… (il déglutit avant de reprendre)… à combien tu évalues son dépassement ?

— Dur à estimer, avoua François après une longue inspiration. Je ne pense pas qu'un homme soit constitué pour vivre jusque-là.

— Alors donne-moi une approximation.

— Je ne sais pas… Il avait soixante-trois ans, mais on estimait son âge métabolique à soixante-seize… peut-être deux ans de plus avec sa prémonition de tout à l'heure… ce sont les sorts les plus éprouvants qui existent…

— Donc…

— Donc, je ne sais pas ce qu'il a tenté ici. Mais son métabolisme doit avoir dépassé les cent soixante ans…

Faustin passa les doigts dans la chevelure de son oncle. Plusieurs touffes de cheveux jaunis se détachèrent du crâne.

— C'est impossible… Quel genre de sortilège peut obliger un homme à fournir un tel effort ?

— Je n'en sais rien, Faustin. Je n'ai aucune idée de ce qui l'a poussé à tenter une pareille dépense arcanique sans préparation, tout comme j'ignore la raison pour laquelle il a décidé d'occire Hubert Sauvageau. Le sortilège offensif n'est certainement pas le seul responsable de ce vieillissement… ton oncle a tenté autre chose, une chose terriblement dangereuse qui a requis de lui un effort surhumain. Une chose qui avait tant d'importance à ses yeux qu'il a tout risqué. Jusqu'à excéder de beaucoup ses capacités.

— Et cet homme, l'étranger qui accompagnait Sauvageau ? Crois-tu que c'est lui qui…

La voix de Faustin se brisa. Il sentit la main du vicaire se poser sur son épaule.

— Viens, Faustin. Ramenons ton oncle chez lui. Puis je trouverai le responsable et le châtierai. Je le jure.

◆

Pourquoi je n'arrive pas à pleurer ? ne cessait de se demander Faustin, qui ressentait pourtant une douleur aiguë. Il avait un goût aigre dans la bouche, la gorge nouée, le souffle pénible. Pourtant les larmes se refusaient à lui – ses yeux eussent-ils été de cendre qu'ils n'auraient pas été plus secs.

Le premier choc passé, il s'était senti envahi d'un étrange sentiment d'irréalité. Lentement, il avait drapé le corps de son oncle avec la couverture de selle et l'avait confié à François qui le transporterait jusqu'au presbytère.

Quant à lui, il allait à pied, tenant l'Indienne inconsciente dans ses bras. Tout en marchant, l'air hagard, il lui semblait impossible d'assimiler les faits. Indifférent, le Temps poursuivrait sa procession sans se soucier de ceux qui avaient terminé leur route. Ce ne serait pas son oncle qui dirait la prochaine messe. Pas plus qu'il ne hacherait finement les carottes de tabac laissées à la traîne sur le petit guéridon du salon. Ni qu'il ne goûterait le premier sirop d'érable de l'année ou qu'il ne terminerait sa lecture du *Lys dans la Vallée*. Rien de cela. Son oncle était mort et bien que Faustin en éprouvât une vive détresse, il aurait voulu la ressentir d'une façon plus tranchante, quelque chose de plus définitif.

Comme chaque fois que Faustin n'était pas rentré passé le coucher du soleil, Madeleine veillait encore quand ils arrivèrent au presbytère. Ce fut François qui s'occupa de lui annoncer la nouvelle. Quand Faustin entra à son tour, il la trouva à sangloter, le visage enfoui dans les plis de son tablier. Sur le divan, François

avait déposé le corps de son oncle – son père, pour
ainsi dire, Faustin n'ayant jamais connu ses parents.
Sa mère était morte en couches, lui avait expliqué le
curé Lamare, et son géniteur n'avait jamais été clairement déterminé. Une chose fréquente dans les petits
villages. Ainsi, c'était sa seule famille qu'il perdait.
Pourtant il ne pleurait toujours pas. Il évitait de regarder Madeleine, dont les épaules étaient secouées
par les pleurs, et ne trouva rien de mieux à faire que
de marcher vers le petit meuble de pin gris, d'en sortir
une flasque de rhum et de s'en emplir un godet qu'il
vida d'une traite. Il resta un moment ainsi, immobile,
à écouter le chagrin de Madeleine puis, se sentant complètement inutile, se souvint de l'Indienne. Il l'avait
laissée dans la véranda, affalée sur l'une des berçantes,
indifférente à tout ce qui se passait autour d'elle, du
moins pour le moment. Mieux valait la rentrer.

À peine eut-il franchi le seuil que Madeleine
s'avança doucement, les yeux rouges et les cheveux
défaits.

— François dit que tu as trouvé cette fille dans la
grange du maire ?

Faustin hocha silencieusement la tête.

— Amène-la dans ma chambre, p'tit renard, dit-elle
en se mouchant. On va lui mettre une brique chaude
aux pieds.

Faustin eut un pâle sourire en entendant le surnom
qu'elle ne lui donnait plus depuis l'âge où il chipait
les bouts de tire, les pots de confiture et les fruits des
voisins. D'un pas lent, il traversa le couloir et entra dans
la chambre. Il déposa délicatement la jeune femme
sur le matelas, la couvrit d'une chaude courtepointe.
Madeleine passa une main sur son front hâlé, pinça
une de ses joues sans qu'elle ne réagisse.

— Je vais la frictionner avec du jus de cerise, décida-t-elle. Et sortir le sirop de navet. S'il me reste de la moutarde, je lui ferai une mouche.

Faustin acquiesça distraitement et décida de laisser Madeleine s'occuper les mains et l'esprit. Il quitta la chambre et rejoignit François, qui s'apprêtait déjà à repartir.

— Je vais chez les Duchemin, expliqua le vicaire à la question muette de Faustin. Ils passent toujours une nuit blanche, la veille du carême. Le meunier Crête y est chambreur, depuis l'accident…

— Je viens aussi, déclara Faustin d'un ton sans réplique.

François ouvrit la bouche pour répliquer quelque chose, décida de ne rien dire, posa une main amicale sur le bras de Faustin.

— Madeleine saura se débrouiller, reprit Faustin. Et j'ai besoin de sortir.

◆

Dans tous les villages du monde, on trouvait une famille comme celle des Duchemin. Toujours vêtus de vêtements élimés, crasseux même lorsqu'on les comparait aux autres cultivateurs après les labours. Toujours à quémander les fers à cheval ratés du forgeron plutôt que de chausser décemment leur bête aux flancs creux. Toujours à détordre le moindre clou rouillé découvert au hasard des chemins, à empocher le moindre bout de ficelle, à stocker l'herbe sèche pour ménager le bois d'allumage. Non qu'ils fussent pauvres – le père Duchemin possédait une terre fertile et avait trois fils en état de monter aux chantiers durant l'hiver. Ils vendaient à leurs voisins tout ce qu'ils pouvaient dénicher gratuitement : bleuets, petit gibier, peaux de rat musqué. L'argent s'accumulait, bien à l'abri chez le notaire, et n'était pour ainsi dire jamais utilisé.

C'est à contrecœur que le père Duchemin avait recueilli le frère de son épouse, et seulement après avoir constaté qu'il ne lui en coûterait pas grand-chose. Le meunier avait perdu la raison – on se demandait même s'il était conscient que son moulin n'existait plus. Il avait été retrouvé assis dans un champ le matin du 25 décembre, le regard vide, les bras ballants comme ceux d'un mort, son nez coulant sans qu'il ne pense même à renifler. Un cercle gelé indiquait qu'il avait uriné dans ses vêtements. Et personne, pas même l'onéreux médecin de Québec consulté en ultime recours, n'avait réussi à en tirer la moindre réaction. Il avait donc été pris en charge par sa sœur. Elle le lavait au gant, le nourrissait de bouillons à l'aide d'un entonnoir ; insensible à ces attentions, le malheureux maigrissait à vue d'œil. Tous chuchotaient qu'il n'en avait plus pour longtemps. Ce qui arrangeait bien le père Duchemin, qui trouvait néanmoins son avantage en encaissant les offrandes des voisins compatissants.

Assis sur Samson, Faustin avait la tête lourde, épuisé par les émotions. Ses idées vagabondaient, il revivait les événements de la matinée jusqu'à ceux de cette nuit. Une vive et désagréable odeur de poisson le tira de ses pensées. La maison des Duchemin était juste devant et les lumières de la cuisine brillaient encore. C'était une modeste demeure qui avait abrité trois générations et qui portait bien mal son grand âge. Elle avait piètre allure avec son plafond bas et ses murs de planches dont les interstices étaient grossièrement bouchés avec du papier journal. Le passage des ans et les intempéries avaient tordu et soulevé les tuiles du toit.

François sauta de selle et frappa vigoureusement à la porte. Faustin, venu se planter à ses côtés, entendit les mouvements surpris des membres de la famille Duchemin. C'est l'un des plus jeunes fils qui ouvrit avant d'écarquiller les yeux et de hurler à pleins poumons :

— Maman, y a monsieur le vicaire et son bedeau !

Toute la famille stoppa son ouvrage pour se tourner vers les dignes visiteurs.

— Faites votre entrée, m'sieur le vicaire, s'empressa Alphonsine, la sœur du meunier. Y'a personne qui est mal pris, toujours ?

— Rentre aussi, mon Faustin, lança le père Duchemin. Tu m'pardonneras de point t'serrer la main !

Faustin répondit d'un signe de tête et laissa l'homme reprendre son travail. Sur la longue table s'alignaient d'innombrables soles, dorés, truites et perchaudes. Un à un, Grégoire Duchemin et l'un de ses fils ouvraient les poissons avec, à leurs pieds, un bac de fer pour recueillir la tripaille nauséabonde. Insensibles à la puanteur, son épouse et ses filles couvraient de gros sel les filets de chair pâle avant de les emballer par douzaine dans du papier.

— Désolé pour l'heure, s'excusa François. Mais je me doutais bien que vous seriez debout cette nuit entre toutes.

— Comme chaque année, m'sieur l'vicaire !

En effet, chaque hiver depuis fort longtemps, les Duchemin rentabilisaient la saison morte en pratiquant la pêche blanche dans un coin dont ils avaient le secret. Gardés au gel jusqu'au carême, ces poissons offraient aux Duchemin un confortable profit pendant les quarante jours maigres.

— Je suis venu, reprit François, prier pour le retour à la lucidité de votre beau-frère Joachim. Le juste commencement du temps de privations et de pénitences est un moment plus que propice, considérant les mœurs qui furent les siennes.

La mère Alphonsine leva la tête de son ouvrage.

— C'est bien aimable à vous, m'sieur l'vicaire. Pis à toé-si, mon Faustin. J'vas vous y mener, juste là.

— Ne vous dérangez pas, Alphonsine. Vous faites une tâche importante pour la paroisse. Vous n'avez qu'à nous indiquer où il…

— Drette-là, dit-elle en montrant une porte d'un doigt poisseux et replongeant aussitôt dans son ouvrage.

Vaguement dégoûté, Faustin suivit le vicaire dans la chambre du fond.

◆

— 36.2 degrés, 2 pieds et 3 pouces 1/8 fort, lisait le vicaire dans le petit ouvrage qu'il gardait toujours sur lui et que tous prenaient pour un bréviaire.

Avec un soupir, Faustin extirpa de son nécessaire de géométrie un rapporteur d'angles et un ruban de couture qu'il déposa sur le plancher.

— Pourquoi tu ne traces pas ton diagramme à main levée, comme d'habitude ?

— C'est une question de précision. Si tu incantes pour allumer un feu, tu te fiches bien que la chaleur des flammes varie de quelques degrés. Mais avec quelque chose d'aussi complexe que le cerveau humain…

Sans plus discuter, Faustin traça la dernière ligne et se releva. Le diagramme dessiné sur le plancher emplissait toute la minuscule pièce, un ancien débarras qui avait jadis contenu le métier à tisser de la mère Duchemin et que, par charité chrétienne, on avait converti en chambre pour le meunier Crête. Mis à part le mince lit où il dormait, l'ameublement se résumait à une petite table de chevet que François avait déplacée en silence. Restait à espérer que le couple Duchemin n'oserait pas interrompre les « prières » du vicaire. Mais il y avait peu à craindre.

Faustin avait sursauté en découvrant à quel point le meunier avait fondu. Il était devenu maigre, presque émacié avec ses joues creuses. Ses vêtements avaient l'air trop grands pour ses membres osseux et son ventre plat. Pire encore, sa catalepsie le rendait franchement inquiétant. Il restait le corps figé, sans la moindre initiative motrice, les yeux fixes et hantés. On le sentait rongé par ses pensées comme un fruit par un ver. *Il a l'air d'être empaillé*, pensa Faustin en le soulevant pour le placer au centre du diagramme.

Nerveux, François repassait à voix basse la procédure à venir.

— Ça te fera un gros contrecoup ? lui demanda Faustin.

— Deux semaines de vieillissement, tout au plus. Et même là, je ne suis pas certain de la quantité et de la qualité des informations que j'obtiendrai. Fouiller un esprit, c'est comme chercher une citation précise dans une vaste bibliothèque. Lorsque l'esprit est aussi ébranlé que celui de Crête, il ressemble plutôt à une immense pile de livres pêle-mêle. Si je parviens à soutirer une ou deux informations utiles de ce capharnaüm mental, nous pourrons nous estimer chanceux… et il y aura aussi des effets collatéraux sur le sujet. Ce genre de sort affecte toujours le métabolisme de la cible. Heureusement, on peut circonscrire le secteur. Autrement dit, le corps de Crête va vieillir aussi, mais uniquement à l'endroit où je le toucherai.

Joignant le geste à la parole, le vicaire prit entre ses doigts l'un des orteils du meunier.

— Si tout se passe bien, seul cet orteil sera affecté. Mais si je perds le contrôle, le vieillissement remontera le long du pied et de la cheville, peut-être même jusqu'au genou. C'est pourquoi je tiens mon contact par le pied. C'est le point le plus éloigné des organes vitaux.

Faustin alla s'asseoir le dos contre la porte. À travers le battant, il entendait la famille Duchemin qui se disputait sur l'épaisseur des filets de perchaude. Le vicaire inspira longuement, puis relâcha d'un coup :

— *Ad ehkaram, ad ehkaram, sachem azemrah.*

Sans un bruit, un globe de lumière argentée jaillit de sa paume. La sphère brillante se dilata doucement pour atteindre la cheville, le mollet puis le genou de Crête. Les traits de François se crispèrent sous l'effort. Peu à peu, le diamètre du globe se réduisit jusqu'à la cheville. La mâchoire du vicaire se serra, le dos de sa soutane se trempa de sueur. La lumière diminua encore pour atteindre la taille d'une noix. Sans relâcher son effort mental, François posa son autre main sur le front du meunier. Derrière ses paupières closes, ses yeux s'agitèrent comme ceux d'un rêveur.

D'un coup, le globe lumineux implosa et disparut. Le jeune vicaire expira bruyamment en essuyant son front humide, puis essaya de murmurer quelque chose dont Faustin ne comprit qu'un mot : *l'Indienne*…

— L'Indienne, reprit François en retrouvant un souffle plus régulier. Elle était là pour aider ton oncle. Elle doit savoir quelque chose… Vite ! On efface le diagramme et on fonce au presbytère.

Promptement, François passa un linge sur le plancher tandis que Faustin, alarmé, remettait le pauvre Crête dans son lit. Par bribes, le vicaire expliquait les informations qu'il avait soutirées :

— C'est arrivé Noël dernier… ton Indienne et Sauvageau ont mené un duel arcanique sous les yeux de Joachim… Le pauvre y a laissé son équilibre mental…

Avec empressement, le vicaire sortit de la pièce et franchit en courant le seuil de la masure des Duchemin, sans se soucier de leur air ahuri. Faustin se précipita à sa suite, claquant la porte derrière lui.

François était en train de détacher Samson de son piquet quand un hurlement les fit sursauter : un loup, dont le cri résonnait lugubrement à travers l'air humide et froid du printemps hâtif. Des grognements de chiens répondirent aussitôt.

— Si près du village, s'étonna Faustin. M'est avis qu'il manquera une poule à quelqu'un demain matin…

Le loup hurla de nouveau, beaucoup plus près cette fois. De toute évidence, il rôdait en plein village. Bizarrement, on n'entendait plus aucun chien japper.

— Allez, monte vite, Faustin, lança François, déjà en selle.

— Quoi, à cause de ce loup ? dit Faustin, stupéfait. Il ne s'en prendrait pas à deux hommes et à un cheval, tout de même.

— Sur Samson. *Tout de suite.*

Un troisième hurlement ponctua ces mots, clair et puissant, jaillissant d'entre l'étable et la grange des Duchemin. Quelque part dans l'obscurité, un chat

cracha avant de déguerpir à travers champ. Samson
hennit, secoua la tête en soufflant bruyamment. Faustin
lui caressa l'encolure avant de monter derrière le vicaire. Un nouveau hurlement, tout près.

— Faustin, claque-le, maudit calvaire !

Mais Faustin n'eut pas le temps de s'exécuter que
Samson prenait le mors aux dents avec un hennissement affolé, les yeux fous, manquant de désarçonner
les deux hommes. Ses sabots frappaient la terre humide
dans un rythme effréné, l'animal fonçant droit devant
lui. Il était si apeuré qu'il sauta une clôture pour la
première fois de sa vie.

— Merde François, gémit Faustin. On va se tuer !

Mais les mots s'étranglèrent dans sa gorge. Ils
étaient pourchassés, non par un loup mais par un
homme au poitrail massif, à l'échine arquée, qui parvenait à gagner du terrain sur le cheval lancé au grand
galop.

Sans la moindre difficulté, leur poursuivant sauta
à son tour la clôture d'un bond de quatre pieds. Un
nouveau hurlement déchira l'air, poussé par l'homme
qui courait de plus en plus vite, le dos de plus en
plus courbé vers l'avant, jusqu'à ce que ses mains
effleurent le sol.

Samson soufflait bruyamment, le cou ruisselant de
sueur. François, tirant sur la bride, tentait vainement
d'orienter sa course. Quand Faustin se retourna à
nouveau, c'était bien un loup qui était sur leurs talons,
plus gros et plus massif que tout ce qu'il avait vu
jusqu'ici. Le canidé courait à une vitesse alarmante,
en gagnant sans cesse du terrain. Bientôt il put apercevoir ses crocs baignant dans l'écume et ses pattes
antérieures qui se bandaient pour plonger vers l'avant,
la gueule manquant de près le tendon du cheval.

François se redressa subitement. Tout en se retenant aux rênes d'une main, il avait tracé de l'ongle un pentacle dans le cuir de la selle.

— Penche-toi, Faustin.

Le vicaire se retourna, une main tendue vers l'animal, la paume tournée vers le ciel. Sa voix tonna avec une force inhabituelle :

— *Ashek akkad baath ahmed dazan il-bekr.*

Le pentacle se mit à luire, l'air devint aussitôt irrespirable et une forte lumière perça la nuit. De la main de François jaillit un globe de flammes qu'il projeta sur la créature. Le loup, heurté en plein poitrail, perdit pied et roula sur lui-même sur le sol boueux. Faustin perçut un couinement plaintif ; toutefois, Samson ne décélérant pas, la bête fut bientôt à bonne distance, puis elle ne fut plus visible.

— Il ne reviendra pas de sitôt, marmonna François entre ses dents alors qu'il réussissait enfin à reprendre le contrôle de leur monture.

À un rythme étonnant pour sa condition, Samson les amena droit au presbytère.

◆

— Tu auras beau dire tout ce que tu voudras, Madeleine, coupa fermement François en jetant pêle-mêle dans une malle les vêtements de la servante qu'il arrachait au hasard dans la penderie, tu pars immédiatement chez ta sœur à la Pointe-Lévy. Ou j'irai t'y mener de force.

— Éphrem n'a même pas encore été mis en terre, objecta la femme d'une voix éteinte.

— Je m'occuperai de lui avec Faustin. Toi, tu finis de rapailler tes affaires et tu pars à l'aube dans la charrette du bonhomme Lambert. Il ne me refusera pas ce service...

Le soleil entamait à peine sa lente ascension. La plupart des cultivateurs allaient bientôt s'éveiller pour la messe des cendres et le bonhomme Lambert, le plus proche voisin, ne tarderait pas à sortir de chez lui.

La ménagère sanglotait en fourrant ses habits dans une petite malle. Tout au fond de la chambre, veillant distraitement sur l'Indienne allongée, Faustin assistait à la scène, l'esprit troublé par le souvenir de la *chose* qui les avait poursuivis, quinze minutes auparavant. Samson avait à peine stoppé sa course que le vicaire s'était précipité dans le presbytère pour enjoindre à Madeleine de quitter les lieux.

La servante achevait de rassembler ses effets quand François la prit par les épaules et lui murmura d'un ton apaisant :

— Écoute, Madeleine... ce sont des goétistes qui sont responsables du décès. Le curé Lamare t'a déjà expliqué : les théurgistes d'un côté, les goétistes de l'autre, la magie d'argent, et la magie noire...

— Je connais tout ça, François. Penses-tu que j'aurais servi Éphrem pendant vingt-six ans sans savoir qu'il était plus qu'un prêtre, sans qu'il ne m'explique comment tout ça fonctionne...

— Alors tu réalises qu'il faut que tu partes, Madeleine. Il y a des lycanthropes qui rôdent, comprends-tu ? Sauvageau en était un. Il y en a un second qui nous a poursuivis. Il y a cette Indienne, l'enlèvement de la fille Latulipe et ce cadenas fondu. Et il y a le décès de... Tu ne peux pas rester dans les environs.

— Et vous non plus, les garçons.

— On ne restera pas longtemps, je te le promets. Le temps d'empaqueter les livres de la cave et de mettre notre pauvre Éphrem en terre. On ira te rejoindre demain, après la messe ; si les paroissiens nous voyaient tous disparaître du jour au lendemain, ça serait la panique générale.

Épuisée, la servante inclina docilement la tête. Elle souleva sa petite malle et s'en alla ramasser quelques objets dans la cuisine. La laissant terminer ses bagages, François vint s'asseoir aux côtés de Faustin et lui tapa l'épaule :

— Ça va aller ?

Surpris de la question, Faustin leva les yeux sur le vicaire :

— Comment ça pourrait aller ? Comment veux-tu que j'aille ?

— Je comprends que ça puisse te secouer.

— Me *secouer* ? Trois heures après le décès de mon oncle, un homme nous prend en chasse sous l'apparence d'un loup et c'est seulement censé me *secouer* ?

— Écoute, Faustin… ce n'est pas comme si tu ignorais que ces choses-là existent. Ton oncle a toujours fait usage des arcanes devant toi. Toi-même, tu sais lancer quelques sorts mineurs…

— Non ! Ça n'a rien à voir. Les arcanes sont une science, basée sur la géométrie et la résonance des ondes sonores. Ça n'a rien à voir…

— Franchement, Faustin, tu ne trouves pas que…

Faustin se leva, arpenta la chambre de long en large, les poings serrés contre sa poitrine :

— Encore hier, les loups-garous se contentaient de hanter les histoires des David Durand, Jos Violon et autres conteurs à la mode dont s'entoure le père Bilodeau. Et même là, comme la plupart des gens après une veillée de contes de grand-mère, je rentrais au presbytère d'un pas vif, rarement seul, en essayant de ne pas penser aux âmes en peine d'aller leur train.

— Allons, Faustin, tu n'es pas comme Joachim Crête. Tu ne vas pas sombrer dans la folie seulement parce que tu vois un homme se changer en loup…

— *Seulement ?* Tu trouves ça normal, toi, de savoir que n'importe quel étranger est potentiellement un lycanthrope ?

— Tu te rappelles ce qui est arrivé à la plus jeune fille du charpentier, l'année dernière ?

Pour sûr qu'il se rappelait. La fillette avait échappé à un sort affreux : on avait surpris l'engagé du charpentier, nu et le sexe érigé, en train de déchirer les jupes de la fillette de six ans. Il s'en était fallu de peu pour qu'il ne passe à l'acte. On avait battu le méprisable jusqu'à lui en briser les côtes. Et malgré cela, il avait trouvé le moyen de fuir avant que la justice ne l'appréhende.

— Je ne vois pas le rapport.

— Sans qu'on le sache, n'importe qui peut être un salaud comme cet engagé, expliqua François. N'importe qui. Tu trouves que c'est une raison de paniquer ?

— Non, mais ce n'est pas…

— Ce n'est pas pareil, tu veux dire ? Tu crois sincèrement que c'est différent ? Dans les deux cas, un individu banal se change en monstre. L'un se transforme physiquement, l'autre mentalement. Même que le second est pire que le premier, à mon sens.

Faustin se laissa choir sur une chaise en se passant une main dans les cheveux. Il but une longue gorgée à même le gobelet laissé au chevet de l'Indienne.

— Mais enfin, c'est…

— D'accord, Faustin. Tu as regardé sous ton lit et découvert que les monstres tapis dessous existaient bel et bien. C'est terrifiant, j'en conviens. Mais pas davantage que ce que tu connais déjà.

— Et vous m'avez caché l'existence de…

— Leur existence n'est cachée à personne. Tu l'as dit toi-même : toutes les veillées de contes en font mention. Il y a des choses qui mènent leur existence sans que nous nous en apercevions. N'importe qui l'a déjà ressenti, quelque part au fond de soi. Et c'est pour ça que ces contes nous effraient. Et franchement, aurais-tu été plus heureux en le sachant ?

Faustin prit le temps de se servir un autre gobelet d'eau avant de répondre :

— Non. En réalité, j'aurais préféré ne jamais le savoir.

— Alors remercie ton oncle de t'en avoir préservé des années durant.

Faustin allait rétorquer autre chose quand ils entendirent l'Indienne remuer faiblement. Le jeune bedeau s'empressa de prendre son pouls, eut le temps de la voir entrouvrir ses yeux sombres. Faiblement, lui et le vicaire l'entendirent murmurer quelques phrases dans sa langue, dont Faustin comprit distinctement deux mots : *Éphrem… Lamare*.

— Le curé Lamare a trépassé, énonça posément François.

— Il est mort ? s'exclama-t-elle en français à voix basse. Comment ?

Le vicaire lui résuma brièvement les événements de la nuit. Incidemment, Faustin remarqua la qualité du français de l'Indienne, clair comme l'eau d'un ruisseau. Quand François eut terminé ses explications, la jeune femme garda le silence toute une minute, le temps de reprendre contrôle sur elle-même.

— Alors j'ai échoué à le protéger. Et Sauvageau ?

— Lui aussi est mort, répondit François. Des mains du curé.

— J'avais un compte à régler avec Sauvageau, dit l'Indienne en dégainant distraitement son couteau de silex. Il a souffert? demanda-t-elle avec une étrange avidité, les yeux rivés sur sa lame.

— Probablement. Il a été brûlé vif.

L'Indienne eut une ombre de sourire avant de se redresser complètement et de retirer les couvertures de ses jambes. Assise sur le lit, elle prit le temps de se remettre d'un vertige, puis dévisagea lentement les deux hommes, une lueur inquiétante dans le regard.

— Lequel de vous deux est le neveu d'Éphrem Lamare? demanda-t-elle subitement.

Faustin déglutit en inclinant lentement la tête.

— Prépare-toi, ordonna-t-elle en se levant. Maintenant que Sauvageau n'est plus, je m'en retourne et je t'emmène.

François vint se planter devant elle. Bien qu'encore chancelante, l'Indienne le toisa avec un insondable mépris.

— Poussez-vous, prêtre… poussez-vous ou les hommes trembleront encore dans mille ans au souvenir de ce que je vous ferai.

— Le presbytère est truffé de protections magiques que je peux activer d'une seule formule. Tu ne franchiras même pas le seuil de la porte.

— Mettez-moi au défi, pour voir… J'étais ici pour tuer Sauvageau et escorter le curé Lamare auprès du Premier Danseur. À défaut, je dois ramener son neveu.

— Le Premier Danseur? C'est le titre attribué au chef des arcanistes de ta race, n'est-ce pas?

Sans prendre le temps de répondre, l'Indienne fonça vers la porte de la chambre, agrippant au passage le bras de Faustin. François tenta de la retenir en posant une main sur sa petite épaule. L'Indienne le repoussa violemment.

— Nous partons, trancha-t-elle en tenant son couteau promptement dégainé. Le neveu viendra avec moi, quand bien même je devrais vous tuer et le traîner par les cheveux sur tout le trajet.

— Vous n'oseriez pas faire une chose pareille, hoqueta le vicaire.

L'Indienne se tourna vers François, les yeux étincelants. Faustin trouva prudent de reculer d'un pas, histoire de se mettre hors de portée.

— Vous commencez à m'agacer, reprit-elle froidement en le foudroyant du regard. Je n'ai pas le choix, et lui non plus. Nous allons auprès d'Otjiera.

— Ce magicien sauvage, dit prudemment Faustin, sait peut-être quelque chose sur ce qui a… fait partir mon oncle.

— Possible, concéda François. Mais je ne permettrai pas que tu quittes ce presbytère sans moi.

— *Tu ne permettras pas?* répéta l'Indienne d'un ton acide.

— Précisément.

La femme ne répondit pas. Dans l'état où elle se trouvait, ses mouvements brusques l'avaient vidée du peu de vigueur qu'elle avait retrouvée. Faustin s'avança juste à temps pour la rattraper alors qu'elle glissait à terre, le visage exsangue, inconsciente de nouveau.

CHAPITRE 3

Shaor'i

« ... *ecce ascendimus Hierosolymam et Filius hominis tradetur principibus sacerdotum et scribis et condemnabunt eum morte...* »

La voix du vicaire, qui résonnait sous la voûte de l'église, n'avait aucun autre effet sur Faustin que d'accentuer son mal de crâne.

Il avait la tête lourde, l'esprit englué par la fatigue et épuisé par les émotions de la dernière nuit. Il pensait à tout à l'heure, à son départ pour suivre l'Indienne – Shaor'i, qu'elle s'appelait. Après son évanouissement, François et lui l'avaient remise dans le lit et s'étaient retirés pour parler en toute quiétude de ce qu'elle leur avait appris. Devaient-ils la suivre ou non ? Après s'être mis d'accord, ils étaient retournés dans la chambre. L'Indienne avait disparu. Un harfang des neiges avait pris sa place. Faustin se l'avouait sans gêne, il avait failli s'évanouir lorsque l'oiseau avait changé de forme pour redevenir une jeune femme. François l'avait forcée à s'asseoir, puis il avait appelé Madeleine, toujours à la cuisine.

— ... *et tradent eum gentibus ad deludendum et flagellandum et crucifigendum et tertia die resurget.*

En y repensant, Faustin réalisait que c'était précisément à ce moment que quelque chose en lui s'était brisé. Aucun esprit ne pouvait supporter une terreur continuelle, et celui de Faustin ne faisait pas exception à cette règle. La peur s'était peu à peu retirée au second plan de ses pensées. Elle était toujours présente, mais désormais il l'acceptait passivement.

Pour l'instant, il avait renoncé à remettre tous les événements de la journée dans un tout cohérent. Il n'essayait même plus de comprendre ce qu'il éprouvait. Il se contentait d'assister à la suite des choses.

Encore affaiblie, l'Indienne avait laissé parler Madeleine et le vicaire. Ils avaient longuement discuté, parvenant même à la convaincre d'attendre que la messe du mercredi des Cendres eût été dite pour se mettre en route. Ce qui n'était plus qu'une question de minutes, ne pouvait s'empêcher de penser Faustin.

Discrètement, il scruta la voûte et repéra, bien perché sur une poutre, le harfang des neiges qui les guettait. L'Indienne. Shaor'i. Le loup n'était pas la seule forme que pouvait adopter un arcaniste, lui avait-elle expliqué. Chez les autochtones, c'était une tradition immémoriale. L'aboutissement d'une démarche spirituelle pour un arcaniste ayant voué sa vie à la contemplation du cycle naturel.

N'empêche. Quoi qu'en dise François, Faustin jugeait qu'il y avait quelque chose d'anormal dans le fait d'adopter la forme d'un animal. Rien ne lui enlèverait cette impression. Délibérément, il se mit à fixer l'oiseau de proie qui attendait patiemment. Le harfang sembla soutenir son regard de ses yeux d'or, tant et si bien que Faustin, mal à l'aise, reporta son attention sur la messe. Les événements le dépassaient à un rythme terrifiant. Vingt-quatre heures auparavant, rien ne laissait présager les bouleversements qui l'avaient frappé.

— *Ite, missa est,* énonça fermement la voix du vicaire.

Quelques minutes plus tard, l'église pleine à craquer se vidait et Faustin suivait les paroissiens, aussi soulagés que lui de la fin de l'office, mais pas pour les mêmes raisons. On se précipitait sur le perron de l'église pour enfin baigner dans le flot de ragots, de rumeurs et de potins qu'on rapporterait joyeusement. Il y avait certes la fille Latulipe, dont le départ était sur toutes les lèvres, enfuie avec un étranger, disait-on. On en parlait par petits groupes, l'œil alerte pour guetter la proximité du maire ou de sa femme. Si l'un ou l'autre semblait s'approcher, on déviait rapidement du sujet : l'absence du curé Lamare ou la verve insoupçonnée du vicaire dans son sermon sur les abus. Là où ces sujets avaient déjà été épuisés, on ravivait le vol de chez la mère Bélisle ou on s'étonnait de ceux qui affirmaient avoir croisé un loup en plein village, au cours de la nuit dernière.

Faustin, d'ordinaire si volubile en matière de rumeurs, observait la scène, vaguement inquiet. Tous ces gens étaient à cent lieues d'imaginer ce qui se tramait réellement. Non que lui-même le sût clairement. Il restait sur le pas de la porte, son regard portant occasionnellement sur un vieil orme où le harfang des neiges était maintenant posé pour maintenir sa surveillance. Quand il jugea le moment opportun, Faustin s'éclaircit la voix pour la criée. Le volume des conversations baissa aussitôt.

— Bonnes gens de Notre-Dame des Tempérances, clama-t-il d'une voix forte, j'ai le plaisir de vous transmettre les communiqués de ce mercredi 21 février 1849.

Les discussions cessèrent presque complètement. En sa qualité de bedeau, Faustin énumérait une à une les annonces du petit village :

— Notre brave Damase Lacerte a deux génisses Jersey à vendre…

Un peu partout dans la foule, il y eut des hoquets de surprise. On s'était attendu à ce qu'il débute en expliquant pourquoi le curé Lamare n'avait pas dit la messe. Mais Faustin ignora les réactions et poursuivit sa tâche :

— Monsieur Duchemin fait savoir qu'encore cette année il vendra diverses poissonneries pour les jours maigres du carême. Un arpenteur de la Pointe-Lévy sera présent vendredi prochain jusqu'au mardi suivant et logera à l'Auberge à Beaupré ; ceux qui voudront faire arpenter leurs terres pourront s'adresser à lui. L'Union des Prières entreprendra ce soir une tournée de chapelets pour la bonne santé de notre chère doyenne, madame Alma Caron. Un goret errant a été trouvé par les enfants Tremblay aux environs du ruisseau Croche ; s'il n'est pas réclamé d'ici samedi, il deviendra la propriété de la famille Tremblay…

Malheureusement pour les principaux intéressés, la foule ne prêtait qu'une distraite attention à ces annonces. Tous attendaient des nouvelles du vol chez la Bélisle, de Rose ou du curé. Ils furent partiellement satisfaits quand Faustin, à la toute fin, passa un dernier message :

— On a livré, très tôt ce matin, un télégramme à notre curé. Monseigneur l'évêque de Montréal a fait savoir par la ligne des deux cités qu'il désirait la pré-

sence du bon père Lamare à ses côtés afin de peau-
finer une thèse pour le Grand Séminaire. Empressé
de répondre à si illustre requête, notre curé a confié
la messe des cendres à notre bon vicaire. Celui-ci
devra d'ailleurs le rejoindre dès cet après-midi pour
une période indéterminée.

La nouvelle frappa les paroissiens de stupeur,
comme l'avait prévu François Gauthier. Il s'était posté
entre-temps à côté de Faustin et il s'adressa à son
tour à la foule :

— Pendant cette période, le curé Lamare et moi-
même avons grande confiance en votre pieux dévouement et espérons que tous ceux qui en auront la santé
se rendront aux offices du curé de la Pointe-Lévy.

Le vicaire attendit quelques minutes avant de poursuivre, le temps que s'estompent les nombreux murmures. Faustin soupira, la gorge nouée. Pour l'instant,
ils s'étaient mis d'accord pour cacher le décès du
curé Lamare. Il n'aurait plus manqué que le diocèse,
pressé de fournir un nouveau prêtre au village, ne
vienne y fourrer son nez.

— Bien, reprit François. Je souhaiterais maintenant
m'entretenir avec les marguilliers pour décider de la
personne qui sera responsable des bestiaux du presbytère et…

Les commérages reprirent de plus belle. N'ayant
pas le cœur à baigner dans cette ambiance, Faustin se
faufila entre les paroissiens pour retourner au presbytère. À peine remarqua-t-il le grand hibou blanc
qui décrivait de larges cercles au-dessus de lui.

◆

Par-delà le bocage qui encerclait le village de Notre-Dame des Tempérances s'étendait une vaste forêt sombre, luxuriante, où de grands pins gris avaient échappé aux bûcherons et se dressaient encore fièrement, tels d'immortels seigneurs témoins des âges passés. La Pinède du Sauvage, comme on l'appelait au hameau, couvrait une vaste région que même les meilleurs trappeurs connaissaient mal. Le ruisseau Croche s'y engouffrait, serpentant entre les troncs larges de quatre pieds, puis s'y perdait, sans que quiconque ne sache où il achevait son cours. Au cœur de ces bois denses, il était facile de s'égarer : le soleil comme les étoiles étaient en permanence voilés par l'épais branchage des pins. Celui qui s'y perdait pouvait errer bien longtemps avant d'en émerger – si jamais il y parvenait.

C'est donc avec une certaine appréhension que Faustin et François y avaient suivi l'Indienne, une demi-heure à peine après avoir fermé le presbytère. Le vicaire avait tout juste pris le temps de troquer sa soutane pour un pantalon d'habitant et de s'assurer que Madeleine partait bien pour Pointe-Lévy. L'Indienne avait patienté, le regard aussi chaleureux qu'un coup de poing dans le ventre, puis s'était mise en route en ne se retournant que pour s'assurer qu'ils la suivaient toujours.

Elle n'avait pas de difficulté à avancer, l'Indienne. On aurait dit qu'elle courait dans l'herbe. Elle ne marchait pas *dans* la neige mais *sur* la neige… sans laisser la moindre trace. À croire que son corps ne pesait rien.

Pourtant, la neige de la Pinède était encore épaisse, restée à l'ombre des arbres. Sans raquettes, Faustin s'y enfonçait profondément. Il avait mal aux chevilles tant ses bottes étaient pleines d'éclats glacés et il ne sentait plus ses orteils qui baignaient dans l'eau froide. Les bras tendus devant lui, il écartait les branches basses des conifères qui lui labouraient le visage et souillaient sa pelisse d'épaisses traces gommées.

L'Indienne semblait indifférente à tout ça. *Shaor'i*, s'obligea à penser Faustin. Elle se fichait bien de la neige ou des branchages, la Shaor'i. Elle trottait impunément à travers la Pinède sans être gommée de résine. D'un coup d'œil en biais, Faustin observa son ami. François peinait autant que lui et ruminait sans doute de semblables pensées. Mais comme lui, il se gardait bien de les énoncer à haute voix.

Le calvaire se poursuivit jusqu'à la fin de l'après-midi, les laissant transis jusqu'aux os, le visage lacéré d'égratignures et les vêtements plus crottés que trente-six cochons. La forêt s'éclaircissait lentement à mesure que Shaor'i les guidait vers ce qu'elle prétendait être un territoire indien. Ils devaient se trouver à plusieurs lieues au sud de Notre-Dame des Tempérances.

Lorsqu'ils croisèrent la première hutte d'écorce, Faustin s'estima heureux que son compagnon ne soit pas revêtu de sa soutane. Accroupie à l'entrée du wigwam, une vieille Indienne en train de racler une peau de raton laveur leva la tête pour dévisager les deux Blancs qui passaient. Ses yeux eussent été des armes que les deux hommes seraient tombés roides morts.

Cette hutte n'était que la première d'une série d'habitations éparpillées dans le dense boisé. À chaque nouvel abri, Faustin découvrait les regards méfiants et rancuniers qui le dardaient. Un grand Indien qui fendait du bois arrêta son ouvrage aussitôt qu'il les vit, les fixant d'un œil noir sans même baisser sa hache. Pour un peu, Faustin aurait senti peser sur ses épaules tout le poids des abus des Blancs contre leur peuple.

Il ne sut jamais à quel moment ils dépassèrent les huttes périphériques pour entrer dans le village proprement dit. Naïvement peut-être, Faustin s'imaginait leur destination comme une clairière défrichée où seraient plantées des tentes dans un cercle presque parfait, cernées d'une haute palissade.

En réalité, ce qu'on appelait « village » n'était que l'endroit où les huttes étaient plus vastes et plus proches les unes des autres. Bien que les arbres fussent encore nombreux, la neige avait fondu entre les troncs et l'on pouvait apercevoir des sentiers qui reliaient les demeures les unes aux autres. Ici encore, les Indiens les fixaient, pas vraiment menaçants, mais pas vraiment accueillants non plus. Faustin eut la triste surprise de voir un enfant s'enfuir en les apercevant.

Sans se préoccuper d'eux, Shaor'i s'adressa dans sa langue à deux hommes qui préparaient une peau d'ours. Ils trempaient leurs doigts dans une soucoupe de céramique pour en étendre laborieusement le contenu sur la peau. Le crâne fendu de l'animal, reposant aux pieds des deux Indiens, permit à Faustin de comprendre qu'ils se servaient de cervelle. Quand la fourrure fut prête, ils la suspendirent à un support au-dessus d'un petit feu et en décrochèrent une autre plus petite, un pékan peut-être, qu'ils lavèrent dans une eau tiède, grattèrent et étendirent.

Comme tous les habitants du village, ils semblaient appartenir au siècle précédent. Tout – leurs manières, leurs techniques, jusqu'à l'apparence de leurs vêtements ou l'absence manifeste d'objets métalliques – semblait sortir d'un conte ancien. À tout le moins, ils n'avaient absolument rien en commun avec les seuls Indiens que Faustin avait rencontrés jusqu'ici, des Montagnais venus camper l'été dans une anse près de Pointe-Lévy, dont ils avaient parcouru les rues pour mendier.

Shaor'i conclut sa conversation, puis adressa un signe au vicaire et à Faustin, leur intimant de la suivre. Ils se dirigèrent vers une quinzaine de huttes circulaires, chacune assez grande pour une dizaine de personnes. Toutes avaient une armature de bois sur laquelle était fixé un recouvrement d'écorce. La plupart portaient encore leur revêtement d'hiver en peaux de bête. La belle saison avait toutefois poussé l'une des familles à détacher ces fourrures et à les rouler en ballots.

Une odeur sucrée attira l'attention de Faustin. À l'écart des wigwams, une vieille Indienne et une femme qui devait être sa fille mettaient à bouillir de l'eau d'érable dans un grand pot de terre cuite. Dès qu'elle remarqua le jeune Blanc, la plus jeune détourna le regard, visiblement mal à l'aise ; moins délicate, la matrone le toisa avec mépris. Sans s'attarder plus longtemps, Faustin s'empressa de rejoindre ses compagnons qui s'étaient approchés d'un aîné.

L'homme devant qui se tenaient Shaor'i et le vicaire était assis en tailleur sur le seuil d'une hutte retirée. Les sourcils froncés, il s'affairait à terminer une pièce de vannerie. Sa concentration était telle qu'il ne remarqua leur présence qu'après quelques instants, quand Shaor'i murmura doucement : « Otjiera… »

L'homme releva la tête sans se départir de son air sévère. Ses cheveux, nattés et piquetés de plumes, commençaient à grisonner, ce qui ajoutait à la dureté de son expression.

— *Kwé*, dit-il en se relevant après avoir posé son ouvrage sur une pierre.

— *Me'talein ?* demanda la jeune Indienne pleine de révérence.

— *Weléi*, répondit l'homme en tournant les yeux vers le vicaire. Tu dois être François, l'apprenti du curé Lamare ?

L'intéressé hocha la tête.

— Le message du curé faisait mention de toi. Il était très fier de son apprenti.

— Était ? releva François. Vous êtes déjà au courant ?

— Malheureusement oui, confirma le vieil Indien, subitement attristé. *Kikmanaq kisiku'k pemkaqiejik, aqq ta'n wla koqoey nenmi'tij*: nos anciens trépassent en emportant avec eux ce qu'ils savent.

Les pupilles sombres de l'homme se dilatèrent subitement et son visage se peignit de perplexité :

— Ce garçon, Shaor'i… fit-il en pointant Faustin. *Wen net át ?*

— Le neveu d'Éphrem Lamare, répondit-elle en haussant les épaules. Comme vous me l'avez demandé.

— On dirait que sa présence vous surprend, remarqua François.

— Je n'avais pas rêvé de lui, c'est tout… marmonna l'Indien, visiblement troublé. Je croyais que l'apprenti était aussi le neveu.

Perplexe, le vieil homme fit signe aux jeunes hommes d'entrer dans sa hutte. Faustin passa le premier, découvrant un intérieur où séchaient des plantes médicinales au-dessus d'un petit âtre rougeoyant. Prenant place sur une peau, il ne put s'empêcher de demander :

— Depuis quand connaissiez-vous mon oncle?

— Cela remonte à plus de cinquante ans, répondit le vieil Otjiera.

Amusé par la mine stupéfaite des deux jeunes hommes, il reprit:

— C'était en 1795, si je me souviens bien – le curé Lamare était alors un jeune vicaire comme vous, François –, l'Ordre Théurgique avait décidé de passer un traité de neutralité avec nous. Chacun de notre côté, nous avions perdu plusieurs des nôtres avec le changement de Régime, à la suite d'une sorte de « chasse aux sorcières », si vous voulez. Alors, pour éviter de nous affaiblir davantage en nous entre-déchirant, nous avons passé un accord complexe. Cela incluait plusieurs engagements, tels que la restitution d'artefacts enchantés nous ayant été confisqués par les missionnaires. Pour définir les détails de l'entente, Éphrem avait été désigné pour sa maîtrise de nos langues.

— J'ignorais qu'il connaissait les langues indiennes, souffla Faustin, impressionné.

— Les langues autochtones, corrigea le vieil homme. Quoi qu'il en soit, Éphrem et moi en sommes venus à… « l'amitié » est un bien grand mot… mais disons que nous nous respections mutuellement, et que nous admirions chacun le talent et le savoir de l'autre. Nous nous rendions visite au moins une fois par année.

— Je ne m'en serais jamais douté, avoua Faustin.

— Moi non plus, renchérit François. Il a été très discret.

— À notre requête: cela faisait partie de l'entente. Nous ne sommes plus qu'une poignée de villages à préserver notre mode de vie ancestral et nous désirons limiter les contacts avec les Blancs. Cependant, j'ai reçu hier soir un message onirique m'annonçant qu'il userait de divination. En dépit de l'imprécision de ses explications, j'ai compris que quelque chose de très grave se passait. Ce n'est pas le genre de rituel que l'on tente sans raison à un âge aussi avancé que le sien. Il me demandait d'assurer la sécurité de son neveu et c'est pourquoi j'avais envoyé Shaor'i. Les Danseurs veillent toujours sur leurs alliés.

— Pourquoi dites-vous les Danseurs? demanda Faustin, intrigué par le terme.

— Vous diriez arcanistes-médianistes, je crois. Mais nous préférons le terme ancestral. Il prend sa source dans notre mythe fondateur.

— Racontez-nous, demanda François.

◆

Jadis, il y a bien des hivers, la nation wendat habitait encore l'île de Mi'Nigo. C'est à cette époque qu'un enfant, visité en rêve par l'ancêtre Ours, rêva qu'il se transformait en ourson et suivait le grand Esprit dans ses errances nocturnes. À son réveil, l'enfant réalisa qu'il n'était plus dans la hutte de ses parents. Il était dans une tanière et avait l'apparence d'un ours. Sa stupéfaction brisa l'enchantement et il reprit aussitôt sa forme normale. Mais chaque nuit, le rêve recommença et cela, jusqu'à ce qu'il eût acquis le plein contrôle de sa transformation.

Ainsi travesti, il fréquenta les Esprits Animaux et apprit la majorité de leurs secrets. Au cours de ses voyages, il découvrit d'autres enfants avec un don similaire. Certains étaient mohawk, d'autres wendat,

d'autres encore attikamekw ou mi'gmak. Chacun
d'entre eux avait reçu le pouvoir de revêtir la forme
d'un animal et de se mouvoir sous cette forme. Sans
se soucier des différences de tribus, car ils étaient
encore bien jeunes, ils décidèrent de se réunir chaque
nuit de pleine lune pour se divertir, festoyer et échanger
leurs connaissances. Ces nuits-là, ils se rassemblaient
dans la forêt de Mi'Nigo autour d'un petit feu du
conseil. Là, ils dansaient au son du tambour de leur
chef.

Le temps passa et ils devinrent tous de grands
guerriers, chacun dans leur tribu. Leur forme animale
leur conférait subtilité, vélocité et habileté. Le savoir
qu'ils avaient acquis des Esprits Animaux leur per-
mettait de lancer des charmes protecteurs et d'appeler
sur eux la bonne chance. Tous étaient respectés et
admirés par les leurs, qui ignoraient leur pouvoir.

Un soir, le chef des Sept décida qu'il était temps
de révéler leur secret aux membres de leurs tribus.
Chacun de son côté profiterait de son prestige pour
vanter l'amitié qu'il avait entretenue par-delà les
rivalités de nations. Ainsi, les tribus pourraient les
utiliser comme intermédiaires et comme ambassa-
deurs, mettant fin aux guerres qui faisaient souffrir
la race humaine depuis le début des temps.

Le lendemain, chacun des Sept rentra dans son
village sous sa forme animale et reprit sa véritable
identité devant les regards émerveillés et stupéfaits
de ses pairs. Or, quand vint le moment de parler de
paix, de communication et d'amitié, chacun des Sept
se heurta à un refus. Les tribus vivaient leur haine
depuis tant de générations que leur cœur en était
imprégné trop profondément. Renoncer à cette haine
aurait été renoncer à une partie de leur âme.

Alors les Sept eurent le cœur empli de chagrin. Le chef déclara à ses amis : « Puisque nos tribus ne veulent rien entendre à nos paroles, il est désormais inutile de les faire bénéficier de nos dons. Nous allons les quitter pour toujours, à moins que ceux-ci ne reviennent sur leur décision. »

Le chef dit à ses hommes de danser comme ils ne l'avaient jamais fait auparavant. Il leur dit aussi de fixer le ciel nocturne pendant la danse et de ne se retourner sous aucun prétexte. Sur ces mots, il prit son tambour et, tout en le frappant, il entonna le chant magique le plus puissant que lui aient enseigné les Esprits.

Les jeunes hommes dansèrent et leur cœur devint léger, de même que leurs pieds. Le rythme du chant s'accéléra, et bientôt les Sept se sentirent entrer dans le ciel en dansant.

Mais l'un des Sept eut soudain le cœur brûlant de colère envers ceux qu'il laissait derrière lui, ceux qui refusaient de les comprendre. Alors il voulut venger ses amis qui étaient obligés de migrer vers les cieux. Quittant la danse, il devint une étoile filante qui percuta le sol de l'île et l'embrasa de milles feux. Quant aux autres, ils devinrent six petites étoiles scintillant dans la nuit.

— Voilà, à quelques variantes près, le mythe fondateur de notre ordre. Les étoiles auxquelles il fait allusion sont le groupe que vous nommez les Pléiades.

Le vieil Indien – Otjiera – s'étira longuement, retira du feu un bol d'eau qu'il avait mis à bouillir et y jeta des herbes pour préparer une infusion.

— Bien entendu, reprit-il, tout cela n'est qu'une légende. Néanmoins, nous suivons les traditions du mythe dans le même but. Nous sommes toujours au nombre de sept, sans distinction de nation : Shaor'i et moi sommes des Micmacs, le village qui nous environne est wendat, l'un de nos meilleurs devins est mohawk. Nous sommes dirigés par un chef et choisissons l'un des nôtres comme bras vengeur – l'étoile filante, l'Exécutrice. C'est présentement Shaor'i qui occupe cette fonction.

— Je l'aurais parié, répondit François en fixant du coin de l'œil l'Indienne qui les avait guidés.

— Mais ça ne m'explique pas, reprit Faustin en acceptant un gobelet de tisane, pourquoi ces monstres ont tué mon oncle.

— De cela, nous n'avons aucune idée. Nous savions que l'homme-loup Sauvageau rôdait dans votre village. Shaor'i avait pour mission de l'exécuter.

— Qu'aviez-vous contre lui ?

— Le sang de l'un des nôtres, cracha la jeune femme.

— Je comprends. Quelle pitié que vous ne l'ayez pas tué plus tôt.

L'Indienne lui jeta un regard fielleux. Sans s'en préoccuper, Otjiera se servit lui aussi une infusion, souffla un peu avant d'en prendre une longue gorgée et de hocher la tête avec satisfaction.

— Votre maître, jeune François, a-t-il contacté les membres de son Ordre pour obtenir de l'aide ? demanda le vieil homme en se tournant vers le vicaire.

— J'en doute fort, répondit François. L'Ordre à proprement parler s'est dissous il y a une dizaine d'années. Il était déjà en piètre état.

— Comment cela ?

Faustin n'écoutait que distraitement ; son oncle lui avait déjà expliqué tout cela plus d'une fois. Après le

Tribunal de la Chambre Ardente, les arcanistes avaient décidé de s'exiler au Nouveau Monde – les Anglais à Salem, les Français à l'île d'Orléans. Les Anglais de Salem n'avaient pas duré très longtemps. En territoire français, toutefois, ils avaient été plus discrets et étaient encore assez efficaces au début du siècle.

Toutefois, Otjiera et Shaor'i semblaient prêter une grande attention aux propos de François.

— Un peu avant la révolte des Patriotes, l'Ordre a été dissous. Le curé Lamare est retourné à son village, Notre-Dame des Tempérances. En '36, pendant l'épidémie, il m'a rencontré par hasard en s'occupant des malades. J'avais douze ans, à l'époque. Il a jugé qu'il était temps de transmettre son savoir. À ma connaissance, il n'a jamais repris contact avec ses anciens confrères.

— Je comprends maintenant pourquoi c'est à moi que le curé Lamare s'est adressé pour demander de l'aide. Nous n'avions que d'occasionnels contacts et c'est pourquoi sa requête m'a surpris. C'est lui qui nous avait révélé que Sauvageau s'était réfugié chez votre meunier. Une première exécution fut tentée dans la nuit de votre fête de Noël. Il s'en est fallu de peu qu'elle ne réussisse. Une seconde tentative devait avoir lieu la nuit dernière.

— Je l'avais repéré, coupa Shaor'i. Il attendait dans une grange, avec le cheval de son maître. J'étais entrée sans qu'il n'en sache rien, je pouvais déjà sentir ma lame lui percer le dos. Mais il y a eu…

— Depuis quelques jours, interrompit Otjiera, le curé Lamare soupçonnait la présence d'un autre homme-loup dans votre village.

— Oui, confirma Faustin en frissonnant à ce souvenir. Il nous a attaqués juste avant l'aube.

— L'étranger qui s'est enfui avec la fille Latulipe ? demanda François.

— Ç'aurait été à vous de nous le dire. Néanmoins, nous savons que cet étranger est un arcaniste suffisamment puissant pour détecter la présence de Shaor'i et mettre notre bras vengeur hors d'état d'une simple flexion de poignet.

— Assez puissant pour forcer mon oncle à se dépasser, murmura Faustin.

— Jamais je n'ai aperçu à l'outrevision d'aura aussi impressionnante que la sienne, marmonna Shaor'i en détournant le regard.

— Et que veulent-ils faire de la fille Latulipe, croyez-vous ?

— De cela, je n'ai aucune idée, avoua le vieil Indien. Mais en général, lorsque des hommes-loups coopèrent ensemble, cela laisse supposer une organisation ou un cercle.

— Comment cela ? demanda le vicaire.

— À cause de la nature même de ces créatures. La plupart des hommes-loups sont une perversion des anciens rituels d'animalité. Nous, les sept Danseurs, avons préservé le souvenir de cette démarche spirituelle. Ceux des nôtres qui, comme Shaor'i, ont acquis une animalité savent se transformer en l'espèce qui représente le mieux leur âme. Le harfang des neiges, en l'occurrence.

— Et les loups-garous ?

— Plus l'animalité prend de place dans l'esprit humain, plus elle gagne du terrain sur les plans physique et psychologique. À force de se transformer, le corps oublie peu à peu sa forme d'origine et préserve certains traits animaliers de façon permanente. Dans le cas de Shaor'i, ses os sont lentement devenus aussi creux et poreux que ceux d'un oiseau, ce qui a allégé son poids. Ses yeux sont fixes et elle doit mouvoir sa tête pour orienter sa vue. Ses pieds ont acquis une grande souplesse et peuvent se replier aussi bien qu'une main – ou que la serre d'un hibou.

— Je ne suis pas sûr de voir le rapport avec les loups-garous, dit François.

— J'y viens. La personnalité de Shaor'i se transforme elle aussi. Elle devient plus vive, plus irascible, la sédentarité lui déplaît, les endroits clos la rendent mal à l'aise. La traque et la chasse lui procurent un plaisir intense. C'est ce que recherchent certains cercles anciens, généralement de magie noire, qui ont perverti la quête d'élévation personnelle. Ils contraignent par un rite abâtardi les participants à adopter la forme que leur dicte l'incantateur. En général, les dirigeants de sociétés sombres imposent à leurs membres la forme du loup. Les bénéficiaires, sans se douter du piège, profitent alors des avantages d'une forme canine. Mais, à mesure que la personnalité du loup les pénètre, s'accroît la dévotion pour la meute – ou pour la société secrète. Et l'obéissance au chef de meute devient de plus en plus profonde.

— Ça va. Je comprends que le maître d'une telle organisation y trouve son compte. Et les loups-garous, ignorant ce qui les menace, s'en donnent à cœur joie dans leurs transformations, devenant bientôt des serviteurs tout dévoués de leur meute et de son chef.

— Et c'est pourquoi, intervint Faustin, mon oncle a cru qu'une telle organisation était à l'œuvre?

— Oui. Deux hommes-loups travaillant de concert ne pouvaient que laisser craindre une telle chose. Il devait lancer des sortilèges de divination la nuit dernière pour tenter de percer à jours leurs desseins.

— Il a découvert quelque chose. C'est pour cette raison qu'il nous a demandé d'aller chercher Rose Latulipe et de la ramener au presbytère, à l'abri de ses protections magiques. Mais nous n'en avons pas eu le temps…

Ni Shaor'i ni Otjiera ne prononcèrent le moindre mot pendant plusieurs minutes. Visiblement mal à l'aise, François ne trouva rien de mieux pour s'occuper que de détacher distraitement les épines de pin restées collées à son manteau. Finalement, Otjiera se décida à briser le silence :

— Comme je l'ai mentionné tout à l'heure, je croyais que l'apprenti et le neveu étaient la même personne. Ceci dit, pour ce que j'ai en tête, je pense que les liens du sang seront plus efficaces que l'expérience et le talent.

— *Otjiera!* s'exclama soudain Shaor'i, visiblement mécontente. *Gaqalugweieg…*

— *Ula sma'qnis tépg ugjit apoqonmuan*, répondit posément le vieil Indien.

— *Ejela'tu.*

Otjiera secoua lentement la tête. À sa mine, Faustin déduisit qu'il se sentait très las.

— *Ta'n te'sit sqapantiej amujpa gegina'mut,* dit le chamane d'une voix calme en posant sa main sur l'épaule de Shaor'i.

— *Mo gisi nsetenos Masgeltm! Poqtamka'si!* répliqua-t-elle sur un ton tranchant comme un couperet avant de quitter vivement la hutte.

Faustin entendit le bruit d'un oiseau prenant son envol.

— Que se passe-t-il ? demanda François un peu sèchement, irrité qu'on parle en sa présence dans une langue qu'il ne comprenait pas.

Otjiera s'abstint de répondre, plongé dans de profondes réflexions. Quand il se décida enfin à parler, ce fut pour s'adresser à Faustin:

— S'il y avait un moyen pour parler une dernière fois à ton oncle, en userais-tu?

— Évidemment.

— Vous pensez à un *feu follet*! s'exclama le vicaire avec stupeur. Avez-vous perdu l'esprit?

— *Kará*, mon ami. N'allez pas croire que cela me plaît, mais nous aurions là une opportunité qui mériterait de…

— Jamais Faustin ne prendra un tel risque! Croyez-vous que je n'y ai pas pensé moi-même? Même en supposant que j'aie l'expérience et la formation nécessaires pour une technique aussi avancée, il serait hors de question de…

— Je maîtrise cet art depuis plus de cinquante ans. Si nous n'essayons pas la meilleure voie qui s'offre à nous, qui sait ce qui en découlera? Le curé Lamare a découvert quelque chose qu'il nous faut connaître.

— Quelqu'un voudrait me dire de quoi il s'agit? s'impatienta Faustin.

— Un feu follet, expliqua François, est une manifestation de l'esprit lorsqu'il sort du corps. Une sorte de lueur fugitive émanant de l'énergie psychique brute au contact de l'air.

— Sous cette forme, ajouta Otjiera, l'esprit perçoit son environnement uniquement par son outrevision, ce qui lui permet, entre autres, de communiquer avec les défunts récents…

— … et expose le corps inconscient à une tension si extrême que le rapport de vieillissement est d'environ une année par quart d'heure. Si bien que la plupart de ceux qui s'y essaient restent prisonniers sous cette forme, leur corps trépassant par contrecoup. Vous n'êtes pas sérieux, Otjiera…

— Il appartient à Faustin de décider. S'il se comporte bien et ne s'attarde pas en chemin, il devrait être parti moins d'une minute.

— Hors de question. Viens, Faustin. Nous partons.

Mais Faustin ne bougea pas d'un cil. La proposition d'Otjiera avait quelque chose de terriblement tentant. Voir son oncle, du moins le percevoir, formuler ses adieux et le remercier pour tout ce qu'il avait fait pour lui…

— Je le ferai.

— Faustin, tu ne réalises pas le risque…

— Je comprends très bien. Et j'assume. Otjiera a raison : si on ne cherche pas à connaître la vérité, qui sait ce qui nous pend au bout du nez.

— Je refuse, coupa sèchement François, catégorique.

— C'est à moi de décider. Et j'ai pris ma décision.

Le vicaire ouvrit la bouche pour protester encore, la referma, puis se tourna vers l'Indien :

— Vous, s'il arrive quelque chose à Faustin, même votre bras vengeur ne sera pas en mesure de m'empêcher de vous briser le cou.

— Je doute que vous soyez réellement de taille contre Shaor'i. Mais si les choses tournent mal pour Faustin, je me soumettrai volontiers à votre châtiment. La dernière fois que j'ai parlé à son oncle, je me suis engagé sur ma vie à le protéger.

◆

Allongé sur la vieille peau d'ours, Faustin distinguait à peine le plafond de la hutte tant la fumée était épaisse. À son chevet, Otjiera chantait, monocorde, une mélodie aux paroles indistinctes. La vapeur qui envahissait les lieux rendait l'air pénible à respirer. De François, il n'apercevait que la main, posée sur son bras.

— Tu peux encore renoncer, chuchota le vicaire à son oreille. Ou je peux te remplacer.

Faustin secoua la tête. Plus les minutes s'écoulaient, plus sa résolution s'affermissait.

— Je ne serai parti qu'une minute ou deux. Même en supposant que mon inexpérience me fasse prendre le triple du temps requis, ce sera encore bref.

François poussa un soupir d'impuissance. Il marmonna autre chose que Faustin ne comprit pas. La psalmodie d'Otjiera gagnait en volume sonore et sa voix devint si forte que Faustin la sentait résonner dans tout son corps.

Il ne voyait plus rien dans la densité de la vapeur. La tête lui tournait à mesure qu'il en respirait les étranges effluves. Distraitement, il remarqua qu'on lui appuyait le bord d'un bol contre les lèvres. Il laissa passivement le liquide se déverser dans sa gorge.

La saveur elle-même du breuvage semblait venir du fond des âges. Elle évoquait un temps ancien où le destin des hommes était encore inextricablement lié à des forces obscures et mystiques. Presque aussitôt, Faustin commença à en percevoir les effets. Un violent vertige l'ébranla, lui donnant la sensation de tomber. La hutte, le visage de François et d'Otjiera, tout le décor éclata dans une myriade de parcelles colorées qui se fondirent en une espèce de brume d'abord iridescente, puis de plus en plus pâle et mate, jusqu'à en devenir grisâtre. Ses sens se stabilisèrent et il réalisa qu'il ne sentait plus ni ses membres, ni les battements de son cœur, ni aucune autre sensation. Tout était noyé dans cet éternel brouillard gris.

Une vague impression de flottement s'empara de lui. Lentement, il réalisa qu'il percevait le monde à travers son outrevision. Il vit à travers le voile couleur de cendre l'aura bleutée d'Otjiera et celle, argentée, de François. Lorsqu'il voulut s'en approcher, il comprit que les limites du monde physique ne le retenaient plus.

Il flotta vers le halo d'argent qui était François, passa à travers. Remarqua qu'une sorte de dôme bleuté s'éloignait de lui – la hutte d'Otjiera, rendue céruléenne par l'action du sortilège. La hutte diminua de taille à mesure que Faustin s'en éloignait. Peu à peu, il prenait le contrôle de ce nouveau mode de perception et s'appliquait à suivre les indications du vieil Indien. Il s'éloigna, lentement, en direction du lieu où son oncle avait trépassé.

Une autre lueur bleue attira son attention, perchée dans un arbre à une lieue du village indien : Shaor'i, encore sous sa forme de harfang. N'ayant pas le temps de s'attarder, l'esprit de Faustin poursuivit son périple.

Il percevait les sortilèges indiens jetés sur des pierres ou des arbres vénérables et qui persistaient telles des volutes de brumes azurées ; le faible rayonnement d'un talisman perdu par quelque guerrier d'une autre époque, enseveli depuis des âges sous une épaisse couche d'humus. Il remarqua l'aura d'un autel séculaire, oublié par le temps et plus ancien que les Indiens eux-mêmes. À peine conscient de son état désincarné, lentement il s'éloignait, croyait s'éloigner, se laissait porter au loin, vers le village, son village, Notre-Dame des Tempérances.

Âme libre, petite flamme solitaire, Faustin déambulait en usant de ses sens étranges. Dans une ferme en bordure des terres, il sentit les derniers lambeaux d'un rêve prémonitoire qu'une fillette oublierait bien avant son réveil. Dans une autre demeure, terrifiée par un horrible cauchemar, une grand-mère serrait contre elle une médaille pieuse pour écarter les esprits des défunts – Faustin perçut le voile noirâtre de l'esprit qui s'éloignait ainsi que le picotement argenté qui émanait du bijou chrétien, enchanté depuis des générations. Intangible, immatériel, simple lumière fugace dans l'obscurité, Faustin poursuivit sa route au gré des vents arcaniques. Il s'approcha doucement de l'Auberge à Beaupré, effleura au passage le faible tressautement d'une formule magique qu'un vieux bûcheron prononça sans le savoir en contant une légende de chantier à une tablée d'ivrognes.

Un peu plus loin encore, Faustin sentit un courant, une aspiration, la sensation d'un aimant qui attire un clou; il vit – ou plutôt ressentit – la puissance qui émanait du presbytère, sa maison et celle de son oncle. La demeure brillait comme un phare argenté dans la brume et Faustin s'y précipita comme un nageur fendant les flots. L'endroit palpitait, vivait, auréolé par l'accumulation des objets enchantés, des grimoires, des traités et des sortilèges protecteurs. Sous sa forme de feu follet, Faustin se baigna dans l'intense aura, y puisa force et énergie comme un homme transi de froid devant un poêle brûlant. Il eut l'impression de virevolter dans un ballet invisible, connu de lui seul. Il aurait pu y rester pour toujours s'il n'avait remarqué, à une lieue environ, des reliquats

de magie argentée et noire, les restes d'un affron-
tement entre un goétiste et un théurgiste. L'âme pleine
de remords, pleine de regrets, Faustin s'éloigna du
presbytère, scintilla doucement jusqu'au lieu où son
oncle avait trépassé quelques heures auparavant. Il
distingua sans mal les zones brûlées, le cercle de
terre nue où François avait retrouvé le corps du curé
Lamare. Et à mesure qu'il s'en approchait, il aperçut
un faible crépitement, comme une ride sur l'eau,
comme un fil flottant au vent, un filet si mince, si
ténu, mais pourtant bouleversant car il représentait
les derniers murmures de conscience de ce qui avait
été, une éternité auparavant, son oncle. Faustin sentit
que celui-ci crépitait, grésillait et ne savait où situer
son esprit entre la joie, la tristesse et l'appréhension.
Mais le mince filament sembla le reconnaître et flotta
doucement jusqu'à lui, il s'épaissit jusqu'à devenir un
fil, un câble, un lien si puissant que l'âme de Faustin
en fut secouée. Et alors, éveillant en lui une série
d'émotions contradictoires, Faustin perçut la voix
sereine et tranquille de son oncle qui s'éveillait dans
son esprit.

— Ainsi, semblait chuchoter la voix du curé
Lamare, ils ont tenté de me contacter. Et c'est toi qui
es venu.

Sans corps pour traduire ses émotions, Faustin ne
parvint guère à faire davantage que murmurer : *Mon
oncle, je…* Mais il ne trouva rien à ajouter. Et n'en
eut pas besoin. Car son oncle émit :

— La lettre volée, Faustin… elle m'était adressée.
Par le curé Bélanger. Tu leur diras, Faustin, de contacter le curé Bélanger, au Mont à l'Oiseau. Il saura…

Et ce fut tout. L'impression d'un claquement, d'une
corde qui se rompt, puis la sensation d'étouffer, se

rappeler en un instant qu'il faut respirer, comprendre qu'on voit et ce qu'on voit, réaliser que tout est fini, qu'il a réintégré son corps et qu'il est là, nu et en sueur, allongé sur une fourrure d'ours à haleter dans la fumée de sauge et de tabac sous le regard inquiet de François Gauthier et d'Otjiera, le Premier Danseur.

— La lettre… parvint-il à dire entre deux bouffées d'air. Elle…

Il s'interrompit, car il se rendait compte que François ne prêtait aucune attention à ses paroles mais l'observait, immobile, pendant qu'Otjiera scrutait le moindre trait de son visage.

— Mon oncle, insista Faustin. La lettre qui a été volée lui était adressée. De la part d'un autre curé, le père Bélanger du Mont à l'Oiseau. Mon oncle m'a dit d'aller le voir et… quoi ?

Silencieux, François et le vieil Indien continuaient de le fixer sans écouter ce qu'il disait.

— Quoi ? répéta-t-il, soudainement alarmé.

— Faustin… commença le vicaire après s'être éclairci la gorge. Nous t'avions dit de ne pas t'attarder, que le vieillissement induit serait d'un an au quart d'heure, environ.

— Tu es parti un peu plus de neuf heures, enchaîna Otjiera. Un contrecoup estimé à trente-six ans…

Horrifié, Faustin porta les mains à son visage. Le vicaire secoua lentement la tête :

— En dépit de cela, tu ne sembles pas avoir vieilli d'une seule année. J'ignore si c'est rassurant ou inquiétant…

— … mais de toute la tradition orale de mon peuple, une telle chose ne s'est jamais produite.

À la fois rasséréné et appréhensif, Faustin prit une longue respiration avant de demander :

— Ça veut dire quoi, dans ce cas ?

— Je l'ignore, avoua François. Jusqu'à ce que tu sois fixé, tu ferais mieux de t'abstenir d'user des arcanes.

— Ce curé Bélanger saura peut-être quelque chose.

— Possible… Nous partirons aussitôt que j'aurai contacté notre guide.

— Qui ça ?

— L'homme lige de ton oncle. Baptiste Lachapelle.

CHAPITRE 4

Baptiste

Le trajet vers Pointe-Lévy dura cinq heures, une longue marche pendant laquelle François ne reparla pas à Faustin de sa sortie en feu follet. Le vicaire semblait même se dérober à son regard. Certes, ils avaient beaucoup discuté avec le vieil Indien de l'apparente absence d'impact. François et Otjiera avaient cité toutes sortes de précédents : vieillissement localisé, dispersion du contrecoup, impact en embâcle ; mais aucune de ces explications ne semblait les satisfaire.

François évita le sujet en le noyant dans des phrases creuses, parlant des semences qui commenceraient à la fin de mars et des érables qui couleraient fort ce printemps. Pour un peu, Faustin aurait cru que tout ce qui s'était produit la journée d'avant n'était qu'un rêve et que la vie allait reprendre son cours normal. Mais la présence de Shaor'i, qui avançait juste devant eux, lui remémorait qu'il était inutile d'entretenir cette illusion. Elle allait les accompagner jusqu'au Mont à l'Oiseau, avait décidé Otjiera. Quand François avait voulu refuser, l'Indienne avait précisé qu'elle les suivrait à leur insu s'il le fallait. Préférant la garder à vue, le vicaire avait capitulé.

C'était la première fois que Faustin se rendait à Pointe-Lévy par cet itinéraire. Il était déjà allé en ville, bien sûr, pour acheter divers objets, rendre visite à une connaissance ou assister à une veillée de conte donnée par Jos Violon. Mais le sentier qu'ils arpentaient maintenant allait les mener dans un quartier qu'il ne connaissait que de nom, près du port, près des cages de draveurs et des auberges moins recommandables.

Quand il aperçut leur destination, Faustin se demanda subitement ce que Madeleine penserait si elle savait où ils se rendaient. L'auberge était l'un des bâtiments les plus proches des cages, là où les draveurs pouvaient être reçus sans qu'on ne craigne qu'ils y laissent les poux et les tiques avec qui ils vivaient en bon voisinage. Probablement parce que les employés, crasseux et mal embouchés, en hébergeaient déjà une large colonie. Aussi près des docks, Faustin ne s'était certes pas attendu à quelque chose ressemblant à une coquette boutique comme celle de la mère Bélisle, ni même à une décente taverne comme celle du père Beaupré, mais il avait frissonné avant même de franchir le seuil tant l'aspect des lieux lui semblait repoussant. La bâtisse était mal équarrie et ses rares fenêtres avaient été condamnées par des planches clouées à la hâte. Elle évoquait moins un havre pour voyageur que le nid d'un quelconque malandrin. Dès qu'elle l'eut aperçu, Shaor'i décréta que jamais elle n'entrerait dans un pareil endroit. Jurant dans sa langue, elle prit sa forme de harfang des neiges pour aller se percher au sommet de la cheminée.

Haussant les épaules, François poussa la porte grinçante couverte de suie. L'aubergiste était obèse, voûté et passablement ivre. Il accueillait lui-même les clients d'un vague geste de la main et ne leur prêtait attention que lorsqu'ils hurlaient pour demander à boire. Les deux hommes s'installèrent à une table pour y attendre le dénommé Lachapelle.

— Son vrai nom est Baptiste Bourgeois, déclara François après qu'on leur eut servi ce qui essayait de passer pour de la bière. Sa mère s'étant remariée à un Lachapelle, il a fini par être surnommé ainsi.

— Comment est-il ? demanda Faustin en reniflant, incertain, le contenu de sa chope.

— Un homme-montagne, tu verras. Il aurait été plus à l'aise dans une arène romaine ou parmi des pillards vikings. Comme tous les hommes liges des théurgistes.

Faustin vida discrètement sa bière sur le plancher déjà couvert de boue, de neige fondue et de verres renversés.

— Mon oncle ne m'avait jamais parlé des hommes liges. Je ne suis même pas sûr de cerner vraiment ce que c'est...

— Il arrivait, il y a encore quelques années, que l'Ordre soit contraint d'accueillir une personne qu'elle n'avait pas prévue. C'était souvent un curé ayant découvert les actes d'un esprit frappeur après avoir été appelé par ses ouailles. Parfois un homme du commun, témoin malgré lui de certains phénomènes surnaturels.

— C'est comme ça que mon oncle t'a trouvé, non ?

— Oui. Mais à ce moment-là, ton oncle s'était dissocié de l'Ordre il y avait longtemps. Je te parle d'avant ce temps-là. À l'époque, quand l'Ordre repérait des personnes de ce genre, elle s'empressait de les assimiler. Ceux qui possédaient l'outrevision étaient dûment formés. Les autres s'avéraient de précieux agents implantés dans les différentes paroisses du Bas-Canada, à l'affût des moindres rumeurs de sorcellerie. Quelques-uns encore, triés sur le volet pour leur robustesse, leur vigueur et leur fiabilité, constituaient les hommes liges de l'Ordre – des hommes soumis à un entraînement rigoureux auquel on ajoutait de puissants enchantements qui décuplaient leur force physique. C'est une très ancienne méthode, Achille de l'*Iliade* en est un exemple. Par la suite, la plupart des regroupements d'arcanistes ont reproduit le procédé.

— Donc les théurgistes n'y ont pas fait exception ?

— Tout juste. Seulement, les Troubles de '38 ont porté un dur coup aux hommes liges. Félix Poutré, Damase Durant… À ma connaissance, il ne reste que Blondin de Yamachiche, Vanelet l'Exilé et Jos Montferrant. Et Baptiste Lachapelle. De tous, je pense que c'est le meilleur choix.

La porte s'ouvrit avec un grand fracas. Faustin se retourna pour voir le nouvel arrivant. Grand, maigre, roux comme un Écossais – pas celui qu'ils attendaient. Haussant les épaules, Faustin et François le regardèrent s'asseoir en retrait avant de revenir à leur discussion.

— Je crois que je me souviens un peu de lui, affirma Faustin. Baptiste, je veux dire. Il passait de temps en temps au presbytère quand j'étais petit. Un grand bonhomme brun des chantiers…

— Lachapelle fera le guide parfait. Il a bourlingué partout : les pays d'en-haut, le Grand Ouest, les États, l'Acadie… il a été pelletier, draveur et bûcheron ; les Sauvages l'apprécient beaucoup.

Faustin eut une pensée pour Shaor'i. Impassible, elle avait accepté de les escorter jusqu'à destination et de les protéger contre n'importe quel danger. Ce qui ne ferait pas une joyeuse équipée, considérant le mépris qu'elle semblait avoir pour les Blancs et le ton cassant qu'elle prenait pour leur parler quand elle y était contrainte.

— Comment il a fait, Lachapelle, pour s'attirer l'amitié des Indiens ?

— Tout a commencé par une dette d'honneur envers un Indien qui l'avait sauvé d'un accident de chasse, raconta le vicaire. Reconnaissant, Lachapelle a bravé des conditions climatiques horribles pour les mettre en garde, lui et son village, contre le Grand Choléra. L'année suivante, il a traqué et tué un lycanthrope dément qui attaquait leurs enfants et leurs vieillards. Encore l'hiver dernier, il les a mis en garde contre un fielleux projet de la Compagnie de la Baie d'Hudson. Les Indiens lui accordent leur confiance et lui s'en montre digne. Pour eux, le nom de Baptiste Lachapelle est synonyme d'une grande âme, pure et fiable.

— On parle de moi ? tonna une voix profonde et grave.

Faustin se retourna vivement et resta muet de stupéfaction. Le géant dépassait largement les six pieds. À travers son mackinaw rouge et vert rapiécé aux deux coudes, on pouvait deviner ses bras puissants, plus larges que les cuisses de Faustin. D'une main, il portait négligemment un gigantesque paqueton qui devait peser plus de cent livres ; dans l'autre, il tenait la plus énorme hache que Faustin ait eu l'occasion de voir. Il avait les épaules larges, le cou épais, l'œil bleu profond et froid comme un ciel d'hiver. Ses cheveux, très courts, avaient la teinte du bois sec et son visage mal rasé évoquait les grands espaces, les lourds travaux et l'antique sagesse qui vient d'une vie rude mais honnête.

Ignorant la main tendue par François, Baptiste Lachapelle serra le jeune vicaire d'une accolade que n'eût pas dédaignée un ours.

— Heureux de t'revoir, François, rugit-il en attirant l'attention de tous.

— Pareillement, Baptiste, répondit François avec un franc sourire. Puis-je te présenter Faustin Lamare ?

— Très heureux, monsieur Lachapelle.

— De même, gamin. Tant que tu m'appelles par mon nom, rit le bûcheron en donnant une claque dans le dos de Faustin qui manqua de lui briser les épaules.

Baptiste se débarrassa de ses bagages et appuya sa hache massive contre le mur. Faustin n'avait jamais vu un tel outil : la lame avait deux tranchants, chacun doublement plus large qu'une hache normale. Mû d'une inspiration, Faustin passa à l'outrevision. Dans la brume grise, la hache brilla d'une fine lueur argentée.

— C'est un vrai drame, mon Faustin, murmura tristement Lachapelle. Pour ton oncle. Il ne croyait pas en Dieu, pourtant c'était un prêtre dans la force et dans la grandeur du mot. 'Prêchait de la vraie façon, c'est-à-dire par l'exemple. N'importe quand, de jour ou de nuit, on pouvait frapper à la porte de son presbytère… mes condoléances, garçon, compléta-t-il en tendant la main vers Faustin.

Ce dernier serra l'énorme patte, la gorge nouée par l'éloge du bûcheron. Baptiste passa vite à un autre sujet. Sans timidité, il s'excusa de son retard.

— Il a fallu planifier la drave qui s'en vient pis jaser avec les Belges. Bref, je suis venu dès que j'ai reçu ton rêve. T'as de la chance que je sois dans l'coin. Sinon, il t'aurait fallu un autre guide.

— C'est toi qu'il me fallait, déclara François.

— T'as dit que tu voulais aller à la vallée du Saint-Maurice. N'importe quel gars de chantier aurait pu t'y guider.

— Pas jusqu'au Mont à l'Oiseau.

Baptiste Lachapelle ouvrit des yeux grands comme des soucoupes :

— Le Mont à l'Oiseau ! tonitrua-t-il. T'es pas un peu simple ! J'irai pas là pour une terre !

Toutes les voix qui, l'instant d'avant, emplissaient l'auberge d'une entêtante cacophonie, parurent s'évaporer. Faustin put entendre soudainement les craquements du feu dans l'âtre et le bruit de la pluie qui tombait au-dehors. Un draveur assis tout au fond de la salle à manger commenta :

— Un méchant coin, l'Mont à l'Oiseau. Rien pousse qui soit point malingre, pis l'eau qu'empeste comme une bête puante…

— Y'en a qui y vont pareil, renchérit un homme des chantiers passablement éméché. Y r'viennent point. Ceusse qui r'viennent y r'tournent jamais.

— C't'une place qu'est point chrétienne, marmonna un bûcheron en se signant.

Du coup, Baptiste éclata d'un grand rire franc.

— Tu m'as eu, mon François ! hurla-t-il en frappant le vicaire à l'épaule. Un instant j't'ai vraiment cru…

Les autres clients se mirent à rire à leur tour, en se tapant la cuisse et en cognant le fond de leur chope sur la table. Les conversations reprirent comme si elles ne s'étaient jamais arrêtées et Baptiste, après avoir laissé passer quelques minutes, se pencha au-dessus de la table pour chuchoter :

— Sérieusement, les gars, vous savez pas de quoi vous parlez. Le Mont à l'Oiseau, c'est le repère de la hère et des jacks mistigris… vous seriez fous d'aller virer par là. Vous êtes déjà assez fous d'avoir abordé le sujet icitte…

— On doit pourtant aller voir le curé Bélanger, murmura François. C'est là qu'il vit, non ?

— Le père Bélanger ? C'est bin là. Un curé un peu fêlé qui aide les gars de chantiers. Un arcaniste manqué, il paraît. Lui manque une roue à l'engrenage, à c'qu'on dit. Mais c'est un bon vieux, et les gars d'en Haut l'aiment bien… Si c'est l'père Bélanger que vous voulez voir, ça ira. Mais pas avant avril. Ça fond pas aussi vite que sur la rive sud, dans la vallée du Saint-Maurice…

— Shaor'i dit qu'elle connaît un bon passage, intervint Faustin.

— Qui ça ?

— Une Sauvagesse arcaniste, expliqua le vicaire. Notre garde du corps, à ce qu'il semble. On se l'est fait coller au derrière par le Premier Danseur.

— Otjiera ? Qu'est-ce qu'il vient faire dans c't'histoire ?

— Dur à expliquer… disons que Faustin l'a inquiété en jouant au feu follet.

— T'es arcaniste aussi, mon Faustin ? demanda le bûcheron en haussant un sourcil.

— Il débute, coupa François. Alors, grand chafouin, je peux compter sur toi ?

— Ton Indienne, elle est où ?

— Elle attend sur le toit.

— *Le toit* ?

— Je t'expliquerai, répondit François avec un sourire en se levant pour sortir. Attends une minute, je vais lui demander de venir.

Il n'eut toutefois pas à sortir. La porte s'ouvrit aussitôt sur Shaor'i qui toisa les lieux avec dégoût.

Tout portait à croire qu'elle avait entendu la discussion du haut de son perchoir. Sans un regard pour les clients stupéfaits de voir entrer une femme ainsi vêtue, elle se dirigea vers Baptiste d'un pas assuré.

— *Kwé!* lui lança le bûcheron.

— *Kwé*, répondit l'Indienne un peu surprise avant de se placer à califourchon sur une chaise, les bras croisés sur le dossier.

Faustin s'étonna de voir une femme adopter une posture aussi inconvenante. Un peu partout autour, des hommes la montraient du doigt en jetant des regards réprobateurs ou, pire, malicieux.

L'aubergiste amorça un pas dans leur direction, puis hésita quand Baptiste fronça les sourcils à son intention. Il jugea donc plus prudent de les observer à la dérobée jusqu'à ce que François vienne le rejoindre derrière le comptoir.

Loin de s'en préoccuper, Baptiste discutait déjà avec l'Indienne dans son idiome. Faustin y consacra toute son attention, malgré le bruit des autres clients.

— *Taluisin kil?* lui demandait Baptiste.

— *Nin teluisi Shaor'i*, répondit-elle en hésitant, visiblement déroutée d'entendre un Blanc parler sa langue

— *Shaor'i i Migma'q… amaseg wigin!* J'me mets à mon parler si ça t'indispose pas… *metue'g mi'k-mawi'simk tli'suti ni'n…* en plus que c'est pas grande politesse pour nos deux gaillards.

— *Keasku*. Où as-tu appris ma langue?

Faustin dressa l'oreille, lui aussi intrigué par la maîtrise de Baptiste. Le visage de ce dernier s'éclaira d'un large sourire et l'homme répondit :

— Dans l'bas du fleuve, quand je faisais de la pelleterie. Mon père m'avait un peu appris, avant.

Mais j'pensais que les Micmacs ne parlaient plus leur langage depuis belle lurette.

— C'est le cas de la plupart d'entre nous. Un camp tout entier s'en est gardé. Alors que les missionnaires et les marchands ont perverti la majorité des nôtres.

— Pour sûr, P'tite, pour sûr… laissa pensivement tomber le colosse en se calant sur sa chaise qui ne tenait plus que sur les pattes arrière. Sortant sa tabatière, il lança :

— Et qu'est-ce qui t'a mise au service d'un prêtre chrétien ?

— Au service ? Je ne suis au service de personne d'autre que les Danseurs ! *Gatu ma ignmatmu ta'n pas'g goqwei assumin !*

Faustin appréhendait le moment où l'Indienne dégainerait ses couteaux. Des yeux, il chercha François qui s'entretenait toujours avec l'aubergiste. Mais à sa grande stupéfaction, Baptiste Lachapelle éclata de son rire de titan :

— Du calme, P'tite… lança-il en posant sa main sur celle de Shaor'i, qui s'y déroba. J'voulais pas t'insulter… mais j'voulais être sûr que t'avais du cran. Pour un canotage comme le Mont à l'Oiseau, avec tout c'qui y règne, faut que je sache à qui j'peux me fier.

— Donc tu vas nous y guider ? s'exclama Faustin.

— Pour sûr ! Comment dire non à pareille compagnie ! tonna le grand bûcheron avant de hurler à l'adresse de François :

— Ti-Fran ! Quand t'auras fini de jaser avec l'brave tenancier, tu m'ramèneras une bouteille de bon whisky canayen avec une cruche de son p'tit réduit d'érable !

Le vicaire lui adressa un vague signe de la main en chuchotant quelque chose à l'aubergiste. Mais

Baptiste n'y consacra pas la moindre seconde de son attention :

— Y'a beau nous faire patienter, c'te François… mais tu vas voir, mon Faustin, qu'un moitié-moitié de ces deux p'tits liquides-là, ça te ragaillardit un homme. On va s'verser une goutte pour l'amitié, pareil à quatre coureurs des bois pour leur dernier soir en ville ! Arrives-tu, le François ? Fait soif par icitte !

Éclatant de rire à son tour, Faustin se laissa gagner par la bonne humeur contagieuse du bûcheron. L'espace d'une seconde, il crut même voir l'Indienne esquisser un sourire fugace. Mais peut-être n'était-ce qu'une impression.

◆

Ils restèrent dans cette auberge, qui tenait davantage du taudis, jusqu'à une heure avancée de la nuit. À eux trois, ils avaient vidé une pleine bouteille de whisky allongé de réduit d'érable. Eux trois, car Shaor'i n'avait rien bu, toute consommation d'alcool lui étant proscrite. Baptiste s'était empressé de prendre sa part – ce qui ne semblait pas l'avoir affecté outre mesure. Il aurait bu de l'eau qu'il aurait été dans le même état.

Longuement, le géant exposa les divers itinéraires possibles jusqu'à destination, traçant des plans sommaires dans la crasse qui recouvrait la table. Il devait avoir nommé une bonne centaine de rivières, ruisseaux larges, affluents et riviérettes par leur nom français, leur nom indien et les surnoms que leur donnaient les draveurs.

Shaor'i avait écouté patiemment, n'interrompant que pour émettre de pertinents commentaires. Elle proposa un chemin que Baptiste trouva acceptable, bien qu'il démontrât un certain scepticisme quand l'Indienne prétendit connaître une rivière là où le bûcheron jurait qu'il n'y en avait point. Ils finirent par s'entendre sur un trajet, puis la conversation dériva sur le canotage, la vie en forêt, la chasse et ainsi de suite. Faustin réprima un bâillement. Il avait besoin d'air frais : l'auberge empestait de relents douteux, sa tête était lourde de ses deux nuits blanches et sa vessie ressentait de plus en plus les effets du whisky. Il s'excusa avant de se lever. Baptiste lui adressa un vague hochement de tête, tout absorbé à débattre avec Shaor'i de la meilleure façon de cuire du sagamité, ignorant François qui ronflait, la tête sur la table.

Faustin accueillit l'air nocturne comme une bénédiction. Il s'en emplit avidement les poumons, en marchant à pas rapides pour trouver un coin discret où uriner. Le silence de la nuit n'était coupé que par la berceuse d'une pluie légère qui dissolvait lentement les reliquats de neige. Louvoyant entre les arbres, il dérangea un raton laveur qui cracha avant de se réfugier dans un arbre où il demeura un moment à l'observer, dissimulé derrière le tronc.

Faustin frissonna. Il avait oublié sa veste dans l'auberge mais n'avait guère envie de retourner la chercher. Pourtant, la température sembla chuter d'un coup. Il se retint de claquer des dents, tenta de sautiller sur place. Ses membres lui répondirent mal. Un violent mal de tête lui tiraillait le front comme s'il avait mangé de la tire gelée. Étourdi, il voulut s'asseoir contre un sapin mais tituba et tomba au sol. Sa poitrine devint douloureuse.

Il s'aperçut soudain qu'il était incapable de se relever. Son corps était secoué de spasmes, il sentait ses lèvres bleuir, ses doigts devenir gourds. Il ouvrit la bouche pour appeler à l'aide mais ne parvint qu'à émettre un râle étouffé. Instinctivement, il se recroquevilla dans la boue. Quand il voulut souffler dans ses mains, il réalisa que son souffle était glacial.

Lentement mais sûrement, une froide paralysie avait envahi son corps et l'empêchait maintenant d'esquisser le moindre geste. Immobile sur la terre détrempée, il vit approcher l'homme roux qu'il avait vu entrer dans l'auberge juste avant Baptiste.

— Tu dois te demander pourquoi je t'inflige ça, demanda l'homme d'un ton naturel, comme s'il n'y avait rien là d'extraordinaire.

Ayant perdu toute liberté de mouvements, Faustin ne put que contempler l'affreux rouquin avec effroi.

— Je n'y aurais pas été contraint si seulement ce vieux fou de Bélanger n'avait pas expédié cette satanée lettre à ton oncle.

Les pieds et les mains de Faustin semblaient s'être volatilisés tant l'engourdissement devenait profond. Inexorablement, le froid remontait le long de ses quatre membres. Il aurait voulu hurler, mais cela était bien au-dessus de ses forces.

— Tu sembles inquiet, reprit le sorcier roux avec la même désinvolture que s'ils avaient été de vieux amis autour d'une bouteille de rhum. Tu l'ignores peut-être, mais ce que je t'impose est totalement inoffensif. Je ne souhaite que te présenter un ami… mais bon, considérant les circonstances, j'ai préféré t'amener de force plutôt que de plein gré. La jolie petite Latulipe nous attend, tu sais. Qui plus est, nos projets de rés…

L'homme ne termina jamais sa phrase. Alors que le champ de vision de Faustin commençait à se rétrécir, il le vit tomber avec une lenteur irréelle, droit comme un arbre qu'on abat, et toucher le sol avec le bruit d'un soupir. Le pommeau d'un poignard émergeait entre les omoplates de l'horrible rouquin.

Faustin entendit le bruit d'une porte qu'on ouvre avec fracas. Il distingua quelques sons, parmi lesquels la voix de François – puis, comme si on l'avait subitement fouetté, il sentit la vigueur regagner ses membres, sa poitrine s'alléger, son souffle se réchauffer. Il parvint à s'asseoir sans difficulté et à crier pour manifester sa présence. Baptiste émergea, hache au poing et visiblement inquiet. À quelques verges, on entendait la voix du vicaire :

— Espèce de Sauvagesse ! Comment veux-tu qu'on sache qui nous en veut, maintenant !

Il y eut le bruit d'un coup et un gémissement. Quand Faustin parvint à les rejoindre, escorté de Baptiste, Shaor'i tenait François à la gorge, son visage à quelques pouces de celui du vicaire.

— J'aurais peut-être dû laisser ton ami crever ? J'aurais peut-être dû te laisser le temps de prendre gentiment le thé avec ce tueur pendant que ton ami agonisait ?

Dans un geste de colère, l'Indienne repoussa François, qui faillit perdre pied.

— P'tite, ça va faire, intervint Baptiste en s'agenouillant auprès d'un corps étendu dans la neige. C't'un goétiste, pas de doute.

Faustin s'approcha en écarquillant les yeux. Ce qui semblait être un cadavre avait la transparence du verre et pâlissait à vue d'œil. Le couteau de Shaor'i était planté *à travers* le corps, comme si ce dernier n'avait pas eu de substance.

— Une effigie, marmonna François. Le sort qu'il a lancé contre Faustin était de faible portée. Il aura trouvé plus prudent de se projeter.

Le corps devenait de plus en plus pâle, comme une image qui s'efface. Il disparut quelques secondes plus tard.

— C'est un procédé pour projeter sa conscience et son apparence à distance. Une effigie est presque impossible à distinguer d'une personne réelle. Elle a une substance, elle est chaude au toucher, elle peut même manger et boire. Pendant ce temps, le vrai corps reste inerte et vulnérable. C'est une technique similaire à celle du feu follet, mais plus avancée et terriblement plus complexe. Moins coûteuse en énergie vitale, aussi... quoique l'interruption inopinée de son sort par Shaor'i devrait lui avoir brûlé dix ou quinze mois d'espérance de vie, plutôt que les six semaines du contrecoup normal.

— Le lâche s'en est servi pour attaquer sans s'exposer directement, marmonna Shaor'i avec mépris.

— Est-ce le même homme qui a kidnappé la fille du maire ?

— Non. L'homme qui a enlevé cette fille avait les cheveux noirs.

— D'ailleurs les témoins l'ont qualifié de « bel étranger », ce que n'est certes pas ce rouquin.

— Mais pourquoi s'attaquer à moi ? insista Faustin sans se départir de son trouble. Il disait qu'il souhaitait m'amener auprès de quelqu'un.

— On saura pas pour l'instant, coupa Baptiste. Et on farfinera pas pour chercher à savoir. On part, *de suite*. La mort du bon curé Lamare était déjà de trop mais là, ça devient pire que pire. Vous reste quoi à faire avant de partir ?

— Ensevelir l'oncle de Faustin. Et accumuler le matériel nécessaire au voyage.

— En route, dans ce cas. On va mettre notre cher Éphrem en terre et on part de suite. On s'équipera en chemin.

François opina du chef. Baptiste ajouta sévèrement en se tournant vers Shaor'i :

— Et toi, P'tite, si ton maître t'a chargée de protéger Faustin, t'aurais tout intérêt à devenir son ombre.

Les yeux de l'Indienne étincelèrent.

— Je te rappelle que je l'ai sauvé !

— Et t'aurais p'tête pas eu à l'faire si t'avait gardé l'œil sur lui...

— Ah bon ? Parce que le pauvre petit ne peut pas aller uriner seul ?

D'une voix faible, Faustin cru bon de préciser :

— Au moins, on sait maintenant que quelqu'un en a après moi...

— Oui-da, mon garçon. Pis comme y'a pas eu de mal, pas besoin d'en causer plus que de raison... et François, quand on sera au presbytère, tu prendras avec toi tout c'que tu trouveras en sorcellerie de combat. Tu risques d'en avoir besoin.

Le vicaire hocha lentement la tête. Sans rien ajouter, ils s'engagèrent sur le chemin qui serpentait jusqu'à Notre-Dame des Tempérances, l'esprit chargé d'appréhensions.

LIVRE II

SECRETS OUBLIÉS

*Pauvre mort délaissé! je ne veux rien connaître
Ni même soupçonner rien de ce que tu fus;
Pourtant à ta pensée un sentiment confus
De troublante pitié me hante et me pénètre.*

*Serait-ce que la mort elle-même a le don
Au-delà du cercueil de sentir l'abandon?*

« Tombe isolée »
Louis Fréchette

CHAPITRE 5

Départ

Appuyé au bastingage, Faustin gardait les yeux fixés sur les eaux du fleuve, où flottaient encore d'énormes morceaux de glace. Le petit sloop fendait le fleuve comme un couteau brûlant coupant la cire. C'était l'un des premiers navires de la saison à entreprendre la traverse de Pointe-Lévy vers Québec ; toutefois, il ne tarderait pas à être imité. Le dégel hâtif était une manne pour tous les navires en cale sèche depuis l'hiver.

Un matelot échappa un seau et étouffa un sacre, vérifiant autour de lui si le vicaire était proche. François avait rendossé sa soutane noire et, parce que c'était un bon présage d'avoir un prêtre à bord, on avait accepté de les prendre gratuitement. Mais Faustin n'avait pas la tête à découvrir les superstitions maritimes. Amer, il ressassait son départ hâtif. Comme prévu, ils n'étaient retournés au presbytère que le temps de disposer du corps du curé Lamare.

Tout ce qu'il avait pu offrir à son oncle, au terme d'une vie de dévouement envers ses semblables et son neveu, avait été des funérailles secrètes à la faveur de l'obscurité, comme des brigands se débarrassant d'un cadavre gênant. Certes, il en comprenait la nécessité : qu'auraient dit les paroissiens à la vue du corps prématurément vieilli, à peine reconnaissable, de l'homme qui avait été le gardien de leurs âmes depuis tant d'années ? Silencieux, Faustin avait observé François coucher son oncle dans l'un des cercueils que le presbytère gardait toujours en réserve. Sans cérémonie, sans hommages ni discours, ils avaient posé la dépouille dans une fosse peu profonde, creusée à la hâte dans la terre gelée. Baptiste s'était chargé de la recouvrir, en laissant couler la terre comme s'il la saupoudrait, et François avait cité un psaume, non par croyance mais parce que le curé Lamare en aimait la poésie :

> *Cor meum conturbatum est in me et formido*
> *mortis cecidit super me,*
> *Timor et tremor venerunt super me et contexerunt*
> *me tenebrae.*
> *Et dixit : Quis dabit mihi pennas sicut columbae,*
> *et volabo, et requiscam !*

Lorsque la tombe avait été entièrement couverte, le bûcheron avait marmonné quelques mots à mi-voix, de toute évidence un adieu à un vieil ami décédé. Il avait haussé le ton pour réciter quelques vers, dont Faustin avait reconnu l'auteur, Antoine Gérin-Lajoie :

> *Plongé dans les malheurs*
> *Loin de mes chers parents*
> *Je passe en pleurs*
> *D'infortunés moments*
> *Pour jamais séparé*
> *Des amis de mon cœur*
> *Hélas ! oui je mourrai*
> *Je mourrai de douleur.*

Faustin s'était répété ces mots plusieurs fois pour les graver dans son âme. Ces quelques vers exprimaient bien plus sincèrement la souffrance humaine que toutes les paroles creuses de l'Évangile.

À sa demande, Baptiste avait déplacé l'énorme pierre moussue, toute simple, sur laquelle le curé aimait s'asseoir pour lire en été. Elle marquerait le lieu de son dernier repos d'une façon beaucoup plus symbolique, beaucoup plus honnête, qu'une stèle chrétienne.

Faustin appréciait beaucoup Baptiste, bien qu'il eût encore de la difficulté à réellement cerner sa personnalité. C'était quelqu'un de jovial au premier abord, perpétuellement une chanson au bord des lèvres. Il riait bruyamment, longtemps et souvent ; les pattes d'oie sur son visage témoignaient d'années passées en bonne compagnie. Il était très humble aussi : pas une once de vantardise venant d'un gaillard qui avait pourtant chargé seul à bord du navire des tonneaux que deux marins peinaient à soulever en titubant. Il était d'ailleurs si relativement discret au sujet de ses exploits que cela surprenait Faustin. Les hommes forts, et surtout ceux qui avaient voyagé autant que Baptiste, avaient toujours des dizaines d'anecdotes de drave, de traite ou de chantier dont ils étaient sinon les héros, du moins les personnages mis en valeur.

Mais pas Baptiste. Depuis qu'il était arrivé il n'avait jamais étalé son expérience, sauf par quelques discrets commentaires. La plupart du temps, il fumait pensivement sa pipe, le regard perdu dans le lointain, les sourcils froncés. Qu'un passant le saluât d'un signe et il redevenait aussitôt le bon vivant habituel. Mais laissé seul avec lui-même, il arborait une mine mélancolique et fredonnait à mi-voix des chants aux accents longs et graves. Il avait adopté cette attitude peu après l'ensevelissement du curé Lamare et l'avait conservée un bon moment, jusqu'à ce qu'en faisant un dernier tour du presbytère il eût trouvé un petit poussin égaré du poulailler. Il l'avait délicatement pris entre ses énormes mains, avait nettoyé du coin de son mackinaw la boue qui parsemait le fin duvet jaune et, réchauffant de son haleine l'oiseau qui pépiait joyeusement, il était allé le déposer tout doucement auprès des poules. Alors le sourire lui était revenu, et il avait siffloté un petit air apaisant.

Ce tempérament inégal avait pour Faustin un je-ne-sais-quoi de franche honnêteté qui le rassurait, surtout depuis l'attentat de la taverne. Quand il y repensait, l'angoisse l'étreignait à nouveau comme le souffle d'un vent d'hiver. On avait tenté de l'enlever ou de le réduire à l'impuissance. Un arcaniste puissant, peut-être l'assassin de son oncle, cherchait à lui causer du tort. Et rien ne lui permettait de se sentir en sécurité, même si Baptiste avait fortement enjoint à Shaor'i de s'acquitter minutieusement de sa tâche de protectrice.

Elle se tenait justement à six verges de là, cette Sauvagesse, sans se préoccuper le moins du monde des regards parfois méfiants, parfois concupiscents, des vieux marins. Juchée au sommet d'une pile de caisses, à dix pieds de hauteur, elle scrutait le fleuve. Le visage très altier, elle était assise sur ses talons, à l'affût de tout et de rien... comme un rapace, en fait. Et c'est ce qu'elle était, en fin de compte.

De ses yeux fixes, elle soutenait le regard des gens d'une façon intense, perçante. Pour changer son angle de vision, elle devait constamment bouger la tête, ce qui donnait l'impression qu'elle était toujours tendue comme la corde d'un arc. L'effet se trouvait renforcé quand un bruit inconnu la surprenait : alors elle bandait aussitôt sa musculature, ses couteaux si rapidement dégainés qu'on eût dit qu'ils s'étaient matérialisés dans ses mains.

Le malaise de Faustin se trouvait accentué par le mépris non dissimulé que l'Indienne éprouvait pour la vie moderne, les fermiers, les prêtres, voire les Blancs en général. Faustin l'avait souvent surprise en train de fixer un marin dans le dos en marmonnant dans sa langue ce qui devait être des imprécations. Il avait la certitude qu'elle aurait pu abattre froidement n'importe qui lui déplairait... et qu'elle détestait tout le monde. Il aurait tout tenté pour éviter de se retrouver seul avec elle.

Ce fut lorsqu'il posa le pied sur le sol du port qu'il constata vraiment l'ampleur de leur voyage. Ils partaient pour la vallée du Saint-Maurice, une contrée lointaine, sauvage, presque mythique tant elle était liée aux contes des bûcherons, aux récits des veilleux et aux histoires des survenants. Ils auraient été en route vers la légendaire Avalon des Celtes que Faustin n'aurait pas éprouvé un tel sentiment d'irréalité.

◆

Des gens, du bruit, des gens, de la saleté et encore des gens. Telle fut l'impression que laissèrent à Faustin le port de Québec et le faubourg qui l'environnait. Jamais il n'aurait soupçonné qu'autant de monde pouvait vivre dans un même endroit où, entre les marchés, les boutiques et les quais, une foule immense vaquait à ses affaires. Toutes ces personnes évoquaient pour Faustin les flocons d'une tempête humaine, où le mugissement du vent se muait en une cacophonie de cris, de disputes, de radotages et de réclames des commerçants vantant leur marchandise.

Avec un sourire, il songea à Pointe-Lévy qui lui avait toujours fait l'effet d'une vaste cité. *Aller à la grande ville*, disaient les gens de Notre-Dame des Tempérances en évoquant ce lieu. Pointe-Lévy, comprenait désormais Faustin, était un très vaste et très populeux village, mais ce n'était rien en comparaison de ce qu'il voyait ici. Plus de quarante milles personnes vivaient dans la cité de Québec, avait dit Baptiste. Il semblait à Faustin qu'un tel nombre dépassait l'entendement.

S'il y était mal à l'aise, ce n'était rien à côté de ce que ressentait Shaor'i. L'Indienne avançait en se couvrant le nez, fortement incommodée par les odeurs. Elle se retournait dès qu'un passant l'effleurait. Plusieurs fois, Faustin vit qu'elle faisait un effort pour ne pas dégainer ses couteaux. L'incessant brouhaha la rendait si nerveuse qu'elle évoquait une bête acculée. Baptiste s'en aperçut rapidement. Passant un bras rassurant autour des épaules de la jeune femme, il l'entraîna dans une ruelle discrète, à l'abri des regards. L'instant d'après, ce fut un harfang des neiges qui les suivit, bien au-dessus de la foule, dans l'infinie vastitude des cieux.

Faustin lui envia quelque peu sa capacité de s'affranchir si aisément du marché où les caisses s'entassaient parmi les tonneaux et les monceaux de marchandises. Les poissons accrochés aux échoppes répandaient leurs relents se mêlant aux effluves de tabac et de charbon brûlé. Les gens, les chevaux et les charrettes occupaient ce qui restait d'espace, et on ne pouvait avancer de deux pas sans buter sur quelqu'un ou quelque chose.

Brièvement distrait par la musique d'un violoniste de rue, Faustin remarqua que ses compagnons étaient déjà presque hors de vue. Tant bien que mal, il rejoignit le bûcheron et François. La soutane du vicaire maintenait un peu d'espace autour d'eux, consenti par les passants respectueux, pendant que Baptiste concluait l'achat des vivres nécessaires à leur voyage : farine de sarrasin, pois secs et lard salé.

— J'en ai eu un bon prix, déclara-t-il, satisfait. Tout l'art, c'est de point donner l'impression d'être pressé d'acheter.

— Et combien as-tu payé ce lard salé ?

— Six cents la livre.

Faustin resta bouche bée quelques secondes avant de s'indigner :

— Et tu appelles ça un bon prix ? N'importe quel habitant n'aurait jamais dépassé quatre cents !

— Ça, c'est au village. Ici, les marchands ont acheté aux grossistes, qui eux font le tour des petites paroisses… Chacun y reprend son profit.

— Le cultivateur touche quatre cents, le grossiste cinq et le marchand six ? Ça ne me semble pas très honnête…

Baptiste éclata d'un grand rire en lui donnant une tape sur l'épaule. Les trois hommes contournèrent un tas d'ordures abandonnées au beau milieu de la rue. De peine et de misère, ils se faufilèrent hors du marché.

Ils traversèrent le faubourg de part en part avant de s'orienter vers une grande artère. Au passage, Faustin leva la tête pour observer les fortifications de la Haute-Ville, les murs d'antique maçonnerie, les bâtiments qui dataient de plus de deux siècles. Néanmoins, son attention revint vite à la rue qu'ils arpentaient. À peine pouvait-il voir toutes les choses dont il n'avait qu'entendu parler. Le long des trottoirs bondés se succédaient des boutiques aux enseignes invitantes, aux vitrines emplies d'objets dont Faustin ignorait parfois jusqu'à la fonction. Il croisa des hommes vêtus de costumes bruns et noirs aux cols empesés qui regardaient tout le monde d'un air hautain, en appuyant négligemment leur main gantée sur une canne ouvragée ; des femmes aux habits voyants et aux chapeaux extravagants ; des enfants vêtus de hardes élimées qui servaient de crieurs publics ou tentaient de vendre journaux, lacets et allumettes. Dans la rue, les voitures se frôlaient, que ce fussent des charrettes, des bogheis, d'humbles fardiers ou de fiers fiacres.

Elles finirent par se faire plus rares à mesure que Faustin et ses compagnons s'éloignaient des beaux quartiers. Bientôt, ils en vinrent à longer une ruelle malpropre où rôdaient impunément les rats et les chats errants. Les maisons se pressaient les unes contre les autres, toutes semblables dans leur pauvreté. Au-dessus, on pouvait apercevoir de tristes cordes à linge où pendouillaient des habits à peine bons à être transformés en catalogne. Fort heureusement, ils dépassèrent ce secteur également, en vinrent à suivre un rang où les maisons se raréfiaient, puis devenaient à nouveau d'honnêtes fermes flanquées d'étables, d'enclos et de terres cultivables. Faustin repéra le rapace blanc qui piquait dans un bouquet d'arbres. Peu après, Shaor'i en émergea pour les rejoindre.

— On va continuer encore une bonne heure dans le rang, leur expliqua Baptiste. Quand on verra le sentier aux Cèdres, on le suivra jusqu'à la colline du Trappeur. Mon camp n'est pas trop loin.

Le rang devint un sentier, le sentier une piste. La gargantuesque cité, avec ses habitants innombrables et ses énormes bâtiments, semblait s'être évaporée. Le bruit de la foule s'était éteint sans que Faustin ne le remarque trop, jusqu'à laisser l'impression que tout cela avait été un rêve. On percevait à nouveau le son du vent et les joyeux pépiements des merles. Tout autour, les arbres devenaient plus grands et plus proches les uns des autres.

— Où nous amènes-tu, exactement ? demanda François à Baptiste qui venait de sortir sa pipe.

— À une ancienne cachette de distillateur. Je l'ai trouvée par hasard il y a une dizaine d'années, en pistant un chevreuil. C'était une vraie ruine dans l'temps, avec le toit écroulé sous le poids d'la neige. En dedans, c'était devenu le repère d'une famille de ratons. Mais le poêle était d'une bonne fonte, le plancher de bel érable franc et avec un peu d'huile de bras c'te baraque est devenue l'un de mes pied-à-terre. J'y ai un canot, des avirons et tout le matériel qu'il nous faudra pour monter jusqu'à la vallée du Saint-Maurice.

La piste s'enfonçait de plus en plus profondément dans les bois. Faustin avait peine à croire que la ville de Québec n'était qu'à trois lieues. Ici, les sapins et surtout les cèdres formaient une haie dense. On ne pouvait voir très loin devant, mais Baptiste semblait se trouver en pays de connaissance.

La neige avait peu fondu ici. Seule Shaor'i parvenait, comme d'habitude, à avancer d'un bon pas sans s'enfoncer dans la neige. Faustin goûta la fraîcheur de l'air forestier comme un baume après l'atmosphère fétide de la grande ville. Tout autour de lui, geais, grives et moineaux s'ébattaient d'une branche à l'autre.

Un lièvre, dont le pelage commençait à se tacheter de brun, se dressa sur ses pattes à leur passage et renifla l'air avant de détaler entre les arbres. Faustin le suivit du regard et repéra, à travers les cèdres, une forme qu'il crut être un bâtiment. Il allait le signaler à Baptiste quand un cri de Shaor'i l'interrompit:

— *Kisu'lkw wli-anko'tj…*

— Seigneur… lui fit écho le vicaire en se précipitant.

Faustin suivit le regard des autres vers la masse informe. À cette distance, on aurait pu croire à un paquetage abandonné. Il suffisait néanmoins de s'y attarder un moment pour comprendre que la couleur carmin de la neige n'avait rien de normal. Et pour cause.

Le corps d'un trappeur gisait juste devant un camp habilement dissimulé.

— Est-il…? demanda Baptiste.

— *E'e*, il est mort, confirma Shaor'i qui venait de s'agenouiller à côté du cadavre.

Neveu de prêtre et bedeau, Faustin avait vu des défunts plus souvent qu'à son tour. Malgré tout, il dut réprimer un haut-le-cœur et détourner les yeux. L'homme avait été éventré. La plaie, immense, partait de ce qui avait été la gorge jusqu'au bas du ventre d'où émergeaient les intestins. Les cuisses, les bras et le visage étaient si labourés qu'ils n'étaient plus qu'un amas de chair méconnaissable.

— Depuis combien de temps…

— *Tapuguna'q* – deux jours. Il y a des empreintes de loup tout autour, et les plaies portent des marques de crocs.

— Un loup n'attaque jamais de cette façon-là.

— Un loup, non. Mais un lycanthrope, certainement…

Faustin aspira une grande goulée d'air et manqua à nouveau de vomir quand l'odeur du sang caillé lui tapissa la gorge. Sans perdre de temps, Baptiste détacha sa hache de son sac et tendit un couteau de chasse au vicaire.

— Personne ne bouge, ordonna Shaor'i. Je vais voir.

Les yeux brillants, les lèvres figées en une sorte de rictus, elle s'éloigna à vive allure, silencieuse comme la mort, n'effleurant que légèrement le sol à chaque pas. *Un rapace qui traque une proie*, pensa Faustin.

Baptiste restait à l'affût, tenant sa hache d'une poigne ferme. François vint se placer auprès de Faustin, visiblement nerveux. Les secondes puis les minutes s'égrenèrent puis, comme mû d'une soudaine inspiration, le vicaire alla s'accroupir auprès du corps.

— Sans dire qu'il te ressemble, énonça-t-il en regardant Baptiste, il avait des airs…

— Tu veux dire…

— Que quelqu'un chargé de t'attendre ici aurait bien pu le confondre avec toi, s'il n'avait qu'une description sommaire pour t'identifier.

— L'endroit est connu, objecta Baptiste. Les chasseurs passent souvent ici, comme c'pauvre gars.

— Son assassin n'était peut-être pas au courant…

D'un geste, le bûcheron intima à François de se taire. Un battement d'ailes annonça l'arrivée d'un oiseau blanc.

— Personne aux alentours, dit Shaor'i en reprenant sa forme humaine. Rien de visible à mes yeux de rapace ni à l'outrevision. Ni magie ni ennemi. Mais ta cachette a été dévastée.

◆

La porte n'avait pas été enfoncée ni arrachée. Elle avait littéralement volé en éclats. Partout dans l'unique pièce qui composait le pied-à-terre du bûcheron, le plancher était jonché des minuscules éclisses qui avaient constitué, deux jours auparavant, une massive porte de chêne.

Table et chaises étaient renversées. Une malle avait été vidée de son contenu : catalognes, vêtements, raquettes et bottes étaient éparpillés tout autour. De la serrure de la malle, il ne restait qu'une flaque durcie de métal fondu : François et Faustin échangèrent un regard lourd de sens.

Faustin secoua la tête. Tout cela devenait complètement dément. *Quelqu'un* leur en voulait. *Quelqu'un* cherchait à les atteindre. Ça n'avait aucun sens. Qui était ce *Quelqu'un* ? Un sorcier roux avait tenté de le paralyser. Un autre homme, sous forme de loup, les avait poursuivis alors qu'ils chevauchaient Samson… et c'était peut-être le même qui avait réduit un pauvre trappeur en lambeaux sanguinolents, en croyant tuer Baptiste. Un ennemi tout-puissant, qui du jour au lendemain s'en prenait à eux sans raison apparente… On aurait presque cru entendre les délires du bonhomme Dupil.

Faustin frissonna à l'évocation du souvenir. Un pauvre fou, le Dupil, à mi-chemin entre le ferblantier et le mendiant, fermement convaincu que tous les prêtres du monde lui en voulaient personnellement et travaillaient activement à sa perte, qu'ils fussent simples vicaires, curés, évêques ou cardinaux. Complètement rongé par sa paranoïa, il allait jusqu'à croire que le moindre sou offert à la dîme serait directement investi dans une autre des mille façons que l'Église avait trouvées pour le tourmenter.

Baptiste remit doucement les chaises sur leurs pattes avant de s'affaisser sur l'une d'elles :

— T'avais raison, François. Le pauvre gars a été tué à ma place. S'trouvait au mauvais endroit au mauvais moment.

— Il ne faut pas s'attarder ici, répondit Shaor'i, une de ses lames au poing. Où est le canot ?

Le bûcheron se leva et se dirigea vers un coin de la cabane. Glissant son couteau entre deux lattes du plancher, il révéla une trappe dans le sol, longue et étroite :

— Faut toujours enterrer un canot qu'on laisse de côté… pour pas que l'gel le fasse craquer.

Lent et méthodique, il balaya la terre froide et retira les sacs de toile qui couvraient l'embarcation. C'était un fier canot de chantier, en pin plutôt qu'en écorce, un peu court de ses douze pieds et relevé aux extrémités. Roulé tout au fond, un vieux paqueton contenait de la corde, deux hachettes, une gaffe, un couteau et une grosse boîte de *hard tack*.

— J'avais un vieux fusil de chasse, pendu au-dessus de la porte. 'Me l'ont pris, faudra s'en passer… s'excusa Baptiste en sortant le canot de sa cache à la seule force de ses bras.

— On s'en passera. Du moment qu'on a le canot.

— Sur l'eau, nous ne laisserons aucune trace et nous serons presque impossibles à repérer, ajouta Shaor'i. D'autant plus que même un sortilège de divination ne saurait prévoir notre itinéraire, tant les possibilités sont nombreuses.

Pensif, Baptiste s'en alla à l'extérieur :

— J'vais enterrer c'pauvre trappeur… et François, tu voudrais bien venir dire un *Requiem* pour le défunt ?

J'sais que t'es pas croyant, ni moi non plus, mais le défunt l'était sûrement…

Le vicaire hocha la tête et emboîta le pas au bûcheron, en laissant Shaor'i et Faustin s'occuper du canot. Sortir l'embarcation avait été l'affaire d'une minute. Non loin de la cabane coulait une riviérette à côté de laquelle Faustin et Shaor'i déposèrent le canot avant d'y apporter les vivres et l'équipement achetés en ville. L'Indienne soupesa chacun des objets, les répartit en trois amoncellements et les plaça un à un dans l'embarcation. Quand Baptiste et François eurent fini de s'occuper dignement du cadavre, Shaor'i annonça que le canot était équilibré et prêt à partir.

— Peut-être que tu devrais vérifier, Baptiste ? demanda le vicaire, sceptique.

L'Indienne lui jeta un regard noir qui disparut avec le rire du bûcheron :

— Aucun canot n'est mieux balancé que par un Indien, s'exclama Baptiste avant de se tourner vers Shaor'i : Faut pas y'en vouloir, c'est point un nomade. Mais j'me demandais, P'tite… nous ferais-tu l'honneur de prendre l'aviron de gouverne ?

François hoqueta, estomaqué, et Shaor'i passa devant lui avec un petit sourire narquois. Elle saisit un aviron et s'installa doucement à l'arrière de l'embarcation.

— *Mi'watm*, Baptiste.

— C'est moi qui t'remercie, P'tite.

Faustin et François prirent place à leur tour et Baptiste, sans effort apparent, poussa le canot de la boue jusqu'à l'eau avant de monter prestement à l'avant. Personne ne parla pendant un long moment. Tous étaient bien conscients qu'ils fuyaient, sans savoir devant qui ou quoi ils fuyaient. Le Mont à l'Oiseau, le curé Bélanger, tout cela était désormais moins une destination qu'un prétexte, qu'un but vers lequel orienter leur fuite.

◆

Sous la main assurée de l'Indienne, le canot avançait avec aisance contre le courant des rivières. Il montait avec force, retombait sans rebond, nageait en se faufilant à travers les flots. La forêt défilait de chaque côté sans que les yeux ne puissent s'y attarder. Ils avançaient vite, guidés par l'expertise de Baptiste qui leur indiquait ici de remonter le courant d'un affluent, là de bifurquer sur une autre rivière, plus loin de mettre pied à terre pour portager jusqu'au prochain cours d'eau. Plus tard, Faustin se souviendrait qu'ils avaient sillonné une riviérette que le bûcheron avait nommée la Tangueuse, puis une autre que Shaor'i appelait *gesgapegiag*, ou quelque chose s'en approchant.

Après plusieurs heures à ce régime, c'était à peine si Faustin commençait à maîtriser son inquiétude. Les remous, les tourbillons, la vitesse du courant, les rochers qui émergeaient traîtreusement des flots, le bruit assourdissant des rapides : tout cela le rendait nerveux. Son appréhension était grandement due à son inexpérience. Il se sentait gauche, maladroit, constamment en perte de contrôle. Depuis longtemps, il avait cessé de se retourner pour s'excuser chaque fois que son aviron heurtait celui de Shaor'i. Chaque choc semblait rendre son regard plus fielleux. Même sans regarder derrière lui, il sentait les yeux de l'Indienne comme deux tisons ardents sur son dos. Il crispait alors les muscles jusqu'à l'instant fatidique, qui survenait immanquablement, où son aviron soulevait une gerbe d'eau glacée qui aspergeait le visage mat de la jeune femme. Alors il l'entendait grommeler entre ses dents des mots indiens qui n'avaient sûrement rien d'élogieux et il frissonnait comme s'il craignait d'être foudroyé sur place.

— Roches ! cria Baptiste en pointant le bras droit devant.

Shaor'i planta son aviron dans l'eau. Ils décrivirent une courbe gracieuse, presque aérienne. Le grondement du fond râpant les galets vibra dans tout le canot. Baptiste fut le premier à bondir sur la berge et tira d'un seul bras l'embarcation sur la terre ferme. Faustin s'empressa de descendre, les bras en feu, et s'écroula sur le tapis d'aiguilles de pin qui couvrait le sol. Rien ne l'avait préparé à ce genre d'épreuve. Les histoires des vieux canotiers ne parlaient jamais de la morsure du froid dans les vêtements mouillés, des immersions forcées dans l'eau glacée, de la fatigue qui brûle les épaules et les coudes comme des tisonniers chauffés à blanc. François vint s'accroupir à ses côtés, tout aussi exténué bien qu'il le montrât moins.

— Je ne pense pas qu'il supportera un autre portage, Baptiste.

Faustin retint une exclamation. Il connaissait assez François pour savoir que son ami était en train de l'utiliser comme prétexte.

— On n'y sera jamais, répliqua Shaor'i, si on s'arrête chaque fois avant le coucher du soleil.

— Sois indulgente, P'tite. C'est sa première fois, t'sais. Autant camper ici pour à soir. On repartira plus tôt, en répartissant les charges à trois. Faustin pourra marcher en somnolant.

Le vicaire marmonna quelque chose que personne ne comprit. *Ça t'apprendra à m'utiliser comme prétexte*, songea Faustin avec un vague amusement.

— À ton aise, Baptiste, fit Shaor'i en toisant Faustin du regard. Mais pour cette fois seulement. La paresse tue, en forêt.

Faustin n'eut même pas la force de se défendre. Le vicaire lui tapota le bras et s'en alla trier du bois sec pour monter le feu de camp. Shaor'i haussa les épaules et se transforma pour aller explorer les environs tandis que Baptiste déficelait l'un des paquets.

— Au diable les bines, lança-t-il à Faustin avec un clin d'œil. T'as mérité ton lard, mon gars.

Sitôt que François rapporta la première brassée de bois, Baptiste alluma un feu clair et vif ; à la suite de quoi le bûcheron sortit une large poêle de fonte qu'il mit sur les flammes. Les fines tranches de porc salé ne tardèrent pas à grésiller et à répandre un fumet qui chatouilla les narines de Faustin. Son estomac se contracta douloureusement et l'imminence du souper le ragaillardit un peu. Il s'approcha du feu de cuisson pour se réchauffer et contempla les morceaux de viande qui prenaient une belle teinte dorée.

— Tu t'occupes des patates, garçon ? demanda Baptiste en tendant un couteau.

Avec une grimace, Faustin hocha la tête et pela un premier tubercule. Bien qu'il s'acquittât presque chaque jour de cette corvée pour Madeleine, ses muscles endoloris rendaient cette fois la tâche terriblement pénible. À la demande de Baptiste, il coupa ensuite les pommes de terre en rondelles et les mit à rôtir dans la mare de graisse qui avait coulé du lard.

Le cri d'un rapace les tira à peine de leur attente. Vite redevenue humaine, Shaor'i se précipita vers eux en se pinçant le nez.

— *Goqei etloqteg*, Baptiste ?

— Du bon lard de village. Et des patates rôties comme celles de ma grand-mère.

Shaor'i sembla réprimer un haut-le-cœur :

— Du lard ?

— Tu sais ce qu'est un cochon, tout de même.

L'Indienne hocha la tête, les traits froncés :

— J'ai souvent vu l'animal, mais…

— Mais quoi ?

— Cette viande, elle sent… la chair humaine.

— Comment ? sursauta Baptiste, manquant de faire basculer la poêle.

— On jurerait l'odeur d'un homme brûlé vif. Et ça en a l'apparence, ajouta-t-elle en risquant un œil vers le repas qui cuisait. Vous ne vous êtes jamais brûlés ? Rappelez-vous l'odeur…

Les trois hommes s'entreregardèrent, incrédules.

— Vous êtes tout simplement répugnants. Je reviendrai quand vous aurez fini, annonça l'Indienne en s'envolant, redevenue harfang.

Ils la suivirent du regard jusqu'à ce qu'elle ne fût plus qu'un petit point dans le ciel.

— Eh bin… souffla Faustin, stupéfait.

— Faut la comprendre, dit Baptiste. Elle vient d'un endroit où on mange point de cette viande-là.

— Tant pis pour elle, tant mieux pour nous, lança François en emplissant trois gamelles. Ça nous en fera une plus belle portion !

Mais quand il reçut son assiettée, Faustin ne la trouva plus aussi appétissante.

◆

Il eut l'impression de passer de la nuit à l'aube en clignant des yeux. Il s'éveilla sans être plus reposé, bien qu'il fût davantage courbaturé, et se redressa péniblement, en titubant pour aller soulager sa vessie derrière un buisson.

Baptiste, lui, semblait levé depuis longtemps. Par poignées, il faisait glisser des fèves sèches dans une grosse gourde avant de l'emplir d'eau.

— Elles tremperont jusqu'à ce soir, commenta-t-il.

Shaor'i aussi était éveillée. Sous sa forme de harfang, elle restait perchée sur la cime d'un grand tremble. François surgit d'entre les arbres, un chaudron fumant à la main. Minutieusement, il répartit le contenu dans trois tasses. Faustin accepta le thé avec gratitude.

— Les paquetages sont répartis, annonça le vicaire.

— Tu as été indulgent avec Faustin? demanda Baptiste.

— Très indulgent avec lui, beaucoup moins avec toi.

Faustin était encore trop épuisé pour rechigner ou se sentir blessé dans son orgueil. Même lorsqu'ils eurent éteint le feu et ramassé les bagages, il grimaça de douleur en passant les courroies de son sac sur ses épaules. Il ne portait pourtant que la moitié de ce que portaient les autres et il s'en sentit gêné jusqu'à ce qu'ils se mettent en marche et que chaque aspérité du sol lui fasse oublier ses scrupules.

Baptiste et François portaient le canot au-dessus de leur tête. Le bûcheron avait écarté l'offre de Shaor'i en souriant :

— T'es trop basse, P'tite. Le canot sera pas d'aplomb.

Alors l'Indienne ouvrit la marche, sautillant prestement entre arbres et rochers, nullement incommodée par son énorme sac à dos. *Il pèse sûrement plus qu'elle*, pensa Faustin, amusé malgré tout.

Ce n'est que vers midi que la rivière redevint praticable. Ils dévorèrent quelques *hard tack* puis s'empressèrent de défaire les paquetages pour répartir leur poids dans le canot. Faustin se demandait sincèrement comment il survivrait à sa seconde journée. L'intérieur de ses coudes élançait et ses poignets semblaient brûlants. Il avait beau placer ses bras dans toutes les postures, cela ne lui apportait pas le moindre confort. Il se retourna lorsqu'il entendit Shaor'i crier un *hya!* mais pas assez vite pour attraper le paquet qu'elle lui lançait. Le ballot tomba dans une flaque de neige fondue et il grimaça en se penchant pour le ramasser. L'Indienne poussa un soupir exaspéré et lui arracha le paquet d'une seule main.

Le canot ne fut pas long à reprendre son périple. Ils avançaient dans le décor jamais changeant de forêt grise, poussés par un vent chaud quand le soleil perçait par les clairières, tanguant sous un souffle froid quand ils traversaient des massifs de pins où la neige était encore dense. Ils croisèrent un chevreuil qui frappait le sol de son sabot dans l'espoir de dénuder quelques tendres racines. Il interrompit son ouvrage le temps de suivre le canot du regard et reprit sa besogne avant d'être hors de vue.

Peu après, Baptiste les fit portager sur quelques verges et ils remirent le canot à flot sur une rivière coulant vers le sud-est. Faustin s'en étonna:

— N'allons-nous pas dans la mauvaise direction? demanda-t-il en se rassoyant dans l'embarcation.

Shaor'i roula des yeux exaspérés et se chargea de répondre.

— C'est pour se rapprocher d'un autre cours d'eau. On recule pour mieux avancer.

Faustin fronça les sourcils en tentant d'assimiler le concept et s'abstint de souligner qu'il ne comprenait pas tout à fait le principe.

— T'inquiète, lui chuchota Baptiste avec un clin d'œil. On sait où on s'en va. Mieux, ça va te donner un p'tit répit, le temps qu'on ira dans l'sens du courant.

Lorsqu'ils se remirent en route, Faustin goûta son premier repos alors que le canot glissait avec l'aisance d'une loutre. Pour ne pas penser à la fatigue, Faustin fixa son esprit sur le paysage quand un objet attira son attention. Près de la rive, blottie dans l'écrin d'un bosquet de bouleaux, émergeait une petite croix de quatre ou cinq pieds qu'on avait sobrement constituée en nouant une branche à une autre.

François avait lui aussi repéré le chétif monument :

— C'est une sépulture ? demanda-t-il à Baptiste en la lui indiquant du doigt.

— Oui… c'te rivière-là va vers le fleuve, faque dans l'temps, on a essayé d'y faire de la drave. Z'ont fini par arrêter ; la rivière créait des *jams* pas possibles… c'est trop étroit, icitte.

Baptiste resta songeur quelques instants. Le long du paysage qui défilait sous leurs yeux, on vit bientôt une seconde croix du même genre, puis les vestiges d'une troisième.

— Quand on s'embarque pour la drave, on sait qu'y en aura p'tête un qui reviendra pas. Ça fait partie du risque qu'on prend pour nos gages. À date, j'ai jamais connu de drave sans accident. Quand c'est possible, on ramène le corps aux parents. C'est une tâche dure, bien plus dure que la drave. On s'habitue jamais à apporter ces nouvelles-là.

Le regard de Faustin se perdit entre les arbres. Il avait cessé de compter les croix après en avoir dénombré une dizaine. Tous avaient rangé leurs avirons, sauf Shaor'i, qui se contentait de guider le canot par d'habiles flexions du poignet. La voix profonde du bûcheron entama un chant mélodieux avec ce même ton mélancolique que Faustin avait entendu lors des funérailles de son oncle. Cette fois encore, il semblait voilé d'une infinie tristesse.

À mes vingt ans, fallut quitter famille et mère,
Avec consentement et l'avis de mon père,
Les larmes aux yeux, fallut faire mes adieux :
– Consolez-vous, parents, je r'viendrai dans deux ans.

Je me suis bien trompé, comptant sur l'avenir,
Pour un si grand projet, pensant d'y réussir.
Tout est fini, la mort m'a surpris,
Dans ma dernière année, partant pour m'en aller.

La chanson dura encore quelques couplets pendant lesquels personne ne pipa. Ils durent néanmoins briser l'ambiance solennelle quand une massive épinette tombée en travers de la rivière stoppa leur progression. Baptiste descendit de l'embarcation pour aller considérer l'obstacle.

— Frais d'à matin, coupée au godendard. Les gars ont voulu s'faire un pont, sans penser aux canotiers… Fâchant, mais 'faudra dépaqueter le canot.

— N'y a-t-il aucune entente tacite à ce sujet ? grommela Faustin, agacé du contretemps.

— D'habitude, oui. Ça m'surprend, moi aussi.

François semblait tout d'un coup anxieux :

— Si c'est coupé au godendard depuis ce matin, pourquoi n'y a-t-il pas de bran de scie au sol ?

— *Awan!* intervint Shaor'i en se redressant. La coupure de l'arbre est noire comme l'encre à l'outre-vision et... *Kará!* Écoutez!

Un étrange chuintement perça le silence forestier. Alertés, les oiseaux s'envolèrent prestement.

— Une bête à grand'queue... śouffla l'Indienne avec un tremblement dans la voix.

— Une hère? demanda Baptiste. T'es sûre?

— Sans l'ombre d'un doute.

Bien vite, on décela une odeur acre, fortement musquée. Le cri résonna une seconde fois, grinçant comme un clou rouillé sur une ardoise.

— Qu'est-ce que c'est? Ça va nous attaquer? demanda Faustin qui sentait la peur le gagner peu à peu.

— Sûrement, répondit Shaor'i, tendue. À l'odeur, elle est à moins d'un mille.

— Débarquez, ordonna Baptiste, impératif.

Il ne leur fallut qu'une seconde pour descendre tant le ton était sans réplique. Alors Faustin assista à l'un de ces prodiges qui n'existent généralement que dans les histoires de chantier. Dans l'eau jusqu'aux genoux, le bûcheron s'arc-bouta contre l'embarcation encore chargée de son paquetage, poussa un grand cri et la souleva pour la passer au-dessus de l'arbre qui lui barrait la route. Le canot retomba lourdement de l'autre côté, en soulevant d'énormes gerbes d'eau glacée qui giclèrent dans tous les sens.

Ils n'attendirent pas l'ordre de Baptiste pour remonter. Faustin sentit sa bouche s'assécher quand un vif mouvement attira son regard, une forme fauve louvoyant entre les bouleaux.

— Là! s'écria-t-il, paniqué.

— J'ai vu, fit le bûcheron en sautant à bord.

Cette fois, Faustin ne rechigna pas à ramer. Ils partirent avec célérité, droit devant. Le canot bondit, en tanguant d'une façon inquiétante. Le cri retentit à nouveau, terriblement proche. Juste à quelques verges, un grand corps mince, tout en longueur, émergea de la forêt.

La créature aurait été identique à une hermine ou à une belette n'eût été sa taille, qui avoisinait celle d'un couguar. Son corps longiligne avançait par bonds erratiques, presque déments, tel un éclair roux et or parmi les arbres gris. Elle sifflait comme un chat en colère, fonçait sur eux avec une vitesse irréelle, ses yeux vifs et noirs brillant d'une intelligence malsaine. Sa queue, aussi longue que son corps, battait l'air au rythme de sa course.

— La hère ! cria Baptiste en cherchant sa hache à tâtons.

Horrifié, Faustin vit la créature plonger dans les flots sans ralentir sa course. Elle nageait telle une anguille, filant si bien dans l'eau qu'elle gagnait du terrain. Faustin, comme ses compagnons, ramait comme un fou. Il remarqua à peine que le courant gagnait en force, que la rivière devenait bruyante.

Brusquement, Shaor'i fut tirée vers l'arrière et faillit échapper l'aviron dans lequel la bête avait planté ses crocs un court instant.

— P'tite ! hurla Baptiste. Est-ce qu'elle va suivre dans les rapides ?

À ce moment seulement, Faustin constata que la rivière bouillonnait et s'incurvait en pente raide.

— Elle nous suivra n'importe où.

— Un galet, Faustin ! cria François en se retournant. Attrape-moi un galet, vite !

Moins de trois pieds séparaient l'embarcation de la créature. Seule sa fine tête de belette émergeait des

flots rendus blancs par les remous. Des yeux, Faustin
tenta de repérer un caillou plat, fit dangereusement
tanguer le canot en se penchant pour en saisir un. Il se
redressa d'un coup, envoya sa prise au vicaire qui l'attrapa au vol et l'essuya de son vêtement. De quelques
coups de craie, François y traça deux cercles barrés
de lignes parallèles avant de le projeter vers l'animal.

— *Ayaed samad, al-karezam, sizg arzäul* !

Par réflexe, Faustin suivit du regard le galet dé-
coché par son ami. Mal lui en prit : après quelques
ricochets, la pierre éclata dans une lumière aveu-
glante. Une sourde douleur transperça le cerveau de
Faustin et sa vue se voila. Il eut vaguement conscience
des paroles de Shaor'i qui hurlait que la bête, aveuglée
elle aussi, dévalait le courant en luttant pitoyablement
pour sa vie. Il sentit également la poigne solide de
François qui l'aidait à se recroqueviller dans l'embarcation. Il resta dans cette posture jusqu'à ce que le
canot se retrouvât dans des eaux plus calmes, et que
lui-même eût recouvré la vue.

◆

— À la voir, je n'aurais jamais cru qu'elle nageait
aussi bien, affirma ce soir-là Baptiste, alors qu'ils se
réchauffaient auprès d'un feu minuscule.

Toute la journée, ils avaient pagayé jusqu'à l'épuisement. Ils avaient couvert une distance suffisante
selon Shaor'i pour que la bête à grand'queue ne puisse
les rattraper.

— Sitôt que je l'ai vue, j'ai pensé à une hermine ou
à une belette, commenta Faustin en repensant à ces
petits fléaux de poulailler.

— On peut dire que c'en est une. Ce sont des espèces très proches… mais elles ne viennent presque jamais dans cette région. Du moins, plus maintenant. Elles ne vivent plus que très au nord. Ce sont des créatures solitaires, qui suivent les troupeaux de caribous et attaquent les individus isolés.

Baptiste servit à chacun une louchée de ce qui bouillonnait sur le feu – de la *sagamité*, avait-il dit. Une sorte de soupe de fèves, qui sembla plaire fortement à Shaor'i.

— Je ne comprends pas, dit Faustin en soufflant sur le contenu trop chaud de son bol, comment il se fait qu'un tel animal puisse exister à l'insu de tous… je veux dire, mis à part les vantardises d'ivrognes qui font des Pâques de renard…

— Elles ont toujours été peu nombreuses, soupira Shaor'i. Même avant l'arrivée des Blancs. C'est une espèce ancienne qui vivait surtout dans le Grand Nord, près de la baie d'Ungava. Jadis, il était rare d'en croiser, encore davantage qu'il est rare de croiser un pékan, un couguar ou un *kek-oua-gou*. Elle était la Mort silencieuse descendue du Nord, celle qui traque sans répit, celle dont on ne prononce pas le nom de crainte de l'attirer. Elle était *ouésoume*, la Bête à grand'queue ; pour rien au monde un chasseur n'aurait voulu l'affronter seul. On la voyait dans ces légendes que l'on raconte en tremblant, certains soirs dans la sécurité d'un village. Rares étaient les Anciens qui en avaient réellement vu une. Elle allait et venait, à sa guise, sans un bruit. Mais elle existait et nous la respections.

— Un jour, à ce qu'on m'a dit, poursuivit Baptiste, un Indien qui avait contracté une grosse dette envers la *Hudson* est tombé par hasard sur une de ces créatures, morte de froid dans la tempête. Au camp de traite, les bourgeois s'en sont trouvés ravis – z'ont même fixé la valeur de la peau à cinquante pelus. Une vraie fortune, rapport que la peau de belette avait la cote dans les vieux pays. C'était une prise de choix qu'on vendait en cachette pis qu'on exportait clandestinement, pour faire la passe d'argent. 'Serais surpris qu'un seul inventaire d'la *Hudson* en fasse mention. Fallait garder ça secret, pour pas que la *Nord-Ouest* connaisse c'te gibier à fortune.

— Elles venaient de jadis, reprit Shaor'i. D'un temps où les animaux étaient plus grands et différents. Mais les pelletiers, appâtés par le gain, les ont trouvées une par une.

— Et sans en révéler l'existence à personne.

Faustin avalait pensivement sa sagamité. Qu'un tel animal existe sans qu'il ne le sache n'était pas si surprenant, en fin de compte. Il se souvint de ce trappeur qui avait piégé, quatre ans auparavant, une sorte de rat géant à longue queue glabre, plus gros qu'un chat. Au village, tous s'étaient étonnés devant sa face blanche et ses mains nues munies de pouce. Personne n'avait été en mesure d'identifier la chose, ni à Notre-Dame des Tempérances, ni à Pointe-Lévy. Finalement, un homme de lettres de Québec avait déclaré que le mystérieux animal était un rarissime opossum d'Amérique. Ce fut la seule fois que Faustin, ou quiconque au village, vit une telle créature. Alors si cette bête à grand'queue, cette hère comme la nommait Baptiste, ne vivait que dans le Nord et avait été gardée secrète par la *Hudson*…

— Mais si elles vivent si loin au nord, intervint François, comment se fait-il que l'une d'elles nous ait attaqués ?

— On la dominait. À l'outrevision, on pouvait voir le halo noir de la goétie autour de la bête. Tout comme autour de l'arbre coupé. C'était une embuscade, et fort bien tramée.

— Alors il nous a repérés.

— Qui que soit ce *il*, oui.

— Le sorcier roux, de toute évidence.

Baptiste se leva pour raviver le feu. Quand il eut regagné sa place, il déclara :

— On en saura davantage chez le curé Bélanger. Inutile d'hasarder ici.

— Parle-nous du Mont à l'Oiseau, demanda François en nettoyant son bol avec de la neige. Est-il aussi terrible qu'on le dit ?

— S'il est à la hauteur d'sa réputation, j'en sais rien et j'veux pas l'savoir. Encore heureux que l'curé Bélanger habite pas trop profond, sinon ça serait sans moi que vous iriez, pour sûr !

Baptiste tira sa pipe, la bourra méthodiquement, puis offrit son tabac aux deux hommes, qui acceptèrent.

— Juste à voir la place, ça donne le goût de s'en aller. C'est une montagne qui doit dépasser les mille pieds de haut. On jurerait qu'elle a été coupée au tranchoir tant l'versant est abrupt. C'est rien que de la mauvaise terre et des roches moussues. Les seuls arbres qui poussent sont difformes à forcer de lutter contre les toques et les ronces. Pas un gibier à des milles.

Le bûcheron fit une pause, aspira une grande bouffée et expira en soufflant un rond de fumée.

— Le gros du problème est surtout qu'elle est habitée. Deux ou trois hères. D'ailleurs, j'mettrais ma main au feu que celle de ce matin provenait de là.

— Un village attikamekw en élevait quelques-unes comme gardiennes, expliqua Shaor'i. Eux partis, les bêtes ont survécu comme elles le pouvaient.

— C't'une région qu'est pas giboyeuse, continua Baptiste. En gros, elles n'ont que des grenouilles, des siffleux, des rats d'eau. Alors quand un cheval de chantier passe dans l'coin… ou son maître…

Il claqua des doigts. Faustin frissonna malgré le feu qui crépitait. Le moins il en saurait, pensa-t-il, le mieux ça irait.

— Les choses devraient bien aller, désormais, assura Shaor'i. Nous dormirons un minimum, ce soir. Baptiste et moi nous relaierons pour monter la garde. Dès l'aube, nous prendrons l'ouest entre *Ulastuguj* et la sapinière.

— P'tite, t'sais que j'veux point mettre en doute ta parole, mais j'suis passé des années durant dans ces coins-ci et y'a pas d'eau dans cette direction-là.

— Crois-moi. Il y aura une rivière, tu verras.

— Si tu l'dis… ronchonna le bûcheron, visiblement sceptique.

Après avoir bâillé bruyamment, François déroula sa catalogne et se servit de son sac en guise d'oreiller. Faustin ne tarda pas à l'imiter, installant sa couche aussi près qu'il l'osa de Shaor'i. Il n'arrivait pas à détourner ses pensées de la hère, des loups-garous, du sortilège qui l'avait paralysé à Pointe-Lévy. Quand il remontait le fil des événements, il lui semblait que tout cela s'était enclenché à partir d'un rien. Par un matin comme les autres, une vieille tenancière avait découvert un cadenas fondu. Et du coup, on avait enlevé la fille Latulipe, son oncle était décédé, un lycanthrope les avait poursuivis, puis un monstre de légendes… Il avait l'impression d'avoir déchiré la toile qui séparait ce qu'il croyait réel de ce qui ne l'était pas. Peut-être allait-il devenir fou, peut-être allait-il sombrer dans un long rêve sans fin, comme Joachim Crête. Le meunier avait assisté à la transformation de son engagé en loup et avait perdu sa lucidité. Qu'est-ce qui prouvait à Faustin qu'il ne subirait pas le même sort?

Il dormit mal, nerveux au moindre craquement. À peine parvint-il à glisser dans la torpeur du demi-sommeil. Il passa ainsi quelques heures jusqu'à ce qu'un hurlement le fasse se redresser en sursaut.

— La hère! échappa-t-il, paniqué.

— Non, fit Shaor'i sans lui adresser un regard. Un coyote.

— Va-t-il…

— Non. Les coyotes n'attaquent jamais les hommes.

Faustin s'abstint de murmurer un *mais si…* Dans un coin de son esprit, un mauvais tour de sa mémoire lui rappela cette comptine qu'on chantait aux enfants avant les veillées de contes:

Une nuit, trois petits garçons
Se perdirent dans les grands chênes
Tout à coup dans les noirs buissons
On entendit des bruits de chaîne.
Le premier s'enfuit tout tremblant
Le second monta sur un chêne
Mais, hélas! le troisième enfant
Fut pris et dévoré sans peine

Sachant désormais qu'il serait vain de tenter de retrouver le sommeil, il passa de longs moments à scruter les ombres, à l'affût du moindre bruit. La fatigue finit par avoir raison de lui, mais sa somnolence ne lui apporta guère de repos.

CHAPITRE 6

Le Petit Peuple

L'éveil fut brutal pour Faustin, qui cria quand l'eau de pluie glaciale coula à travers les branches de l'épinette sous laquelle il s'abritait. Vite trempée, sa lourde veste de laine ne le protégea guère quand il se leva sous le ciel gris. Encore une fois réveillé le dernier, il découvrit non loin Baptiste en train de scruter les nuages d'un air appréciateur, une tasse fumante à la main.

— Ce temps de chien semble te réjouir, maugréa Faustin, rendu un tantinet irascible par sa succession de mauvaises nuits.

— Une bonne chose, c'te pluie. Ça augmente les chances que les glaces soient fondues.

Il éternua bruyamment et sortit de sa manche un mouchoir à carreaux.

— Si ça te dit, la P'tite a préparé une infusion contre le rhume.

Faustin acquiesça avant d'éternuer à son tour.

La jeune Indienne était assise sur une pierre et savourait un petit bol de sa mixture. Elle ne semblait pas se soucier des énormes gouttes froides qui ruisselaient sur son visage et plaquaient sur sa nuque ses mèches d'ébène. Elle souriait doucement en buvant et Faustin réalisa que c'était la première fois qu'il la voyait se décrisper.

— Il t'en reste ? demanda-t-il en montrant le bol du doigt.

Shaor'i haussa un sourcil et versa la moitié de ce qui lui restait dans le gobelet que lui tendit Faustin. C'était une boisson très foncée, au parfum vif, presque piquant. Il risqua une gorgée et fut surpris par la douceur de son goût.

— Qu'est-ce que c'est ?

— De l'écorce de saule, de bouleau et de thuya, répondit-elle en s'efforçant de se rappeler les noms français des plantes. De la gomme de pin, de la pruche, du sureau, de l'ail des bois, du miel et des bleuets séchés.

— C'est bon. Très différent de ce que je bois d'habitude, mais très bon.

— Ça te préservera du rhume.

Faustin prit une autre gorgée et apprécia son effet revigorant.

— Tu me surprends, avoua Shaor'i. Le prêtre n'a rien voulu savoir.

— François ? C'est vrai, où est-il passé ?

— Il charge le canot… tout de travers, forcément.

— Tu ne sembles pas le porter dans ton cœur. Pourtant il ne t'a rien fait.

L'Indienne ne répondit pas. Peu après, Baptiste les appela pour reprendre la route.

◆

La pluie glacée perdura toute la matinée. Faustin tressaillait chaque fois qu'une larme froide partait de sa nuque pour suivre son échine. Les conditions climatiques, le manque de sommeil, peut-être aussi la permanente exaspération de Shaor'i, tout cela l'amenait à broyer du noir.

Au fil des jours précédents, Faustin avait découvert la désagréable sensation de se sentir inutile et incompétent. Malgré le temps qui passait, il ne semblait faire aucun progrès. Il regrettait Notre-Dame des Tempérances, son élément naturel, où il était sujet d'admiration et où l'éventail de ses connaissances suscitait le respect. Presque toutes les fois où il se rendait au magasin général, on lui demandait de lire ou d'écrire quelque chose. Les pipes qu'il sculptait dans les plus beaux bois faisaient autant l'envie des fumeurs du village que le tabac qu'il cultivait, une espèce qu'il avait lui-même hybridée et dont il gardait le secret. Sous ses soins, les vaches du curé étaient d'excellentes laitières ; ses poules étaient les seules à pondre l'hiver. Son habileté aux dames était crainte et on s'inclinait bien bas devant ses modestes connaissances de l'anatomie qui, bien loin de lui conférer le savoir d'un médecin ou d'un vétérinaire, lui offraient un prestige presque équivalent.

Depuis son départ, Faustin avait découvert la saveur amère d'être un pied carré dans un trou rond. Il ne savait pas ramer au rythme adéquat ou charger un canot avec équilibre. Marcher avec un sac à dos lui était pénible et, tout obstiné qu'il fût, le feu refusait toujours de prendre quand il s'essayait à l'allumer. Il sursautait au moindre bruit nocturne malgré les regards bienveillants de Baptiste ou ceux, méprisants, de Shaor'i. Il s'épuisait vite et le dissimulait mal.

Bien malgré lui, il repensa à Samson, le cheval obèse de son oncle, et à cette nuit où son existence avait basculé, quelques jours auparavant – une éternité. L'animal n'avait pas son pareil pour tirer une charrue une journée durant et paraissait fort puissant dans ces circonstances. Le soir du Mardi gras, ce colosse équin avait été poussé à bout par une petite heure de galop. Faustin rougit devant la comparaison qu'il venait de se faire à lui-même. Il tenta d'écarter ces pensées – mais chaque coup de rame les lui ramenait.

Cette inutilité ne se restreignait pas qu'à l'aisance en forêt. Quelqu'un les traquait et depuis longtemps la situation était sortie de leur contrôle. François, il le sentait bien, partageait son sentiment. Même Baptiste, désemparé devant le cadavre qu'ils avaient découvert près de son pied-à-terre, n'avait rien trouvé de mieux que proposer une fuite hâtive – et Shaor'i, derrière sa froideur et son impassibilité, ne cachait-elle pas, elle aussi, une profonde inquiétude ? Faustin en était persuadé. Il lui tardait de rejoindre ce prêtre, au Mont à l'Oiseau, et d'obtenir sa protection.

— Les glaces sont encore prises, dit Baptiste en plantant son aviron dans la rivière où les glaçons s'étaient agglutinés en une masse compacte. J'craignais que la pluie ne suffise point.

— Pour notre destination, c'est l'idéal, dit Shaor'i. Nous allons portager à travers la sapinière.

— P'tite, j'ai trappé dans c'te sapinière quand j'étais deux fois jeune comme Faustin. Y'a rien, par là. Même pas un *creek*.

— Très bien, répondit l'Indienne, sarcastique. Je vous laisse attendre ici que la glace fonde.

Shaor'i débarqua d'une preste enjambée et se faufila entre les conifères. Baptiste soupira, en prenant Faustin à témoin :

— Pas moyen d'avoir le dernier mot avec elle, on dirait...

— Tu ne t'attends quand même pas à ce que je réponde à ça, siffla Faustin entre ses dents. Surtout si elle est proche...

— Suivons-la, trancha François. Elle nous a bien guidés jusqu'ici.

Haussant les épaules, Baptiste descendit à son tour. Dire que portager canot, bagages et provisions à travers l'épaisseur des taillis fut pénible aurait été bien en deçà de la réalité. Longtemps parmi les arbres, ils suivirent les traces de l'Indienne. Ils finirent par la rejoindre, les vêtements et la peau labourés de mille petites déchirures, devant un monticule rocheux jonché d'atours de sapin ayant viré à l'orange. Un mur épais de mûriers desséchés, dense et épineux, dévorait la moitié de l'affleurement rocheux. Shaor'i s'y trouvait et leur faisait signe de la suivre. Elle les guida jusqu'à une ouverture jonchée d'excréments et de petits ossements.

— On dirait une tanière d'ours, commenta Baptiste.

— C'est à ça que c'est censé ressembler, concéda Shaor'i. En supposant que quelqu'un soit assez fou pour braver vingt verges d'épines et de ronces.

Par-delà la fissure, au sein d'une sorte de caverne, le sol était irrégulier, parsemé de petits éboulis. La voûte était si basse qu'ils devaient avancer pliés en deux. Shaor'i s'arrêta devant une espèce de puits plus ou moins rond, large de quatre pieds et si profond qu'on n'en voyait guère le fond. Un grondement sourd indiquait qu'une rivière souterraine courait sous leurs pieds. Agenouillée devant cette cheminée naturelle, l'Indienne ramassa un petit éclat de roche et tapa quelques coups rythmés. Loin au-dessous, le même son répondit à l'appel – et Faustin fut persuadé que ce n'était pas l'écho.

— C'est quoi, c't'endroit ? demanda Baptiste, mal à l'aise.

— Le chemin le plus rapide vers la vallée du Saint-Maurice. Si on nous laisse passer, on y sera demain.

— Et qui nous laissera pass…

La question du bûcheron s'acheva dans un gargouillis de stupéfaction. Une petite forme blanchâtre venait d'émerger du puits naturel. Faustin s'approcha pour mieux voir.

— Un lutin ! souffla la voix de Baptiste derrière lui.

À Pointe-Lévy, Faustin avait déjà vu un marin possédant un sapajou apprivoisé ; aussi comprit-il aussitôt que la créature qui se tenait devant lui appartenait à un genre similaire. L'espèce de petit singe devait mesurer une vingtaine de pouces. Il était de toute évidence albinos : son poil était blanc comme neige ; ses yeux, rouges et luisants, qui renvoyaient la lumière comme ceux d'un chat, étaient si proches l'un de l'autre que Faustin crut d'abord qu'il n'y en avait qu'un seul. Le visage, les mains, les pieds et le torse de la créature étaient nus, laissant voir une peau grisâtre. Ses bras et ses jambes étaient longs et très grêles.

L'air méfiant, il restait accroupi, ses longues pattes repliées à la manière de celles d'un crapaud. Shaor'i lui tendit sa main, qu'il flaira longuement en couinant d'étranges petits clics complexes.

— Qu'est-ce qu'il fait ? demanda François, captivé par le minuscule simien blanc.

— Nous nous présentons, expliqua Shaor'i, méconnaissable avec son sourire attendri. Notre petit ami est monté en croyant découvrir un membre de sa tribu qui martelait la pierre. Normal qu'en tombant sur nous il soit surpris.

La créature avait lâché la main de l'Indienne et sautillait maintenant à gauche et à droite, en projetant des brindilles dans les airs et en se roulant dans la poussière. Il frappa rythmiquement le sol du plat de ses mains et se hâta de bondir dans la faille dont il était sorti.

— C'est bon, il nous laisse passer, annonça Shaor'i. Il faudra attendre le signal indiquant que le conduit est libre.

— Tu comprends ce qu'il dit? souffla Baptiste, visiblement impressionné.

— Jusqu'à un certain point. Leur langue est terriblement complexe et basée sur tout un éventail de mouvements, d'expressions faciales, de gestes et de couinements.

— Que sont au juste ces créatures, Shaor'i? demanda François, troublé. Baptiste les a appelées lutins, mais je n'ose croire...

— Ce sont les Blancs qui les ont nommés *lutins*, les rares fois où ils les ont rencontrés par hasard. Nous les nommons *mah oumet*. Ils existent depuis beaucoup plus longtemps que les hommes.

— Et ils vivent sous terre?

— Ils sortent parfois, la nuit... mais en général, ils restent aux abords de leur rivière souterraine. C'est elle que nous allons emprunter. Les Sept Danseurs utilisent ce passage depuis des générations.

Ils furent interrompus par de petits tintements clairs qui résonnèrent dans la cheminée naturelle. Quelques cris aigus émergèrent des profondeurs, mystérieux et un peu inquiétants.

— La voie est libre, annonça Shaor'i. Préparez-vous à descendre.

◆

Ils attachèrent une corde à l'une des extrémités de l'embarcation et la descendirent lentement le long du puits rocheux, ainsi que Shaor'i leur avait expliqué. L'Indienne était déjà parvenue tout en bas, sous sa forme de harfang, et veillait à la réception du matériel. Quand le canot fut détaché vint le tour des paquetages, puis celui des hommes. Baptiste insista pour que le moins lourd passe en premier : déglutissant avec peine, Faustin saisit la corde et se laissa glisser dans le tunnel rocheux.

Shaor'i l'attendait dans une sorte de salle étroite où les bagages avaient été déposés pêle-mêle. Il s'y sentit aussitôt mal à l'aise, comme s'il percevait l'énorme poids de la roche tout autour de lui. La pierre semblait menacer de l'engloutir, de l'enterrer vif et de l'enfermer à jamais dans le silence souterrain. Il tituba jusqu'à un rocher rond pour s'y asseoir et reprendre contrôle sur lui-même. Il avait l'impression que les ténèbres lui collaient à la peau, que l'odeur d'humidité et de moisissure s'infiltrait en lui par tous les orifices de son corps.

Ce sentiment était si prenant que Faustin ne remarqua l'arrivée de François que lorsque ce dernier le heurta. Autant qu'il pût en juger dans la noirceur, le vicaire semblait tout aussi troublé. On entendait le rythme saccadé de sa respiration qui résonnait tout autour. Lentement, François tapota la paroi pour tester sa résistance. Il retira vivement sa main quand quelques éclats se détachèrent avec un chuintement poussiéreux.

Baptiste arriva le dernier, beaucoup plus à l'aise. Il expliqua qu'il avait déjà travaillé un été dans une mine de charbon. Il qualifia même l'endroit de *fiable* comparé à ce qu'il avait connu. Faustin espéra de tout cœur qu'ils avaient la même définition de *fiable*.

La salle où ils se trouvaient s'étirait en longueur en s'étrécissant. Shaor'i s'y engouffra et avança comme en terrain de connaissance grâce à sa vision particulière. Scrutant les parois de son mieux, Faustin tenta de repérer le lutin qui les avait accueillis. En vain. Le petit être semblait avoir fondu dans l'obscurité.

Tenant l'avant du canot, Baptiste emboîta le pas à Shaor'i afin de ne pas la perdre de vue, en traînant François à sa suite. Le passage se mua en couloir, de plus en plus étroit et sinueux. Ils y avancèrent un bon moment, peut-être une heure. Faustin trébuchait sans arrêt sur le sol irrégulier, tout en gardant la main tendue devant lui pour éviter de heurter la paroi. Quelque part dans le noir, il entendait le son limpide de l'eau qui coulait doucement.

Le corridor déboucha abruptement sur une caverne si vaste que Faustin n'en voyait pas le bout. Elle devait avoir plus de vingt verges de largeur, mais la majeure partie du sol était noyée sous une vaste rivière, profonde et silencieuse. Caprice du relief souterrain, la rivière coulait vers le nord, ce dont Faustin se réjouit secrètement. Ce passage allait lui permettre de prendre un peu de repos.

— Posons le canot ici, chuchota Shaor'i. Nous allons continuer à rame, tout droit vers la vallée du Saint-Maurice.

— On s'ra où, quand on sortira?

L'Indienne prit son temps pour convertir mentalement ses distances en mesures impériales puis répondit:

— À cinq lieues de la fin de la rivière au Caribou, environ. On débouchera dans un ensellement et il nous faudra portager sur une pente ascendante pour regagner le niveau des rivières.

Faustin haussa les épaules : cela ne lui permettait pas davantage de se situer. Baptiste commença à rapatrier les bagages et à les placer un à un dans l'embarcation. L'un des petits singes albinos émergea de l'ombre et se faufila entre leurs jambes, en poussant un cri comme pour leur enjoindre de s'ôter de son chemin. Faustin le suivit du regard, le vit grimper le long d'un rocher et aller s'installer à son sommet. Le lutin semblait fouiller dans un tas de pierres, en jetant certaines en bas du promontoire, s'en réservant d'autres en les plaçant tout près de lui. Se disant que ses amis n'avaient pas besoin de lui pour charger le canot, Faustin s'approcha tout doucement de la créature pour l'observer un moment.

Le lutin s'était assis, les jambes repliées et les genoux écartés. De ses petits yeux roses, il scrutait l'éclat de pierre irrégulièrement arrondi qu'il tenait dans la main. Il le soupesa longuement, le secoua dans tous les sens. Quand il eut décidé que la pierre lui convenait, il la coinça entre ses pieds souples. Des tintements sonores résonnèrent clairement.

Faustin plissa les yeux pour mieux voir dans l'obscurité. Étirant le cou, il réalisa que l'être utilisait une autre pierre de moindre taille pour frapper la première. À chaque coup, il retirait un peu de la couche crayeuse qui la recouvrait. Quand il eut terminé, le lutin examina la pierre dénudée d'un œil critique, l'inspecta sous tous ses angles et la replaça entre ses pieds quand il la jugea à son goût.

Faustin jeta un regard derrière lui, vit ses compagnons qui répartissaient soigneusement les bagages dans l'embarcation. Le bruit du lutin à l'ouvrage attira de nouveau l'attention de Faustin. Le singe avait pris un autre outil, un bloc évasé qu'il tenait par le bout le plus large et dont il se servait pour façonner sa pierre. Des éclats épais se détachaient à chaque impact, façonnant rapidement une mince lamelle. Alors la créature usa d'un morceau d'os, qui lui permit de retirer des éclats plus fins et d'affûter ainsi les bords de son ouvrage.

— Tu viens ou bin tu vas passer la Saint-Jean icitte? lança la grosse voix de Baptiste.

Faustin jeta un dernier coup d'œil au lutin. Ce dernier, sans se soucier de l'humain qui l'observait, parachevait une lame mince, longue de deux pouces et demi, à la pointe aiguë et aux bords acérés. Faustin alla rejoindre les autres, s'agenouilla dans le canot et ramassa son aviron.

— Qu'est-ce que tu fichais? lui demanda Shaor'i en se retournant.

— Le lutin, il a…

— Le *mah oumet*.

— Le *mah oumet*, reprit Faustin, c'est fou, on dirait qu'il vient juste de…

— De se fabriquer un couteau? Et alors?

— Bah oui, c'est fou mais on jurerait que…

— Qu'est-ce qu'il y a de fou là-dedans?

— Bin, j'sais pas, ce sont des singes, non? Du moins ils en ont l'air.

— Ce sont de *gens*, répondit Shaor'i avec exaspération. Ils forment un peuple. Nous sommes des invités, ici. Pourquoi les Blancs ont-ils tant de mal à comprendre ce genre de concept?

— C'est pas que…

Mais Shaor'i ne l'écoutait plus. Faustin resta perplexe un instant, se tourna une ultime fois vers le *mah oumet* avant de plonger son aviron dans les eaux cristallines.

Ils ramèrent longtemps, le silence des profondeurs n'étant brisé que par le souffle sinistre du vent à travers les failles rocheuses ou par des clapotis de cailloux qui tombaient dans la rivière. De temps à autre, ils croisaient un *mah oumet* qui se tenait sur l'une des rives, buvant de l'eau dans ses mains en coupe. Lorsqu'elle apercevait le canot, la créature s'arrêtait pour les regarder passer.

— Ils n'ont pas peur de nous, commenta Baptiste à voix basse.

— Ils espionnent souvent les hommes. Ils sont curieux. Je ne pense pas qu'il y ait beaucoup de trappeurs qui n'aient été épiés au moins une fois.

Faustin restait silencieux et ne prêtait qu'une vague attention aux propos de Shaor'i. Son monde, sa réalité avaient changé. Certes, il savait auparavant qu'il existait bien des choses à l'insu des hommes, puisqu'il avait vu son oncle pratiquer les arcanes en secret, mais cela allait bien au-delà. En ce moment même, il arpentait l'antre des créatures ayant donné naissance au mythe des lutins. Lentement, sournoisement, les choses qu'il croyait mythiques une semaine auparavant s'avéraient réelles – et cela le troublait.

À mesure que le canot suivait le cours de la rivière, les lutins devinrent plus fréquents sur les deux rives. Faustin distingua une mère portant son minuscule enfant sur son dos. Plus loin, deux *mah oumet* se chamaillaient en roulant sur la berge jusqu'à ce qu'un

troisième vienne les pousser à l'eau. La scène lui
arracha un sourire qui se figea net quand une pensée
lui traversa l'esprit :

— Notre présence ne risque-t-elle pas de mettre
en danger ces petits êtres, Shaor'i ?

— Si nous veillons à ne pas les déranger, je ne
vois pas en quoi…

— Je pense au sorcier roux. Il nous a déjà repérés
une fois. Ne risque-t-il pas de nous trouver ici et de
mettre du même coup toute la colonie en péril ?

L'Indienne resta pensive quelques secondes avant
de répondre :

— Je ne vois pas comment il pourrait connaître
cet endroit. Même Baptiste, qui a sillonné le territoire
à maintes reprises, en ignorait l'existence.

Le bûcheron émit un toussotement puis se racla la
gorge. Shaor'i n'y prêta pas attention et poursuivit :

— De plus, l'épaisseur de la roche empêchera les
sortilèges divinatoires de nous repérer.

— Logique, intervint François. Il y a des limites à
ce que les ondes peuvent traverser sans distorsion.

— Et même en supposant qu'il nous trouve malgré
cela, les *mah oumet* disposent de multiples moyens
de se mettre à l'abri – après tout, il arrive parfois
qu'un prédateur débouche par hasard sur une entrée.

Faustin jeta un coup d'œil aux murs de la caverne.
Des dizaines de discrètes ouvertures perçaient la
paroi, au hasard. On pouvait voir les lutins qui s'y
activaient, entraient et sortaient, affairés. Un groupe
massé autour d'un orifice taillait la pierre avec des
outils primitifs. D'autres ramassaient les morceaux,
les disposaient en tas ou les jetaient simplement dans
la rivière ; un dernier triait certains éclats pour se les
réserver.

— Ils ont l'air bien organisés.

— Ils forment une société très hiérarchisée. Les décisions sont prises par les plus vieilles femelles, mais il y a toute une série de castes d'éclaireurs, de cueilleurs, de chefs de traque et ainsi de suite…

Sur un rocher émergeant de l'eau, et formant une île de quelques verges, une douzaine de petits singes albinos étaient agglutinés les uns contre les autres, chacun scrutant méthodiquement le poil d'un pair. Nullement dérangés par le passage du canot à quelques pieds de distance, ils tournèrent à peine la tête en direction des intrus avant de poursuivre leur étrange labeur.

— Shaor'i, que font-ils, ceux-là ? voulut savoir Faustin.

— Ils s'épouillent, tout simplement.

— Pour sûr, admit Baptiste avec un petit rire, c'est plus facile comme ça.

— Et eux raffolent des poux.

Faustin eut une grimace de dégoût. En effet, les lutins extirpaient du pelage de leurs congénères les répugnants insectes en les tenant entre le pouce et l'index et se les fourraient gaiement dans la bouche. Shaor'i reprit, sans détourner l'attention de l'aviron de gouverne :

— Toutefois, les collations de poux ne sont qu'un prétexte à l'épouillage.

— Comment ça ? demanda Baptiste, lui aussi piqué par la curiosité.

— Imagine que tu as des démangeaisons dans le dos, impossibles à gratter toi-même, mais que plusieurs fois par jour un ami vienne le faire pour toi… que cet ami intervienne chaque fois que tu en as besoin, même si c'est en pleine nuit ou vingt fois par jour.

— Quel ami ! Y'en a vraiment de semblables ?

— Supposons. Tu lui serais reconnaissant, non ? Et si, après une semaine de bons services, il te demande de l'aider à transporter une charge lourde, ou te quémande une portion de ton souper, que lui réponds-tu ?

— Eh ben… avec plaisir, mon brave !

— Tu viens de comprendre le système économique des *mah oumet*, conclut l'Indienne.

— Tu veux dire, intervint François, que ces êtres se « paient » en séances d'épouillage ?

— Absolument. Et ils ont bonne mémoire. Gare à celui qui ne paie pas ses dettes.

— Ce système en vaut bien un autre, concéda Faustin. Et en plus, on est à l'abri des huissiers.

— Tu dis ! fit Baptiste en riant et en donnant quelques coups de rame.

Alors que l'embarcation s'éloignait lentement de l'île, Faustin jeta un dernier regard au groupe.

— Ils ont tout de même l'air d'aimer ça, bouffer des poux…

— Bien entendu. C'est un mets recherché. Mais quand ils désirent réellement un repas de poux, ils sortent de nuit et se mettent en quête d'un gros animal. Les ours en hibernation ont la cote ou les orignaux endormis. Et comme vos chantiers d'abattage se rapprochent de leur territoire, les chevaux sont devenus un plat de choix. Même éveillés, ils se laissent épouiller.

— Pour sûr ! commenta Baptiste. C'est fin, un cheval. Mais dans les campements, il n'arrive jamais qu'on les surprenne ?

— Ils ont des siècles d'expérience en matière de discrétion. Ne reste de leur passage qu'un cheval aux poils parfaitement étrillés… et parfois quelques clous de moins.

— Des clous ?

— Oui, pensez aux petits creuseurs de tout à l'heure. Les clous travaillent mieux la pierre que les cailloux taillés. Donc ils en dérobent, quand ils en trouvent. C'est cela bien plus que les chevaux qui les attire près des campements.

— Avoir su, j'aurais amené une poche de clous, juste pour les remercier de nous héberger chez eux.

— Ne fais jamais ça, coupa Shaor'i, soudainement mélancolique. Depuis des siècles ils se satisfont du silex. Si tu les habitues aux métaux, ils en deviendront dépendants, comme nous avant eux… et un jour, quand le camp de bûcherons sera abandonné…

La voix de la jeune femme s'éteignit. Elle resta longtemps silencieuse et on n'entendit plus que les clapotis de son aviron qui guidait le canot.

◆

Ils dînèrent sans sortir du canot, grignotant des *hard tack* et quelques bouts de lard séché. À mesure qu'ils descendaient le courant émergeait une sorte de ronronnement très grave, lent et rythmique. Cela évoquait à Faustin les mélopées qu'Otjiera avaient chantées lors du rituel du feu follet. Il se garda toutefois de le mentionner, de peur de vexer Shaor'i.

Le son perdura longtemps, percutant toute la caverne dans son écho. Le rythme évoquait des éons reculés, oubliés des hommes.

— Je n'ai jamais entendu quelque chose comme ça, avoua Faustin, ému malgré lui. Que disent-ils, Shaor'i ?

— Qui peut savoir ? répondit rêveusement l'Indienne, un léger sourire aux lèvres.

— Ne parles-tu pas leur langage ?

— Pas au sens où tu le penses. J'ignore ce qu'ils fredonnent ainsi… Quelque chose d'assez merveilleux pour qu'ils ressentent le besoin d'en chanter la beauté depuis des millénaires. Leur mythe créateur, peut-être.

— Leur *mythe* ? Tu affirmes qu'ils ont une religion ?

— Forcément. Ils ont des rites funéraires.

— Comment ?

— Quand l'un des leurs décède, ses proches se chargent de sa dépouille et partent en quête d'une très vaste fourmilière. Si c'est l'hiver, ils congèlent le corps et attendent le printemps pour effectuer leur pèlerinage. Quand ils l'ont trouvée, ils y déposent le corps et le veillent à tour de rôle jusqu'à ce que les fourmis aient laissé un squelette parfaitement nettoyé. Tout au long du processus, qui s'étend parfois sur des semaines, ils se relaient pour surveiller le mort et lui parlent, lui adressent des chants, des ronronnements. Une fois les os mis à nus, ils les ramènent à la grotte.

— Et ils les enterrent ?

— Non. Ils les réduisent en poudre et en enduisent les nouveau-nés, pour leur transmettre une partie des qualités du défunt. C'est pour cela que personne n'a jamais découvert le corps défunt d'un *mah oumet*, ni même son squelette.

Faustin repensa aux inquiétudes qu'il avait eues en découvrant l'existence des lutins. Peut-être n'était-il pas si angoissant, finalement, que tant de choses étranges existent à l'insu des hommes. Peut-être était-ce seulement que le monde recelait beaucoup plus de merveilles que les hommes d'aujourd'hui n'étaient prêts à en voir.

— Ça m'amuse, affirma Faustin au bout d'un moment. Tous ces gens qui croient que nous sommes l'espèce dominante de ce monde. La Bible l'enseigne, les lettrés le clament. Pourtant les *mah oumet*, les animaux, toutes les créatures du globe sont totalement indifférentes à notre sort. Elles se fichent complètement de nous.

Ce qui se passa par la suite fut si inattendu que cela stupéfia totalement Faustin. Derrière lui, il entendit un drôle de bruit étouffé. Quand il se retourna, il vit que Shaor'i riait discrètement. Et même après ce bref esclaffement, elle continua de lui sourire.

◆

Sans soleil, il était impossible d'évaluer depuis combien de temps ils descendaient la rivière souterraine. Par deux fois, la faim les avait poussés à se sustenter. Leur dernier repas remontait à fort longtemps, ce qui laissait supposer à Faustin que la nuit était tombée au-dehors. La fatigue qu'il ressentait semblait confirmer cette hypothèse.

Ils poursuivirent pourtant leur route encore un bon moment, plusieurs heures selon l'estimation de Faustin, jusqu'à ce que le canot se mette à trembler en râpant le fond rocailleux.

— La rivière ne sera plus assez profonde, désormais, expliqua Shaor'i. Il faudra continuer à pied pendant six ou sept lieues de tunnel. Il fera jour quand nous sortirons.

Ils débarquèrent en mettant les pieds dans l'eau et suivirent l'Indienne qui les guidait vers une galerie tortueuse. Faustin ramassa le sac laissé par terre à son intention et le passa sur ses épaules en grimaçant sous la charge. Il frissonna en s'engouffrant dans le tunnel où l'odeur de moisissure était oppressante tant les murs étaient gluants et froids.

Depuis plusieurs heures, les lutins n'étaient plus visibles et pendant un moment, Faustin crut avoir quitté leur territoire. Toutefois, de faibles couinements attirèrent bientôt son attention. Le groupe émergea dans une chambre basse où s'entassaient de grosses pierres dorées sur un plancher de petits cailloux blancs. *On dirait de l'or*, pensa Faustin tout en sachant reconnaître de la pyrite quand il en voyait. Des morceaux de quartz avaient été minutieusement taillés pour refléter les plus fines parcelles de lumière et faire briller la grotte. Si habilement dissimulés qu'il faillit ne pas les voir, une vingtaine de minuscules *mah oumet*, à peine longs comme le doigt, les espionnaient silencieusement. Deux lutins adultes jetaient des regards méfiants aux humains qui, de toute évidence, les dérangeaient. Si belle que fût la caverne, Faustin fut heureux de la dépasser tant il s'y sentait indésirable.

— C'était une sorte de crèche ? s'informa-t-il à Shaor'i.

L'Indienne se contenta de hocher la tête sans se retourner.

— Sont-elles toutes aussi belles ? demanda encore Faustin, curieux.

— C'est la seule. Il n'y a pas d'autres enfants.

Quand ils croisèrent une corniche où un autre lutin frappait deux pierres l'une contre l'autre pour fabriquer un outil, elle soupira :

— Il n'y en aura bientôt plus, des enfants. Les *mah oumet* ne se sont pas installés ici au hasard, tu sais. Ils ont choisi ce lieu parce que, il y a encore quelques décennies, la surface était le domaine des pins blancs et des autres grands pins. C'était alors une forêt noble et forte. Les *mah oumet* la respectaient, de même que les Attikamekw. Les arbres atteignaient plus de cinq pieds de large et cent cinquante pieds de haut. C'était un endroit puissant, évocateur. Peut-être parce qu'ils sont plus proches des animaux que nous, ou peut-être parce qu'ils ont su garder une meilleure symbiose avec la terre, les femelles *mah oumet* ne sont fertiles qu'à une certaine période de l'année. Pour que s'éveille leur fécondité, elles doivent percevoir une grande quantité de la semence des pins qui flotte dans le vent. Quand leur odorat détecte que l'air est chargé de l'essence des grands arbres, leur corps sait que le moment est venu d'éveiller leur fertilité.

Baptiste se racla la gorge en fixant le sol. Toutefois, l'Indienne poursuivit, les yeux brillants :

— C'était alors un moment extraordinaire. Les femelles sortaient la nuit, traquaient les lucioles et s'enduisaient le corps de leur jus avant de s'éparpiller dans les branches des pins les plus majestueux. Les mâles ne devaient alors se fier qu'à leur odorat, leur ouïe et aux fines taches lumineuses qui indiquaient, peut-être, la présence d'une femelle... ou d'un leurre, ce qui était aussi un élément du jeu. S'ensuivait un magnifique chassé-croisé de sauts arboricoles, de chutes spectaculaires, de remontées stupéfiantes, de poursuites de branche en branche jusqu'à ce que les femelles, épuisées, acceptent de s'accrocher aux épaules des mâles persévérants qui les ramenaient sur le sol pour réclamer leur dû.

— Ce doit être fantastique, souffla Faustin, impressionné. Tu as eu la chance de voir ça ?

— Non. On me l'a raconté, mais je ne l'ai jamais vu. Il n'y a plus de grands pins, ici. Ou presque plus. Ceux qui restent sont trop petits pour embaumer suffisamment l'air. Chaque année, il n'y a que quelques femelles qui entrent en rut. Parfois, il n'y en a aucune. Maintenant, le nombre de naissances ne compense plus celui des morts. Loin de là. La population ne cesse de décliner.

— Mais les pins repousseront ! Ils grandiront !

— Ah oui ? jeta l'Indienne, sarcastique. Et dans combien de temps ? Cent ans ? Deux cents ? Et tu crois que les *mah oumet* tiendront jusque-là ?

Le début d'une larme étincela à son œil droit. Se voulant réconfortant, Baptiste posa son bras autour de l'épaule délicate de la jeune femme et, maladroitement, il la serra contre lui.

Faustin resta silencieux. L'un des petits singes albinos grimpa sur un rocher, non loin de lui, et les fixa pendant de longues minutes. Pour un peu, Faustin se serait imaginé qu'il portait sur eux un regard lourd de reproches.

◆

La première fois qu'il sentit une bouffée de vent chaud, Faustin crut qu'il se trompait. Il avait l'impression qu'ils avançaient dans le noir depuis une éternité. Quelques pas de plus et l'odeur piquante des conifères chatouilla ses narines, puis il perçut le trille d'un oiseau qui ne lui semblait pas très loin. Il s'empressa d'accélérer le pas, vite imité par ses compagnons qui avaient eux aussi décelé la proximité d'une ouverture. Ils émergèrent brusquement en plein soleil, aveuglés à un point tel qu'ils durent se protéger les yeux d'une main. Clignant des paupières, Faustin crut d'abord que sa vue le trompait quand il décela ce qui semblait être un cercle de pierre, plus large que dix hommes et si haut qu'il paraissait crever le ciel. Un tel monument ne pouvait exister, pas dans la vallée du Saint-Maurice du moins ; pourtant il dut se rendre à l'évidence quand sa vue retrouva son acuité.

Shaor'i, qui n'avait pas dit un seul mot depuis son coup d'émotion, ouvrit la bouche pour annoncer :

— Sauf l'armée française qui est venue le détruire, vous serez les premiers Blancs à venir ici.

— Et où sommes-nous ? demanda François, lui aussi stupéfait par l'inconcevable vestige.

— Le dernier havre des arcanistes de mon peuple. Le Sanctuaire des Sept Danseurs.

CHAPITRE 7

Le Sanctuaire

Si les sentiments étaient choses tangibles, Faustin était convaincu qu'une poussière de mélancolie aurait recouvert la clairière. Tout semblait pleurer, souffrir cruellement d'avoir été abandonné, comme un infirme attendant en vain la visite de proches qui ne viendront jamais.

Quoi qu'eût été cet endroit, cela avait cessé d'exister. Deux siècles s'étaient écoulés depuis que l'armée française avait débarqué pour piller, saccager, détruire le dernier havre d'une tradition séculaire. Le peuple qui avait érigé ce sanctuaire, converti de force au dieu des chrétiens, avait préféré effacer ce lieu de sa mémoire.

La forêt avait envahi les ruines. Les huttes étaient tombées depuis longtemps sous les hivers, les vents et la pourriture. Une neige détrempée servait de linceul et fondait doucement pour pleurer les antiques souvenirs qui s'estompaient.

Faustin se tenait, silencieux, au centre de l'anneau de pierres géantes. Jadis altiers de leurs huit pieds, les rochers gris marbrés de pyrite étaient désormais couverts de mousse brune et de lichen couleur cendre. Des symboles gravés avec un aigu souci du détail étaient à présent dissimulés sous le voile végétal. Sans grand effort, on pouvait imaginer l'effet grandiose qu'avaient provoqué ces rocs disposés en cercle. Maintenant, on aurait dit de vieux vétérans courbés par l'âge qui ressassaient ensemble des souvenirs du bon temps, parés de leurs uniformes défraîchis.

Les éclats de poteries brisées qui jonchaient le sol évoquaient bizarrement des os pointus saillant de la terre. Faustin s'accroupit pour ramasser l'un des morceaux et stoppa son geste à mi-chemin, aussi mal à l'aise que s'il avait un instant songé à profaner une tombe. Car c'était bien une tombe. Un gigantesque tombeau où reposaient les témoins gênants d'un passé glorieux.

Faustin se releva en regardant autour de lui. Baptiste semblait partager son trouble et observait, les mains croisées derrière le dos, une tortue sculptée dans l'os d'un grand animal. Elle devait avoir été d'une magnifique couleur d'albâtre, jadis. Elle gisait désormais à demi enfouie dans la boue, comme si elle avait voulu fuir quelque intrus, et paraissait avoir été tuée aussitôt. Sa carapace, tachée par le temps, évoquait tristement un corps couvert de sang séché.

François avait sans doute des préoccupations moins sentimentales car, sans paraître remarquer les yeux humides de Shaor'i, il lui fit signe d'approcher et lui montra quelques signes tracés sur une pierre plate.

— Que sont ces symboles ?

— Les *komkwejwika'sikl*. On prenait grand soin de ne jamais les rédiger sur des supports permanents. Ce n'est que dans des lieux comme celui-ci qu'on était autorisé à les graver dans la pierre. Il y a quelques siècles, les aînés de toutes les tribus connaissaient ces signes. De la côte ouest à la côte est, des contrées toujours gelées aux plaines de sable où il ne neige jamais, il se trouvait toujours quelqu'un pour connaître les Symboles. La plupart du temps, deux tribus ne parlant pas le même langage communiquaient grâce à deux vieillards assis face à face et écrivant sur le sable ou la neige.

— Comment était-ce possible ?

— Tu peux dire *ours* quand un Anglais dira *bear*. Mais si tu dessines l'animal, vous comprendrez tous les deux. Les *komkwejwika'sikl* étaient prononcés d'une façon différente dans chaque nation, mais partout on en connaissait le sens.

— Tous les peuples connaissaient cette écriture ?

— Ce n'était pas vraiment une écriture. Au contraire de ta langue, qui peut exprimer n'importe quoi en combinant les vingt-six mêmes lettres, les *komkwejwika'sikl* avaient un symbole pour chaque idée.

— Et celui-ci, demanda Faustin en s'immisçant dans la conversation, il a quelle signification ?

— Deux personnes qui se regardent en espérant que l'autre va proposer d'entreprendre une chose qu'aucune des deux ne veut faire.

Les deux hommes écarquillèrent les yeux et l'Indienne eut un pâle sourire :

— Tu n'as pas choisi le moins complexe. Tiens, celui-là signifie *deux jours*.

— Et il y a un symbole pour chaque idée ?

— La majorité. C'est pourquoi les *komkwejwika'sikl* étaient si précieux. Mais ils ont fini par être dénaturés. Des prêtres chrétiens en ont changé la signification, puis ç'a été la fin.

Faustin préféra s'éloigner plutôt qu'entendre la suite. Il avait honte, sans savoir pourquoi – il n'était responsable de rien, tout cela s'étant passé tant de décennies avant sa naissance. Pourtant, il y avait une ambiance de triste rêverie qui lui serrait la gorge. Un corbeau, dérangé dans sa toilette matinale, s'envola en croassant son mécontentement. *Fiche le camp, oiseau de mauvais augure,* pensa Faustin. *Il n'y a plus de cadavre pour te repaître, à part celui des souvenirs.*

Une petite dépression dans le sol se révéla incrustée de pierres tachées par la suie des feux de jadis. Faustin fixa longuement l'antique foyer. Combien de réjouissances et d'initiations mystiques, combien de chasses fructueuses et de veillées de contes avait connues cet âtre désormais si désespérément froid ? Juste à ses pieds, il remarqua une sorte de colifichet, un bracelet de griffes, de dents et de perles de bois. Qui en avait façonné les ornements ? Depuis longtemps, le nom de l'artisan devait être oublié.

Perdu dans ses pensées, Faustin ne se retourna que lorsqu'il entendit la voix de Shaor'i :

— Nous allons nous installer tout près. Nous avons passé une journée et une nuit à ramer chez les *mah oumet* ; du repos s'impose pour nous tous. Nous sommes plus en sécurité ici que nous ne le serions ailleurs.

— Pas ici, P'tite, décréta Baptiste. Un peu plus loin, si ça t'dérange pas.

— C'est ce que j'allais dire. Il y a une caverne à trois cents pieds.

◆

Silencieusement, les trois hommes suivirent l'Indienne à travers les arbres jusqu'à l'abri convoité. Tous furent soulagés, quand ils pénétrèrent dans la cavité, d'y poser leurs paquetages et de s'affaler sur le sol sec et poussiéreux. Baptiste leur tendit à chacun un *hard tack* avant de sortir sa casserole de voyageur et sa gourde de fèves trempées. L'estomac de Faustin se contracta douloureusement à l'idée d'un repas chaud. Néanmoins, quand Shaor'i se proposa pour aller chercher du bois sec, Faustin l'accompagna au-dehors.

— Je dois te parler, s'empressa-t-il de lui annoncer quand ils furent un peu éloignés.

— Mmmm? jeta distraitement la jeune femme, affairée à ramasser son bois.

— Je ne t'ai jamais rien fait, déclara Faustin de but en blanc.

L'Indienne fronça les sourcils et le toisa du regard. Elle cessa sa besogne l'espace d'un instant. Faustin en profita.

— Ce n'est pas moi qui ai répandu des maladies parmi ton peuple il y a deux cents ans. Pas plus que je n'ai tué quiconque de ta race. Je n'ai jamais tué personne. Ce n'est pas moi non plus qui ai décidé de vous chasser de vos terres ou de vous convertir de force au christianisme. Je ne suis même pas chrétien moi-même…

— Vous êtes tous pareils, dans votre race. Tous aussi fourbes, aussi voleurs…

— Même Baptiste?

— Non. Mais Baptiste s'est montré digne de notre confiance. À maintes reprises.

— Et moi? Je ne me suis pas montré digne de con-fiance, quand Otjiera m'a demandé de tenter le feu follet? Il m'a affirmé qu'il comptait sur moi, que c'était important. François m'a pourtant averti que je pouvais y perdre plusieurs années…

— Tu n'as pas vieilli d'un seul jour, grinça Shaor'i. Tu n'as couru aucun risque.

— J'ignorais que je ne vieillirais pas. J'ai quand même pris le risque…

— Comment savoir si tu ignorais vraiment ton immunité?

— Je te fais l'impression d'un grand érudit arcanique, peut-être?

Une ombre de sourire passa sur les lèvres de l'Indienne.

— Non, vraiment pas…

— Tu vois. Et d'ailleurs à la mine de François à mon réveil, il n'y a pas à douter de notre ignorance d'alors.

— Et tu veux en venir où?

— Je n'aime pas être détesté. Ni par toi ni par personne. Quand je m'attire la colère de quelqu'un, je me rachète. Mais envers toi, je n'ai rien à me reprocher. Je ne mérite pas ta haine.

— Ce n'est pas de la haine, marmonna Shaor'i en finissant d'amasser sa brassée de bois.

— Ton mépris, alors.

— Je ne te méprise pas non plus. Plus maintenant. Trouve ton bois, Baptiste attend pour allumer le feu.

Avant de repartir, l'Indienne lui décocha un vif coup de poing sur l'épaule. Aussi étrange que cela puisse paraître, Faustin l'interpréta comme un geste amical. Il se retourna pour la regarder s'éloigner, soulagé de lui avoir parlé. Massant son épaule endolorie, il entreprit de récolter les branches sèches.

Le boisé était étrangement silencieux, comme si sa proximité du Sanctuaire lui intimait l'ordre de garder un silence respectueux. Seul entre les arbres, Faustin considérait leur éloignement, à des dizaines de lieues du village le plus proche. Tout à ses pensées, il ne remarqua pas la silhouette qui se glissait tout près.

Puis, ce fut la douleur dans sa cheville, aussi soudaine que vive. Il perdit l'équilibre, percuta durement le sol rocailleux. Face contre terre, il ouvrit la bouche pour gémir. Ne réussit qu'à exhaler un nuage de vapeur condensée. Terrifié, Faustin repensa à l'attaque du sorcier roux.

Les élancements devinrent plus déchirants. La chaleur fuyait son corps. Glaciale, la sueur de panique ruisselait dans son dos.

Il oublia la souffrance quand il fut brusquement retourné sur le dos. Se figea dans un cri silencieux. Sentit la sueur inonder son visage, son dos, tout son corps.

Une forme osseuse se courbait au-dessus de lui. Le visage aurait été un crâne mort s'il n'avait pas été recouvert de cette parodie de chair qui tenait davantage du cuir racorni. Un rictus sans lèvres révélait des dents gâtées et les yeux brillaient d'une lueur malsaine. Une seconde main se posa sur l'épaule de Faustin comme cinq lames exposées à l'hiver. La chose se plaça à genou en travers du bassin de Faustin. Posa les deux mains sur sa gorge, la face collée à la sienne.

Dans son esprit, Faustin vit sa terreur se muer en quelque chose de plus insidieux. Il eut une brève pensée pour le meunier Crête et fit de son mieux pour garder son contrôle sur lui-même, pour endiguer l'effroi qui menaçait de l'engloutir tout entier. Un son perçant détourna l'attention de la chose l'espace d'un instant. Elle se redressa, à l'affût. Il sembla à Faustin qu'une fine coulée de chaleur repassait dans ses artères. Un souvenir salvateur lui revint subitement. Sa voix toujours réduite à un murmure, il traça du bout du doigt quelques lignes sur le sol forestier. Son mouvement ramena à lui l'attention de la créature, qui n'eut toutefois pas le temps de reprendre sa strangulation avant que Faustin n'eût incanté.

— *Ayaed samad, al-karezam, sizg arzaül!*

La lueur qui se mit à jaillir du sol n'était en rien comparable à l'éblouissement suscité par François pour repousser la bête à grand'queue. Ce fut une lumière pâlotte et vacillante qui crépita dans l'air quelques secondes avant de s'éteindre. La chose décharnée ne s'en préoccupa même pas et n'eut pas davantage de réaction quand quelqu'un appela le nom de Faustin. Elle se retourna toutefois quand le son de pas rapides se fit entendre.

Une lame en silex traversa le crâne de la créature avec un bruit sec. Loin de s'en soucier, la chose fit volte-face en grondant. Shaor'i, surgie de l'ombre, bondit sur elle. Plaqué par l'élan, l'être famélique roula sur le sol, entraînant l'Indienne avec lui. Shaor'i se releva d'un preste mouvement, frappa son ennemi encore affalé d'un vif coup de pied qui lui brisa la nuque.

À peine essoufflée, elle se retourna vers Faustin pour l'aider à se relever. Incapable de crier, la voix encore réduite à un murmure rauque, il râla :

— Qu'est-ce… était ?

— Nous l'appelons *wendigo*, dit Shaor'i en prenant appui sur le sternum de la chose pour arracher le couteau de son crâne. Il s'agit d'un rituel proscrit qui consiste à ensevelir un homme en plein hiver, à le laisser agoniser de faim et de froid et à le transformer juste avant sa mort.

Manifestement inquiets, Baptiste et François arrivèrent sur ces entrefaites. Shaor'i leur résuma brièvement la situation.

— Les hommes des chantiers les appellent les jacks mistigris, reprit Baptiste. Certains en ont vu courir à travers les arbres durant les nuits d'hiver.

— Ce sont des choses horribles, presque immortelles et qui irradient le froid, ajouta l'Indienne.

— J'ai bien senti le froid, confirma Faustin qui avait recouvré la parole.

Tremblant, il observa la chose qui gisait à leurs pieds. C'était une grotesque parodie d'être humain, décharnée comme un squelette mais dont la chair était toujours tendue sur les os, aussi brune et rêche que de la viande séchée par le gel. Le visage était une réelle atrocité, les dents mises à nu par les lèvres absentes et les joues déchirées par une longue coupure qui allongeait l'horrible rictus. Même morts, les yeux chassieux avaient le regard absent des aliénés

— Seul un goétiste peut animer ce genre de chose, commenta François. Il irradie d'ailleurs la magie noire.

Un long hurlement vint interrompre le vicaire. À travers l'épaisse masse de cèdres blancs, de sinistres craquements parvinrent à eux. Des arbres remuaient, des branches se brisaient, des pas martelaient le sol.

— Une meute !

— Tenez-vous en dehors de ça, ordonna Shaor'i. Seules les armes enchantées et le feu peuvent en venir à bout.

Elle n'eut guère le loisir de continuer. À quelques verges, débouchant sur la clairière, une dizaine de wendigos jaillissaient des arbres, les uns en bondissant, les autres en courant, tous aussi hideux que fous.

L'Indienne couvrit la moitié du chemin qui les séparait de l'ennemi et, comme si rien d'autre n'existait autour d'elle, elle posa un genou sur le sol et ferma les yeux. Faustin crut d'abord qu'elle incantait, puis réalisa qu'elle priait dans sa langue. La jeune femme prit plusieurs lentes inspirations, le visage serein, relâché et détendu.

Les jacks mistigris accouraient, l'échine fortement inclinée vers l'avant, leurs bras décharnés effleurant presque le sol. Pour Faustin, ils évoquaient un essaim de rats rendus déments par la rage.

S'étant rapprochée, Shaor'i fut leur première cible. Elle se leva d'un bond fulgurant, projetant un pied vers un des monstres avec une telle force qu'elle détacha le crâne du cou. Du même élan, elle fondit sur un autre non-mort et transperça son torse de l'une de ses lames. Un troisième wendigo stoppa sa course aussitôt, frappé d'un couteau lancé par l'Indienne. Il n'avait pas encore touché le sol que Shaor'i arracha son arme du corps et l'utilisait pour trancher la nuque d'un nouvel ennemi.

Poussant un hurlement sauvage, hache au poing, Baptiste accueillit l'une des créatures d'un coup en travers du bassin. Le wendigo s'effondra, proprement tranché en deux. Le bûcheron s'élança derechef au secours de François qui, armé d'une grosse branche, luttait péniblement contre une autre de ces créatures.

— *Ishek, lamedirad ist terech abn-saradãn!* scanda une voix caverneuse que Faustin reconnut aussitôt.

Sous l'incantation, la base d'un pin gigantesque vola dans une bourrasque de minuscules éclisses. Le reste de l'arbre s'effondra à toute vitesse en direction de l'Indienne ; un bond d'une stupéfiante longueur lui évita d'être écrasée sous l'énorme tronc. Deux wendigos fondirent sur elle avant qu'elle n'eût le temps de prendre sa forme de harfang.

Toujours à l'écart, Faustin repéra en retrait le sorcier, maigre et roux, qui avait tenté de le paralyser peu de jours auparavant. Impassible, l'homme se tenait sur un rocher et semblait diriger les non-morts. Faustin hurla pour le désigner à François.

Protégé par la présence de Baptiste et de sa hache à ses côtés, François traça vivement un diagramme dans la terre et pointa le doigt vers le sorcier en récitant :

— *Ashek akkad baath ahmed dazan il-bekr !*

Un globe de flammes jaillit des mains du vicaire qui le projeta vers le sorcier. Avec un regard noir de mépris, l'homme roux dévia l'attaque d'un distrait mouvement de la main ; le projectile de feu piqua vers le sol et s'éteignit dans la neige. À côté du sorcier, un éclair de fourrure noire jaillit vers François : un énorme loup qui, la gueule écumante, fonça sur le vicaire – devant lequel la stature imposante de Baptiste s'interposa.

L'homme et la bête se heurtèrent de plein fouet. Le loup, dressé sur ses pattes postérieures, tenta de planter ses crocs dans la gorge du bûcheron. Baptiste gronda en étreignant le monstre entre ses bras puissants. Le loup, prisonnier de l'étau mortel qui le broyait, claqua frénétiquement les mâchoires pour atteindre le visage de son ennemi. Il parvint à enfoncer ses dents dans l'épaule de Baptiste qui, sans même broncher, fit un suprême effort pour croiser ses bras sur sa poitrine. Les côtes de la bête craquèrent ; n'ayant aucune autre façon d'échapper à l'étreinte, la créature reprit sa forme humaine et tomba mollement sur le sol boueux en implorant grâce.

Shaor'i, qui venait d'achever les derniers wendigos, projeta ses lames en direction du sorcier roux ; les couteaux percutèrent une paroi invisible et rebondirent à quelques pas. L'homme considéra les non-morts effondrés et le loup-garou réduit à l'impuissance. Avec le détachement du joueur d'échecs qui quitte la partie après avoir perdu trop de pièces, il marmonna une formule complexe. Sous le regard stupéfait de Faustin et de ses compagnons, il disparut sans laisser de traces.

Folle de rage, Shaor'i vociféra une tempête d'injures en langue micmaque. Elle se précipita pour récupérer ses couteaux avant de marcher d'un pas ferme vers le lycanthrope redevenu humain. Les lames sifflèrent et lardèrent chacune des épaules de l'homme. Ce dernier tenta de soulever ses bras pour se protéger mais ceux-ci, une fois les nerfs coupés, demeurèrent inertes.

Il ne put que fermer les yeux quand le talon de Shaor'i vint s'écraser sur sa mâchoire. Impitoyablement, l'Indienne le prit par les cheveux et le força à se relever.

— *Awan*, pauvre loque. Qui es-tu ? Pourquoi nous attaquer ? *Réponds !* hurla-t-elle en lui jetant un genou dans l'entrejambe.

De douleur, l'homme retomba par terre, où il reçut un autre coup de pied au visage. Shaor'i l'aurait probablement rossé à mort si Baptiste ne s'était pas mis en travers de son chemin. L'inconnu, profitant de ce court répit, eut la bonne idée de répondre :

— Plante… j'suis Thomas Plante, de l'Argentenay… j'voulais point, j'vous dis point du tout… c'est Gamache, c'est lui qui a…

— Gamache ? releva François.

— C'te gars qu'était là… continua le nommé Plante en cherchant son souffle. C'te grand rouget qu'était avec moi, l'sorcier de l'île d'Anticosti. 'A dit qui voulait l'neveu du curé Lamare pis son apprenti… j'ai bin essayé, mais vot'cheval qu'allait trop vite…

— Le loup-garou, à Notre-Dame des Tempérances? Celui qui nous a poursuivis quand nous étions sur Samson, c'était toi? Tu voulais nous tuer?

— Pas vous tuer. Vous pogner. Gamache vous veut vivants, qu'a dit. L'bûcheron pis la Sauvage, tu pourras les tuer, qu'a dit aussi.

— Le trappeur, au bord de Québec, c'est toi qui l'as tué? intervint Baptiste.

— Ouin… faut croire que m'suis trompé…

— Te tromper! rugit le bûcheron, à son tour ivre de colère. Massacrer un pauvre innocent, t'appelles ça t'tromper?

L'homme ferma à nouveau les yeux, craignant d'autres coups, mais François s'empressa de demander:

— Qu'est-ce qu'il nous veut, ton maître?

— 'Sais pas. C'est de même depuis l'début, avec Sauvageau, Nadjaw pis moi…

— Nadjaw, tu as dis? releva Shaor'i, à demi remise de son accès de rage.

— Tu connais, Shaor'i? s'étonna François.

— De réputation. Une Mohawk. Elle occupait ma charge, avant d'être bannie. La meilleure Exécutrice jamais formée.

— Ouin… râla le prisonnier en crachant du sang. La femme à Gamache. Une Sauvagesse, comme toé. Damnée bougresse, c'te femme. Elle vous aura, croyez-moé. Une vraie bête sauvage, la Nadjaw. Elle vous aura, pour sûr.

— Mais ça les mènera où, à la fin? insista Faustin. Pourquoi avoir tué mon oncle, pourquoi avoir enlevé Rose?

— Tuer ton oncle ?

Thomas Plante parvint à ricaner.

— Tu penses que Gamache aurait pu faire ça ? Pousse égal, veux-tu… y'avait bin juste l'Étranger pour faire ça. Sauvageau était avec lui, c'te Mardi gras, pour ramasser la p'tite Exili…

— L'Étranger ? C'est l'assistant de Gamache, lui aussi ? Un Anglais ?

Cette fois l'homme émit un rire sinistre qui s'acheva en gargouillis.

— L'Étranger, un assistant ! Z'êtes des malades ! L'Étranger est l'maître du grand théâtre pis nous autres, tous autant qu'nous sommes, on est ses pantins… Gamache peut s'penser en contrôle mais j'vous dis, vrai comme j'suis là, qu'est rien d'autre qu'un pantin. L'Étranger, c'est l'Charlot, c'est l'Grappin-des-Damnés, c'est l'Yable en personne…

L'homme gloussa en s'étranglant, comme fou, avant de s'effondrer, passé de vie à trépas.

Pendant un moment, les quatre compagnons s'entre-regardèrent.

— P'tite… combien de temps d'icitte à la rivière au Caribou ? finit par demander Baptiste.

— Cinq ou six heures. Mais il est hors de question de se mettre en route pour l'instant. Faustin a subi l'aura de gel d'un wendigo. Il a besoin d'un bon feu, de boire des liquides chauds et de repos.

— On peut pas. C'te mécréant peut r'venir à n'importe quel moment. Pas une minute à perdre. On va le rouler dans une catalogne, notre Faustin, pis je le traînerai sur mon dos.

— Baptiste, dit Shaor'i en pausant une main délicate sur son énorme bras. Si on ne permet pas à Faustin de se réchauffer devant un feu, c'est la tuberculose qu'il risque d'avoir.

Baptiste se racla la gorge, pris au dépourvu :

— J'savais pas… On s'arrange comment, d'bord ?

— On retourne à la caverne. La réaction la plus logique étant la fuite, c'est le dernier endroit où ils viendront nous chercher. J'y allumerai un feu en mêlant du bouleau et un peu d'érable. Ça ne produira presque pas de fumée. Comme il fait encore jour, la lumière ne devrait pas être visible.

Avec un soupir inquiet, Baptiste acquiesça.

— J'monterai la garde jusqu'à ce qu'il soit paré à reprendre la route.

— Moi de même. En harfang, il est peu probable qu'un intrus parvienne à s'approcher sans que je le voie.

◆

La caverne, plutôt exiguë, devint rapidement sèche et confortable grâce au feu qui y crépitait. Les épaules couvertes d'une épaisse catalogne, Faustin se réchauffait peu à peu. Le bûcheron montait la garde au-dehors, visiblement nerveux et appréhensif. En rapace, Shaor'i scrutait les environs à l'affût du moindre mouvement. Histoire de joindre l'utile à l'agréable, elle leur avait promis un lièvre ou une perdrix, si elle parvenait à repérer un tel gibier.

Sans qu'il ne sache pourquoi, connaître le nom de celui qui les traquait rassurait Faustin. Comme le violoneux qui joue avec un instrument désaccordé et finit par retrouver la note juste, son esprit pouvait enfin relier dans un tout cohérent Sauvageau, l'homme roux, le loup-garou nommé Plante et l'Étranger ayant enlevé la fille Latulipe. Quelque part dans son esprit, ces éléments ouvraient un verrou. Mais d'autres serrures restaient obstinément fermées.

François tenait compagnie à Faustin. Il avait sorti d'un paquetage une casserole de voyageur et y avait versé de l'eau pour faire du thé. Seul avec son ami pour la première fois depuis le début du voyage, Faustin jugea le moment opportun pour lui parler :

— Je pense qu'il serait plus que temps que j'en sache davantage sur les arcanes, déclara-t-il.

— Qu'entends-tu par là ? demanda le vicaire en posant délicatement l'eau sur le feu.

— Jusqu'ici, je me suis contenté de savoir que, quand on fait ceci, il arrive cela. Mais maintenant, je veux savoir précisément ce que sont les arcanes. Je veux savoir ce qui se produit quand je lance un sort.

François jeta un regard étonné sur son ami :

— D'accord… allons-y depuis le début. Que faut-il pour pratiquer les arcanes ?

— Être capable de les percevoir. Avoir l'outre-vision.

— Et d'où vient l'outrevision ?

— C'est une chose avec laquelle on naît. C'est une petite pellicule qui recouvre le cristallin et qui modifie la vue lorsque l'on se concentre assez. On en hérite à la naissance, comme la couleur des cheveux. Mais il faut que les deux parents l'aient, sinon l'outre-vision ne se transmet pas. C'est pour ça qu'elle se raréfie.

François plongea le doigt dans l'eau qui commençait à frémir. La jugeant assez chaude, il y jeta quelques feuilles de thé.

— Très bien. Que faut-il d'autre pour que le sortilège fonctionne ?

— Un diagramme géométrique et une formule, répondit machinalement Faustin.

— Faux. Le diagramme arcanique agit comme catalyseur. Sa présence accélère la réaction. Mais ce n'est pas la source d'énergie. Le corps de l'arcaniste l'est.

Incrédule, Faustin crut un instant que son ami se moquait de lui :

— Son *corps* ?

— Tu connais le principe de Lavoisier ?

— Rien ne se crée, rien ne se perd et tout se transforme. Mais quel est le rapport ?

— Un sortilège ne peut jaillir de nulle part. Or, le corps humain est constitué de divers minéraux, métaux et autres éléments chimiques. Il produit également beaucoup de chaleur. Et un peu d'électricité. Tout ce potentiel constitue une source d'énergie considérable. Lorsque la formule arcanique est prononcée, elle fait vibrer le corps humain.

— Comme le *la* fait vibrer un diapason.

— Exactement. Chacune de ses syllabes n'a pour but que d'obtenir la vibration idéale pour générer l'effet désiré. Le corps se vide d'une partie de son énergie. Le métabolisme, surchargé par la demande, vieillit prématurément.

Juste avant que l'eau ne se mette à bouillir complètement, François retira la casserole et versa délicatement le contenu dans deux gobelets de fer-blanc. Il tendit l'un d'eux à Faustin avant de reprendre.

— À l'origine, c'était suffisant. Dans les temps anciens, les initiés entreprenaient une longue et profonde démarche spirituelle et physique. Ils apprenaient à susciter les vibrations dans leur corps au gré de lentes mélopées. Si une forme animale était un thème récurrent de leurs méditations, alors ils orientaient leurs démarches vers ce but.

— Comme Shaor'i ?

— Exactement. Et comme Otjiera quand tu as expérimenté le feu follet. Il s'agit de médianie ou magie médiane. Celle qui paraît bleue à l'outrevision. La plupart des peuplades anciennes pratiquaient cette forme de magie d'une façon ou d'une autre.

Faustin avala une gorgée de thé, en regrettant l'absence de sucre. Posant son gobelet, il reprit :

— Alors à quoi servent les diagrammes ?

— Ce sont des raccourcis. Il aura fallu du temps, mais les gens ont fini par comprendre que les arcanes n'avaient rien de miraculeux et constituaient un phénomène physique observable et mesurable. Vers 1250, Albert le Grand compléta une vaste étude sur le sujet et rédigea le traité *De Arcanus*. Il y exposa comment les lois de la géométrie et de la physique permettent aux diagrammes réguliers de transformer et libérer l'énergie sous une autre forme, tout comme elles permettent au prisme, correctement taillé, d'absorber la lumière et de rejeter un arc-en-ciel.

— Tu me perds complètement, François.

Le vicaire eut un sourire patient.

— Tu te souviens quand j'ai produit une sphère enflammée pour éloigner ce lycanthrope ? La sphère est apparue dans ma main et l'air est soudainement devenu irrespirable. En réalité, la résonance de ma formule a fait vibrer les particules d'oxygène. Le diagramme les a guidées en une masse compacte. Ensuite mon corps s'est drainé d'une petite quantité d'énergie pour déclencher l'étincelle qui a tout fait flamber…

— Et Shaor'i ne pourrait pas y parvenir ?

— Elle le pourrait, si elle procédait à une longue méditation pour cerner comment susciter l'effet. Plutôt que d'agir de la sorte, les arcanistes modernes utilisent des diagrammes. C'est plus rapide que la médianie.

Faustin resta pensif un moment avant de demander :

— Et quelle est la réelle différence entre la théurgie et la goétie ?

— Ce sont les deux types d'arcanisme modernes. Tous deux utilisent la géométrie et la physique pour accentuer leurs effets. Quand les arcanes suivent le cours naturel des choses, comme guérir une maladie, susciter de la lumière ou du feu, visualiser le passé ou le futur probable, il s'agit de théurgie, les arcanes qui paraissent argentés à l'outrevision. Si les arcanes s'opposent au cours naturel, comme animer un cadavre, dominer l'esprit ou paralyser un corps, on parle de goétie, ou magie noire.

— Il y a donc trois types de magie ?

— Il s'agit en vérité d'une seule et même force physique – le noir de la goétie n'est que du bleu très foncé, comme l'argent de la théurgie est du bleu très pâle... il s'agit de la même médianie, accentuée par les diagrammes dans un sens ou dans l'autre. Tu comprends ?

— Absolument pas. Enfin, très peu. Je comprends quand tu parles du principe de Lavoisier ; ce que je ne comprends pas, c'est pourquoi *moi* je ne suis pas soumis à ce principe. Je n'ai pas vieilli après le feu follet.

François resta perplexe un moment.

— Moi non plus, je ne comprends pas. Il faut forcément que l'énergie provienne de quelque part. Peut-être le curé Bélanger pourra-t-il nous éclairer.

Faustin resta un bon moment à cogiter à toutes ces informations. Il se força à boire la moitié de son thé amer, jeta l'autre moitié quand François eut le dos tourné. Néanmoins, la même question lui revenait sans cesse en tête, jusqu'à ce qu'il ne puisse s'empêcher de demander :

— Dis, François…

— Mmmm ?

— Mon oncle Éphrem t'a-t-il déjà expliqué… enfin… pourquoi il ne m'avait jamais initié ?

— Aux arcanes ?

— Oui.

Le vicaire joua distraitement dans le feu avec une branche, souffla un peu sur le bois avant de répondre.

— Du peu qu'il m'en a dit, lorsque j'ai abordé la question, il affirmait que tu n'étais pas du genre à t'enfermer des jours durant pour potasser de vieux bouquins. Tu étais un garçon du village, prétendait-il, et je pense qu'il en tirait plus de joie que de t'imaginer arcaniste.

— Comment ça ?

— Qui sait ? Peut-être que tu étais une sorte de paradoxe vivant et que ça lui plaisait. Auprès de ton oncle, les arcanes étaient une partie du quotidien. Rien ne te surprenait dans ses incantations. C'était un état de fait. Tu savais que lui et moi jouions une comédie à chaque messe. Que l'ordination était une couverture utile et non une vocation spirituelle. Que d'une parole, ton oncle et moi pouvions faire jaillir des flammes de nos doigts, lire un esprit ou voir le futur. Et pourtant, en dehors du presbytère, tu flânais chez le forgeron ou tu allais jouer aux dames chez la mère Bélisle. Tu discutais bestiaux avec les cultivateurs, tu fréquentais les filles du village, tu passais tes soirées dans les veillées. Tu étais aussi à l'aise dans un univers que dans l'autre, si tu veux. Même davantage : ces mondes étaient comme deux parties de toi-même parfaitement équilibrées. Et je pense que le curé Lamare t'enviait sur ce point.

— Qu'il m'enviait ?

— Peut-être un peu, d'après moi. Il y avait de ces moments où il aurait aimé être un simple curé et n'avoir d'autres préoccupations que de veiller doucement sur sa petite paroisse.

— Ah…

Faustin sortit sa pipe, la bourra méthodiquement du pouce et se tint silencieux en observant son ami attiser les flammes. Il tira du feu une branchette qui avait commencé à rougir et alluma sa pipe, puis il fuma pensivement pendant plusieurs minutes, les yeux rivés sur les branches qui rougeoyaient.

— Moi aussi, ajouta François après un long moment, il y a des jours où j'aimerais n'être qu'un vicaire anodin et que les arcanes existent sans que j'en aie connaissance. Les choses seraient plus faciles ainsi, acheva-t-il presque pour lui-même.

Faustin ne répondit pas. Quand le harfang des neiges revint avec un lièvre entre les serres, François prit pour tâche d'aller le vider et le dépiauter. Il sortit du campement et resta longtemps dehors.

CHAPITRE 8

Le Collège

L'après-midi touchait à sa fin quand Shaor'i jugea Faustin apte à reprendre la route. Toujours inquiet, Baptiste refusa de suivre les sentiers de portage. Ils durent se faufiler à travers la végétation, paquetons et canot s'accrochant dans la moindre branche, et atteignirent la rivière au Caribou à la brunante.

Sous un ciel qui passait lentement du gris au noir, le canot remonta le courant. La rivière serpentait et se tordait parmi les saillies rocheuses et les crêtes couvertes d'arbres. Guidée par sa vision nocturne, Shaor'i maniait l'aviron de gouverne avec assurance.

Une à une, les étoiles apparurent sur la voûte céleste. La lune restait invisible, encore trop basse pour émerger d'entre les arbres. Quelque part dans le sombre boisé, un grand-duc hulula. Shaor'i lui répondit d'un cri similaire qui stupéfia ses compagnons.

— Il nous informe que les chauves-souris sont sorties de leur hibernation, expliqua-t-elle.

— Et que lui as-tu répondu ?

— Que nous avions déjà mangé.

Faustin se renfrogna, dégoûté. Une petite lueur lui indiqua que Baptiste profitait du courant calme pour allumer sa pipe. Le bûcheron en tira une large bouffée, soupira d'aise et chanta doucement un chant de voyage :

Quand on est dans les chantiers,
Dans ces bois les plus sombres,
Lorsqu'on regarde de tous côtés,
Ce sont toujours les mêmes ombres.

Comme souvent, la chanson avait un fond de mélancolie. Faustin cessa de ramer pour mieux l'entendre. L'un des couplets lui plut tout spécialement et il se le répéta mentalement pour ne pas l'oublier.

Lorsqu'on y voit que le ciel et l'eau,
Les étoiles sont nombreuses.
Mais on les regarde si souvent
Qu'elles deviennent ennuyeuses.

Le calme de la rivière, l'absence de vent et de chants d'oiseaux rendaient la forêt anormalement tranquille. Tout au bord de la rivière, la clarté des étoiles leur permit de remarquer la présence d'une famille de ratons laveurs. Les petites bêtes les ignorèrent superbement, tout affairées à des tâches dont elles seules comprenaient le sens.

La lune commençait à peine à être visible quand une odeur âcre prit Faustin à la gorge. Cela évoquait à la fois la viande avariée et le soufre.

— On arrive à la rivière de la Bête-Puante, expliqua Baptiste. Ce sera une histoire de rien avant le Mont à l'Oiseau.

— Je vois d'où la rivière tire son nom, commenta François, mais qu'est-ce qui la fait sentir autant ?

— La *swamp* pas loin qui doit avoir dégelé. Pis autre chose. Quelque chose dans l'eau. Ça prend sa source en haut du Mont, justement. C'est pour ça que les arbres sont si malingres, par-là.

Comme l'absence de vent laissait s'attarder la puanteur, François alluma lui aussi sa pipe. Faustin allait l'imiter quand soudain les étoiles disparurent, éclipsées par une ombre gigantesque.

Le Mont à l'Oiseau émergeait de l'eau aussi droitement qu'un mur de mille pieds. C'était une montagne gigantesque et imposante qui dominait la rivière de son impassible stature. Le Mont évoquait un immense et sinistre donjon où semblaient régner les créatures de la nuit, patientes dans leur attente de l'inconscient mortel qui oserait violer leur domaine.

Baptiste indiqua une petite anse à la berge rocheuse où ils mirent pied à terre. L'espace d'un instant, Faustin regretta d'avoir passé de précieuses heures à se chauffer devant un feu – s'il s'en était privé, le soleil n'aurait pas encore été couché. La tuberculose ne lui semblait plus aussi effrayante face à cette terrible montagne plongée dans l'obscurité.

En examinant la forêt qui l'environnait, Faustin comprit pourquoi l'endroit avait si mauvaise réputation. Les arbres étaient si difformes qu'il était impossible de déterminer à quelle espèce ils appartenaient. Des protubérances bosselaient leur écorce noirâtre. Les troncs paraissaient tordus selon les caprices d'un sculpteur dément et les ramures évoquaient des bêtes rampantes qui émergeaient en grouillant. Le sol était couvert de flaques d'eau sale et d'arbres pourris, couverts de champignons blancs. Partout autour couraient les chardons et les ronces par buissons démesurément vastes et denses.

Shaor'i semblait encore plus mal à l'aise. Elle frissonnait, scrutait les environs de regards vifs et inquiets, ses couteaux bien en main. *Un hibou pris au piège*, pensa Faustin. Il se précipita auprès de François, autant pour l'aider à placer le canot à l'abri que pour rester à proximité de son ami. Baptiste se tenait aux aguets, hache en main.

— Une demi-heure à longer c'te crique à pied pis on y sera.

L'eau grise du ruisseau dévalait jusqu'à la rivière, charriant ses odeurs pestilentielles. Un rat musqué, rendu presque nu par les maladies, en grattait vainement le fond vaseux.

Ils marchèrent d'un pas rapide, impatients d'atteindre la demeure du curé Bélanger. Au sein de ce boisé maladif, les bruits les plus anodins devenaient inquiétants : le croassement des corneilles, le craquement des branches et le sifflement d'une brise suscitaient un sursaut chaque fois.

Shaor'i fut la première à repérer la forme sombre qui se mouvait sur les feuilles détrempées. Elle s'accroupit dans un buisson de ronces et, à voix basse, elle ordonna aux hommes de l'imiter. Ainsi dissimulés, ils virent une silhouette brune, à la squelettique maigreur. De son crâne pendaient de rares cheveux souillés de terre. Elle avançait le dos fortement voûté, les bras ballants et le regard vide. La chose ne mit pas longtemps à s'éloigner, mais les compagnons ne sortirent que lorsqu'ils furent absolument sûrs qu'elle était partie.

— C'était un jack mistigri ? chuchota Faustin en se relevant.

Baptiste hocha la tête, scrutant prudemment les environs.

— Gamache ?

— Non. Il y a toujours eu des jacks au Mont à l'Oiseau.

Shaor'i précisa :

— Ils ont été levés pour une guerre ancienne et oubliée, des siècles avant la naissance des nations iroquoises ou micmaques. Ils errent dans ce lieu depuis cette époque.

— Filons, coupa François. La meute est peut-être proche.

Leurs pas se firent de plus en plus rapides. Faustin connaissait ce rythme. C'était celui qu'il utilisait quand il revenait d'une veillée de contes, seul et en pleine nuit, persuadé que d'invisibles revenants le traquaient. Sauf que cette fois les monstres étaient réels.

Ils marchèrent un bon quart d'heure, les nerfs tendus comme des cordes de violon. Quand la chapelle fut visible, Faustin poussa un soupir de soulagement. Ce n'était qu'un minable campement mal rafistolé, mais pour Faustin nul endroit n'avait jamais paru plus invitant.

◆

Le bâtiment n'avait d'une chapelle que le nom. C'était un grossier carré de sept ou huit verges de côté, en bois rond, et dont le plancher de terre battue était recouvert de paille crasseuse. Une dizaine de troncs, ébranchés et dépouillés de leur écorce, semblaient tenir lieu de bancs. L'autel se résumait à une planche posée sur deux caisses de bois.

— Père Bélanger ! cria Baptiste, alarmé, en repérant le corps d'un homme, inerte au fond de la salle.

Un vieillard sec, au visage marqué par la vérole et grêlé de pois de chair, se redressa à demi :

— Tabarnak, Baptiste… me dis pas qu'il y a eu un accident au chantier…

Le reste de la phrase, incompréhensible, se termina par un rot sonore.

— *Ketkiet*, marmonna Shaor'i en s'approchant sans dissimuler son mépris. Il est ivre.

L'homme tenta un pathétique effort pour se relever, s'empêtra dans ses propres pieds et retomba sur son séant. Effrontément, il reluqua la poitrine de Shaor'i à travers sa tunique :

— Toi, ma noire, t'es un p'tit gabarit… Mais tant que ça tient dans la main… c'est pour moi que tu l'as amenée, Baptiste ?

L'Indienne ne broncha pas, trop écœurée pour avoir envie de frapper l'impudent personnage.

Faustin détailla l'horrible visage tavelé à la bouche édentée, aux yeux malicieux et rougis.

— C'est *ça*, le curé Bélanger ?

— Il finira bien par dessoûler, Faustin.

Le vieillard redressa son corps osseux, courbé comme un mauvais arbre.

— Faustin *Lamare* ? Viens-t'en, compagnon de misère, viens prendre un p'tit rouge à la santé de ton oncle qui n'en prendra jamais plus. 'Reste juste moi, à c't'heure, j'suis tout seul… sanglota-t-il pitoyablement.

— Baptiste, implora François, on devrait peut-être retourner camper à la rivière au Caribou et revenir demain midi…

— Ici, j'ai dit ! cria le curé Bélanger en secouant sa bouteille de vin de messe. Y'a plus rien à boire, ici…

— Effectivement, reconnut le bûcheron, j'pense pas qu'on pourra en tirer grand-chose.

— Et alors ? hurla cette fois le vieux prêtre. Tout le monde s'en fiche que je meure de soif ?

Avec une grimace de dégoût, Shaor'i détacha sa gourde et la lui lança dans les bras. Le vieillard en renifla le contenu avant de la jeter, insulté.

— De l'eau ? Pauvre fille, j'ai le gosier sec, pas le cul sale...

Avec un soupir, Baptiste sortit de son mackinaw la petite flasque de rhum qu'il traînait toujours, en cas de chute dans l'eau glacée. Le curé Bélanger la déboucha amoureusement et en prit une grande lampée qui coula sur ses joues et ses vêtements. Avec un claquement de langue appréciateur, il déclara :

— Y'a juste la mouille d'une bonne sœur pour goûter aussi doux...

— Bon, j'en ai assez, rugit François en saisissant le prêtre par le collet. Je vais vous dégriser, mon père... un bon lavage dans ce qui reste de neige et vous allez voir...

— *Ashek Al-Serontina !* hurla le vieillard outré.

François lâcha prise, saisi par une décharge d'énergie.

— Bon, à c't'heure tout le monde prend place, ordonna le curé Bélanger. On trinque à la mémoire du défunt. Y'a des gobelets, là-bas sous le tas de guenilles. Y'en a même un propre, je pense...

— *Idja mid-sari !* répliqua le vicaire.

Avec un grand fracas, le vieil ivrogne s'effondra. Il ne fallut pas deux secondes pour qu'il ne se mette à ronfler.

— Espérons qu'il sera en meilleure forme à son réveil... Et qu'il vaut vraiment le mal qu'on s'est donné pour venir à lui.

◆

Au-dehors, le vent s'était levé et faisait grincer sinistrement les arbres comme les roues d'une vieille charrette. La brise s'engouffrait en sifflant dans les interstices du mur, imprimant un mouvement de balancier au fanal qui pendait au plafond. Les ombres dansaient follement dans l'incessant va-et-vient de la lumière. Le vieux curé Bélanger avait ronflé deux heures durant. Ce fut suffisant pour que, à son réveil, il paraisse frais comme une rose, ayant retrouvé son élocution de prêtre et, ce qui tenait presque du miracle, sans le moindre mal de crâne.

— Pour l'avoir bien connu, Éphrem Lamare, je l'ai bien connu, racontait le vieillard défiguré par la variole. C'était pour ainsi dire mon maître. On peut donc se considérer comme des frères spirituels, cher François.

Formant un cercle autour de lui, ses visiteurs écoutaient attentivement son récit. Les brumes de l'alcool dissipées, il avait repris un débit bien articulé et manifestait une grande culture. La médiocre impression qu'il avait faite sur Faustin se modifiait peu à peu.

— Je l'ai connu quelques mois après mon ordination, alors qu'on venait de me confier la paroisse de Gentilly. Ah! c'était le bon temps, à l'époque. J'étais encore un vrai prêtre, fervent croyant, ému chaque dimanche d'offrir la communion et bien dévoué au salut des âmes de mes paroissiens. Néanmoins, cette année-là, j'ai appris que l'une des bénédictions de l'être humain est son incapacité à concevoir le monde tel qu'il l'est réellement. Il y avait toujours eu des rumeurs à propos du presbytère de Gentilly. Tant et

depuis si longtemps qu'il me fut impossible de dé-
partager le vrai du faux. Je n'y ai pas prêté attention,
au début. Et même quand des objets commencèrent
à changer de place et que les sons étranges devinrent
plus fréquents la nuit, j'attribuai ces manifestations à de
quelconques vermines. Mais un soir que je discutais
avec quelques collégiens en visite, nous entendîmes
un vacarme dans une des pièces de l'étage supérieur.
Je m'y rendis aussitôt, croyant coincer le chat errant
que je pensais responsable de ces phénomènes. Mes
hurlements alertèrent mes invités. Eux aussi purent
observer ces objets qui, comme animés d'une volonté
propre, se mouvaient d'eux-mêmes dans la pièce. Une
sorte d'esprit frappeur, semblait-il.

Comme pour donner le ton au récit, le vent s'am-
plifia au-dehors pour devenir une sorte d'inquiétant
mugissement. Le curé Bélanger se laissa un instant
distraire par le son avant de poursuivre.

— Sans tarder, je décidai d'aller consulter les auto-
rités du diocèse et comme Trois-Rivières n'avait pas
encore d'évêque à cette époque, je suis descendu à
Québec. De là, on m'envoya à Pointe-Lévy, où je
rencontrai le curé Lamare.

Le vieux prêtre rit tout seul à ce souvenir.

— La première initiative de Lamare fut de m'imposer un test de vision… Au début, je croyais qu'il me
soupçonnait d'avoir des hallucinations ; mais bien
vite il découvrit que j'avais l'outrevision et m'expliqua
de quoi il s'agissait. Certains esprits, qui ne reposent
pas en paix, sont attirés par les arcanistes comme les
papillons de nuit par la lumière. Je passai à ses côtés
une semaine durant laquelle il m'expliqua comment
chasser l'esprit. Je devais m'en charger moi-même,
affirmait-il, ou il me suivrait où que j'aille. Troublé

par ces révélations et formé à la théurgie, je rentrai chez moi, à Gentilly, où je parvins à chasser l'esprit… au prix de dix années de longévité.

— Dix ans! s'exclama François, incrédule. C'est un contrecoup énorme!

— J'ai trouvé, moi aussi… il faut croire que je n'étais pas très talentueux. Et que pensèrent les paroissiens qui me virent par la suite? J'ai bien essayé de poursuivre mon travail de prêtre. Mais la foi m'avait quitté, et mes paroissiens m'observaient avec un mélange de crainte et de superstition. Oh! la réserve de vin de messe y est passée, ces nuits-là! J'avais été le roi borgne d'un royaume d'aveugles; maintenant que je marchais parmi ceux qui voyaient mieux que moi, je me sentais désespérément vulnérable. Le monde dans lequel je vivais n'était qu'une façade dont je n'entrevoyais que la partie dissimulée. Ce curé Lamare et ses collègues théurgistes arpentaient une réalité différente et secrète dans laquelle j'avais été largué malgré moi. Je me suis raccroché à ce que je pouvais, étudiant avec assiduité les livres que le curé Lamare m'envoyait. Puis un jour, en 1827, j'ai abandonné ma paroisse sur un coup de tête. Je me suis rendu à Montréal pour être assermenté dans l'Ordre Théurgique par Jean-Jacques Lartigue.

— L'ancien évêque de Montréal? coupa Faustin, stupéfait.

— Lui-même. Moi aussi, j'ai réagi de la sorte. C'était le bon temps ça, les jeunes! L'Ordre était encore vaste. Tout un Collège! Pas loin d'une trentaine de p'tits jouvenceaux qui potassaient à répéter des *ashar* et des *ibn-elk* et à tracer des diagrammes sur leur ardoise.

— Le Collège du Grand Albert ! s'exclama le vicaire. Le curé Lamare m'en avait parlé : un pensionnat secret, dissimulé en forêt, où les jeunes potentiels poursuivaient discrètement leurs études arcaniques avant d'être ordonnés prêtres et implantés dans la population.

Un cri perça le silence nocturne, semblable à celui d'un aigle. Au-dehors, ils entendirent des pas frénétiques se rapprocher. Shaor'i se leva d'un bond, lames aux poings. L'espace d'un instant, le coureur sembla cesser sa course puis, avec un bruit de fracas qui résonna dans toute la chapelle, il se mit à marcher sur le toit qu'il avait atteint d'un bond.

Le curé Bélanger ne sembla pas inquiet le moins du monde :

— Quand ils ne sont pas dominés, les jacks sont comme des ratons laveurs, au fond : curieux jusqu'à l'effronterie, mais inoffensifs si on les laisse tranquilles.

— Et si quelqu'un débarquait pour les dominer ?

— On ne peut dominer un jack que l'on n'a pas levé soi-même.

La démarche erratique et traînante se répercutait dans tout le bâtiment. Le prêtre reprit son récit, sans être parvenu à rassurer qui que ce soit.

— Il était ici même, le Collège. À peine à une lieue. Mais comme j'étais trop vieux pour faire mes classes, et pas assez habile pour être maître, on m'a offert le poste de bibliothécaire. Si vous saviez le fatras de livres que peuvent amasser un groupe de prêtres en un siècle et demi… Comme je vous disais, Jean-Jacques Lartigue était chef de l'Ordre à l'époque. Il venait ici deux fois par année, pour deux semaines. Le reste du temps, les maîtres avaient carte blanche pour leur enseignement. Ce bon vieux Lamare donnait les cours d'histoire et de divination. Le père Masse enseignait la philosophie, la rhétorique et la lecture de pensées, le curé Étienne Chartier s'occupait du droit et des arcanes offensifs, Louis-Olivier Gamache se spécialisait dans la magie de guérison et abordait la médecine…

— Gamache enseignait au Collège? l'interrompit Faustin. Ce rouquin émacié? C'est lui qui a tenté de nous tuer, du moins de nous capturer, et qui contrôlait les wendigos quand nous étions au Sanctuaire, et…

— Gamache était un théurgiste de l'Ordre. L'un des meilleurs. Un homme bon, prêt à donner sa vie pour les malades. Un médecin accompli qui n'hésitait pas à subir des contrecoups de plusieurs mois pour soigner ses patients. Mais tout cela a changé après le Grand Choléra. Il est devenu presque fou. Les pendaisons de '39 l'ont achevé.

— Il avait deux lycanthropes à son service. Un nommé Sauvageau et un nommé Plante. Il est fortement impliqué dans le meurtre de mon oncle.

Cette nouvelle sembla heurter durement le père Bélanger. Il secoua la tête quelques secondes avant de murmurer en latin:

— *Ubi solitudinem faciunt, pacem appellant.*

— Où ils font un désert, ils disent qu'ils ont donné la paix, traduisit François. Qu'entendez-vous par là?

— Que Gamache est allé beaucoup plus loin que je ne le craignais. Il n'accepte pas la dissolution de l'Ordre. Il en reformera un, devrait-il y laisser son âme.

— Parlez-nous de lui. Je veux savoir à qui nous avons affaire.

Le visage du curé Bélanger se renfrogna. Il semblait jongler avec de douloureux souvenirs. Il joua distraitement avec son chapelet, soupira deux ou trois fois.

— Cela s'est produit il y a treize années. Louis-Olivier Gamache, le meilleur maître du Collège, est devenu fou. Pourtant, ç'a été le plus talentueux théurgiste qu'il m'a été donné de connaître. Dans les années 20 et 30, aux cours desquelles j'ai côtoyé Gamache, aucun maître du Collège n'était plus respecté et plus admiré par les étudiants. C'était un homme d'une surprenante intelligence, brillant théoricien et habile praticien. Il enseignait ici l'anatomie, la biologie et les arcanes curatifs. C'est donc lui qui s'en est voulu le plus lorsque, en '36, le Grand Choléra s'est infiltré dans nos murs.

Ils sursautèrent tous quand la porte se mit à retentir sous les coups frénétiques du non-mort. Baptiste alla se planquer juste à côté de l'encadrement, hache au poing, comme un garde des châteaux anciens.

— Qu'il essaie d'entrer, pour voir.

— Mais puisque je te dis qu'il n'entrera pas, se moqua le père Bélanger. Aucun n'a jamais…

— Ça peut pas faire de tort que j'reste à l'affût.

— À ta guise. Je parlais du choléra, je pense…

Et toujours sans prêter la moindre attention à la créature, le curé Bélanger reprit :

— Encore aujourd'hui, j'ignore comment le mal s'est engouffré. Une chose est sûre, c'est que Gamache s'en est jugé responsable. Sans perdre un instant, il a projeté un rêve-messager à notre chef, Lartigue. Lequel a répondu en peu de mots : *L'Ordre a besoin de ses maîtres. Ne vous vieillissez pas trop. De jeunes inexpérimentés sont aisément remplaçables. Favorisez les plus prometteurs.*

Estomaqué, Faustin s'outra d'une telle réponse et vit que ses compagnons partageaient son indignation.

— Guérir une maladie comme celle-là vous sape deux ou trois années de votre vie, alors quand une vingtaine de personnes sont affectées, on réfléchit à deux fois avant d'agir. Gamache, toutefois, s'était distingué par son dévouement, en mettant tout son talent à soigner des cas que ses confrères jugeaient irrécupérables. Il est devenu rapidement une sorte de héros pour les jeunes étudiants, bien qu'il ignorât tout de l'admiration qu'il suscitait tant son esprit était concentré sur l'état de ses patients. Il a lutté contre la fatigue, l'épuisement et le surmenage jusqu'à ce qu'ils aient raison de lui. Par un soir pluvieux que je n'oublierai jamais, il s'est effondré de sommeil. Quand il s'est réveillé, ç'a été pour apprendre que la plupart de ses patients avaient succombé.

Le curé Bélanger passa un instant dans le silence. Faustin eut l'impression qu'il regrettait d'avoir abordé le sujet.

— Gamache est parvenu à en sauver cinq. Moi, j'ai survécu, ne me demandez pas la justice dans tout ça… j'étais âgé et porté sur la boisson, eux jeunes et pleins de santé. Pourtant je m'en suis sorti, comme j'ai passé à travers la scarlatine et la variole, en dépit des marques. Gamache n'a plus jamais été le même. Le ton curieusement neutre, regardant bien en face chaque maître et chaque apprenti survivants, il a tenu des propos que je n'aurais jamais imaginé entendre dans la bouche d'un maître. Lartigue, disait-il, ne s'était même pas déplacé pour apporter le moindre secours aux mourants. Bien à l'aise dans son presby-tère à Montréal, il cherchait à asseoir sa puissance en s'acoquinant avec les Anglais. Il y avait des rumeurs, voyez-vous, des rumeurs de troubles et de révoltes, des rumeurs qui entouraient Papineau et le Parti patriote, un vent de rébellion qui soufflait sur nos campagnes. Notre chef, Lartigue, souhaitait augmenter notre influence, orienter la politique, ramener les théurgistes à leur autorité de jadis. Pour ce rêve, il avait oublié que le monde ne se limitait pas aux murs du Parlement. Il avait chassé de son esprit que les arcanes ne sont rien sans arcanistes pour les étudier. Ce soir-là, sous les vivats et les encouragements des étudiants dont il était le héros, Gamache a organisé le Collège en une troupe et il a décidé de se joindre aux Patriotes durant les échauffourées de 1837. Comment Lartigue a été mis au courant, je l'ai toujours ignoré ; néanmoins, pendant les Troubles de '38 et '39, l'ancien chef est parvenu à convaincre une partie des jeunes apprentis que l'avenir de l'Ordre se trouvait du côté des Anglais. Ils avaient besoin de mécènes, disait-il. Comment les paysans canadiens-français pourraient-ils s'acquitter de cette tâche ? C'est ce qui a amené la dissolution de l'Ordre, chacun étant libre de se battre du côté de son choix. Les Patriotes ont subi la défaite. Pas à cause des arcanistes de Lartigue, bien entendu. À peine ont-ils eu un impact sur l'issue finale. Ni Lartigue ni Gamache n'y ont gagné grand-chose, mais ils y ont perdu les cinq jeunes apprentis, décédés au cours des Troubles. Quand il l'a appris, Gamache a achevé de sombrer. S'il ne pouvait sauver l'Ordre, il en créerait un nouveau. Si la théurgie ne suffisait pas à protéger les arcanistes de leurs ennemis, alors il utiliserait la goétie. L'année suivante, en 1840, Lartigue est mort à l'Hôtel-Dieu de Montréal, subitement attaqué au foie – Gamache faisait ses premières expériences avec la magie noire. Ç'a été la dernière fois que j'ai entendu parler de lui et du reste, j'ai perdu totalement sa trace… jusqu'au mois dernier.

La créature avait cessé depuis un bon moment de s'acharner contre la porte. Faustin l'avait presque oubliée quand il entendit un nouveau hurlement, juste sur le seuil. La créature se mit à courir et le son de ses pas s'éloigna. Ils poussèrent un soupir de soulagement; néanmoins, Baptiste ne quitta pas son poste de garde.

— Il aura sûrement repéré un lièvre… marmonna le vieux Bélanger. Vous pouvez arrêter de vous inquiéter. À mon sens, Gamache est beaucoup plus dangereux. Comme je disais, il est sorti de nulle part, voilà un mois, alors que je revenais des funérailles d'un *foreman* dans un chantier de la *Preston & Fraser*. Un pauvre homme victime d'un arbre qui a faussé. J'avais vidé quelques cruchons de rhum avec les gars, histoire de ragaillardir l'équipe. Il était tard le soir quand les canotiers sont venus me reconduire sur la berge. À peine avaient-ils fait demi-tour que j'ai aperçu Gamache. Il avait bu, lui aussi; je pouvais le voir à sa démarche. Je n'ai jamais su s'il m'attendait ou si je l'ai croisé par hasard. Il m'a vaguement salué de la main, a fait quelques pas dans ma direction. Un homme l'accompagnait, vêtu comme un bourgeois. Une simple flexion de poignet de cet étranger et je me suis retrouvé dans les vapes… pour ne me réveiller que tard dans l'après-midi. Il avait au moins eu la décence de me porter jusqu'à ma chapelle.

— Et qu'était-il venu faire? demanda Faustin.

— Ficher la merde dans la bibliothèque du Collège. Voler des livres, en brûler certains… mais c'était sans compter sur le vieux Bélanger.

Le prêtre eut un sourire triste avant de poursuivre :

— Il a eu beau brûler des livres, le Gamache, ou en déchirer d'autres… c'était me sous-estimer. Je vis seul ici depuis treize ans. L'autre solution consisterait à me trouver une cure, à régner sur une paroisse pour écouter les cultivateurs se plaindre de leurs voisins ou les ménagères se confesser de s'être fait sauter par l'engagé de leur mari. Et je ne vous parle même pas des péchés des p'tites vieilles… J'ai la paix, ici. Mes livres ne commettent jamais de péchés, n'attendent pas de moi un comportement exemplaire et savent garder silence au bon moment. J'ai toute la compagnie que je veux quand les gars de chantiers passent me voir et finissent le nez dans leur chope. J'écoute leurs angoisses, je bénis leurs canots – ça les rassure pour le voyage de retour –, je me charge des funérailles. Mais tout ça n'est pas assez pour m'occuper, surtout en dehors des saisons de chantier. Alors je m'affaire à jouer les copistes. Comment meubler autrement mon temps, dans un tel trou perdu ? J'ai lu les ouvrages que Gamache a détruits. J'ai compris, à peu de chose près, ce qu'il tramait. Et j'ai écrit à la seule personne qui pouvait m'aider : le curé Lamare. La suite, c'est à vous de me la dire…

— La lettre est arrivée à Notre-Dame des Tempérances, expliqua Faustin. Elle a été volée chez la mère Bélisle. Pour y parvenir, le voleur a dû faire fondre un cadenas de fonte. Alors mon oncle s'est inquiété, a usé d'un sort de divination. Je ne sais pas ce qu'il a vu exactement… mais il nous a ordonné d'aller chercher la fille Latulipe. Nous sommes arrivés trop tard. Cet étranger dont vous parlez l'avait emmenée.

— Après m'avoir jetée dans l'inconscience de la même façon que vous, ajouta Shaor'i.

— Et ce pauvre Lamare y est resté, conclut Bélanger. Hier soir, quand j'ai vu qu'il ne me répondait pas, j'ai tenté un sort de contact. Je n'use pas d'arcanes, d'habitude. Mon talent est médiocre et mes contre-coups sont toujours démesurés. Mais j'étais trop inquiet. J'y ai laissé trois mois. Trois mois, alors qu'un bon arcaniste y perdrait une semaine… et tout ça en vain. Le sort a échoué, en me révélant le décès de ma cible. D'où le triste état dans lequel vous m'avez trouvé.

— Et Gamache, que prépare-t-il ?

— Il veut fonder un nouvel ordre. Et dénicher de grands arcanistes, par tous les moyens.

Le curé se redressa et se dirigea vers la porte :

— Suivez-moi, je vais vous montrer. Il y a un en-droit que je tiens absolument à vous faire visiter ; vous y trouverez sûrement quelques pistes de réponse.

— Où ça ? demandèrent d'une même voix François et Faustin.

— Tout près. Au Collège d'Albert le Grand.

◆

Sortir en pleine nuit, alors que les jacks rôdaient autour, n'enchantait guère Faustin. Il aurait, à tout le moins, préféré attendre le lever du jour. Mais Bélanger affirmait que cela ne changerait rien et, finalement, le groupe accepta de parcourir la lieue qui les mènerait à destination.

La piste qui reliait la chapelle au Collège ne com-mençait qu'après avoir franchi quelques verges d'épais taillis. Histoire de décourager d'éventuels curieux, le curé Bélanger y avait laissé le squelette d'un jack mistigri, abattu depuis des lustres. Mais il y avait peu à craindre d'un intrus : l'Ordre lui-même avait déclenché d'atroces rumeurs sur le Mont à l'Oiseau et ce, depuis des décennies – comme si l'aspect des lieux n'avait pas été suffisant. Personne n'aurait pu découvrir le Collège dont les environs, expliqua Bélanger, étaient protégés par un enchantement qui éloignait les jacks.

Pourtant, Faustin continuait de se retourner chaque fois qu'une ombre suspecte s'étendait sur lui. Il tenait fermement son fanal, la clé tournée pour offrir la plus vive lumière possible, et s'était arrangé pour se placer entre Baptiste et Shaor'i. Ces deux derniers marchaient avec leurs armes bien en main et ne semblaient guère plus rassurés que Faustin.

Il ne fallut qu'une petite demi-heure avant de déboucher sur la clairière. Vue de l'extérieur, l'installation était d'une trompeuse banalité. Sous la pâle lueur nocturne, les deux bâtiments se faisaient face, érigés comme deux cultivateurs se jaugeant au-dessus d'une clôture. Le Collège et son dortoir étaient impossibles à distinguer l'un de l'autre – mêmes murs de rondins, mêmes toits gris nordet percés d'une petite cheminée, mêmes greniers en demi-étage qui ne s'ouvraient sur aucune fenêtre. Les ronces avaient depuis longtemps envahi le pourtour des bâtiments et le potager laissé à l'abandon. Sans le curé Bélanger, Faustin n'aurait jamais pu deviner laquelle de ces constructions avait jadis été la dernière faculté de sciences théurgiques.

Un sentier avait été entretenu, chemin de pierres plates rendues lisses par la pluie. Il traversait la clairière jusqu'à son centre avant de se diviser en deux allées, chacune menant à l'un des bâtiments. Faustin ne put s'empêcher de ressentir une sorte d'humilité quand le curé Bélanger parvint à ouvrir la porte, rendue récalcitrante par le passage du temps et par la négligence.

La lumière de la lanterne se déversa à l'intérieur, révélant l'intimité d'un lieu gardé secret pendant plus de cent cinquante ans. À la grande surprise de Faustin, la salle de classe ne différait en rien de toutes celles qu'il avait eu l'occasion de voir dans sa courte existence. Sur un plancher en madriers d'épinette jaune patiné par l'usure et le lessivage, s'alignaient sur deux rangs les pupitres doubles. Chacun portait encore ses ardoises et ses encriers. Si de l'extérieur on avait laissé aux murs leur aspect brut et grossier, on avait cloué sur la paroi intérieure des planches de pin. Leur teinte de vieil or contrastait avec l'imposant tableau noir qui semblait scruter d'un œil glacial les sièges qui n'auraient pas dû être vides.

Tout comme ceux qui l'accompagnaient, Faustin marchait à pas lents, presque respectueux. Il éprouvait, en moins intense, un sentiment similaire à celui qui l'avait envahi dans les ruines du Sanctuaire amérindien, si bien qu'il ne put retenir une légère inclinaison de tête avant de gravir la large marche du bureau du maître, massif meuble de chêne aux pattes sculptées.

Une petite armoire sommeillait dans l'angle. Faustin laissa courir ses yeux entre les portes restées entrouvertes. Il y vit deux tablettes de livres et y déchiffra, à la lueur de son fanal, le titre de la *République* de Platon, le premier tome de *De Arcanus* d'Albert le Grand, *De philosophia occulta* d'Agrippa, les *Lectures* de Prospéryne, le *Petit Albert* qui tenait lieu de catéchisme aux arcanistes et les *Alchimies* de Newton – dont l'Église avait tenté de brûler le manuscrit alors qu'il enseignait à Cambridge.

En un curieux paradoxe, la salle de classe était aussi ordinaire qu'extraordinaire ; Faustin imaginait sans difficulté un maître à la mine sévère réprimander un étudiant récitant une leçon de travers, comme dans n'importe quelle école, à ceci près que ladite leçon aurait porté sur les rites arcaniques sumériens. Le tableau noir, conclut Faustin en souriant, devait avoir illustré davantage de pentacles magiques que de tables de multiplication ; pourtant son nettoyage avait dû être la corvée échue au cancre de service, ainsi que dans toutes les classes.

On accédait aux combles par une échelle de meunier fixée sur le même mur que le tableau. Le curé Bélanger y monta d'abord, ouvrit la trappe et s'y engouffra, leur enjoignant de le suivre. Faustin passa sa lanterne au vieil homme et monta à son tour.

Les quatre murs du grenier étaient couverts de bibliothèques massives. À peine y avait-il de la place pour deux petits bureaux d'étude, placés face à face au centre de la pièce. Le curé Bélanger sortit deux bougies d'une vieille boîte de cigare et les inséra dans leur chandelier. La lumière dansante des lumignons rendait la pièce presque chaleureuse.

François laissait courir ses doigts le long des étagères, le regard brillant comme celui d'un enfant devant la vitrine d'un confiseur.

— Après la visite de Gamache, le sol était jonché de livres, lui expliqua Bélanger. J'ai tout replacé de mémoire, mais certains volumes ne sont peut-être pas au bon endroit…

L'homme défiguré se mit à compter les étagères, s'arrêta à la neuvième.

— Baptiste, si tu voulais déplacer cette bibliothèque, s'il te plaît…

Le colosse hocha la tête et écarta, sans effort apparent, le lourd meuble de chêne et les épais volumes qu'il contenait. Deux plaques rectangulaires, plus ou moins aux proportions de la surface d'une petite table, étaient séparément enveloppées dans un épais morceau de cuir.

Le vieillard choisit l'un des paquets, le déballa soigneusement avant de le poser sur l'un des bureaux. Il plaça le fanal à une prudente distance et en orienta le faisceau vers ce qui semblait être un portrait.

— Chère Shaor'i, dit-il avec emphase, si vous voulez bien jeter un coup d'œil à cette peinture…

Le visage de l'Indienne refléta la stupeur au premier coup d'œil :

— C'est… c'est l'étranger qui m'a jetée dans l'inconscience !

— Le compagnon de Gamache, oui. Son visage m'était familier, mais il m'a fallu une dizaine de jours pour me souvenir de l'endroit où je l'avais vu.

Faustin s'approcha pour considérer le portrait, celui d'un homme au visage aristocratique, aux traits élégants et sévères. Ses cheveux sombres comme ceux d'un Indien contrastaient avec une peau très pâle et des yeux d'un vert intense. Vêtu de riches atours noirs, il était de toute évidence très fortuné.

— L'artiste qui a peint ce tableau se nomme François Malepart de Beaucourt, expliqua Bélanger. Ce qu'il y a de surprenant, c'est qu'il est mort en 1794.

— Impossible, coupa Shaor'i. L'homme que j'ai vu avait la trentaine, ou peu s'en faut. *Idem* pour celui sur cette peinture. Même en ayant l'esprit large, et lui donnant vingt ans sur le tableau, il aurait soixante-quinze ans aujourd'hui.

— Ce pourrait être son père, hasarda François.

— Attendez un instant, fit le curé Bélanger en déballant l'autre tableau. Celui-ci a été fait par le frère Luc, qui n'a résidé en Nouvelle-France qu'en 1670 et 1671.

Malgré les différences de style des deux artistes, il ne pouvait y avoir de doutes. Le sujet des deux portraits était le même, ou alors il s'agissait de parfaits sosies. Faustin sentit une sorte de malaise, mais laissa le père Bélanger reprendre ses explications :

— Plus un arcaniste expérimente son art, plus les contrecoups s'accumulent : l'écart entre son âge réel et l'âge de son corps s'accroît. Certains deviennent obsédés par cette réalité ; nombreux sont les arcanistes ayant cherché une façon de prolonger leur vie.

Bélanger extirpa un volume dissimulé derrière une poutre du toit.

— Voici la copie de l'un des livres que Gamache a brûlés : *Des Emrys*, par le père Masse, le mentor de Lamare. Masse était persuadé que certains goétistes étaient parvenus à étendre leur existence sur plusieurs siècles. Après avoir cité les exemples légendaires, comme Circé ou Merlin, il a entrepris de réelles recherches sur les arcanistes à qui l'on avait attribué le secret de la longévité : Agrippa, Flamel et Pernelle, entre autres. Les tableaux que je vous ai montrés appartenaient au père Masse. Il cite une trentaine de témoignages, entre 1580 et 1790, concernant celui qu'il nomme l'Étranger en noir. Depuis 1790, plus rien à son sujet.

— Jusqu'à tout récemment, compléta Shaor'i.

N'y tenant plus, Faustin intervint subitement :

— Père Bélanger, il faut que je vous raconte…

Avec une certaine inquiétude, il narra son expérience sous forme de feu follet, son égarement de plusieurs heures, l'absence apparente de contrecoup.

Le vieux prêtre écouta patiemment, n'interrompant Faustin que pour demander des précisions. Quand le récit fut terminé, il hocha gravement la tête :

— Peut-être que le vieillissement se manifeste autrement chez toi. Centré sur les organes, par exemple. Certains arcanistes soucieux de leur apparence y sont parvenus.

— C'est peut-être pour ça que ton oncle ne t'a jamais réellement initié aux arcanes, proposa François. Parce que tu n'avais aucune façon visible d'estimer ton contrecoup.

— À ta place, je serais prudent. Il est impossible que tu ne vieillisses pas d'une certaine façon – cela s'opposerait au principe de Lavoisier. N'utilise les arcanes qu'en cas d'absolue nécessité. Chose certaine, c'est la raison pour laquelle Gamache cherche à te capturer.

— Comment pouvez-vous en être aussi sûr ?

Le vieux prêtre se retourna pour fouiller dans les rayonnages. Il revint avec un livre aux contours noircis par le feu.

— Celui-ci n'a pas brûlé entièrement. À croire que Gamache était trop pressé. On y voit clairement qu'il a entrepris des recherches sur la longévité. L'état de Faustin doit l'intéresser… tout comme celui de la jeune Latulipe.

— Rose ? Mais comment…

Bélanger tendit un livre au jeune vicaire, qui lut le titre à haute voix :

— *Longévité, Vie, Mort & Métempsycose, traité des sciences du trépas.*

— C'est dans cet ouvrage qu'est inscrite la méthode pour lever des jacks mistigris. On y trouve également d'autres techniques : communication avec les défunts, trépas simulé. J'ai marqué un passage, François. Si tu veux nous faire l'honneur…

François ouvrit le livre à la page indiquée :

— *Or, comme l'a spécifié Borellus, « telle méthode, appliquée aux Sels essentiels de l'humaine Poussière, un Philosophe peut, sans nulle Nécromancie criminelle, susciter la Forme d'un de ses Ancêtres défunts à partir de la Poussière en quoi son Corps a été incinéré ». Les Ossements du Défunt sont certes nécessaires, ainsi qu'une forte Énergie arcanique – car à moins d'être répartie au sein d'un Cercle, rappeler l'Esprit d'un Ancêtre entraîne un fort contrecoup. Le Corps d'un Descendant de même sexe est requis et servira de Réceptacle audit Ancêtre.*

— Je n'y comprends absolument rien, admit Faustin.

— En gros, l'auteur prétend qu'en disposant du squelette d'un défunt, on peut forcer l'esprit du mort à intégrer un nouveau corps, à condition qu'il s'agisse d'un descendant du même sexe, résuma François. C'est complètement absurde ! Ce sont des croyances antiques qui ne se sont jamais avérées exactes…

— Gamache semble y croire, répliqua Bélanger. Du moins, si on en juge par les notes qu'il a prises dans la marge.

François rouvrit le bouquin, retrouva le passage et lut les notes manuscrites :

— *Lignée des Corriveau, vérifier les antécédents (La Voisin, Exili, notes sur la Chambre Ardente).*
-- *Marie-Josephte Corriveau, née en 1733, mariée à 16 ans en 1749. Affaire des deux meurtres et*

de la cage de fer. Condamnée en 1763. Laisse une fille, Angélique.

-- *Angélique Corriveau, née en 1758. Quitte son village l'année de la condamnation de sa mère avec le père Rouillard qui sera son mentor (voir archive 3, XII-1A). Revient à la Pointe-Lévy en 1799 pour soigner un cas de possession. S'y installe par la suite avec sa fille Anne, alors âgée de 3 ans. Décès en 1818.*

-- *Anne Corriveau, née en 1797. Père inconnu. Orpheline vers 21 ans. Ignore les dons de sa mère. Mariée à 24 ans en 1821 à un certain Ozias Latulipe.*

-- *Rose Latulipe, née en 1829. Notre-Dame des Tempérances. Vérifier le potentiel – si insuffisant, considérer comme réceptacle.*

— Voilà qui explique l'enlèvement. Cet homme est complètement fou.

— Je vous avais dit que Gamache voulait constituer un nouvel Ordre, peu importe la façon. Il désire des arcanistes puissants qui assureront sa réussite. Déjà, il s'est acoquiné avec cet Étranger. Il cherche à capturer Faustin, probablement pour étudier son état. Et comme si ce n'était pas assez, il ressuscitera Marie-Josephte Corriveau, l'Ensorceleuse de Pointe-Lévy.

— Qui ? souleva Faustin.

— Je ne peux pas croire que tu habites à quelques lieues de Pointe-Lévy sans connaître la Corriveau. Elle vivait à Saint-Vallier, en vrai… mais quand les Anglais l'ont pendue dans sa cage de fer, en plein village de Pointe-Lévy, elle a acquis ce surnom. On prétend qu'aucune sorcière n'a été plus puissante qu'elle.

— Alors Gamache souhaite fonder un nouvel Ordre avec cet Étranger immortel et cette sorcière Corriveau ?

— Et des hommes qu'il dote de lycanthropie, selon vos observations. Son Ordre semble bien avancé.

— Sans oublier sa femme Nadjaw, précisa Shaor'i. Une ancienne Exécutrice.

— Il s'est bien entouré, dans ce cas, répondit Bélanger. De toute évidence, il planifie son coup depuis longtemps. Et à moins que tu ne tentes quelque chose, cher François, il se peut bien que Gamache réussisse.

— Moi ?

— Désolé de te l'apprendre, François. Mais l'Ordre Théurgique, désormais, c'est *toi*. Et si la Corriveau est rappelée à la vie…

— François, ajouta calmement Faustin, quand nous avons découvert mon oncle, tu as juré que tu trouverais le responsable et que tu le châtierais. Le responsable, nous le connaissons, maintenant. Avec ou sans toi, je lui ferai payer.

— Ta seule chance est d'arriver à temps à Pointe-Lévy pour empêcher l'exhumation des ossements. Et la seule façon d'y parvenir avant que Gamache ne localise l'emplacement de sa sépulture est de retourner cette nuit même à Pointe-Lévy.

— Impossible, décréta Baptiste. 'Nous faudra trois jours, au minimum.

— À moins que vous n'utilisiez un moyen plus rapide que le canotage, rétorqua le vieux prêtre en souriant. À moins que vous ne leviez une chasse-galerie.

◆

Ce n'était pas encore de la pluie, mais ça le deviendrait bientôt, à voir comment les nuages s'étaient massés. Il devait être deux heures du matin quand ils revinrent à la berge où ils avaient laissé le canot. Le père Bélanger avait tenu à les accompagner jusque-là. Serré contre lui, il tenait un paquet qu'il avait apporté de l'ancien Collège.

Une chasse-galerie. Au début, Faustin avait ri, en croyant que le père Bélanger voulait plaisanter. Puis le vieux prêtre avait sorti un autre de ses volumes. Faustin ne comprenait pas grand-chose au texte ni aux diagrammes, mais les illustrations parlaient d'elles-mêmes. Aidés des conseils du père Bélanger, François et Shaor'i avaient assimilé en deux heures la procédure qui permettrait au canot de fendre les cieux.

Indifférent au crachin qui tombait du ciel nocturne, Baptiste arrimait solidement leurs bagages aux bancs de l'embarcation. Il ne semblait pas nerveux mais ne voulait rien laisser au hasard. Livre en main, Shaor'i était beaucoup plus tendue. Inlassablement, elle relisait les formules de contrôle, refermait le bouquin pour les répéter à voix basse, puis vérifiait si elle ne s'était pas trompée.

Assis sur un rocher plat, aviron à la main, Faustin l'observait à la dérobée :

— Pourquoi est-ce elle qui va s'occuper du sortilège ? demanda-t-il à voix basse à François.

— Elle est bien meilleure canotière que moi… et elle a de l'expérience dans le déplacement aérien. De toute façon, les diagrammes arcaniques d'une chasse-galerie sont trop complexes pour qu'on les trace à la va-vite ; comme je te l'ai déjà expliqué, Shaor'i n'a pas besoin de diagramme. Le vol, c'est l'affaire des oiseaux, après tout.

— Alors pourquoi me fais-tu trimer sur cet aviron ?

François avait dessiné un pentacle sur la pale de l'aviron et demandé à Faustin de graver le symbole au ciseau à bois.

— Nous allons nous diviser le sortilège – il serait trop long à maîtriser, sinon. Shaor'i sera l'incantatrice principale et moi, son subordonné. Donc, j'ai besoin de ce pentacle pour la partie du sort qui me concerne.

Faustin souffla les copeaux et lui tendit la rame. François allait s'en saisir quand le curé Bélanger s'approcha et lui tendit son paquet :

— Amène-les. Ce sont quelques ouvrages qui pourraient te servir.

Le vicaire eut un sourire de reconnaissance et posa la main sur l'épaule du vieillard.

— Merci, père Bélanger. Comment pourrons-nous vous montrer notre gratitude ?

— Empêchez Gamache de réussir.

Debout à l'avant du canot, Shaor'i signifia qu'elle était prête à partir. François et Faustin la rejoignirent, suivi de Baptiste qui s'installa à l'arrière en prenant l'aviron sculpté. Seul resté pied au sol, le père Bélanger recula de quelques pas et les salua de la main.

— *Dominus vobiscum*, murmura-t-il, à peine audible.

La jeune Indienne lui rendit son salut d'un signe de tête avant de se redresser de toute sa hauteur. Fière et imposante comme une prêtresse des temps païens, ignorant la pluie fine qui ruisselait sur son visage, elle déclama avec assurance :

— *Acabris !*
Sachem lamed ibn neak'has sekar…

Une sorte de vibration longea l'embarcation. Faustin eut l'impression que la pluie tombait plus

dru et que le vent venait de gagner en force. Shaor'i
sembla trouver cela de bon augure car elle poursuivit :

— *Acabras !*
Akem semed ibn neak'has skozar…

Cette fois le canot s'agita réellement et le souffle
du vent devint bruyant. Les tremblements gagnaient
chaque seconde en intensité et quand Faustin jeta un
coup d'œil en bas, il constata que le canot flottait à
six pouces du sol. La voix de Shaor'i retentit une
troisième fois, en couvrant le mugissement de la bourrasque :

— *Acabram !*
Zarem daner ibn neak'has zadar !

Comme aspiré par les nuages, le canot gagna vivement de l'altitude, en plaquant ses passagers contre
le fond. Il heurta les branches des pins avant d'en
dépasser la cime, puis s'arrêta pour flotter au-dessus
des plus hauts arbres. Frémissante d'exaltation, Shaor'i
se retourna vers le bûcheron qui plantait son aviron
de gouverne dans le vide :

— Prêt, Baptiste ?
— Vas-y, la P'tite ! Fais-nous voyager par-dessus
les montagnes !
— *Irbaca danerzad !* tonna-t-elle par-dessus les
rafales.

Lentement d'abord, puis en accélérant petit à
petit, la chasse-galerie fendit les cieux. Faustin vit la
silhouette du curé Bélanger s'éloigner au-dessous
jusqu'à disparaître. Le Mont à l'Oiseau lui-même
diminuait, paraissait fondre, s'amenuiser, se réduire.

La chasse-galerie prit de la vitesse, atteignit celle
d'un cheval lancé au galop. Avec une aisance acquise
lors de la descente des rapides, Baptiste maîtrisait

l'aviron de gouverne d'une main experte. À la demande de Shaor'i, il repéra la rivière de la Bête-Puante et la suivit jusqu'au Saint-Maurice, immense et fier, qui coulait noblement à travers la forêt comme si c'était son domaine.

De cette hauteur, la rivière ressemblait à un large ruban de soie noire. Le cœur de Faustin se mit à battre d'une exaltation farouche. Il enviait Shaor'i, qui connaissait l'ivresse du vol depuis des années et pouvait s'en griser chaque fois qu'elle en avait envie. Les arbres, les montagnes, les villages même, qu'il identifiait à la vue de petites taches lumineuses à l'horizon, tout cela il le contemplait de haut, comme un spectateur intemporel.

— *Ziarenistra irbaca!*

Sous les mots de l'Indienne, l'embarcation gagna encore en vitesse. Les vêtements de Faustin claquèrent au vent. Les sapins se mirent à défiler si rapidement qu'il pouvait à peine les voir passer, puis ils se fondirent dans une espèce de masse noirâtre mêlée au blanc de la neige et au gris des troncs dépouillés. Il n'avait connu cette sensation qu'une fois : lorsqu'il était monté en train, étant enfant, pour accompagner Madeleine chez sa vieille tante. Toutefois, si la vitesse de la chasse-galerie avoisinait celle du train, rien n'était comparable à l'effet d'être exposé au vent qui lui fouettait le visage, à la pluie fine qu'ils traversaient si vite qu'elle devenait brume, à l'odeur entêtante des conifères dont ils effleuraient la cime. Le canot fonçait en sifflant comme une flèche.

— *Hassan-omara irbaca!*

Cette fois, le gain de vélocité le plaqua au fond du canot. Il n'était plus possible de distinguer quoi que ce soit, hormis la rivière qui défilait et le Saint-Laurent qui s'approchait à une vitesse inconcevable. Au-dessous, tout n'était plus que couleurs informes. La tête de Faustin se mit à lui tourner et une peur irraisonnée commença à se manifester.

— Fixe le ciel si tu t'sens pas bien, conseilla la grosse voix de Baptiste.

Faustin hocha la tête et suivit la proposition. Le ciel nocturne, rassurant, restait presque immobile, insensible à leur vitesse. Ce n'était pas encore l'aube et la voûte était toujours noire et couverte de ses brillantes parures. Les nuages étaient depuis longtemps loin derrière ; la bruine avait cessé, mais il venait tout juste de s'en rendre compte.

Il crut d'abord que le trait de lumière était une étoile filante, jusqu'à ce qu'il remarque qu'il perdurait. Sur le ciel nocturne, le petit fil brillant se mit à s'allonger et à onduler, comme s'il glissait lentement vers eux. *Une aurore boréale* ? pensa Faustin en fixant la lueur verdâtre. Elle prenait de l'ampleur chaque seconde, maintenant aussi grosse qu'une comète dont la queue semblait s'étendre à l'infini. Son crépitement, d'abord presque inaudible, augmenta si vite que François se tourna dans sa direction. Un masque de totale frayeur se peignit sur son visage et il hurla, paniqué :

— Shaor'i ! Au-dessus !

— *Awan !* cria l'Indienne à son tour, terrorisée.

— C'est quoi ? s'inquiéta Faustin.

— De l'énergie brute ! Une marionnette magnétique ! Si elle nous atteint, elle dissipera la magie qui maintient le canot en l'air.

Tel un gigantesque ver luisant, la chose se rapprochait, en nageant dans les cieux telle une anguille à travers les flots. Le crépitement devenait plus fort à mesure qu'elle gagnait du terrain, bientôt aussi puissant que le bruit d'un incendie. Le câble lumineux serpentait vers eux, toujours plus rapide, toujours plus imposant. Sa largeur dépassait celle du canot et sa longueur semblait se prolonger à l'infini.

Le canot se mit brusquement à cahoter. D'un coup, il chuta de plusieurs verges. La chasse-galerie, lancée à une vitesse vertigineuse, passa à travers la ramure d'un arbre en brisant toutes les branches, comme un ouragan aurait soufflé un mur de paille.

— Atterris, Shaor'i, on va se tuer! brailla le vicaire.

— Impossible! Il faut dix minutes pour la formule de descente.

— François! Mon aviron de gouverne ne répond plus! rugit Baptiste tout à l'arrière.

Le titanesque serpent de fumée lumineuse s'élançait contre eux, gagnant toujours du terrain. Le canot trembla lors d'une brusque embardée et perdit cette fois plus de la moitié de sa hauteur. L'effroyable lueur se jetait sur eux en ondulant, occupant maintenant presque tout l'espace céleste, se déversant dans les cieux comme une rivière de métal en fusion. Inexorablement, le canot devenait hors de contrôle.

— On va s'tuer! se plaignit François.

— Envole-toi, P'tite! cria Baptiste. Plus besoin d'rester!

— Je ne vous abandonnerai pas!

— On va s'écraser au prochain coup!

Faustin tremblait face au torrent de lumière qui menaçait de les engloutir. Il regarda tout en bas, considéra que leur vitesse et l'impact les tueraient tous quand ils percuteraient le sol. Puis le temps sembla se figer.

Ce fut comme si une certitude s'imposait clairement à son esprit. Du coup, Faustin oublia qu'il se trouvait dans un canot volant à des dizaines de pieds d'altitude. Une image se précisa dans sa mémoire, claire et stable. Un souvenir doux-amer d'il y avait quelque temps.

Avec un calme qu'il n'aurait jamais cru posséder, il jeta un dernier regard aux traits crispés de François et de Shaor'i qui focalisaient toute leur attention sur le maintien de la chasse-galerie. Il se retourna vers Baptiste dont les jointures blanchies étreignaient l'aviron de gouverne. Les muscles du bûcheron étaient bandés sous l'effort, son cou ruisselait de sueur.

Quand il fut certain qu'aucun de ses compagnons ne lui prêtait attention, Faustin détacha un à un les boutons de sa chemise d'habitant. Avec lenteur, il extirpa un petit encrier du paquetage rapporté des ruines du collège, s'en servit pour tracer sur sa poitrine deux cercles concentriques. Au centre du plus petit, il traça deux triangles superposés en étoile.

L'esprit toujours aussi détaché, Faustin dégaina son couteau de poche, en testa le fil contre son pouce et piqua sa chair au centre du diagramme. C'est à peine s'il en ressentit la douleur. D'un geste distrait, il attrapa un bout de corde qui traînait au fond du canot, s'en servit pour lier ses poignets et ses chevilles de ce nœud qui se resserre à la moindre traction.

Les mots vinrent d'eux-mêmes à ses lèvres. Des mots que son oncle avait prononcés quelques jours auparavant:

Ibn el-maraz ishen es aska-to,
Dakesh rakesia nir-soni…
Issa, essam, miria ek-marar!

◆

Comme des millions d'éclats de verre, ses perceptions lui labourèrent l'esprit, lui lacérèrent la conscience. Plus rien n'exista : ni canot, ni ciel, ni terre. Il était ébloui tout en étant aveugle, abasourdi sans être capable d'entendre, se tordait sur un lit de braise sans rien sentir. Tout autour de lui se fondait, se noyait, le voile gris de l'outrevision dans les couleurs floues de sa vue normale. Il eut conscience de lui-même comme élément isolé dans le temps et l'espace : l'altitude, la vitesse, plus rien de tout cela n'existait. Sa vision se stabilisa, engloba l'environnement sur tous les axes et dans toutes les directions. Faustin sentit qu'il aurait pu, s'il l'avait voulu, arpenter les méandres du temps dans un sens comme dans l'autre, voir la forêt qu'ils survolaient telle qu'elle serait dans dix ans ou telle qu'elle l'était un siècle auparavant. Quelque chose en lui l'en empêcha et doucement, prudemment, il ouvrit son esprit à l'éternel présent, laissant venir à lui l'information qu'il désirait comme un vif éclair intérieur : *Gamache…* Comme une corde qui se rompt, le sort s'acheva.

◆

Le vent, la nuit, la morsure de la corde sur ses poignets, tout ça lui revint aussitôt – il était à nouveau dans la chasse-galerie. Il vit François tenter un effort désespéré pour stabiliser l'embarcation et Shaor'i qui serrait les dents, le visage ruisselant de larmes, consciente de la fatalité qui allait les happer d'une seconde à l'autre. Dans une ultime tentative pour échapper à la chose qui les poursuivait, le canot vira brusquement, perdit encore un peu d'altitude et décrivit une large courbe dans l'air nocturne. Faustin aperçut ce que sa vision lui avait révélé :

— François, c'est Gamache ! Dans les bouleaux, juste en dessous !

Le reste se passa en un bref instant. Le vicaire se retourna vers Faustin, vit sa chemise déboutonnée et le symbole qui ornait sa poitrine. Brusquement, il fit volte-face, repéra le bosquet de bouleaux et pointa le doigt vers lui :

— *Akhim zerantian, sirad hejemar !*

Les arbres blafards s'embrasèrent subitement et la lumière prédatrice s'immobilisa. Les flammes brûlèrent dans la nuit printanière alors que la marionnette magnétique achevait de se dissiper, comme si elle n'avait été qu'une masse de brume. Le canot retrouva sa stabilité et reprit de l'altitude. Faustin entendit Shaor'i soupirer de soulagement.

— Et Gamache ? Tu l'as tué ?

— Non. Mais il a été obligé de briser sa concentration pour échapper au brasier.

Il s'agenouilla, coupa de son couteau les liens qui retenaient Faustin.

— Toi, tu aurais pu te tuer, gronda-t-il avant de le gifler violemment du revers de la main.

Sonné, Faustin s'apprêtait à répliquer quand Baptiste ajouta :

— Tu l'as mérité, Faustin. Compte-toi chanceux : c'est pas moi qui m'suis chargé de t'corriger.

— Vous auriez préféré vous écraser ? Je te signale que ma connaissance des arcanes n'équivaut pas la tienne, loin de là ! Que voulais-tu que je fasse, mis à part reproduire de mémoire le sort que mon oncle avait…

— Regarde par-dessus bord, grand sans-génie.

Faustin s'exécuta. Le canot volait à quelques pieds à peine des eaux du fleuve.

— On serait seulement tombé à l'eau, constata-t-il bêtement.

— Mesures-tu seulement le risque que tu as pris ? Ton oncle était un maître dans cette science et y laissait au moins un an *chaque fois* qu'il s'y essayait. Et encore ! Aurais-tu oublié avec quelle minutie nous avons préparé les diagrammes pour l'incantation, le soir du Mardi gras, afin de limiter au maximum le contrecoup ? Calvaire, Faustin ! En agissant à la va-vite, tu aurais pu y perdre des décennies !

— Je n'ai pas l'air d'avoir vieilli, il me semble.

— Je sais, comme pour le feu follet. Néanmoins, tu aurais pu te perdre dans le reflux temporel et ne plus jamais en sortir. Tu n'as aucune formation en arcanisme mis à part quelques tours anodins que ton oncle t'a enseignés pour t'amuser. C'est trop risqué. Tu te rappelles ce qu'a dit le père Bélanger ? Peut-être que ton vieillissement est centré sur tes organes. Tu imagines ? Avec tes exploits divinatoires et ton escapade en feu follet, tu as peut-être le cœur et les reins d'un vieillard. Donc fini les folies, vu ? J'ai qu'un seul frère et je tiens à le garder.

Faustin resta coi pendant de longues minutes. Le canot avait repris son altitude et sa vélocité. Le vent, au mugissement assourdissant, leur fouettait le visage pendant que le sol défilait à toute vitesse sous eux. Baptiste tenait l'aviron de gouverne d'une main nonchalante.

— Néanmoins, commenta Shaor'i après un bon moment, Gamache devait avoir prévu que nous manœuvrerions vers le fleuve. Il est censé enlever Faustin, pas le tuer dans un écrasement. Une fois à l'eau, il aurait été facile à capturer. Le sorcier n'avait de toute évidence pas prévu une telle issue.

Faustin fixa le fond du canot sans émettre un son. Il fut terriblement soulagé lorsqu'il entendit Shaor'i annoncer qu'elle apercevait Québec et Pointe-Lévy.

— Je traverse sur la rive sud et on y est – *Bramaca irbaca!*

L'embarcation commença sa décélération. Le paysage, défilant de plus en plus lentement, s'offrait de nouveau à la contemplation; toutefois, Faustin ne le remarquait plus.

Livre III

L'Ordre du Stigma Diaboli

Prêtre, je suis hanté, c'est la nuit dans la ville,
Mon âme est le donjon des mortels péchés noirs,
Il pleut une tristesse horrible aux promenoirs,

Et personne ne vient de la plèbe servile.
Tout est calme et tout dort. La solitaire ville
s'aggrave de l'horreur vaste des vieux manoirs.

« Confession nocturne »
Émile Nelligan

CHAPITRE 9

Relique

Le sous-sol de la sacristie était froid comme la mort. L'humidité accumulée sur ses murs de piètre maçonnerie les couvrait de moisissures noirâtres et de croûtes rugueuses. Les poutres exhalaient une odeur malsaine de bois corrompu et le plancher, un parfum de terre retournée. Tout ce qu'on pouvait imaginer s'y entassait : outils agricoles, caisses brisées, tonneaux éventrés, sacs de jute à demi remplis de grains pourris depuis si longtemps que même la vermine n'en voulait pas. Et la Cage.

C'était une affreuse ébauche humaine qui fascinait Faustin autant qu'elle l'écœurait. Depuis des heures, brûlant chandelle sur chandelle, il était resté là à la contempler dans le noir, poussé par une sorte d'attraction morbide. Des bandes métalliques se tordaient entre elles pour imiter la silhouette d'une femme, de la tête aux genoux. Des cercles de fer forgé, fixés aux extrémités des membres, servaient à accrocher quatre chaînes pour la suspendre.

On y avait enfermé l'Ensorceleuse de Pointe-Lévy, aux premiers jours du Régime anglais. À trente ans, la sorcière connue sous le nom de Marie-Josephte Corriveau avait été encagée et suspendue à une croisée de chemins pour y mourir de faim et de soif. L'acte de décès qu'avait consulté François prétendait qu'elle avait été pendue sur les plaines d'Abraham et que seul son corps avait été exposé. Néanmoins, l'un des livres offerts par le curé Bélanger confirmait qu'elle avait été suspendue vive. Cette information était corroborée par le témoignage contemporain du vieux Alcide Lampron, âgé de seulement six ans à l'époque de l'exécution, et qui affirmait être toujours hanté par le souvenir des hurlements incessants de la condamnée.

C'était d'ailleurs lui, le vieux Lampron, qui avait été le premier à reconnaître l'immonde relique lorsque, comme tout ce que la Pointe comptait de curieux, il s'était précipité aux abords de l'église pour épier les gestes des fossoyeurs procédant à l'exhumation – la nouvelle ayant vite fait le tour du voisinage.

Ces fouilles étaient le résultat des démarches de François qui, auprès du curé de Saint-Joseph de Pointe-Lévy, avait obtenu l'autorisation de procéder. Le vicaire avait retrouvé sa noire soutane et, prétendant détenir une autorisation de monseigneur l'évêque en personne, il avait exigé plus que sollicité la permission de fouiller le cimetière. Le prêtre de la paroisse, homme obséquieux et servile à l'excès, avait laissé toute latitude à ce visiteur soi-disant mandaté par l'évêché.

Parce qu'il avait glané diverses indications dans les ouvrages rapportés du Collège, François avait su délimiter précisément le secteur à excaver. Les fossoyeurs, des nommés Bourassa et Samson, s'étaient acquittés de la pénible besogne et avaient creusé la terre encore partiellement gelée. Il avait fallu des heures avant que l'une des bêches heurte l'objet métallique. La cage, dont le métal avait à peine été attaqué par la rouille, avait ainsi été exhumée sous les regards stupéfaits de l'attroupement de badauds. Plein de complaisance pour le vicaire François, le doucereux prêtre de Saint-Joseph de Pointe-Lévy avait gracieusement proposé que la sinistre relique soit entreposée dans le sous-sol de sa sacristie, où elle serait tenue sous clé.

Elle y était toujours, gardée par Faustin sur qui elle exerçait une lugubre fascination. Seul dans la vieille cave, sous la lueur vacillante de sa bougie, il ne pouvait détacher son regard de l'atroce sarcophage de fer forgé. Son esprit vagabond visualisait sans mal la femme amaigrie qui hurlait vainement qu'on daigne mettre fin à ses souffrances.

Seulement, cette cage ne leur servait à rien : elle ne contenait aucun squelette. Seuls s'y trouvaient les vestiges d'un lacet de cuir et quelques os qui sem-blaient provenir d'un animal fouisseur. On avait creusé plus profond, puis dans une zone de plus en plus large jusqu'à ce que François finisse par se rendre à l'évi-dence. La dépouille de l'Ensorceleuse de Pointe-Lévy n'était plus là où elle aurait dû être. Or la terre n'avait pas été remuée au cours des derniers jours, de cela ils pouvaient être certains.

— Toujours à surveiller cette atrocité ?

La voix de François, en provenance de l'escalier, fit sursauter Faustin. Le vicaire descendit prudemment les marches précaires et vint s'asseoir à ses côtés.

— Il y a si longtemps que je ne t'ai pas vu dans ta soutane que cela me paraît étrange.

— Pas si longtemps, quand tu y penses. Moins d'une semaine.

— Ça me semble une éternité.

Le vicaire eut un pâle sourire.

— À moi aussi. Il s'est passé tant de choses en si peu de temps...

— Où en est Shaor'i?

L'Indienne était restée discrète depuis leur arrivée. Elle avait gardé son apparence de harfang des neiges et s'était postée sur le clocher de l'église, d'où elle pouvait tout voir. Elle avait attendu que le soir tombe pour redescendre et reprendre forme humaine. Après avoir échangé quelques mots avec François, elle était allée s'asseoir en tailleur dans le cimetière, invisible dans l'obscurité d'une nuit de brouillard.

— Elle a terminé sa méditation et arrivera d'une minute à l'autre. Nous saurons bientôt si de la magie a été utilisée pour translocaliser les os de la Corriveau.

— C'est effectivement le cas, annonça Shaor'i qui entrait sur ces entrefaites. La terre a été infectée par l'usage de la goétie. J'en ai ressenti les effluves jusqu'au plus profond de mon être. Les os qui reposaient ont été enlevés il y a au moins deux jours.

— Alors nous sommes arrivés trop tard, constata Faustin.

— Pas si nous récupérons les ossements avant que Gamache et l'Étranger ne procèdent à la réincarnation.

— Pour cela, il faudrait savoir où ils sont.

Il y aurait un moyen tout simple pour le savoir, pensa Faustin avec amertume. S'il avait pu procéder à une divination en pleine chasse-galerie, il pouvait recommencer dans la sécurité du sous-sol. Et quoi qu'en dise le vicaire, Faustin n'avait guère l'impression que ses organes avaient subi un impact de vieillissement: son cœur avait supporté sans broncher l'ascension de la côte à Bégin au pas de course. Quant à son système digestif, s'il avait survécu à l'ignoble cuisine de la servante du curé de Saint-Joseph de Pointe-Lévy, on pouvait considérer qu'il était dans une forme athlétique. Lorsqu'il avait voulu expliquer ces pertinents arguments à son ami, ce dernier avait patiemment hoché la tête avant de rétorquer qu'il y avait encore trop de risques.

Le son des lourdes bottes de Baptiste l'interrompit dans ses réflexions. Juste après l'exhumation, le bûcheron s'était rendu à l'anse pour expliquer à quelques connaissances qu'il ne voyagerait pas ce printemps et marchander pour des compères les accords de provisions.

— J'ai été retardé. Le Gadoury m'a offert un rhum d'amitié pis le p'tit Louis m'a demandé d'lui chanter une complainte.

Sous l'énorme charpente du colosse, les marches protestèrent avec de vifs craquements. La dernière rendit l'âme avec un claquement sonore. Loin de s'en soucier, Baptiste vint se camper auprès de la cage, méditatif.

— Vous savez qu'on parle que de c'te satanée cage, en ville ?

— Il fallait s'y attendre, admit François. C'est plutôt inusité, comme trouvaille.

— Tous les vieux ont leur version d'l'histoire, même ceux qu'étaient pas nés.

— Ça fait quatre-vingt-six ans, tout dc même. À part ce vénérable Alcide Lampron, il ne doit pas y avoir de gens assez âgés…

— Y'a la mère Gerin, qu'avait quatre ans. Toute la Pointe-Lévy les a entendus se crier dessus, à savoir si la Corriveau avait eu sept ou cinq maris…

— Elle n'en a eu que deux, si tu veux savoir. Ceci dit, nous sommes dans une impasse.

— Maintenant que c'te cage est déterrée, tous les conteurs de la Pointe s'en donnent à cœur joie pour prétendre que vous avez libéré une âme en peine d'aller son train. Les dépouilles de trépassés sans sacrements lui r'viendront, les accidents vont s'répandre pis c'te sous-sol tardera pas à être hanté.

— N'importe quoi…

— Ça fait pas douze heures qu'elle est sortie, c'te pauvre cage, qu'elle est déjà rendue responsable d'une vache malade, d'un bébé en coliques, d'un vitrail brisé pis d'un enfant qu'a perdu conscience, dans c'te cimetière. Tu l'as vu, P'tite ?

— Pas du tout, répondit distraitement Shaor'i qui, une chandelle à la main, examinait l'intérieur du sarcophage de fer. Vers quelle heure est-ce arrivé ?

— Juste avant le coup d'neuf heures.

— Je ne suis allée méditer qu'une heure plus tard.

Shaor'i posa la chandelle et passa à sa vision nocturne. Ses pupilles démesurément dilatées scrutaient la paroi interne de la cage avec une attention toute particulière.

— Il y a quelque chose de gravé à l'intérieur. Mais ça semble être en anglais, je n'y comprends rien.

— Épelle-moi les mots, dit Faustin. Je vais te traduire.

— *Sustine et abstine*.

— Ce n'est pas de l'anglais mais du latin, intervint François. « Supporte et abstiens-toi. »

Shaor'i haussa les épaules et se retourna vers Baptiste.

— Tu disais qu'un enfant a perdu conscience dans le cimetière ?

— On l'prétend, à tout l'moins. Un de ses amis l'a ramené chez ses parents. Le jeune était seul dans l'cimetière pour un pari. L'a poussé un cri pis ses amis l'ont retrouvé dans les vapes. S'est toujours pas réveillé... commotion nerveuse, qu'a dit l'médecin.

Faustin se tourna vivement vers le vicaire :

— Ça me rappelle...

— Joachim Crête, compléta François. La terre est humide et cela s'est passé il y a moins de trois heures, donc...

Il n'eut pas le temps de terminer. Shaor'i se précipitait déjà à l'extérieur, avec Faustin sur les talons.

◆

Dans la brume printanière, le cimetière de Saint-Joseph de Pointe-Lévy avait un aspect particulièrement sinistre. Les peupliers décharnés étendaient leurs griffes au-dessus des stèles et les couvraient de leurs ombres immenses. Sur le sol foisonnaient les ronces et les foins desséchés qui avaient résisté à l'hiver.

Le brouillard était si dense que même une lanterne n'aurait pas servi à grand-chose. Tous se fiaient à la vue acérée du harfang qui décrivait de larges cercles dans les airs. Il revint vers eux en se perchant sur une pierre tombale ; l'instant suivant, l'oiseau était redevenu une jeune femme.

— Près de l'érable, là-bas, indiqua-t-elle du doigt. En face de la grande croix. Il y a de nombreuses empreintes, dont celle d'un loup.

Elle dut les y conduire car, de là où ils étaient, ils n'apercevaient ni érable ni grande croix.

Sitôt sur les lieux, les choses devinrent confuses. Il y avait tout un emmêlement de pistes, parmi lesquelles des empreintes qui, aux yeux de Faustin, pouvaient appartenir autant à un loup qu'à un renard, un coyote ou un chien. Accroupie sur la terre meuble, Shaor'i examinait les traces une à une, ne se déplaçant qu'avec précaution.

— L'un des enfants s'est d'abord avancé seul, expliqua l'Indienne qui semblait lire les pistes comme un livre. Un pas hésitant, craintif. Il s'est arrêté devant ce tertre, puis s'est retourné subitement.

Shaor'i marcha délicatement vers un bosquet de ronces et les écarta délicatement.

— Un loup se tenait embusqué là. Quand il a remarqué l'enfant, il s'est prudemment déplacé dans un grand arc de cercle.

— Comment peux-tu être sûre que c'est un loup ?

— Seuls les loups et les plus énormes chiens laissent des empreintes de cette taille. Elles ne sont pas assez profondes pour les lourds chiens de berger. Et la foulée est trop longue.

Faustin hocha la tête, satisfait de l'explication.

— Le loup a contourné la croix et s'est caché juste ici, derrière l'érable. L'enfant ne l'avait pas encore remarqué, ou il se serait enfui. Mais quelque chose a attiré son attention – un bruit ou une ombre. Les pas de l'enfant l'entraînent vers l'arbre où s'est caché le loup. Puis ça devient difficile à interpréter. Les empreintes canines deviennent humaines au même moment où l'enfant s'effondre : on voit dans les ronces la trace que son corps a laissée. Je pense que le loup a voulu redevenir humain pour ne pas effrayer l'enfant, mais qu'il s'y est pris trop tard. L'enfant a surpris la transformation et a subi un choc suffisant pour lui faire perdre conscience.

— Plausible, admit François. C'est à peu près ce qui est arrivé au meunier Crête, quand Sauvageau s'est transformé…

— Ensuite, l'homme prend ses jambes à son cou. Il quitte le cimetière pour les rues de la ville où l'on perd sa trace. Quant à l'enfant, les pistes montrent que ses amis sont venus à son secours avec précipitation. Sûrement a-t-il poussé un cri qui les a alertés.

Faustin resta pensif quelques secondes avant de déclarer :

— Si tu sondais les souvenirs de cet enfant, François… tu pourrais peut-être voir le visage du lycanthrope ?

— Possible. Rien ne prouve que ce loup-garou soit toujours à Pointe-Lévy. Mais ça vaut le coup d'essayer.

L'orage éclata peu après que Faustin eut prononcé ces mots et perdura toute la nuit. Au matin, les nuages s'étaient dissipés. La pluie nocturne ayant achevé de dissoudre les dernières neiges, l'ardent soleil chauffait la terre de ses rayons, promesse d'un radieux mois de mars.

Plutôt que d'affronter les œufs grumeleux, les rôties brûlées et le bacon coriace que proposait la servante du curé local, Faustin et François mangèrent en ville. L'aubergiste, bien informé des commérages, les renseigna quant à l'adresse où demeurait l'enfant qu'on avait découvert inconscient. Il était le fils de Pierre-Joseph Boisvert, l'avocat de la rue des Ormes. Il était impossible de rater la maison : c'était la plus riche de tout le quartier.

Ils purent bientôt constater que c'était effectivement la demeure d'un homme qui gagnait fort bien sa vie. Le coûteux ouvrage de maçonnerie était coiffé d'un toit de fer-blanc. La lourde porte à caissons verticaux était ornée d'un bouton de cuivre ouvragé et les initiales de son propriétaire, *P.-J. B.*, étaient gravées dans le linteau.

La femme qui vint ouvrir, fort âgée, portait un tablier encore maculé de la graisse du repas matinal. Son expression agacée se mua en réel soulagement quand elle reconnut la soutane noire de François.

— Dieu Tout-Puissant! Vous êtes le curé de Saint-Michel, c'est bien ça?

— Le vicaire de Notre-Dame des Tempérances. Et voici mon bedeau, Faustin Lamare. Nous sommes venus prier pour le jeune homme.

— Enchantée, m'sieur Lamare, s'inclina la lourde femme avec une poignée de main digne d'un homme de chantier. Si vous saviez, monsieur le vicaire, comme ma fille sera heureuse de vous voir… depuis que son fils est commotionné, vous savez…

L'opulente matrone s'écarta de la porte pour laisser passer les dignes visiteurs. Après les avoir conviés à lui emboîter le pas, elle gravit l'imposant escalier de merisier jusqu'à l'étage.

— Ce n'est pas notre curé qui se serait déplacé pour ça! déclara-t-elle autant pour elle-même qu'à l'intention de ses visiteurs. Non que je remette en doute son dévouement, je n'oserais point… mais comme on dit, ce n'est pas comme à l'époque du bon père Masse.

Elle leur indiqua une chambre, dans laquelle ils entrèrent. Ce que Baptiste avait appelé un « enfant » était plutôt un adolescent d'environ quatorze ans. Il reposait sur un lit, les yeux clos, sa main droite dans celle d'une femme que les pleurs et une nuit de veille avaient rendue plus pâle qu'une morte – sa mère, de toute évidence. L'arrivée de François lui procura un grand plaisir et, l'espace d'un instant, une roseur à peine perceptible colora ses joues.

— Merci d'être venu, mon père, murmura-t-elle en se levant, la voix enrouée par l'émotion.

Très digne, François retrouva le rôle qu'il avait joué pendant des années :

— Je suis heureux d'être ici, ma fille. Je suis venu apporter à votre fils le réconfort des saintes Écritures et prier pour son prompt retour à la santé.

— Merci, répéta simplement la pauvre femme, manifestement brisée par l'inquiétude.

— Je vois que vous avez veillé au chevet de votre garçon, ma fille. Cela est digne d'une mère et fort louable. Néanmoins, il est temps pour vous de vous reposer. Une mère affaiblie ne lui sera pas d'un grand secours quand il s'éveillera. Profitez que mon bedeau et moi-même sommes à ses côtés pour prendre quelque sommeil.

— Mon père, ne pourrais-je prier à vos côtés ? implora la femme.

— Monsieur le vicaire a raison, Catherine, intervint la dame âgée qui les avait accueillis. Viens au moins t'allonger sur le divan le temps que je prépare le thé.

— De toute façon, je suis persuadé que vos prières le soutiennent depuis déjà plusieurs heures.

La femme nommée Catherine se contenta de hocher la tête et accepta de suivre sa mère au rez-de-chaussée. La porte ne fut pas sitôt fermée que François murmura :

— C'est bien le même genre d'inconscience que chez le meunier Crête. Garde l'oreille aux aguets, je vais tâcher de me hâter.

Tracer le complexe diagramme leur avait demandé près de quinze minutes, ce qui en soi était un record. Fort heureusement, ni la mère ni la grand-mère du malade n'avaient osé interrompre leurs prières. Lancer le sortilège lui-même avait été l'affaire de quelques secondes et laissa pour séquelle au jeune malade une singulière mèche blanche au milieu de sa chevelure noire.

— Je comprends qu'il ait été autant troublé, chuchota François, épuisé par l'incantation. Non seulement il a assisté à la transformation d'un loup-garou, mais le lycanthrope n'est nul autre que son parrain.

— Comment le sais-tu ? demanda Faustin qui nettoyait le plancher des reliquats de craie du diagramme.

— Il l'a si clairement identifié que le souvenir y est inextricablement lié. Je connais même son nom et sa fonction : Simon Lanigan, notaire. Il est le plus proche ami du père de ce garçon.

— Alors nous allons nous pointer à son bureau ?

— Après être allés chercher Shaor'i et Baptiste. On ne sait jamais…

Ils quittèrent la chambre sitôt que furent effacées les traces de leur intervention. Au bas de l'escalier, la mère de l'adolescent dormait paisiblement dans un fauteuil. L'opulente grand-mère s'approcha avec un plateau où reposaient théière et tasses.

— Je suis désolé, répondit François à la question muette, mais je ne resterai pas pour ce thé, si attrayant soit-il. D'autres devoirs m'appellent. Avant de partir, si je puis me permettre de vous le demander, j'aimerais savoir où se trouve le père du jeune homme.

— Cet avocaillon de chicanier ? À Québec, comme d'habitude.

François jugea bon de ne rien ajouter à ce sujet. Remerciant la dame, il s'empressa de prendre congé.

◆

Shaor'i et Baptiste étaient eux aussi partis de bon matin, histoire de vérifier si le sorcier Gamache logeait à Pointe-Lévy. Sous sa forme de harfang, l'Indienne survolait les rues, les ruelles et les rangs de campagne, usant de son acuité visuelle pour tâcher de localiser le goétiste; pendant ce temps, le bûcheron visitait une à une les auberges, tavernes et boutiques à flâneurs de la ville, en renouant avec d'anciens camarades, des connaissances et de vagues relations. Quand Faustin et François les rejoignirent, ni Shaor'i ni Baptiste n'avaient pu obtenir la moindre information sur l'homme roux.

Avec quelques difficultés, ils se firent indiquer la maison du notaire Lanigan par les passants. Elle se trouvait tout en bas de la côte à Bégin, seule route qui menait du fleuve aux hauteurs de Bienville. Elle ne jouissait pas d'une bonne réputation, à ce qu'il fallait en croire; mais la vue de la soutane de François dissipa les réticences et les badauds les renseignèrent, et non sans avoir précisé plusieurs fois qu'ils ne s'y rendaient jamais et ne connaissaient la demeure que de nom. Tout impératif qu'il fût, le jeune vicaire ne put obtenir plus d'informations.

La maison Lanigan n'avait pourtant rien de la sinistre bicoque ou du lugubre manoir que Faustin avait fini par s'imaginer. C'était une demeure d'habitant toute simple, bien entretenue et fort invitante. François y frappa plusieurs fois. N'obtenant pas de réponse, il testa la porte et vit qu'elle n'était pas verrouillée. Sans s'encombrer de scrupules, Shaor'i l'écarta et entra comme si elle y avait été invitée.

La porte s'ouvrait sur un vaste salon, fastueusement décoré de boiseries fines, de tapis importés et de meubles que François désigna du style Louis XV. Au-dessus d'un magnifique meuble secrétaire en acajou était suspendue une toile qui attira l'attention de Faustin.

Elle représentait un vaste quartier urbain embrasé d'un immense incendie. Proies des flammes, les maisons crachaient des étincelles brillantes et exhalaient d'énormes colonnes de fumée. Massés dans un étroit passage, les citoyens impuissants observaient leurs biens se faire réduire en cendres.

— C'est l'incendie du faubourg Saint-Jean en '45, déclara Baptiste, qui contemplait lui aussi la peinture.

— Je me souviens. L'odeur de brûlé atteignait Notre-Dame des Tempérances… Pourquoi avoir immortalisé une telle catastrophe?

— Pour que les gens se rappellent, j'suppose.

— Il est signé *J. Légaré*. Tu connais?

Baptiste fit non de la tête. François et Shaor'i vinrent les rejoindre.

— Il n'est pas ici. Nous devrions fouiller un peu pendant que l'un de nous fera le guet.

— C'est d'un tel réalisme, commenta Faustin sans prêter attention à son ami. On pourrait presque en sentir la chaleur. J'ai même l'impression de humer la fumée…

— Ce n'est pas une impression, dit soudainement Shaor'i en s'aplatissant sur le sol pour renifler bruyamment le plancher. Il y a une odeur de brûlé qui vient d'en dessous. Peut-être que si Baptiste voulait bouger ce meuble…

Obtempérant aussitôt, le bûcheron déplaça le lourd secrétaire. Quelques lattes manquantes du plancher révélèrent l'entrée d'une cave d'où s'échappait un âcre fumet. De l'ouverture, on pouvait voir qu'une vaste bibliothèque y était entreposée.

Shaor'i fut la première à descendre l'échelle, un couteau entre les dents. D'un signe de tête, elle indiqua aux autres de la suivre. La pièce secrète contenait de nombreux livres et ouvrages, la plupart traitant d'anatomie et de médecine. Une minorité abordait le magnétisme, la suggestion, la phrénologie et la métoposcopie. Quelques-uns seulement concernaient les arcanes goétiques, et uniquement en ce qui avait trait à l'animation des morts.

Deux coûteux fauteuils étaient face à face, chacun sculpté dans l'ébène et recouvert d'un riche cuir rouge. Le siège qui leur tournait le dos portait un objet difficile à déterminer. Faustin s'en approcha et étouffa un cri.

Ce qui y reposait n'était autre qu'une tête et un bras humains, encore reliés par un fin lambeau de muscle et de chair. Tout le reste du corps était entièrement réduit à l'état de cendres. L'incinération avait été si parfaite que même les os s'étaient effrités en poudre noire. Et ce qu'il y avait de plus troublant, c'était que le fauteuil n'avait subi aucun dommage.

Les autres se précipitèrent pour constater l'horrible scène. Baptiste entraîna Faustin à l'écart et lui offrit un trait de sa flasque de rhum. Le vicaire s'agenouilla pour inspecter le visage intouché :

— Je le reconnais, dit-il. Il était dans les souvenirs du jeune Boisvert. C'est bien notre lycanthrope, Simon Lanigan.

Au pied du siège, tombé de toute évidence de la main intacte du défunt, un livre gisait.

— *Traité de la transmigration de l'âme*, lut François à voix haute.

— Une expérience qui a mal tourné ?

— Peu probable. Il y aurait des traces du diagramme. Je pense plutôt à un règlement de compte.

— Par qui ? Gamache ?

— C'est impossible à dire pour le moment.

Faustin intervint aussitôt :

— Combien d'espérance de vie se draine-t-on pour porter une pinte d'eau à ébullition ?

— Dix ou quinze minutes.

— Alors pour réduire un corps à cet état…

— Cinq ou six ans de drainage. Peut-être un peu moins, si la technique est familière au tueur. Et tout dépend également de la distance de celui-ci.

Sans le moindre embarras, Shaor'i coupa de sa lame le bout de chair qui liait encore le bras intact à la tête. Elle manipula le membre sous plusieurs angles avant de le montrer à François :

— Sauvageau avait le même tatouage.

Le bras portait effectivement une sorte de dessin, un genre de *S* très stylisé.

— On dirait un *sigma* grec, dit le vicaire.

— Ou p'têt bin une esse de chantier.

— Si Sauvageau avait la même, ce pourrait être une sorte de marque identitaire. Est-ce que quelqu'un se souvient si le loup-garou qui nous a attaqués au Sanctuaire, ce Thomas Plante, portait aussi ce symbole ?

Malheureusement, personne n'avait remarqué ce détail. La voix de Shaor'i les détourna vite de ces considérations :

— Il y a une porte derrière la bibliothèque. On peut la voir si on regarde attentivement derrière le meuble.

◆

Cette fois, Faustin n'avait pas pu s'empêcher d'être malade. François et Baptiste avaient failli l'imiter ; même Shaor'i avait détourné les yeux un moment.

La pièce empestait le sang caillé, les excréments et la chair avariée. Une sorte de chevalet occupait l'espace central, couvert de tripailles et d'organes lacérés. Le corps de leur propriétaire était suspendu à un grappin de boucher.

Fixée au mur, une collection d'accessoires métalliques avait été soigneusement rangée : crochets, lames et scies, dont l'une était encore poisseuse de bouts de chair et d'éclats d'os. Dans un brasero éteint gisaient encore quelques tiges et aiguilles qu'on avait dû chauffer à blanc. Une petite table était garnie d'une série d'objets de flagellation : cravache, long fouet tressé, *cat'o'nine tails* et knout russe.

Finalement, étendus dans une grande fosse emplie de glace concassée, se trouvaient onze autres cadavres, de toute évidence morts depuis longtemps mais fort bien conservés par le gel.

— Ils ont été traités pour devenir des wendigos, commenta Shaor'i. Rendus déments par la douleur, puis exposés au froid et nourris des lambeaux de leur propre chair. Les incisions montrent qu'on leur a tranché l'inutile : orteils, lèvres, oreilles, et ainsi de suite.

— C'est ainsi qu'on éveille ces choses ? s'horrifia François.

— L'essentiel est de briser l'esprit du sujet, de l'exposer au froid et à la douleur, puis de le nourrir de chair humaine, d'abord la sienne par petits morceaux, puis celle d'une autre personne, par grosses pièces charnues. C'est à ce moment qu'on utilise le sortilège de transformation.

— Alors les jacks ne sont pas des morts-vivants ?

— Ce qu'il y a d'humain en eux est mort. Le reste n'est qu'une mécanique de chair dressée à tuer. L'enchantement les empêche de mourir tant qu'ils se nourrissent de viande humaine – en drainant la longévité de leur victime pour se l'approprier.

— Et ces onze corps dans la glace, ils deviendront…

— Non. La mort inopinée de ce Lanigan l'a empêché d'exécuter une phase cruciale de l'enchantement. Ces hommes ont bien souffert, mais désormais ils reposent en paix. Disons qu'ils ont évité le pire.

Jugeant qu'il était inutile de s'attarder dans cette chambre, le groupe revint dans la petite salle d'étude. Baptiste s'empressa de remettre la bibliothèque en place, comme pour effacer l'existence de ce qui se trouvait derrière.

— Ça me terrifie, avoua Faustin. Savoir que n'importe quelle maison anodine dans n'importe quelle ville paisible peut cacher de telles horreurs…

— Cela dit, répondit François, nous voilà en un lieu qui est susceptible de nous renseigner sur l'Ordre de Gamache. Il y a peut-être ici une lettre, un journal privé, des mémoires, que sais-je ? Nous allons fouiller la maison de fond en comble.

Faustin poussa un soupir. La tâche allait être monumentale, et tout ça à proximité d'une chambre de torture et d'un homme partiellement incinéré…

— Quant à toi, Faustin, tu as besoin de te changer les idées. Nous devons savoir ce que le voisinage colporte sur ce Lanigan. Il y aura une veillée ce soir. Chez le père Bilodeau. Et de nous quatre, tu es le seul qui s'y trouvera dans son élément naturel.

Il ne fallut qu'un instant à Faustin pour acquiescer. Du coup, enquêter sur Lanigan lui sembla beaucoup plus intéressant.

CHAPITRE 10

Contes et rencontres

Il y avait plus de six ans que Faustin connaissait le père Bilodeau. Ce forgeron retraité avait enseigné de nombreux trucs de métier à Étienne Dubé, lui-même propriétaire de la forge de Notre-Dame des Tempérances. Au retour de son premier mois d'apprentissage, Étienne avait raconté à ses amis à quel point son mentor aimait à s'entourer de conteurs, de chansonniers et de musiciens. Il avait louangé ces veillées avec tant de verve que le mois suivant, une poignée de ses amis, après avoir déployé des montagnes d'efforts en persuasion, étaient parvenus à se faire inviter par Dubé chez le père Bilodeau. Grâce au ciel, Faustin était du nombre. Ainsi avait débuté une longue tradition, qui avait empli Faustin de la même fierté et du même sentiment de privilège que s'il avait été reçu membre d'un sélect club privé pour gentlemen britanniques. Néanmoins, il se surprenait que le vieux forgeron pousse l'audace jusqu'à donner une fête en plein carême. Il eut toutefois ses réponses en passant le seuil de la porte.

Personne n'aurait osé prétendre qu'une fête et un festin avaient été improvisés en plein carême chez le père Bilodeau – grands dieux, jamais ! Les paroissiens

étaient des exemples de piété. En ces jours de priva-
tion, il aurait été déplacé d'organiser des réjouissances.
Mais le soleil se couchait si vite en cette période de
l'année, et il fallait encore passer le temps…

C'était une veillée de conte toute simple, un diver-
tissement aussi anodin qu'un placotage entre voisins.
Et tant qu'à se rassembler, autant arriver pendant
qu'il faisait encore clair, c'est-à-dire avant le souper.
Une généreuse invitation de la part du forgeron, mais
avait-on pensé à la pauvre mère Bilodeau qui cuisi-
nerait pour tout ce monde ? Qu'à cela ne tienne !
Chacun apporterait un plat pour garnir la table – le
contraire eût été fort malpoli. Mais attention : la nourriture maigre était de rigueur, et gare à celui qui
oserait ne serait-ce que penser à amener une goutte
de boisson…

Monsieur le curé pouvait venir en personne, il ne
trouverait rien à redire. On ne danserait pas, on n'entendrait pas le moindre accord de violon… mais si
d'aventure un convive poussait quelque chanson, il
serait malséant de l'interrompre.

C'est donc dans cette atmosphère de fête qu'on
disait ne pas en être une, pour un festin qu'on disait
ne pas en être un, que Faustin Lamare entra dans la
demeure du père Bilodeau. Et si on ne lui avait pas
longuement expliqué la distinction, il aurait été certain
de débarquer pour un festin dans une fête.

La maison du père Bilodeau n'était guère plus
vaste que celle d'un autre habitant. Pourtant, il devait
bien y avoir là une cinquantaine de personnes, massées
comme elles le pouvaient dans la grande cuisine.

Heureux comme un roi et saluant *son* monde avec
chaleur, le père Bilodeau voletait d'un invité à l'autre,

s'enquérant des dernières nouvelles ou de connaissances éloignées, le court tuyau de sa pipe casé entre les trois dents qui lui restaient.

On accueillit Faustin avec de grands éclats de surprise et on s'empressa de lui serrer chaleureusement la main en lui demandant ce qui l'amenait à Pointe-Lévy. Sortant quelques prétextes crédibles, Faustin retira sa veste et prit place parmi les fêtards. Comme le lui avait dit François, il replongeait dans son élément. Les longues journées de canot, les créatures étranges et les sortilèges anciens semblaient fondre dans ses pensées, comme de la glace rincée à l'eau bouillante. La chaleur sèche du poêle à bois, les rires des paroissiens, l'odeur de cuisine, tout contribuait à créer cette ambiance qui lui avait tant manqué. *Je suis un homme de village, après tout*, pensa Faustin. Sans qu'il ne sache pourquoi, cette pensée lui donnait chaud au cœur. *Je ne suis plus un pied carré dans un trou rond*.

Avec un grand cri d'enthousiasme, les invités accueillirent la mère Bilodeau et ses filles qui apportaient les plateaux fumants du souper. Avec la grâce toute particulière des vraies fées du logis, elles les disposèrent le long des trois tables placées bout à bout, ce qui força Alex Beaudoin à interrompre le bras de fer qui l'opposait à Olivier Héroux, au grand désarroi des spectateurs. Pour une fois, on avait espéré voir le Héroux perdre son titre de champion grâce à ce match où il défiait un gaucher se servant de son bon bras.

La mère Bilodeau avait préparé une grande marmite de soupe aux pois ayant mijoté à feu très doux pendant une nuit entière et restée sur le poêle toute la journée, qu'on accompagnerait de pain cuit et de beurre baratté la veille. On lui avait promis que ce serait le seul ouvrage dont elle aurait à s'acquitter et on tint parole.

Fier pêcheur, Adjutor Beaugrand avait attiré les louanges en apportant, en cette saison, des filets de doré que sa femme avait cuits sur une plaque chaude, enveloppés dans des épluchures choisies soigneusement.

Afin de ne pas être en reste, Damase Lebrun avait fourni des truites qu'on avait couvertes de farine salée et fait frire dans l'huile pour les en ressortir jaunes et croustillantes. Quand elles avaient toutes été cuites, on s'était servi de l'huile restante pour rôtir quelques patates tranchées en fines rondelles.

Une famille que Faustin ne connaissait pas avait préparé des tourtes à la pâte feuilletée, légère, fourrée d'une macédoine de carottes, de pois, de navets et de pommes de terre, le tout nappé d'une sauce blanche sucrée.

Un vieux garçon ne sachant guère cuisiner avait sorti de son caveau des bottes de carottes, d'oignons et de pommes de terre, encore noirs de terre et aussi frais et croquants que s'ils avaient été récoltés la journée même. Le bonhomme dévorait déjà des yeux, comme nombre d'invités, les pots qu'Ardélia Couture ouvrait un à un, révélant ainsi de petits oignons marinés, des cornichons sucrés, des betteraves vinaigrées et des petits choux-fleurs au cidre.

— Et pas une once de viande, tu le diras à ton oncle ! cria le père Bilodeau à l'intention de Faustin quand la table fut bien remplie.

Ce fut la première fois qu'une allusion à son oncle ne le chagrinait pas. Au contraire, elle raviva en lui une série d'agréables souvenirs qui lui amenèrent un franc sourire.

Le repas se déroula dans la joyeuse cacophonie habituelle et se conclut par de généreuses tournées de thé. Prétextant le besoin de changer d'air, la majorité des hommes sortirent tour à tour prendre en cachette une lampée à la cruche qu'on avait dissimulée derrière la grange. Faustin, décidant de s'abstenir pour cette fois, aida brièvement les femmes à débarrasser, mais se détourna vite de sa tâche quand les premières chansons commencèrent à fuser.

Jonathan Martin, l'assistant du médecin, avait entamé un rythme enlevant avec ses cuillères et le brave Dominic Giguère était grimpé sur une table pour chanter à la p'tite Lévesque :

Tu veux donc, ma très chère amante
Que d'amour je cause avec toi
Mais ta bouche rose et charmante
En parle beaucoup mieux que moi…

Sans témoigner d'un grand intérêt envers les effusions d'un homme déjà casé, la plupart des jeunes femmes du voisinage tournaient autour de David Giguère, la coqueluche du village, que les flâneurs du magasin général surnommaient en secret l'« étalon insatiable ». Juste à sa droite, les genoux couverts d'une épaisse catalogne, le vieux Jolyn Poirier essayait, sans trop y parvenir, d'arracher un sourire à quelques jouvencelles par les jeux de mots douteux dont il avait le secret. On cessa totalement de lui prêter attention quand il marmonna son sempiternel *Satan ne s'attend pas à ça* en ricanant seul dans son coin.

Les chansons allaient bon train, à la grande joie de Faustin qui étonna tout le monde en poussant l'un des chants de voyageurs qu'il avait entendus de

Baptiste. Quand on eut épuisé le répertoire traditionnel, et que les plus jeunes eurent dépensé leur
énergie en sautillant gaiement, on commença à se
rassembler autour du vieux poêle pour placoter. À la
grande joie des enfants, le père Bilodeau commença
par envoyer quelques contes choisis dans l'aventu-
reuse saga de Ti-Jean. Adjutor Beaugrand reprit pour
sa part la vieille histoire de la bourse aux trois écus,
toujours la favorite des bambins. Il en fut ainsi pendant presque une heure et lentement, les petites têtes
blondes poussées par le sommeil se laissèrent les unes
après les autres rouler sur les manteaux qui avaient
été étendus autour du poêle.

À mesure que les enfants s'assoupissaient, les
histoires commencèrent à changer de ton. Batailles
et accidents, pêches et chasses miraculeuses, tout y
passa. Le grand Héroux raconta son anecdote des six
coyotes contre lesquels il défendit les corps de deux
chevreuils qu'il avait tués d'une même balle ; puis
une histoire d'ours pris au piège qui parvint à se détacher quand le trappeur fut tout juste à sa portée…
La description qu'il fit des blessures amena Jo Martin,
l'assistant du médecin, à conter la fois où, très tard
dans la nuit, il était allé déterrer le corps d'un chasseur
tué par un carcajou pour en examiner les plaies.

Il n'en fallait pas plus pour dévier à nouveau de
sujet. De comiques, les contes étaient devenus sérieux.
La confidence de Jo Martin les amena sur le terrain
des trépassés et on se remémora quelques veillées de
corps inusitées. Les contes se firent plus étranges, puis
tout à fait sinistres. On aborda des récits de visions
surnaturelles, de rêves prémonitoires, de voix d'outre-
tombe.

Un frisson général parcourut l'assistance quand, aux alentours de onze heures, Damase Lebrun acheva la lugubre anecdote du château Bigot. On en vint à parler longuement de la cage déterrée la veille. Seul le vieux Jolyn Poirier se souvenait vaguement de l'histoire de sa propriétaire légitime, la sorcière Corriveau. Il la conta à sa manière toute particulière, mais n'apporta rien que Faustin ne sût déjà. Ce dernier, déçu, constata que la conversation dérivait vers une quelconque histoire de moulin hanté.

Faustin avait l'œil sur le conteur Jos Violon, qui était resté discret depuis le début de la veillée. Manifestement, il savait qu'on était là en partie pour lui et laissait patienter son public… Violon, ou Caron de son vrai nom, avait la réputation d'être le meilleur conteur de la rive sud. Chose qu'il niait formellement, en affirmant être le meilleur des deux rives. C'était un ami personnel du père Bilodeau qui avait travaillé dans les chantiers de l'Ottawa, de la Gatineau et du Saint-Maurice. Il était moqueur à l'excès, presque railleur, plutôt fanfaron et vantard. Néanmoins, c'était un homme d'agréable compagnie quand il le voulait, et fort généreux de son talent d'anecdotier. Sa voix tenait accroché à son récit. Il racontait d'une telle façon que l'auditeur croyait non seulement être présent, mais également être participant. S'il parlait de l'hiver glacé des Hauts, on sentait ses membres devenir transis de froid. S'il parlait du Malin, on ne pouvait s'empêcher de se signer et de retenir son souffle, tremblant pour le salut de son âme.

Ce fut la jeune Phémie Boisvert, voyant la conversation languir, qui l'incita en premier à prendre la parole. Il n'en fallait pas davantage pour piquer Jos Violon. Après avoir prétendu, comme à son habitude, qu'il avait depuis longtemps épuisé son répertoire, qu'il avait trop froid et qu'il se sentait fatigué, il céda aux insistances de la foule. Il toussa un peu pour s'éclaircir la voix, puis introduisit son conte à sa manière si particulière qui lui tenait lieu de signature :

— Cric, crac, les enfants ! Parli, parlo, parlons ! Pour en savoir le court et le long, passez le crachoir à Jos Violon ! Sacatabi, sac-à-tabac, à la porte les ceuses qu'écouteront pas !…

Les invités se tinrent cois, à un tel point qu'on entendait le vent souffler à l'extérieur. Le vieux conteur aborda alors l'une de ses étranges histoires, vécue aux côtés de son inséparable ami Zèbe Roberge.

— Si j'vous parle à soir du gueulard, cesque j'avions vu c'te draveur à matin…

Malgré lui Faustin se laissa emporter par l'histoire Pour la première fois, les descriptions de Violon évoquaient des images très réelles pour lui : le paquetage des canots, les portages, la fatigue d'une journée d'aviron, les paysages grandioses de la vallée du Saint-Maurice qui coupaient le souffle le jour et devenaient si inquiétants la nuit. Il sursauta plus fort que les autres quand le gueulard de l'histoire hurla pour la première fois, l'imitation de Violon faisant vibrer la maison en entier. Il resta en haleine, le cœur battant, lorsque Violon conta qu'il entendit le gueulard gratter à son campement. Finalement Faustin relâcha son souffle, seulement à demi soulagé, quand le conteur laissa supposer qu'il n'avait eu affaire qu'à un carcajou… ou peut-être pas. Comme toujours, l'histoire se terminait sur une pointe d'incertitude.

— Et cric, crac, cra ; sacatabi, sac-à-tabac ; mon histoire finit d'en par là, conclut Jos Violon comme à son accoutumée.

La foule frissonna encore quelques minutes, ce qui permit au conteur de goûter pleinement son effet.

— T'a fallu du temps pour te mettre à conter, mon Jos, mais ça valait l'attente, lança le père Bilodeau pour briser le silence qui s'attardait.

— Pour sûr, quand vous parlez d'histoires de c't'e Corriveau-là, des histoires d'la ville, j'saurais guère être histoireux. D'mandez-moi des histoires de chantiers, des histoires d'en haut ousque les fricotteux s'tiennent en secret, pis là vot'Jos va vous en apprendre des bonnes, su vot' respèque.

François sera déçu, pensa Faustin. *Au moins la veillée est bonne,* se consola-t-il. Toutefois il décida de hasarder une question au conteur :

— Avez-vous entendu parler, Jos, d'hommes qui auraient une espèce de tatouage en forme de crochet sur le bras ?

— Ah là par exemple, répondit Jos Violon en baissant délibérément le ton, là par exemple tu m'parles d'affaires que j'connais.

Habitués aux manières de l'invité, les veilleux se rapprochèrent rapidement, sachant qu'un nouveau récit était déjà amorcé. En bon conteur, il s'offrit le luxe de laisser languir son public en bourrant méticuleusement sa pipe. Il l'alluma à la flamme de sa chandelle qu'il étouffa soit par mégarde, soit délibérément dans l'intention d'engendrer quelques ombres autour de lui.

— Là par exemple, mon Faustin, reprit-il en soufflant un rond de fumée, tu m'rappelles l'histoire à Ti-Mât, un bon à rin d'mécréant avec qui j'avions été en hivernement v'là une couple de temps. C'te fois ousque not' cook est rentré dans l'bois pour la dernière fois.

Il claqua ses cuisses de ses mains, ce qui fit sursauter toute l'assistance, avant de réciter à nouveau : *sacatabi, sac-à-tabac, à la porte les ceuses qu'écouteront pas…*

Comme au premier conte, le silence envahit la maison à la manière d'un souffle oppressant et on n'entendit plus que le craquement du bois léché par le feu du poêle.

— Ça s'est passé durant l'printemps de '36, commença le conteur, l'année du Grand Choléra, tout comme j'allais finir mon hivernement à Cap-aux-Brèches. Si y a un tant peu de nemrods dans c'te salle, z'êtes pas sans savoir que l'Cap-aux-Brèches faisait accourir les chasseurs de toutes les paroisses autour.

Adjutor Beaugrand hocha silencieusement la tête pour attester ce détail. Violon ne parut même pas s'en apercevoir.

— Mais pour en r'venir au sujet qui nous concerne, y avait avec nous autres un étrange qu'on avait surnommé Ti-Mât. Rebaptisé de même passque son nom rimait presqu'à rien ; qu'était pas grand, si y avait cinq pieds c'était bon, faque un *foreman* l'avait baptisé Ti-Mât pis c'était resté. Zèbe Roberge disait que Ti-Mât avait une tache dépareillée su'l bras pis qu'un soir qu'était plus bavard que d'habitude, y aurait dit que sa tache c'était son *ti-mât*.

Faustin écoutait le récit avec attention. Le nommé Ti-Mât, racontait Violon, restait dans son coin à fumer sa pipe, ne riait jamais, ne contait jamais, sortait dehors quand ses compagnons de camp chantaient.

Un soir qu'il tombait une pluie torrentielle, ce Ti-Mât serait sorti sous l'averse sans rien dire à personne. Comme il tardait à revenir, un certain Béland partit à sa recherche. Il ne revint qu'à l'aube, le teint cireux et le corps secoué de tremblements. S'enfonçant dans les bois pour trouver Ti-Mât, il avait débouché sur une scène qui l'avait terrifié.

— Y avait pas moins d'une douzaine de personnes, disait le nommé Béland dans le conte de Violon, toutes avec des grand'robes qu'on aurait dit des curés, sauf que dessiné su'l'dos y'avait le signe que Ti-Mât avait su'l'bras, d'la forme d'un crochet-esse ou p'têt d'un hameçon. Pour sûr que c't'une messe noire, que j'me suis dit. J'les ai bin à l'œil, espérance qu'y m'remarquent pas. Eux autres de chanter encore pis s'mettre en génuflexion. Pour certain que ça évoque le Malin, faque j'lâche pas mes prières, pis v'là que j'entends un cri à faire fendre la roche. J'regarde si y aurait pas quek bêtes parmi eux pis c'est là que j'vois, le bon Dieu m'damne si j'mens, que les méchants sont pus là. Reste que j'ai l'temps d'apercevoir qu'à place des célébrants y'avait des loups noirs de grosse taille pis l'plus grand loup-cervier que j'ai jamais vu.

Faustin ne perdait pas un mot de l'histoire. Manifestement agrémentée par le conteur, elle n'en fournissait pas moins d'intéressants détails. Que Jos eût spontanément associé la description du tatouage à une histoire de loup-garou et de regroupement secret était suffisant pour prouver que le récit dérivait d'un événement véridique.

— Ça d'vait être l'dernier hivernement à Béland, conclut Jos Violon à l'intention de ses auditeurs. Pus moyen, par après, de l'amener un tant peu dans un boisé sans que les nerfs lui prennent. Y s'est installé à Montréal, à travailler pour son frère qu'est cordonnier.

Quant à Ti-Mât, y'est revenu au camp deux jours plus tard comme si de rien n'était. Y'a ramassé son paquetage que les gars avaient jeté dans l'bois en disant juste une affaire : « Le Béland a rin qu'un défaut, c'est d'être un franc menteur ; c'qui peut pas inventer pour justifier qu'a eu peur d'un chien de chasse un peu mauvais. » Et cric, crac, cra ; sacatabi, sac-à-tabac ; mon histoire finit d'en par là, termina de nouveau le narrateur devant une assistance pendue à ses lèvres.

Encore une fois, ce furent les marmottages du père Bilodeau qui rompirent le vide :

— Des messes noires, pour sûr. Dans des places comme les Hauts, c'est plein de gens qui parlent au Malin.

— Moé, j'ai vu un homme avec un ti-mât, se vanta quelqu'un dans l'assistance.

— Menteur, Vallée ! accusa une autre voix.

— Moé menteur ? se piqua ledit Vallée. Tu devrais pas parler… créyez-moé pas si vous voulez, mais j'vous garantis qu'au port où j'suis arrimeur, y a un étranger qu'a un ti-mât pareil à c'que l'père Violon vient de raconter.

— Essaye pas d'faire ton intéressant, Vallée, intervint Phémie Boisvert, moqueuse.

— Bin c'est ça ! se fâcha l'intéressé. Traitez-moi de c'que vous voulez ! cria-t-il presque en se levant comme pour partir.

— Choque-toé pas, Vallée, l'apaisa le père Bilodeau. Conte-nous ton histoire, on verra bin…

— C'pas une histoire, que j'vous dis ! Vous m'connaissez, père Bilodeau, j'suis pas histoireux pour deux cennes. Mais si j'vous jure que j'ai vu un homme

avec un ti-mât, c'est que c'est vrai. Sauf que ça peut
pas être le Ti-Mât de l'histoire de m'sieur Violon. Le
gars que j'vous parle, c't'un exécrable d'Italien qu'est
matelot sur le *Neptune*.

— Où ça? demanda Faustin, soudainement intéressé.

— Dans l'port, juste en bas. Se sont arrêtés pas pour
longtemps, mais assez pour que j'vois le méprisable
d'assez proche.

— Pourquoi tu juges qu'y est méprisable, Vallée?
demanda quelqu'un. Le connais-tu tant que ça?

— Bin assez pour pas vouloir le connaître plus.
C'qu'on jase, c'est que c't'un étranger sans foi ni
religion, rapide sur le couteau, ivrogne pis plein de
mauvaises mœurs pires qu'un Anglais.

— Pour sûr que ça parlc au Diable, un étrange de
même, affirma le père Bilodeau.

— Un autre parleux, renchérit quelqu'un. Encore
bon qu'il reparte bientôt. La paroisse a pas besoin de
ça.

— Des parleux au diable, c'est de savoir si ça
pourrait arriver par icitte…

— Pis vous, monsieur Violon, lança un autre invité, en avez-vous déjà croisé, du monde qui parlait
au Diable?

— Ouin, m'sieur Violon, proche des Vieilles Forges,
paraît que le Diable se tient par-là…

Il n'en fallait pas davantage pour lancer le conteur
sur une autre histoire. Mais Faustin ne l'écouta que
d'une oreille distraite et trouva un prétexte pour rentrer
dès que le conte fut terminé. Il salua tout le monde
avec effusion, remercia plusieurs fois le père Bilodeau
et félicita chaque cuisinière. Franchissant le seuil de
la porte, rajustant sa veste de lainage pour se couper

du vent frais, il veilla à se remémorer le plus fidè-
lement possible l'histoire dudit Ti-Mât et nota dans
un coin de son esprit le nom du navire sur lequel tra-
vaillait un matelot censé porter un tatouage identique
à celui du notaire. Il adopta un pas rapide, pressé de
rapporter ses découvertes.

◆

— *Stigma Diaboli*, confirma François à la mention
du fameux « ti-mât » de l'histoire de Violon. C'est
un Ordre ancien qui daterait du Haut Moyen Âge.
On en trouve de longues descriptions dans les documents de Lanigan. Ce symbole, le stigma, semblerait
être une marque d'adhérence à ce cercle. Si tel est le
cas, il est peu probable que Gamache en soit le maître.

— Peut-être l'Étranger qui l'accompagne ? Celui
auquel le curé Bélanger attribue une impensable longévité ?

— Ça me paraît beaucoup plus proche de la vérité.
Et ce que nous avons trouvé dans le secrétaire de
Lanigan semble confirmer cette thèse.

Faustin avait rejoint ses compagnons dans la demeure du défunt Lanigan. Ils avaient fouillé la maison
dans ses moindres recoins, dénichant entre autres une
longue robe noire ornée au dos du fameux symbole,
le *stigma diaboli*.

— Comme dans le conte… murmura Faustin, stupéfait.

— En effet. Mais celle-ci n'appartenait pas à Simon
Lanigan mais plutôt à son oncle, le docteur Francis
Lanigan, alias docteur François Marois ou docteur
Lindienne. Il fut pendu pour meurtre à Québec il y a
vingt ans. Il portait d'ailleurs cette robe quand il fut

capturé. Complètement dément, à ce qu'il paraît ; son neveu hérita de la présente demeure et réclama la robe après l'exécution.

— Les notes de Lanigan mentionnent certains membres de cet Ordre du Stigma Diaboli à travers le temps, ajouta Shaor'i. Ils n'ont jamais été très nombreux, mais ils comptent dans leurs rangs quelques familles anglaises riches et puissantes. Gamache se serait joint à eux juste après les Troubles.

— Depuis des générations, les Lanigan ont occupé la fonction de préparateur et animateur des wendigos. Le fameux « docteur Lindienne » y a manifestement laissé sa santé mentale.

Faustin réprima un frisson en repensant à la chambre de torture qui s'étendait sous leurs pieds.

— Et pour cc matelot italien qu'a vu l'arrimeur ?

— Ça vaudrait le coup d'essayer de le trouver. Jusqu'ici, nous n'avons pas pu interroger de membre de cet Ordre.

— Sauf Thomas Plante, qui n'a pas survécu longtemps.

— Assez longtemps toutefois pour nous avertir que Gamache n'était qu'un pantin dans cette histoire et que l'Étranger en tirait les ficelles. Néanmoins, je brûle d'envie de m'entretenir plusieurs heures avec l'un de ces sorciers. Encore faudrait-il repérer ce fichu matelot avant que son navire ne lève l'ancre.

Resté silencieux depuis un bon moment, Baptiste toussota avant de dire :

— Si tu cherches un marin, et que t'as de l'argent à y mettre, j'devrais pouvoir te mettre en contact avec une couple de gars…

— De l'argent, coupa François, il y en a plein les tiroirs de Lanigan. D'énormes liasses.

— T'as l'nom du navire, Faustin ?

— Le *Neptune*.

— Dans c'cas, c'est juste une question d'heures avant qu'on l'coince.

◆

Pour la troisième fois, Faustin avait taché ses vêtements en frôlant un mur crasseux de suie. Un bruit au-dessus de sa tête attira son attention. Il recula juste assez vite pour éviter les éclaboussures du contenu d'un pot de chambre, jeté négligemment d'une fenêtre. Se déplaçant avec précaution pour éviter la flaque, il manqua de heurter un chien malade qui gisait dans l'allée.

Malgré qu'il eût été élevé dans un presbytère, au fond du minuscule village de Notre-Dame des Tempérances, Faustin connaissait la réputation de cette rue sale et enfumée. Il avait entendu maintes fois parler de cet attroupement de tavernes, dans la Basse-Ville de Québec, non loin du port. Une fois ou deux, à certains moments de son adolescence, il avait même songé à s'y rendre, attiré par les histoires de filles-à-cinq'sous et autres Marie-couche-toi-là. Mais maintenant qu'il s'y trouvait, louvoyant entre les ordures qui jonchaient le sol, il songea qu'il aurait préféré ne jamais y venir.

Ils avaient repéré le *Neptune* sans difficulté, mais on les avait informés que le matelot italien, un nommé Giuliano, était en permission. Sans perdre plus de temps, ils avaient traversé le fleuve de Pointe-Lévy à Québec en utilisant le canot de Baptiste, puis en avaient confié la surveillance à un employé des docks, moyennant une forte somme payable à leur retour.

Faustin s'était étonné de voir avec quelle aisance Baptiste interpellait, discutait et rémunérait ses différents informateurs. Il n'y eut qu'une seule fois où le bûcheron eut besoin qu'on lui traduise une phrase en anglais. L'exotique faune humaine du port semblait capable d'exprimer ses idées par-delà la barrière des langues.

Leurs investigations les avaient conduits dans cette ruelle qui empestait l'urine et le vomi. François avait de nouveau échangé sa soutane pour des vêtements plus discrets. Il avait aussi insisté pour que Shaor'i marche au bras de Baptiste, certain que personne n'oserait chercher noise au colosse. Elle était certes capable d'assurer sa défense, mais ils préféraient éviter d'inutiles provocations.

Aux abords d'un cul-de-sac couvert d'ordures, Baptiste repéra une femme malpropre, outrageusement fardée. Ses cheveux cotonneux à force d'être gras étaient relevés en une espèce de chignon d'où s'échappaient la moitié des mèches. Elle eut un grand sourire partiellement édenté, taché par une chique de tabac, et s'approcha de deux pas du bûcheron quand celui-ci fit tinter la monnaie qu'il avait dans sa poche.

À peine eut-elle avancé que Faustin eut un haut-le-cœur en respirant les effluves de sueur et de crasse que l'eau de senteur masquait à peine. Il se demanda comment Baptiste, planté juste devant elle, parvenait à la supporter; mais quand elle releva impunément sa robe pour dévoiler le haut de sa cuisse, Faustin détourna aussitôt la tête. *Je pratiquerais l'abstinence,* pensa-t-il écœuré, *avant de me payer une femme comme ça.*

Quoi que lui demandât Baptiste, la fille de rue sembla fort bien informée. Elle indiqua une direction d'un mouvement vague, cita quelques noms et mima de son pouce un gosier qu'on tranche afin d'intimer la prudence. Le colosse la remercia avec une exquise politesse avant de lui offrir une somme princière.

— Not' matelot loge dans un taudis nommé le Seagull, à quelques rues d'icitte, expliqua Baptiste. Un trou à vauriens, faudra être prudent.

Le Seagull n'était qu'un bâtiment de bois grossier, mal raboté, à la porte énorme comme celle d'une grange. Une sorte de hangar d'où émergeaient d'immondes effluves de ranci. Des rats détalèrent sur leur passage quand ils s'approchèrent pour y entrer.

L'air était rendu presque irrespirable par la fumée conjointe des pipes et des lampes à l'huile pendues par des chaînes. Des hommes aux yeux méfiants, venus de multiples contrées et parlant une demi-douzaine de langues, buvaient par petits groupes autour de tables maculées de graisse. Les reliefs du souper gisaient sur le plancher couvert de boue et de vomissures qu'on ne se donnait même pas la peine d'essuyer.

— Une dernière chose, conseilla Baptiste en passant le seuil. Buvez rien qui vient d'icitte. Dans c'genre de place, ça arrive qu'on trouve des rats crevés dans les tonneaux de bière.

Le bûcheron glissa subrepticement un billet dans la main de la souillon qui tenait lieu de serveuse. Elle lui indiqua un homme, assis seul à sa table, plus comateux que vif tant il était ivre.

François prit place face à lui, avec Baptiste et Shaor'i qui l'encadraient tels deux sbires. Faustin considéra le long couteau du matelot et jugea plus prudent de se tenir à l'écart. L'Italien ne semblait

guère heureux qu'on vienne interrompre ses méditations alcooliques. La bouche pâteuse, les yeux mi-
clos, il jura dans sa langue natale en arrosant le vicaire
de postillons :

— *Vaffanculo !*

— Je t'offre une bouteille ? proposa François en
adressant un signe à la fille crottée.

— *Fotti tua madre…*

— C'est assez, le cass ! tonitrua Baptiste en frappant
si fort la table du poing qu'elle se fendit. Viens pas
faire comme si tu parlais pas français, t'es dans un
équipage qui parle c'te langue !

Faustin fut si impressionné de voir Baptiste inti-
mider quelqu'un qu'il en eut le souffle coupé. Pour
la première fois, il réalisa à quel point le colosse
pouvait paraître dangereux s'il le voulait. Toutefois,
l'Italien réagit en se levant pour hurler :

— *Cazzo vai via stronzo !*

L'énorme patte de Baptiste se posa sur son épaule
et le força à se rasseoir. Shaor'i en profita pour déchirer d'un geste vif la manche du matelot. L'avant-bras
était orné d'un tatouage marin, une ancre entourée
d'un serpent de mer.

— C'est un beau tatouage que tu as là. Il dissimule
à merveille ton stigma diaboli… si tu nous en parlais
davantage ?

Le visage de l'Italien se peignit d'inquiétude au
mot *stigma*.

— Oui, je pense qu'on se comprend maintenant.
Tu le tiens d'où, ce stigma ?

Le marin marmotta quelques mots inintelligibles.
François se pencha pour mieux comprendre mais,
plutôt que de répéter, l'Italien hurla :

— *Vaffanculo !*

C'est à peine s'ils eurent le temps de remarquer un cercle luisant sur la table. Le matelot projeta le meuble, qui vola en éclats à l'autre bout de la pièce. Profitant de la diversion, il se précipita pour fuir. Shaor'i se lança à sa poursuite et, sans réfléchir, Faustin lui emboîta le pas.

Ils n'avaient pas parcouru trois verges dans la ruelle puante que l'Italien bondissait d'un coin sombre et se jetait sur Shaor'i avec une sauvage brutalité. L'Indienne esquiva sans difficulté et dégaina ses deux couteaux de silex, contre lesquels le marin brandissait un énorme poignard. Comme pris de démence, Giuliano fendit l'air de son lourd couteau en hurlant des insultes. Shaor'i, froide comme la pierre, détournait les coups du marin avec la grâce d'une danseuse. Elle le frappa d'un coup de pied au sternum, qui le projeta à la renverse dans un tas d'ordures.

Vif comme un rat, l'Italien se releva en criant des obscénités. Il abattit frénétiquement son arme sur l'ombre fugitive de son adversaire tandis que la jeune femme, de plus en plus impassible, transcendait à travers son corps toute sa vivacité de rapace. Un autre coup de pied plaqua le marin contre le mur. En sifflant, l'une des lames de silex vint se planter dans la paroi, en passant à travers l'avant-bras de l'homme juste entre les deux os. « *Puttana!* » jura le marin en tendant sa main libre pour retirer l'arme – ce que Shaor'i l'empêcha de faire en lui retenant le bras.

— La meilleure façon de s'enlever la vie est de s'ouvrir le poignet, tu le sais? Combien de temps crois-tu qu'il te reste? Dix minutes? Cinq?

— *Pezzo di merda!* jeta encore Giuliano, manifestement inquiet par le flot de sang qui jaillissait spasmodiquement de son bras.

— Faustin, P'tite ! appela la grosse voix de Baptiste. Accompagné de François, il arrivait sur les lieux.

— Notre bon Giuliano était sur le point de retrouver son français, pas vrai ?

Le marin poussa un cri quand elle frappa son coude ensanglanté.

— Lâche-moi, *puttana* !

— Excellent ça, lança François d'un air appréciateur. Étonnant comme on se débrouille dans une langue étrangère quand on y est contraint ! Mais on vous a interrompus… continuez, je vous prie.

— Il allait me révéler d'où vient son stigma, hein Giuliano ?

Le teint tanné de l'Italien commençait à pâlir. Ses yeux sombres ne quittaient pas le flot vermeil qui inondait son poignet.

— C'est le *principe*. C'est tout à cause de lui. J'étais ici quand je l'ai rencontré la première fois, commença-t-il avec un fort accent. Juste avant mon *patto di alleanza*.

Shaor'i libéra le bras de l'homme en retirant son couteau. Elle en essuya la lame poisseuse sur les vêtements du marin.

— Continue…

— C'était en '32, je pense. Ça fait longtemps. J'étais dans un trou comme ici à me chercher un *pompino* pas cher.

Il appliqua sa bonne main sur sa plaie. Le sang lui suinta entre les doigts. Baptiste jeta un grand mouchoir que le marin attrapa au vol et banda autour de son avant-bras. Sentant l'œil froid de Shaor'i peser sur lui, il s'empressa de reprendre son récit.

— J'avais abouti je sais plus où dans les quartiers qui ont brûlé depuis. J'avais pas un sou et pas la moindre *prostitua* en vue. Les mois en mer me pesaient de plus en plus et je buvais sur l'ardoise comme un trou parce que j'allais rembarquer la mer demain et qu'on me retrouverait jamais.

Il cracha par terre, se débarrassa du gluant mouchoir carmin qui ne servait plus à rien.

— Vous allez me tuer !

— Peut-être, énonça froidement Shaor'i. Ça dépend de ce que tu vas nous raconter là.

— Les heures passaient, s'empressa de poursuivre Giuliano, jusqu'à ce que je sois plus capable de me lever. J'baignais dans une espèce de brume épaisse, j'étais si soûl que j'me fichais bien de me pisser dessus à tous les quarts d'heure. C'est ça que j'étais en train de faire quand y'est entré.

— Qui ça ?

— Un grand seigneur, tout habillé comme un *principe*, avec la plus belle *donna di strada* que j'aie jamais vue. Je savais pas ce qu'un homme comme lui avec une femme comme elle cherchait dans un nid miteux comme ça. À croire que c'était moi qu'ils cherchaient. Sans un mot, il prend place en face de moi et la femme s'assoit sur mes genoux. Même dans mon état, ça sentait le *trabocchetto*, le piège, mais j'avais mon couteau dans ma botte et j'avais déjà décidé que j'allais lui ouvrir la gorge, à ce richard, et me remplir les poches avec le contenu des siennes.

Le marin se laissa glisser le long de la paroi pour s'asseoir par terre. Faustin voyait bien qu'il crevait à petit feu… Après un regard interrogateur à François, qui acquiesça du chef, Faustin s'accroupit pour bander la plaie en déchirant la chemise de l'Italien.

— Ce n'est pas une raison pour arrêter.

— J'avais plus ou moins mon plan en tête, quand le seigneur ricana tout seul. « Ton couteau de misère n'aurait pas servi à grand-chose », qu'il déclare avant de m'appeler par mon nom. « *Scopa tua mamma* » ! que je lui crie, trop soûl pour réaliser que c'est pas normal. Et lui de rire encore : « Plutôt difficile dans mon cas ! Mais je t'offre ma Jézabel en échange. » La fille se plaça mieux sur mes genoux, le cul bien écarté pour m'y caser et elle me prend les deux mains pour se peloter les seins.

Faustin rougit en terminant le bandage. L'Italien y jeta un coup d'œil inquiet tout en poursuivant son récit, manifestement impatient qu'on traite mieux sa blessure :

— Le bourgeois continuait de me parler, mais j'avais pas l'attention sur lui. La fille commençait à gémir et je trouvais que je n'avais jamais eu la main aussi habile. Puis elle se leva d'un bond, s'écarta de plusieurs pas en riant comme une jouvencelle et en vrai c'en était une. Mais pas moyen de me lever pour la suivre et même dans mon ivresse j'aurais suivi une *puttana* comme ça sur dix lieues. Je n'arrivais pas à bouger d'un pouce et c'est là que j'ai vraiment commencé à avoir peur.

— Mieux vaut tard que jamais, intervint Baptiste, visiblement dégoûté.

— Comme tu dis. Mais lui, le *principe*, il continuait à jaser et bientôt j'avais plus le choix de l'écouter m'expliquer que des filles comme ça, je pouvais en avoir treize à la douzaine si j'voulais et qu'on avait juste à accepter un petit *patto di alleanza,* un serment, pour que je devienne son *assistente*. Il affirmait qu'il avait besoin d'un marin, pour aller un peu partout en

Europe et ramasser des choses précieuses chez des amis. « Et qu'est-ce qui m'empêcherait de foutre le camp avec vos trésors ? » que je lui ai lancé, plus par défi qu'autre chose. Mais lui, il a ri encore et il m'a expliqué que j'irais récolter ses trésors, d'une *conoscenza* à l'autre, et que chaque fois que je ramènerais l'une de ses commandes ici, à Québec, il y aurait un bonhomme pour m'apprendre un peu de *magia nera,* de magie noire, en salaire. Alors ç'a été moi qui ai éclaté de rire et lui, il ne riait pas du tout. « Quand tu plisses les yeux, tu vois en gris, non ? » J'ai répondu : « Comme tout le monde. » Il a répliqué, soudain très sérieux : « Non, pas comme tout le monde. » Et il s'est mis à m'expliquer des tonnes de choses auxquelles j'ai rien compris, sauf qu'en échange d'un petit *tatuaggio* je pourrais avoir ce que je voulais : des femmes, de l'argent, n'importe quoi.

— Et le tatouage, tu l'as eu quand ? demanda François.

— J'sais pas. Pendant qu'on parlait, le *stigma* est apparu, je pense. J'avais déjà accepté à mesure qu'il parlait, a-t-il prétendu.

— Et ses trésors ?

L'Italien eut un air dégoûté :

— Des livres, pour la plupart. Des tablettes de pierre, des vieux rouleaux de l'ancien temps. Des fois des objets de valeur mais la plupart du temps des peccadilles. Puis un jour, je revenais d'Afrique du Nord, l'année du Grand Choléra. Je m'en souviens car personne n'osait débarquer de son bâtiment pour Québec, sauf moi, parce que j'avais déjà décidé de me demander un sort qui soignerait les maladies en paiement.

— Et on te l'a donné ?

— Non, justement. C'était pas dans nos possibilités, qu'on m'a dit. Puis là j'ai eu toute une frousse, mais j'ai pas été infecté, par chance. Faut croire que mon heure était pas encore venue.

— La magie goétique ne peut soigner.

— *Si*... j'y ai pensé... j'ai appris le sort de force de tantôt, à la place.

— Celui avec lequel tu as projeté la table ?

— *Si*.

— Et celui qui t'enseigne la magie ? Qui est-ce ?

— Lanigan, à Pointe-Lévy. Il est notaire. Je n'ai jamais revu le Maître ni aucun autre sorcier à part Lanigan.

— Merde ! jura François. Toute cette histoire pour finir dans un cul-de-sac.

— Attends... coupa Shaor'i. Tu livres quoi, cette fois ?

— Cette fois, rien. Juste une lettre.

— Pour qui ?

— Pour le filleul du notaire, répondit-il en tendant une enveloppe scellée à la cire.

— Merci bien, Giuliano, fit sarcastiquement l'Indienne en la lui arrachant.

— Mon plaisir, grimaça ce dernier.

◆

Dès qu'ils eurent pris connaissance de la missive, Faustin eut son plan en tête, mais il s'abstint de l'énoncer sur-le-champ. François s'y opposerait, assurément. Il médita donc longuement ses arguments, en observant distraitement Shaor'i qui, après avoir assommé l'Italien d'un coup précis à la nuque, s'agenouilla à ses côtés pour régénérer magiquement son poignet. François la relaya, en dessinant à la hâte un diagramme sur le sol visqueux et incantant un sortilège d'oubli. Il y aurait un trou dans la mémoire du marin, ce qui n'inquiéterait pas outre mesure un homme habitué à boire plus que de raison.

Ils assistèrent au lever du soleil en retraversant le fleuve vers Pointe-Lévy. Dans la lueur matinale, Faustin lut une nouvelle fois la lettre qu'ils avaient obtenue de Giuliano :

> *Ce premier jour de mars 1849,*
> *À l'intention de monsieur Pierre-Joseph Boisvert, fils*
>
> *Monsieur,*
> *Votre parrain n'aura certes pas omis de vous transmettre l'honneur d'une invitation au manoir de messire le shérif William Smith Sewell, le deux au soir à la huitième heure, pour une réception qui permettra aux divers membres de notre Ordre de faire plus ample connaissance. J'ose espérer que vous accepterez de nous gratifier de votre présence, d'où Notre Seigneur pourra, s'il le juge opportun, vous donner lumière sur son intérêt vous concernant. Il est inutile, vous en jugerez pareillement, de tracasser monsieur votre père, aussi pour le moment garderons-nous en discrétion cette réunion.*
>
> *Veuillez, monsieur, agréer mes salutations les meilleures,*
>
> *Votre tout-dévoué,*
>
> *Louis-Olivier Gamache*

— N'y pense même pas, intervint François sans se retourner ni lâcher son aviron. Il est hors de question que tu te pointes à cette réception.

Piqué d'avoir été si prévisible, Faustin ravala les premiers mots qui lui vinrent aux lèvres et s'efforça de présenter la chose d'une façon rationnelle :

— Je pense que c'est la meilleure façon de connaître le fond de l'histoire. Juste assister à cette réunion et écouter ce qui s'y raconte.

— En t'faisant passer pour l'jeune Boisvert ? intervint Baptiste, qui tenait la gouverne derrière lui.

— Et pourquoi pas ?

— Tu as vraiment besoin que je t'explique ? lança François. Il s'agit d'un regroupement de goétistes, expérimentés si j'en juge par Gamache, qui ont tenté de te capturer à plus d'une reprise.

— Justement. Ils n'iront jamais croire que j'aurais l'audace de me mêler à eux.

— Je dois admettre, s'immisça Shaor'i, que l'idée présente ses bons côtés.

— Rien n'exige que ce soit Faustin qui s'y présente.

— Je ne suis pas arcaniste, donc je n'ai pas d'aura, rappela posément Faustin. Si l'un de ces goétistes passe à l'outrevision…

— Il y a des moyens de dissimuler l'aura.

— Qui peuvent être contournés. De plus, je suis le seul qui parle anglais.

— Quel rapport ?

— La réception a lieu au manoir du shérif Smith Sewell. C'est un nom de famille anglais ; donc si les discussions…

— Il y a également des enchantements linguistiques, coupa François.

— L'curé Lamare t'a jamais appris l'anglais ? s'étonna Baptiste en regardant le vicaire.

— Il me l'avait offert, mais j'avais d'autres intérêts : le latin, le grec, l'hébreu…

— Mais pas l'anglais ! dit le bûcheron en éclatant de rire.

— De plus, reprit Faustin pour revenir à son plan, le jeune Boisvert est un adolescent. Tu crois que Baptiste pourrait passer pour un garçon de quatorze ans ? Ou Shaor'i ? Même toi, tu atteins les six pieds et tu as les épaules deux fois larges comme les miennes.

— N'exagère pas, Faustin.

— Et tu es un blond aux yeux bleus. Alors que je suis un brun aux yeux noisette, exactement comme le jeune Boisvert. Je suis peut-être un peu plus grand que lui, mais je reste le choix le plus crédible.

— J'admets que si c'est toi qui y vas, ajouta Shaor'i à l'adresse de François, il te faudra un sort pour dissimuler ton aura, un autre pour comprendre l'anglais, un pour le parler, encore un pour altérer ton apparence… tu as toutes les chances de commettre un impair.

— Qu'est-ce qui vous permet de croire que je veuille me pointer là ? se fâcha François. Ce serait la chose la plus stupide que nous puissions tenter.

— Qui présente néanmoins ses indubitables avantages.

— Hors de question.

— C'est à moi de décider, affirma Faustin.

Le vicaire se mura dans le silence jusqu'à leur arrivée. Ils eurent à peine posé le pied à terre que Faustin longea la berge en direction de la côte à Bégin.

— Où vas-tu ? demanda François, méfiant.

— Chez Simon Lanigan. Il me faut un habit de ville. Je sors, ce soir.

François s'empressa de le rejoindre.

— C'est un risque stupide et inutile, Faustin. Si tu tiens à te ficher dedans, je n'ai pas le droit de t'en empêcher… Néanmoins, tu ne partiras pas sans protection.

CHAPITRE 11

Le manoir des Sewell

Faustin ne put retenir une larme lorsque le bienveillant visage de Madeleine se présenta dans l'encadrement de la porte. La douce servante qui lui avait tenu lieu de mère lui sauta immédiatement au cou, et l'embrassa bruyamment sur les joues et le front, avant de reculer d'un pas et de lui replacer le col d'un geste rendu précis par l'habitude. Le tirant à l'intérieur, elle le pressa de questions auxquelles elle ne lui laissait même pas le temps de répondre, puis lui enjoignit de s'asseoir pour prendre un thé.

François eut droit au même traitement, sous les regards amusés de Baptiste et de Shaor'i, que Madeleine invita à entrer avec l'exquise politesse d'une femme d'intérieur. Sa sœur était absente pour deux jours, expliqua-t-elle, mais elle ne manquerait pas de lui présenter leurs meilleures salutations.

Attablé dans la cuisine avec ses compagnons, Faustin savourait son premier thé sucré depuis qu'il avait quitté le presbytère. Baptiste et François avaient aussi l'air de l'apprécier et Shaor'i, qui avait d'abord décliné l'offre, ne semblait pas regretter de s'être laissé convaincre.

— Vous m'avez l'air en bien meilleure forme que la dernière fois, mademoiselle, lui lança Madeleine avec chaleur.

— Merci, répondit Shaor'i qui semblait – Faustin l'aurait juré – dissimuler un accès de timidité.

— Toi, mon p'tit renard, ajouta Madeleine en se tournant vers Faustin, c'est tout le contraire. Tu as les joues si creuses que tu en fais peur. On croirait que tu as perdu cinq ou six livres.

— C'est possible. J'ai beaucoup ramé, cette semaine.

— Il va falloir te remplumer, et au diable le carême ! Tu as besoin d'un bain, aussi. Et je gage que tu ne t'es pas rasé depuis que tu as quitté le village…

— En effet, Madeleine. Mais tu sais, en forêt…

— Tu t'es changé, au moins ? Même pas, je me souviens que tu portais cette chemise avant de partir. Et tu as un accroc à ta belle veste ! Tu vas me retirer ça et je l'arrangerai pendant que tu prendras ton bain.

— Justement… essaya d'expliquer Faustin, j'avais un travail de couture à te demander…

— Avez-vous seulement déjeuné ? Où sont mes manières, je me le demande ?

La dame se leva promptement, marmonnant à demi pour elle-même :

— … ne me reste que deux pains, je n'ai pas cuit. J'ai encore des œufs, plus de vrai lard mais un peu de cretons et du lait…

— Ça ira, Madeleine, tenta de la couper Faustin. Nous allons…

— Toi, au bain. Quand tu seras présentable, tu pourras parler.

— Mais…

— Immédiatement, coupa Madeleine d'un ton sans réplique.

Avec un grand soupir, Faustin obtempéra et se dirigea vers la cave où il trouverait la bassine. Il entendit clairement le reste de la tablée étouffer ses rires quand il descendit l'escalier.

Il se serait fait violence avant de l'admettre, mais il se sentit terriblement mieux après s'être décrotté, rasé, peigné et après avoir revêtu les vêtements du défunt beau-frère de Madeleine. Son estomac se contracta lorsqu'il huma le repas que Madeleine était en train de préparer. Il constata, quand il revint dans la cuisine, qu'elle avait finalement décidé de préparer un dîner anticipé.

Avec la célérité que seule une femme d'intérieur pouvait avoir, Madeleine avait dûment garni la table, si bien que la nourriture abondait comme pour un réveillon. Entre deux petites volailles, farcies à s'en fendre, se trouvaient une casserole de pommes de terre, un bol de sauce brune, des œufs à la coque, des cretons, du pain, de la galette de sarrasin accompagnée de son demiard de mélasse. Çà et là, on voyait des soucoupes de betteraves, de cornichons et de chutney aux fruits. Et malgré cela, la bonne servante jugea bon de préciser : « Il n'y a pas grand-chose, mais c'est de bon cœur. »

Faustin ne se priva pas pour faire honneur au festin. Il se servit de tout plusieurs fois, imité par François. Shaor'i ne toucha qu'aux aliments qu'elle connaissait, c'est-à-dire la volaille et la galette ; toutefois, Baptiste ne se gêna pas pour s'occuper de sa part et ingurgita d'impressionnantes quantités de nourriture. Ils eurent au dessert une tarte généreusement garnie d'un mélange de raisins secs et de mélasse, à la *ferlouche,* comme l'appelait Madeleine.

Tout au long du repas, François avait raconté une version très édulcorée du voyage, en omettant de mentionner la bête à grand'queue, les wendigos, les embuscades de Gamache, l'ivresse du curé Bélanger et, le pire de tout, leur passage dans les bas quartiers de Québec. Madeleine écouta patiemment le récit, en affichant cette expression de scepticisme qu'elle avait déjà lorsque, tout jeunes, Faustin et François tentaient de lui expliquer par quel hasard on les avait aperçus en train d'*emprunter* des pommes dans le pommier du voisin. Néanmoins, elle se garda d'émettre ses doutes à haute voix. Elle se contenta de se tourner vers Faustin pour lui demander :

— Montre-moi ces vêtements que tu porteras à la réception. Ceux qu'on t'a *donnés*.

Faustin extirpa de son sac ce qu'il avait ramené de chez le notaire Lanigan : chemise de soie blanche, gilet sans manches, coûteux veston et accessoires multiples.

— Il me faudrait un bord au pantalon…

— De deux pouces et quart, estima Madeleine d'un seul coup d'œil. Diminuer la taille d'un pouce, raccourcir les manches de la chemise, empeser le col, solidifier le premier bouton du gilet. J'en ai pour la journée.

— T'en chargeras-tu ?

— Évidemment. Hors de question que tu me fasses honte chez les Anglais attriqué comme la chienne à Jacques.

◆

— D'après le milicien que j'ai questionné, le manoir du shérif Sewell serait ici, indiqua François sur un plan sommaire, profitant que l'attention de Madeleine était consacrée à sa couture.

— Je serai perchée en face, expliqua Shaor'i. Ma vision de rapace sera suffisamment puissante pour que je puisse espionner à travers les fenêtres.

— Ta vue est aussi perçante?

— Je peux repérer un lièvre à trois mille pieds.

François tapa le plan du doigt pour y ramener l'attention de Faustin.

— Je louerai une chambre à l'Auberge de l'Étoile, à moins de cent verges, poursuivit-il. J'activerai un sort de clairaudience qui devrait me permettre d'entendre tout cc que tu entendras. Baptiste, simulant un ivrogne endormi, sera à l'affût dans la ruellc la plus proche.

— J'vais avoir un fusil d'chasse sous ma couverte. J'espère pas m'en servir, mais il sera prêt au cas où.

Faustin hocha la tête. Il écoutait attentivement chaque instruction du vicaire. Afin de ne rien laisser au hasard, il demanda:

— Réexplique-moi le fonctionnement du sort de banalisation, s'il te plaît.

— C'est plutôt compliqué. Le sort encouragera les gens à ne pas te trouver intéressant. S'ils t'observent, ils se rappelleront la couleur de tes cheveux, ta taille et ton âge approximatif, mais ils n'enregistreront pas les détails de tes traits, la couleur de tes yeux ou la petite cicatrice près de ton oreille. En vérité, il est vraisemblable que les gens ne te prêtent guère attention. Ce qui ne veut pas dire que tu peux te conduire en imbécile. Tu n'attireras pas les regards tant que tu seras discret.

— Ça suffira sûrement. Je n'ai pas envie de jouer les m'as-tu-vu.

— Je t'ai préparé quelques diagrammes arcaniques sur du papier, la formule inscrite juste dessous. On ne peut utiliser cette méthode pour les sorts complexes, mais ça fonctionne pour la magie usuelle. Il y a un autre sort de banalisation au cas où le premier te lâcherait et une téléportation de vingt verges vers l'ouest, s'il te faut partir en vitesse.

— Merci. Je serai très prudent, c'est promis.

François le dévisagea un instant :

— Tu sais que tu n'es pas obligé, hein ? Il y a d'autres méthodes.

— Ça ira. Tout se passera bien. Et vous ne serez pas loin.

Madeleine choisit précisément ce moment pour l'appeler. Il se rendit dans la chambre où elle lui tendit son costume :

— Il est prêt. Essaie-le, que je voie s'il te va.

La chemise de soie lui parut étonnamment douce et confortable. Elle était parfaitement ajustée – après tout, Madeleine lui fabriquait ses vêtements depuis l'enfance. *Je devrais me surveiller*, songea Faustin en souriant. *Il se pourrait que je ne puisse plus m'en passer*. Le pantalon lui allait tout aussi bien, de même que le gilet sans manches qu'il boutonna consciencieusement. Il lui fallut près d'un quart d'heure pour nouer correctement le ruban autour de son cou. Quand le résultat sembla satisfaisant, il s'observa dans le miroir en revêtant le veston. L'image que lui renvoyait la glace semblait être celle d'un étranger. Ce fut encore pire une fois qu'il eut passé ses accessoires : gants, chapeau haut-de-forme, canne au pommeau plombé et riche montre qu'il rangea à son gousset.

— De quoi ai-je l'air ? demanda-t-il en se tournant vers ses compagnons.

— D'un Anglais, répondit aussitôt Baptiste, qui n'appréciait visiblement pas.

— Gageons que si le maire Latulipe te voyait ainsi habillé, il te donnerait du *monsieur Lamare* gros comme le bras, plaisanta François.

— Tu as l'air d'un vrai lord, complimenta Madeleine, très émue. Si seulement on pouvait te daguerréotyper…

— Il ne faudrait pas que vous soyez en retard, lord Faustin, ajouta le vicaire. Le temps de retraverser le fleuve et de vous trouver un fiacre…

Faustin inspira profondément, soudainement nerveux. Pour la première fois, il se demanda si son idée était vraiment aussi bonne qu'il l'avait cru.

◆

Le pas lent du cheval égrenait les secondes. Les roues du fiacre grinçaient tels d'aigus gémissements l'exhortant à rebrousser chemin. L'exigu habitacle en bois lui évoquait un gigantesque cercueil et l'imposante porte Saint-Jean, qu'ils traversèrent dans l'obscurité, lui parut particulièrement lugubre.

Il se sentait comme un condamné qu'on conduisait à l'échafaud. Lui, Faustin Lamare, habituellement tout juste capable d'incanter de quoi faire geler de l'eau en hiver, allait s'introduire dans un manoir où se réunissaient de puissants goétistes ayant déjà prouvé qu'ils ne reculaient ni devant la séquestration, ni devant le meurtre. Du coup, son plan lui sembla pitoyablement boiteux.

Il pouvait encore reculer : demander au cocher de s'arrêter, descendre du fiacre, affirmer à haute voix qu'il avait changé d'avis, ce que François entendrait par clairaudience. Personne ne lui en tiendrait rigueur, surtout pas le vicaire, qui s'était d'abord clairement opposé à l'idée. Mais du point de vue de Faustin, la mise en œuvre du plan avait déjà atteint le point de non-retour. Là-bas, entre les murs de la riche demeure du shérif Sewell, il se tiendrait devant cet Étranger, l'homme qui vivait depuis des siècles, le responsable du décès de son oncle. Faustin voulait le voir en personne, estimer sa puissance en scrutant son aura, rester aux aguets de ses moindres paroles pour tenter de déceler ses faiblesses.

Le fiacre vira brusquement et s'engagea dans une rue peu éclairée. Huit heures approchait et les boutiques étaient fermées depuis longtemps ; les vitrines sombres avaient quelque chose d'inquiétant. Le fiacre ne croisa aucun passant, aucun flâneur – les allées étaient aussi désertes que si la vieille cité avait été subitement abandonnée. Faustin frissonna. Les villages de jadis, décimés par la peste, devaient avoir cette irréelle quiétude.

La voiture s'immobilisa. « Le Manoir de monsieur le shérif Sewell », annonça le cocher avant de réclamer le prix de sa course. Faustin descendit lentement du véhicule, remit une pièce de cinq cents à son conducteur et attendit qu'il se fût éloigné avant de contempler l'immense demeure.

C'était un bâtiment sinistre, une froide maison de maçonnerie à quatre étages, imperturbable comme un bourreau. La porte, seul élément de bois de toute la façade, était richement ouvragée et encadrée d'une arche en pierre grise.

Le battant s'ouvrit avant même qu'il n'ait le temps de frapper. Une servante en robe noire et en tablier blanc se tenait devant lui. Jouant le rôle qu'il avait appris par cœur, Faustin lui tendit, dans l'ordre, sa canne, son chapeau et ses gants. La bonne s'écarta sur son passage, le laissant pénétrer dans la grande salle.

Si le cabinet du notaire Lanigan l'avait impressionné, il eut cette fois le souffle littéralement coupé. À la gauche du massif escalier central s'étendait une pièce éblouissante où des gens, vêtus comme des anges, voletaient deçà et delà au rythme des rires. Le lustre de cristal éclairait les meubles de bois précieux, l'extravagante bibliothèque aux livres reliés de cuir bleu nuit et les soyeux tapis d'Orient. Les invités cadraient parfaitement dans le décor, hommes aux coûteux costumes, femmes sublimes aux longues robes, ouvertes dans le dos, la taille affinée par leur corset. Malheureusement, les manches longues des habits des hommes, tout comme les gants des femmes qui montaient jusqu'aux coudes, empêchaient de vérifier qui, parmi les convives, portait le tatouage du stigma.

Dès que fut passée la première vague d'émerveillement, Faustin remarqua la poignante musique qui ensorcelait l'atmosphère. Deux femmes et un homme, discrètement installés dans un coin, interprétaient un émouvant morceau. Entre une femme assise au piano et une autre qui jouait d'un genre de violon si énorme qu'elle disparaissait derrière, Faustin observa, la gorge nouée, l'homme très digne qui tirait de lents accords d'un violon ordinaire. Jamais il n'aurait imaginé que l'instrument, qu'il avait toujours entendu dans des veillées de campagne, pouvait produire des accents si mélancoliques.

Pour mieux l'écouter, il feignit d'observer l'un des tableaux accrochés aux murs. Il resta ainsi de longues minutes, comme suspendu à un rêve, jusqu'à ce qu'un homme âgé, légèrement bedonnant, vienne se planter à ses côtés.

— C'était la première fois qu'il peignait l'une de ses visions, déclara-t-il en guise d'introduction.

— Pardon ? répondit Faustin en sursautant légèrement.

— Messire Légaré. N'êtes-vous pas familier avec ses œuvres ?

Faustin regarda réellement le tableau devant lequel il se tenait. Une scène nocturne où une foule, attroupée devant une église, semblait s'occuper d'un grand nombre de malades. Il reconnut tout de suite la signature de l'artiste, le même qui avait peint la toile de l'incendie du faubourg Saint-Jean qu'il avait vue chez le notaire Lanigan.

— Je n'avais admiré qu'une seule toile de messire Légaré jusqu'à présent, expliqua prudemment Faustin.

— Notre ami Joseph Légaré, que vous observez sur la gauche, là-bas, est un ancien du secret collège d'Albert le Grand.

— Vraiment ?

— En effet. Un prodige, même. On m'a souvent raconté comment, enfant, il s'éveillait en hurlant durant la nuit, tourmenté par la vision d'un désastre. Il fut repéré par Lartigue, chef de l'Ordre Théurgique à l'époque. Au Collège, messire Légaré apprit la peinture pour exprimer ses visions précognitives. Il peignit celle-ci en 1834, juste avant le Grand Choléra.

D'un geste, l'homme l'invita à le suivre. Il saisit au vol une coupe reposant sur le plateau d'un domestique. Faustin l'imita, considéra le liquide clair et y trempa les lèvres. De désagréables petites bulles pétillèrent dans sa bouche.

— Voici sa toile la plus récente, reprit l'homme, qui ne semblait pas vouloir quitter Faustin. Elle fut dévoilée hier soir. Le majestueux Parlement de Montréal, précisa-t-il avec un accent d'ironie.

Le tableau montrait un somptueux bâtiment en proie aux flammes. Le feu avait envahi la totalité de l'édifice et émergeait de toutes les ouvertures. Impuissante, une foule de passants contemplait le brasier.

— Le Parlement a été incendié ? demanda Faustin, médusé.

— Pas encore, intervint une voix féminine, mais notre artiste compte bien utiliser cette opportunité pour lancer sa carrière politique. Reste à savoir *quand* le drame aura lieu. Jusqu'ici il ne s'est jamais trompé.

L'homme se tourna vers la nouvelle venue avec un sourire.

— Lady Elizabeth ma chère…

Faustin se retourna aussi et eut un sursaut. Portant avec élégance une époustouflante robe lilas, la jeune femme arborait un éclatant sourire qui détonnait sur sa peau d'ébène.

— Messire Ferrier, susurra la Noire en s'inclinant…

— Puis-je vous présenter… mais j'y pense, nous n'avons même pas été nous-mêmes présentés.

— Pierre-Joseph, bafouilla Faustin. Pierre-Joseph Boisvert.

— James Ferrier, de Montréal. Et voici Lady Elizabeth Landry, de Louisiane.

— Très heureux, ajouta Faustin.

En espérant ne pas avoir l'air trop maladroit, il tenta de calquer les autres invités qu'il avait observés jusqu'à présent pour faire un baisemain à peu près correct.

— Enchantée, répondit l'intéressée en s'inclinant d'une parfaite révérence.

Faustin se força à ne pas fixer Lady Elizabeth avec trop d'insistance, mais il n'y parvint pas très bien. Il n'avait que rarement aperçu des hommes de race noire et seulement de loin, travaillant sur des navires marchands… Jamais il n'avait vu de femme noire (il ne pouvait se résoudre à penser *négresse*) et il fut surpris de l'effet que produisait sur lui son exotique beauté. Il était stupéfié par les cheveux non pas crépus mais longs, lisses et ramenés en une complexe coiffure dans la plus pure tradition victorienne. Les yeux sombres pétillaient de malice. Des bijoux d'or blanc flamboyaient à son cou et attiraient le regard vers une poitrine qu'un corset rendait encore plus plantureuse. Le lilas tendre de l'étoffe des manches devenait plus foncé là où le tissu était en étroit contact avec la peau.

— Eh bien ma chère, auriez-vous échappé une parcelle de votre pouvoir sur notre jeune ami ? se moqua Ferrier.

Lady Elizabeth cacha un rire discret de sa main délicate :

— J'aimerais pouvoir dire que non, mais en toute honnêteté j'ai effectivement laissé glisser quelques bribes de mon talent.

Faustin lâcha aussitôt la femme des yeux et rougit violemment en se rendant compte de l'impolie durée de son regard.

— Ne vous en faites pas, monsieur Boisvert. Lady Elizabeth a été remarquée par notre hôte pour son talent arcanique suscitant le désir des hommes. Et comptez-vous chanceux qu'elle n'ait pas augmenté ses effets par un de ces pentacles qu'elle brode discrètement dans ses corsets.

— James, vous mettez monsieur Boisvert mal à l'aise.

Les musiciens cessèrent subitement de jouer. L'hôtesse, une femme dans la cinquantaine au fort accent anglais, annonça que le souper allait être servi. Puis la musique reprit doucement.

— Je dois rejoindre mon épouse, s'excusa James Ferrier. M'accorderez-vous une faveur, monsieur Boisvert?

— Bien sûr, assura Faustin d'une voix qu'il voulait ferme.

— Escortez Lady Elizabeth pour cette soirée. Messire Sewell fils n'a pas pu se libérer et comme vous êtes vous-même seul…

— James, vous êtes cruel, morigéna Elizabeth. N'embarrassez pas davantage ce pauvre jeune homme.

— Non, ce sera un plaisir.

— Dans ce cas…

Un sublime sourire sur ses lèvres fines, Lady Elizabeth accepta le bras de Faustin et marcha à ses côtés jusqu'à la salle à manger.

◆

L'immense table occupait presque toute la pièce. Les couples s'installèrent côte à côte, Faustin retrouvant Lady Elizabeth à sa droite, l'obèse femme de Ferrier à sa gauche avec pour vis-à-vis un vieil homme émacié qui ne parlait qu'en anglais. Il reconnut Gamache, tout au bout de la table. Le roux sorcier était accompagné d'une Indienne portant une somptueuse robe indigo, les cheveux délicatement coiffés. *Nadjaw*, se souvint Faustin.

Le cœur de Faustin fit un bond en revoyant de si près l'homme qui avait tenté de le paralyser à la sortie de l'auberge de Pointe-Lévy. L'espace d'un instant, une pointe de panique l'assaillit. Toutefois, le sorcier roux ne sembla pas lui prêter la moindre attention – à peine lui accorda-t-il un bref regard avant de revenir à son épouse. Rassuré de voir le sortilège de banalisation fonctionner comme l'avait expliqué François, Faustin échappa un soupir de soulagement et retrouva un peu de son calme.

Au-dessus de la place d'honneur était accroché le blason de la famille Sewell, abeilles d'argent sur champ sable. Le siège du maître était vide, le shérif Sewell s'étant installé juste à sa droite. Sur la table, Faustin contempla les couverts, estomaqué par le nombre ostentatoire d'ustensiles, ce que tout le monde semblait néanmoins juger normal.

— C'est votre premier souper dans la haute société ? murmura fort discrètement Lady Elizabeth.

Faustin avoua d'un léger signe de tête affirmatif.

— N'ayez crainte, la plupart des gens ici sont trop imbus d'eux-mêmes pour remarquer l'attitude des autres. Vous n'aurez qu'à m'imiter.

Faustin lui adressa un sourire de gratitude auquel elle répondit par un clin d'œil. Un domestique servit le vin. À peine eut-il empli la dernière coupe que tous se levèrent en même temps. Grâce au réflexe conditionné par la messe, Faustin put suivre le mouvement.

Un frisson d'appréhension parcourut la tablée, n'épargnant personne, telle une vague de froidure qui se saisit de chaque cœur avant de poursuivre son chemin. D'un pas mesuré, comme s'il coulait à travers l'atmosphère, un homme princièrement vêtu de noir avança dans la pièce sans adresser un regard à qui que ce soit. Quand il s'arrêta devant la place d'honneur, il tapota le bras du shérif Sewell, qui trembla sous le contact. L'homme s'installa avec grâce, en invitant d'un geste les convives à l'imiter. Impossible de se méprendre sur son identité : le sujet des peintures du curé Bélanger, celui que la famille Latulipe et le marin italien avaient décrit. L'Étranger.

Faustin sentit son âme se liquéfier. *Quelque chose* émanait de cet homme, irradiait tout autour, nimbait chacun des convives rassemblés autour de la table. En un instant, il oublia toute idée de vengeance contre celui qui avait tué son oncle. L'Étranger exhalait le pouvoir comme un brasier exhale la chaleur. Gamache, Nadjaw, tous les arcanistes rassemblés ici n'étaient que racailles, vermines, des gouttes d'eau comparées à l'océan. Il n'avait fallu à Faustin qu'un coup d'œil au visage patricien, aux traits calmes empreints d'une sévère noblesse pour qu'il comprenne que l'idée de se venger de l'Étranger était aussi ridicule que s'il avait été un insecte voulant abattre un homme.

— Pardonnez l'heure tardive, chers amis, prononça l'Étranger d'une voix grave, mesurée et harmonieuse comme un orgue d'église. J'ai été outrageusement retardé.

— Vous arrivez à votre aise, Monseigneur, bégaya le shérif Sewell en s'inclinant.

L'homme regarda chaque convive de ses yeux verts, trop verts, des yeux qui voyaient de toute évidence une autre réalité que l'univers dans lequel ils évoluaient tous.

— Chers amis, reprit-il, j'ai le regret de vous informer que notre collègue Giuliano ne sera bientôt plus de ce monde.

Quelques regards entendus furent échangés entre les différents invités. La grosse épouse de Ferrier, juste à côté de Faustin, se permit même de murmurer :

— Un gueux de moins.

Très solennel, l'Étranger reprit :

— Tout comme le notaire Lanigan, je suis dans l'obligation de gratifier notre compagnon italien d'une… ardente punition. Il semble toutefois qu'il s'agissait du dernier maillon faible de notre très sélect regroupement. Je n'ai pas encore eu l'occasion de tous vous rencontrer personnellement, mais je compte bien profiter de cette soirée pour remédier à la situation.

Faustin sentit ses entrailles se nouer. L'Étranger savait. Il n'y avait aucun doute à cela. Il avait repéré son imposture et allait le châtier. Comme si un doigt glacé s'était mis à descendre le long de son échine, Faustin fut secoué de frissons successifs.

Toutefois, l'homme vêtu de noir ne lui prêtait pas attention. Il saisit plutôt son verre, qu'il éleva avec une lenteur calculée.

— Permettez-moi de porter un toast, chers amis. Il y a eu des moments à travers le Temps où la direction que prendrait l'Histoire s'est décidée à la faveur d'une simple réunion entre quelques élus. Quelques sénateurs romains, rassemblés dans une villa, décidèrent d'assassiner Jules César. Une poignée d'insurgés, mobilisés dans une vieille auberge abandonnée, planifièrent de guider la Révolution à l'assaut de Versailles.

Les convives, Faustin s'en rendait compte, ne savaient guère quelles conclusions tirer de pareil discours. Ils se contentaient d'observer leur maître, subjugués, et d'enregistrer chacun de ses mots.

— La nécessité force l'union des gens en de bien étranges alliances. Je pense à la famille Sewell, fiers loyalistes anglais, côtoyant notre cher artiste, Joseph Légaré, patriote des Troubles de '38 et ardent défenseur de la culture française. Une trêve fort inspirante.

Le peintre Légaré eut une fugace expression de déplaisir. Il inclina poliment la tête, esquissa un geste pour boire à son verre mais s'arrêta aussitôt: l'Étranger gardait le bras levé. Celui-ci ajouta:

— Inspirante aussi est la trêve entre Dame Nadjaw, qui fut jadis la quatrième Danseuse du cercle indien vouant une véhémente haine aux Blancs, et monsieur Anderson, investisseur des pelleteries qui aurait dit au sujet des Indiens, si ma mémoire est bonne, qu'ils étaient des bêtes immondes, à enclaver et à affaiblir comme des bêtes immondes.

Le frêle vieillard assis face à Faustin se racla la gorge, mal à l'aise.

— Devant les nécessités, l'union sera notre force. Depuis dix ans, nous avons tenté d'ériger l'avenir en un glorieux édifice. Ce ne fut pas sans pertes, mais ces pertes sont minimes: Sauvageau, Plante, Lanigan et le marin Giuliano, d'obscènes personnages aux mœurs dissipées et damnables. Pourtant, si médiocres aient-ils été, ils ont servi une cause plus grande qu'eux. Je bois donc aux trêves inspirantes, au succès de nos entreprises et à la résurrection de l'Ordre du Stigma Diaboli.

L'Étranger porta sa coupe à ses lèvres, lentement, comme pour jouir de l'arabesque de son geste. Il fut aussitôt imité par les autres convives qui, échangeant des regards perplexes, murmuraient entre eux.

— Flocons de piments aigres-doux sur soupe de tortue des colonies tropicales, annonça l'un des domestiques, ce qui détourna l'attention de Faustin et dissipa le malaise ambiant du même coup.

Tout s'estompa aussitôt. L'aura de puissance de l'Étranger avait diminué en intensité. La conversation s'était établie entre les convives. L'Étranger les observait, vaguement satisfait, l'air d'un éleveur qui s'amuse à voir caqueter ses oiseaux de basse-cour.

Même Faustin sentit décroître l'effet que produisait l'homme vêtu de noir et d'autres préoccupations, toutes futiles et triviales, lui vinrent à l'esprit. *Soupe de tortue.* Il en voyait parfois l'été, des tortues au bord des mares, et ne leur trouvait absolument rien d'appétissant. Il déglutit lentement pendant qu'un serviteur plongeait la louche dans la soupière et versait le liquide fumant dans un bol.

— Prenez la cuillère la plus éloignée de l'assiette, lui chuchota Elizabeth, se méprenant sur la cause de son hésitation.

La vapeur montait doucement et tous avaient déjà commencé à manger. Le souvenir de Madeleine lui revint en tête : *Quand tu es chez les autres, tu finis ton assiette. Ne va pas me faire honte devant le monde.* Il sourit et porta une première cuillerée à sa bouche. Sidéré, il en apprécia le goût.

Ses voisins de table étaient également revenus à leur état normal. Tout près, James Ferrier abordait quelques propos financiers auxquels peu semblaient porter intérêt :

— Comme nous l'anticipions depuis des années, les Forges ne sont plus rentables. En accord avec les

volontés de notre Maître, j'ai offert une série de prêts
à l'actuel propriétaire, Henry Stuart. Mais cela ne suffira pas à maintenir l'entreprise. Notre entente prévoit
qu'il me conférera sous peu les pleins pouvoirs dans
la conduite des Forges. Et comme plus personne ne
se préoccupe vraiment de ce qu'on y fabrique, nous
pourrons agir en toute discrétion.

Le nommé Anderson intervint avec un très fort
accent britannique :

— *Are things really as bad as they appear ?* Il
vous reste encore *so much* d'argent que vous pouvez
récupérer. *I told you…* investissez dans les chantiers
de bûcherons, en *valley* de Saint-Maurice.

— Messieurs, je crois sincèrement que le vrai pouvoir financier se trouve dans les secteurs modernes,
intervint l'Étranger, ravivant du coup sa prestance
aristocratique. Les chemins de fer, voilà où les membres
de l'Ordre devraient placer leurs investissements…
pour l'instant.

Ni Ferrier ni Anderson ne trouvèrent quoi que ce
soit à ajouter. Blêmes, ils hochèrent la tête en direction
de leur maître et se tinrent cois pendant plusieurs
minutes.

— Ils auraient poursuivi cette discussion pendant
tout le souper si le Seigneur n'était pas intervenu,
murmura Elizabeth à l'intention de Faustin.

— Ah bon… marmonna-t-il en prenant une gorgée
de vin.

Du vin de raisin, déduisit Faustin qui n'en avait
jamais bu, bien qu'il eût souvent savouré les vins de
rhubarbe ou de pissenlit. Une fois, vers quatorze ans,
il avait chipé une bouteille de vin de messe et l'avait
goûté en cachette – grave erreur. La première gorgée

lui avait semblé infecte. Si ce qu'il avait présentement dans son verre était beaucoup moins coupant, cela n'avait rien du sucré des vins d'habitants. Il avait beau imiter les hommes qui inspectaient leur coupe à la lumière, la humaient, buvaient par petites gorgées qu'ils gardaient longuement en bouche... le goût était toujours aussi désagréable.

— Pinces de homard du golfe Saint-Laurent et filets de thon accompagnés de leur sauce à l'orange.

Cette fois, Faustin fut content. Il connaissait les oranges, que son oncle lui offrait à Noël quand il était petit ; pour ce qui était du homard, il n'avait jamais eu l'opportunité d'y goûter mais en avait beaucoup entendu parler. Quand il eut savouré la première bouchée, il ne le regretta pas : le homard était cent fois meilleur que les écrevisses de ruisseau qu'il mangeait parfois l'été.

— Délectable, laissa tomber Elizabeth à côté de lui. Ça me rappelle mon enfance en Floride. J'étais esclave dans une grande plantation de tabac et il y avait des orangers tout près de la maison du Maître. Je me servais de mon talent pour inciter les garçons à me dérober des fruits.

— Votre talent ?

La Noire se tourna vers Faustin avec un sourire en coin, ses yeux sombres brillant d'amusement. Il sentit sa gorge se nouer et une tension dérangeante dans son pantalon – puis tout s'arrêta subitement.

— *Ce* talent.

— Ah, je vois, couina Faustin virant à l'écarlate.

— Je suis l'une des dernières Noires à disposer de l'outrevision, vous savez. L'esclavagisme a détruit la majorité des lignées.

Comme l'Inquisition en Europe, allait répliquer Faustin, mais l'Étranger le devança, presque comme un écho à ses pensées.

— Tout comme les conquistadores ont détruit le Grand Ordre inca. La peste a décimé les arcanistes de l'Asie et d'une bonne partie de l'Europe. Les arcanistes survivants ont traversé en Amérique, scellant le destin des jeteurs de sort indiens, tués par leurs maladies. Les mages nègres africains et les sorciers aborigènes australiens poussent leur dernier souffle, engloutis par les empires coloniaux et christianisés malgré eux. Ne reste que le Japon, isolé du reste du monde depuis plus de deux siècles, où subsistent ici et là quelques clans encore connaisseurs des arcanes… ainsi que les augustes membres de notre assemblée.

Encore une fois, les convives réprimèrent un frisson, appréhensifs et inquiets du sens caché que pouvaient receler les propos de leur maître. En énonçant ces quelques évidences historiques, il leur rappelait leur statut privilégié et soulignait clairement à quel point ils dépendaient de lui. Plusieurs invités échangèrent des regards perplexes.

Leur malaise s'accentua quand un serviteur s'approcha de l'Étranger, portant un billet sur un plateau d'argent. L'homme en noir le déplia soigneusement, et un froncement de contrariété troubla brièvement son visage racé. Avec lenteur, il chiffonna le message dans son poing. Quand il rouvrit la main au-dessus du plateau, ce furent des cendres qui en tombèrent.

— Mes amis, je crains hélas de devoir vous quitter un instant. Notre cher colporteur italien semble s'être montré encore plus méprisable que nous ne le craignions. Vous comprendrez mon empressement à purger notre ordre de cette triste impureté.

Tous se levèrent quand il quitta son siège. À peine eut-il fait un pas qu'il se retourna, comme si un dernier détail requérait son attention :

— Louis-Olivier, auriez-vous l'amabilité de me remplacer au siège d'honneur, je vous prie ?

Gamache s'inclina en une profonde révérence et s'apprêtait à parler quand il fut devancé par le shérif Sewell :

— Monseigneur ! Ce manoir est ma demeure et sans doute devrais-je…

— Me contrediriez-vous, William ? susurra l'Étranger en haussant un sourcil, à mi-chemin entre l'amusement et l'agacement.

Le shérif Sewell sembla sur le point de se recroqueviller. Il parvint à peine à bafouiller :

— Bien sûr que non, Votre Excellence. Jamais je n'oserais…

Mais l'Étranger avait déjà quitté la pièce. Gamache s'installa, une ombre de sourire aux lèvres.

— Magrets de perdrix des forêts du nord sur leur lit de purée à la coriandre, annonça le domestique en apportant le plat suivant.

L'Étranger parti, l'assemblée retrouva vite l'attitude décontractée qu'elle avait eue avant le repas. Le soulagement de chaque convive était palpable, et Faustin le ressentit peut-être davantage que les autres. Ce fut comme si son corps, temporairement lesté de plomb, venait de retrouver sa légèreté. Tout autour, les papotages mondains se poursuivirent et Faustin reporta son attention sur son assiette.

La perdrix, il connaissait. Il en mangeait fréquemment ; plusieurs cultivateurs en apportaient au presbytère de temps à autre, histoire de s'attirer la faveur du curé. Lorsqu'il goûta celle-ci, il la trouva décevante comparée à celles que Madeleine cuisinait ; la viande n'était pas aussi juteuse et tellement masquée par les épices qu'elle en perdait son cachet. Ça ne semblait pas être l'avis d'Elizabeth, qui fermait les yeux en mastiquant laborieusement.

— Purement exquis.

— En effet.

— J'ai ouï-dire que votre parrain était le neveu du célèbre docteur Lindienne, affirma Elizabeth en coupant délicatement son magret. Ce personnage m'a toujours fascinée. Est-il vrai qu'il préférait ceux de son sexe ?

Faustin rougit subitement et toussota pour se donner le temps de répondre. Par une salvatrice coïncidence, le ton avait commencé à monter entre Sewell et Gamache, tant et si bien que le shérif marquait maintenant son désaccord en parlant d'un ton sec et en frappant la table du poing.

— *Fool !* cria-t-il presque, attirant les regards de tous ses invités. *You will destroy ourselves ! You cannot wield it so, not yet !*

— Je proposais seulement, coupa Gamache d'une voix glacée, une organisation complète en une meute. J'avais récemment doté Thomas Plante de cette aptitude et il s'en tirait très bien. D'ailleurs, la lycanthropie est une tradition depuis les premières années de l'Ordre.

— *Well, things do change over the years*, s'immisça l'homme devant Faustin, le nommé Anderson.

— Ça vous dérangerait vraiment de parler français ? intervint le peintre Légaré, visiblement irrité.

— Je voir pas pourquoi, reprit Anderson dans un français cassé et hésitant, pourquoi nous devrais tous passer *werewolves*.

— Est-ce si complexe à comprendre ? railla Gamache. Les avantages d'une forme animale sont-ils si compliqués à saisir ?

Faustin ne perdait pas un mot de l'échange. Il le savait d'une longue expérience parmi les habitants de village : c'était lorsque les gens se disputaient qu'ils risquaient le plus de révéler des choses qu'ils auraient autrement gardées secrètes. Le shérif Sewell semblait littéralement sur le point d'exploser :

— *But why,* pourquoi, *should we* choisir le *wolf* forme ? Je suis pas intéressé devenir *a slave* soumis à son chef de meute.

— N'êtes-vous pas soumis au Seigneur ? le piqua Gamache avant d'avaler une longue lampée de vin.

— *Sure I am.* Mais qui nous dire le chef sera le Seigneur ? Il pouvoir décider de déléguer le titre, et si jamais le chef devait être quelqu'un d'autre de qui je ne veux pas recevoir d'ordres...

— *A bobcat is a* meilleure forme, *as your wife*, décréta le maigre Anderson.

— La forme de félin, quelle qu'en soit l'espèce, modèlerait vos esprits vers un tempérament trop indépendant, répondit l'Indienne que Gamache avait laissée à l'autre bout de la table.

Faustin nota le timbre mesuré, la clarté du débit et la maîtrise du français de Nadjaw. Pour un peu, il aurait cru entendre Shaor'i : la même voix détachée, froide comme une pierre en hiver.

— J'appréciais tout spécialement, ajouta Joseph Légaré, l'idée d'un groupe de loups formé des anciens et assisté d'un groupe de corbeaux pour les nouvelles recrues. Une forme ailée me semble beaucoup plus pratique... et cent fois plus discrète qu'un loup dans un secteur urbain.

— *What he said?* demanda à voix basse Anderson en se penchant au-dessus de la table vers Faustin. A « corbeau » ?

— *A crow, or a raven, I'm not sure…*

— *A raven?* reprit Anderson avec un regard horrifié. *A carrion eater…*

— Les corbeaux sont tout à la fois indépendants et coopératifs, précisa Légaré.

— *Never! It's… disgusting!*

— Ça ne servir à *nothing*! coupa le shérif Sewell d'un ton suraigu. Vous voulez seulement être le chef d'un *pack of wolves…*

— Vous me prêtez des intentions que je n'ai pas, monsieur Sewell.

— *Since* des années vous jouez au *little boss*, Gamache, *and I think…*

— Vous me défiez, Sewell ?

— Si vous pensez que *I'm afraid*, vous êtes *a fool…*

Faustin vit clairement Gamache serrer le poing autour d'un de ses ustensiles. Visiblement, il parvenait avec difficulté à contenir sa colère.

Pressée de dissiper la tension, l'épouse de Sewell exigea qu'on serve le prochain plat : filet de cerf de la mère patrie, sur éminé de faisan aux aromates des Indes orientales.

Au côté de Faustin, Elizabeth chuchota :

— C'est amusant, tout de même, de voir à quel point nous nous détestons tous souverainement… Ce qui vient de se passer n'est qu'un aperçu… Ferrier déteste Anderson, qui est un rival commercial. Lui-même hait Gamache qui méprise Sewell, qui dédaigne Légaré qui, lui, exècre les Anglais autant que Nadjaw abomine les Blancs. Elle-même est détestée

d'Anderson, qui n'a que répugnance pour les Indiens…
et les Nègres tels que moi.

— Vraiment ? s'étonna Faustin.

— Et croyez-moi, c'était bien pire du temps que
Lanigan était le bras droit du Seigneur, place que con-
voitait Gamache… Ceci dit, le Seigneur n'a toujours
pas nommé officiellement de remplaçant, mais Gamache occupe déjà officieusement le poste. Il faudra
vous habituer à ces querelles, mon ami, ou vous ne
survivrez pas comme nouvelle recrue…

— Bien sûr, acquiesça Faustin en avalant une
longue goulée de vin.

— Une autre leçon que vous apprendrez, mon
cher monsieur Boisvert, est que nous sommes toujours à portée de l'ouïe de Dame Nadjaw.

Tournant les yeux vers l'Indienne, Faustin eut
tout juste le temps de voir les oreilles de la femme
changer d'orientation en pivotant de l'avant vers
l'arrière comme celles d'un chat. Elizabeth eut un
petit rire derrière ses lèvres fermées. Nadjaw lui
répondit d'un sourire glacé, sa coupe levée à son
intention.

La conversation devint oiseuse jusqu'au dessert :
des poires confites au sucre du pays dans leur coulis
de crème fraîche, sur lit d'amandes cuites. Faustin
garda le nez dans son assiette et n'émit plus un mot
du reste du repas, en priant pour sortir du manoir au
plus vite.

◆

Quinze minutes plus tard, Dame Sewell invita les
hommes à se rendre au salon pour discuter tandis
qu'elle-même et les autres femmes iraient à l'étage.

Elizabeth quitta Faustin avec un clin d'œil et celui-ci suivit les messieurs sans poser de questions. Le sort de banalisation semblait encore être efficient: jusqu'ici, personne ne lui avait demandé son opinion sur quoi que ce soit d'important.

Ils étaient tous confortablement installés dans le salon, dont les fauteuils avaient été réarrangés en cercle pendant la durée du repas. On avait servi à chacun une liqueur vieillie dans un court verre de cristal. Faustin avait accepté un cognac de treize ans d'âge, calquant son choix sur celui de Légaré. Paisiblement, chacun des hommes bourrait sa pipe. Seul le shérif Sewell restait debout, longeant de gauche à droite le mur du fond, s'arrêtant parfois pour scruter le tableau qui y était accroché, celui qui illustrait l'incendie à venir du Parlement de Montréal.

— Ma dernière toile semble vous irriter, s'informa le peintre avec une feinte affabilité.

Sewell franchit en trois pas l'espace qui le séparait de Légaré, en pointant sur lui un index accusateur.

— *You must know*, Légaré. Parmi vos contacts, vos anciens rebelles et autres insurgés… qui osera commettre cette vilenie?

Le visage du peintre se fendit d'un sourire narquois.

— Qu'est-ce qui vous fait croire que les anciens Patriotes seront à la source de ce coup d'éclat?

— Allons donc, jeta Ferrier en tirant une bouffée de sa pipe, vous croyez sérieusement que les Sauvages sont encore assez unis pour réussir cela? Ils ne forment plus une nation, ni même un peuple. Ce ne sont que des vestiges, une race vétuste d'une époque révolue.

— Et si ce n'était tout simplement pas un acte criminel mais un accident ? proposa Gamache, désireux de changer de sujet.

— Et si ce n'était pas les Indiens, ni les Français, mais les Anglais qui jouaient les pyromanes ? rétorqua Légaré, moqueur.

Sewell éclata d'un long rire sarcastique :

— *Why* aurions-nous besoin de prendre de telles mesures ? Vous êtes vaincus, soumis, réduits à néant, des ouvriers, du bétail à manufacture. *Almost* des serfs. Quelques décennies encore et vous ne serez plus qu'un vestige, vous aussi. Qu'est-ce qui pourrait pousser le peuple vainqueur à agir aussi bêtement ?

Par solidarité, Faustin faillit intervenir en faveur de Légaré. Il se retint de justesse, mais une sorte de loyauté venait de s'établir dans son esprit. De son côté, le peintre ne sembla pas piqué outre mesure par les propos du shérif. Toujours frondeur, il joua l'un de ses atouts :

— Les réformistes du Parlement pourraient bien faire sourciller quelques Anglais. J'ai un contact dans l'entourage de Lafontaine. On discute beaucoup, semble-t-il, d'une loi pour dédommager les habitants victimes des Troubles. L'ancien Haut-Canada ne recevrait pas, prétend-on, la part du lion. Bien au contraire…

— *What* ? Les Français sèment la démence et ce seraient eux qui rafleraient la paie ?

— Cela vous donnerait-il envie de mettre le feu au Parlement ?

Faustin réprima un sourire. Légaré manœuvrait Sewell comme il le voulait et l'autre était le seul à ne rien remarquer. Tout autour, on s'amusait du spectacle. Gamache semblait apprécier tout spécialement la perte de contrôle du shérif, réaction qui le discréditait outrageusement devant ses pairs. Une sorte de révélation frappa Faustin de plein fouet : Gamache et Légaré étaient tous deux d'anciens patriotes, et le peintre tournait en ridicule le principal rival du sorcier roux. Il se passait ici un jeu de pouvoir qu'il commençait à peine à entrevoir.

Toutefois, Sewell ne semblait pas remarquer que sa crédibilité s'amenuisait :

— Si Lord Elgin est assez désaxé pour commettre une telle imbécillité, la Sainte Couronne Britannique ne saurait permettre pareille folie !

— Pourtant, la responsabilité ministérielle a été clairement établie et…

— Tout cela n'a aucun sens ! cria presque Sewell. Vous, accusa-t-il en pointant le doigt vers le peintre, vous caressez le rêve de vous asseoir sur une chaise de député. Et vous espérez que la seule vision d'un bâtiment embrasé suffira à vous mettre en place, *you fucking bastard, despicable French !*

— *I can speak English too*, gronda Légaré, *and there's…*

— *I hope you can speak English !* tonna Sewell. *'Cause in a couple of years, your contemptible language will no longer…*

Faustin enregistra l'information. *S'asseoir sur une chaise de député*, avait affirmé Sewell. L'Ordre du Stigma cherchait donc réellement à s'implanter politiquement. Malheureusement, l'intervention de James Ferrier l'empêcha d'en savoir davantage :

— Messieurs ! Votre discussion nous éloigne de notre véritable sujet, l'avenir de l'arcanisme.

— Lequel est sur le point d'être aussi vétuste que le reste, marmonna Sewell.

— J'espère un jour avoir la vision de ce manoir réduit en cendres par les flammes… relança Légaré.

— Priez pour le contraire ! Les derniers ouvrages de goétie y sont regroupés !

— *Sir !* coupa Ferrier. Notre Seigneur n'a-t-il pas porté un toast aux trêves inspirantes ? Comme il l'a spécifié, nous devons rester unis au-delà de nos opinions politiques pour ériger quelque chose de plus grand que nous.

— Sans votre Rébellion, nous serions beaucoup plus nombreux, cracha Sewell. Presque tous les bons arcanistes y ont péri.

— Le Grand Choléra de '36 a tué bien plus de victimes dans nos rangs, précisa Légaré. Et si Jean-Jacques Lartigue, le très méprisé chef de notre Ordre, n'avait pas ordonné coup sur coup de laisser mourir les apprentis malades du choléra, puis aux survivants d'attaquer les Patriotes, nous aurions évité un fratricide inutile et notre ordre existerait encore.

— Vrai, admit Gamache. Toutefois, il est inutile de déplorer le passé. Nous devons nous relever de nos cendres. Et cela ne se fera pas sans pertes. Nous avons perdu Sauvageau, Plante, Lanigan et Giuliano. Pire encore, le curé Lamare a dû être abattu quand il a tenté d'empêcher la capture de la descendante de Dame Corriveau.

— Grave perte, en effet. C'était un maître en divination, le mentor m'ayant le mieux formé. Remarquez qu'il ne nous aurait jamais rejoints…

— *And*… à propos du… *how do you say*… du descendant de Jean-Pierre Lavallée ? demanda Anderson qui s'était tenu coi depuis la fin du souper.

— Vous voulez parler du vicaire François Gauthier ? Notre Seigneur en aura besoin de la même façon que la fille Latulipe pour Dame Corriveau.

La panique monta en Faustin comme une bile amère, lui retourna les boyaux et crispa ses muscles. *Voilà pourquoi ils nous poursuivaient !* pensa-t-il brièvement, terrorisé à l'idée d'être découvert.

— N'aviez-vous pas comme mandat, messire Gamache, de capturer vif le descendant Lavallée ? souligna le shérif Sewell, satisfait de renverser les rôles au jeu de la discréditation.

— Et le *nephew* du curé Lamare, *by the way* ? renchérit Anderson, qui soutenait le camp de Sewell.

La bouche de Faustin s'assécha et il dut se contenir pour ne pas se précipiter vers la porte, qui n'était qu'à quelques verges. Il chercha un prétexte pour quitter les lieux sans éveiller les soupçons.

— Il y a eu des contretemps. J'avais sous-estimé leurs forces lors de mon premier assaut. Sous forme d'effigie, je comptais m'approcher furtivement et les paralyser l'un et l'autre. On m'a pris de court et il m'a fallu du temps, par la suite, pour découvrir qu'ils se rendaient dans la vallée du Saint-Maurice. Mon épouse a tenté de lancer une bête à grand'queue contre eux, encore sans succès... puis nous avons perdu leur trace. Guidés par une Indienne, ils ont emprunté un chemin dont j'ignorais l'existence. Lorsque ma femme a compris qu'ils s'étaient abrités au Sanctuaire indien, nous avons lancé un assaut massif.

— Et on vous a encore repoussés ! railla Sewell.

— J'y ai perdu Thomas Plante, mon apprenti. Mais j'ai pu soupeser leur véritable efficacité. J'ai fait cerner la cabane du curé du Mont à l'Oiseau par une vingtaine de wendigos.

— *What he said?* murmura Anderson à son voisin.

— Wendigo, répéta Gamache. *A ghoul*, ou jack mistigri, comme les appellent les hommes de chantiers. Mais nos cibles n'étaient pas présentes. Elles étaient aux ruines du Collège, je présume. Alors que nous nous y déplacions, je les ai vus traverser en chasse-galerie.

— Ils vous avaient encore une fois devancés.

— Alors je suis passé à l'assaut en levant une marionnette magnétique. J'y ai laissé trois ans de ma longévité, messieurs. Trois ans ! Mais sans que je puisse découvrir comment, j'ai été repéré et ma concentration a été brisée.

— Peut-être n'êtes-vous pas l'homme de la situation, messire Gamache, suggéra le shérif comme s'il suçait un bonbon.

— N'ayez crainte. Il me reste encore deux jours pour respecter les délais exigés par notre Seigneur, rappela le sorcier roux avant de fixer son regard dans celui de Sewell et de décréter à son intention : *however fearful they were, in whatever direction they ran, eventually they will discover the truth and it is there that I will find them.*

N'y tenant plus, Faustin plongea la main dans son gilet pour extirper le sort de téléportation que François lui avait préparé. Il stoppa son geste quand un serviteur vint se planter à ses côtés pour lui remettre un salvateur message, rédigé à la hâte d'une écriture si pointue qu'elle avait percé le papier par endroits : *Accompagnez l'homme de maison à l'étage. J'ai à vous entretenir. Pardonnez mon audace. Elizabeth.*

Aussi soulagé que l'homme attrapant une corde alors qu'il croyait se noyer, Faustin s'empressa de suivre le domestique. Absolument personne ne lui prêta la moindre attention lorsqu'il quitta le salon.

◆

Le serviteur lui avait ouvert la porte, lui avait enjoint d'entrer d'un geste et était reparti sans un mot. C'était une luxueuse chambre d'invités, meublée avec ce même goût pour l'ostentation qui agrémentait le salon à l'étage du dessous. Le mobilier était de bois foncé, presque noir, contrastant agréablement avec les draperies ivoire, les accessoires d'argent et le nombre étourdissant de chandelles illuminant la pièce, comme une seconde Voie lactée. Voluptueusement alanguie sur un divan, Lady Elizabeth s'admirait dans un grand miroir. Ses cheveux noirs d'encre, libérés de leur coiffure, cascadaient sur ses épaules. Elle ne portait plus sa somptueuse robe lilas mais un vêtement de soie noire, fin et presque transparent, qui lui collait au corps pendant qu'elle se levait avec une grâce immatérielle.

Le sang de Faustin se mit à battre violemment dans ses tempes. Il avait les jambes flageolantes et dut s'appuyer sur un meuble pour ne pas tomber. Elizabeth, qui s'était levée, fit trois pas dans sa direction, effleura son torse d'une infime pression de la main, en l'invitant à s'asseoir dans un fauteuil.

Une étrange confusion envahit l'esprit de Faustin. Il devait se méfier de quelque chose mais n'arrivait plus à se rappeler de quoi. Comme du sable au vent, l'existence du monde extérieur s'effaçait sans qu'il en éprouve le moindre regret. Les yeux sombres de la Noire, puits insondables et mystérieux, brillèrent quand elle esquissa un sourire sensuel :

— Je suis heureuse que nous soyons enfin seuls, monsieur… ?

Faustin se rendit compte qu'il retenait son souffle depuis un bon moment. Il déglutit avec peine.

— … Boisvert, répondit-il après un certain délai. Pierre-Joseph Boisvert.

Elizabeth s'immobilisa dans une attitude de défi, fière et désirable. D'un simple mouvement ondoyant, elle se débarrassa de son vêtement comme un papillon émergeant de sa chrysalide. À la fois magnifique et imposante dans sa nudité, elle posa délicatement un genou entre les cuisses de Faustin et effleura son visage de ses cheveux soyeux pour poser un baiser sur son front. Avec un petit rire espiègle, elle cueillit la main de Faustin pour la poser sur ses seins lourds, qui s'épanouirent au premier contact. Elle porta les lèvres à son cou, remonta jusqu'à l'oreille qu'elle mordilla tendrement avant de chuchoter :

— Vous me rappelez votre nom, très cher ?

— Faust… Pierre, parvint à articuler Faustin tandis que l'univers tout entier tournoyait autour de lui.

— Et d'où es-tu, Faustin ? demanda encore Elizabeth guidant la main de Faustin vers le bas de son ventre.

— De Notre-Dame des Tempérances, répondit-il en éprouvant, tout à coup, le besoin de s'épancher. C'est à quelque huit lieues de Pointe-Lévy. Mon oncle affirme qu'il a choisi ce village car…

— Et ton oncle, que fait-il dans la vie ?

— Il est mort, énonça Faustin avec le même détachement que s'il avait parlé d'un étranger.

— Mais avant ?

— Il étudiait les arcanes. Les gens pensaient qu'il était prêtre, mais c'était un secret. Ou l'inverse...

Le monde hors de cette pièce, les gens autres que cette femme, les moments antérieurs à celui-ci, plus rien de tout cela n'existait. Faustin ne prêta pas attention au bruit des pas qui approchaient de la pièce, ni à la porte qui s'ouvrit avec fracas. Il eut à peine une réaction quand une voix aboya :

— Elizabeth ! Il suffit !

Une infime fraction d'éternité, Faustin eut le sentiment qu'on lui arrachait l'âme. La nymphe d'ébène s'ôta de lui et perdit presque tout son éclat céleste. Elle n'était plus qu'une femme dévêtue, belle mais terrifiée, qui voilait sa nudité en s'enroulant promptement dans un drap.

— Sale catin ! Hors d'ici !

Le temps que Faustin rassemble ses esprits, la belle Noire avait promptement détalé – il l'entendit descendre l'escalier en trombe. La nouvelle venue était une femme altière vêtue d'une robe bourgogne et de gants qui lui montaient jusqu'aux coudes. Elle marchait avec la même lenteur, la même prestance que l'Étranger. Quand elle vint s'asseoir auprès de lui, Faustin la reconnut aussitôt. La fille du maire Latulipe, la fleur de Notre-Dame des Tempérances.

— Tu dois savoir qui je suis... lui demanda-t-elle d'une voix basse, presque triste.

— Rose ? demanda Faustin d'une voix hésitante, déstabilisé par l'autorité que venait de manifester une fille de village qu'il savait évaporée, boudeuse et naïve.

— Non, répondit-elle, ayant l'air de refouler un certain désappointement. Tu dois savoir, tu dois avoir compris...

Comme une clé qui ouvre une serrure, l'illumi-
nation révéla à Faustin ce qu'il savait être la vérité.
Il tenta de réprimer ses tremblements et se força à
répondre :

— Marie-Josephte Corriveau ?

— Je suppose qu'il sera plus aisé pour toi de me
donner ce nom.

Elle avait un ton étrange, presque mélancolique.
Toutefois, Faustin n'avait guère l'intention de s'attarder
plus longtemps. Il fouilla prestement la poche de son
gilet, extirpant le sort de téléportation. Rose, ou plutôt
la Corriveau, ne sembla pas remarquer son geste. Elle
posa plutôt une main sur sa tempe, en murmurant
avec douceur :

— Ne bouge pas…

Il ne perdit pas une seconde. Sans se soucier de la
femme qui avait été Rose, sans prêter attention aux
images qui naissaient dans son esprit, aux sons qui
jaillissaient de nulle part, à la *présence* qui envahissait
sa psyché, il hurla plus qu'il ne prononça la formule
de son sortilège :

— *Izan azif, issus khira, eth silukar-an sahsìr !*

À peine le dernier mot eut-il résonné qu'il se
retrouva dans une ruelle sombre, pris du violent désir
de fuir, de courir comme un dément, sans regarder
dans quelle direction il se sauvait. François le trouverait, François n'était pas loin, pour l'instant il
devait s'enfuir, s'éloigner le plus vite possible de cette
allée, de ce manoir, de cette Corriveau qui avait tenté
quelque chose sur lui, de ces images qui s'imposaient à sa mémoire et qui ne lui appartenaient pas,
qui menaçaient de l'envahir, de l'engloutir, de le
perdre dans un flot dont il ne pouvait même pas estimer la puissance.

Et soudain *elle* se berçait sur les genoux de sa mère. *Elle ?* Il était *elle*. Faustin n'existait plus. Avait-il seulement existé ? Les rues de Québec, sa fuite effrénée, tout cela s'effaçait. Pour *elle*, n'existait que cette maison de campagne, où ses frères et son père se réjouissaient, où *elle* profitait de son premier moment de joie depuis fort longtemps. C'était un souvenir qu'on se remémore, qu'on revit. C'était désormais *son* passé.

◆

Elle savourait son moment de gloire, assise sur les genoux de Mère. Il y avait longtemps qu'elle n'avait pas été aussi heureuse, avec ses parents et ses frères. Père était littéralement radieux. Cette petite bourse de cuir était une bénédiction pour toute la famille, un véritable don du ciel. Fini les semaines entières à subsister de galettes, les haillons qu'ils devaient tous porter, même le dimanche. Ce soir-là, pendant que Mère la berçait tendrement, ils avaient tous reçu de somptueux présents. Surtout elle : après tout, c'était grâce à elle que Père avait déniché cette bourse.

C'était la première fois qu'elle utilisait délibérément son talent. Enfin… elle avait toujours eu le don de retrouver les objets perdus, ça, tout le monde le savait. Un ruban oublié, un outil égaré, il suffisait de demander à la petite Marie-Josephte ; alors elle fermait les yeux, se concentrait un instant et l'image lui venait tout naturellement – le ruban était tombé dans le framboisier, le rabot dans la grange sous la bâche brune. Ses parents s'en émerveillaient.

— *Pas croyable*, racontaient-ils, *la mémoire de cette enfant. Suffit qu'elle ait vu quelque chose pour qu'elle se remémore chaque fois où il se trouve.*

Marie-Josephte riait intérieurement. Elle n'avait que six ans et cela l'amusait d'avoir ses petits secrets. Personne ne savait que ce n'étaient pas des souvenirs, mais les objets eux-mêmes qui se révélaient à son esprit. Puis un jour, son grand frère Antoine lui avait posé la question qui allait tout bouleverser:

— *Marie-Jo, tu sais où Père cache sa baboche?*

Antoine avait quatorze ans, l'âge où l'on est prêt à essayer tout et n'importe quoi. Sans réfléchir, Marie-Josephte lui avait indiqué la latte du plancher sous laquelle Père dissimulait sa flasque. Malheureusement pour eux, ils avaient été pris la main dans le sac. Mais Père ne les avait pas battus. Il avait exigé de savoir comment ils avaient découvert sa bouteille, puis avait passé la soirée à fumer pensivement, les yeux rivés sur sa fille.

Dès le lendemain, il l'avait prise en aparté:

— *Tu sais, Marie-Jo, j'pense que j'pourrais bien t'offrir c'te pantin que t'as vu l'autre jour, au magasin général…*

Marie-Josephte avait ouvert des yeux grands comme des écus, la bouche figée sur un Oh! silencieux. Le pantin du magasin général, avec son bel habit rouge et vert et son petit bonnet comique… elle en rêvait depuis des mois et passait de longues minutes à le contempler, chaque fois qu'elle accompagnait Mère pour les courses.

— *Seulement… poursuivit Père en hésitant, tu sais que j'suis point riche et que les temps sont durs… mais j'ai entendu parler l'aubergiste à propos d'une* bourse de cuir, enterrée quelque part derrière son étable…

La bourse, elle ne l'apprendrait que des années plus tard, servait à cacher les économies du tenancier. Aurait-elle agi de la sorte si elle avait su que Père planifiait un vol, sur la foi d'une rumeur ? Qui sait ? À six ans, cette histoire de bourse ensevelie lui semblait sortie tout droit de l'une des histoires du héros Ti-Jean, que Mère lui racontait avant d'aller dormir, quand elle était sage. Une sorte de trésor. Docilement, elle avait fermé les yeux et évoqué l'image mentale de la bourse :

— Elle est à douze pieds du mur ouest, au pied du petit cèdre, annonça-t-elle.

Ce soir-là, ils mangèrent un festin digne d'un réveillon : du lard, des œufs, du pain frais… même de la mélasse. Père n'avait pas été d'aussi bonne humeur depuis longtemps. Et ce soir-là, il y avait eu des présents pour tout le monde : de beaux habits, des souliers neufs… et le merveilleux pantin du magasin général.

CHAPITRE 12

Visions et révélations

La bourse avait été la première découverte d'une longue série. Quand le cheval d'un voisin se sauva, Marie-Josephte le repéra au fond d'un petit boisé. Père le retrouva et alla le vendre à Saint-Michel. Puis un crieur annonça que le curé récompenserait d'un porcelet bien gras celui qui retrouverait le chapelet d'argent qu'une dame de Québec avait perdu aux abords de l'église. Marie-Josephte le découvrit, égaré près des rosiers du presbytère.

Peu à peu, c'était devenu une habitude pour la famille, un talent de la maison, tout comme son frère Antoine était un habile chasseur ou son frère Pierre, un talentueux violoneux. C'était devenu si anodin qu'au fil des années Père n'eut qu'à annoncer que la jument Grise avait besoin d'un fer pour que Marie-Josephte lui révèle qu'il en trouverait un sur la route, près d'une talle de framboises.

Dans le secret de sa chambre, Marie-Josephte berçait ce pantin dont elle ne s'était jamais séparée depuis huit années. C'était une sorte de talisman qui lui rappelait que tout ce qu'ils avaient, ils le devaient à son don. Elle avait désiré ce petit Arlequin pendant tant de mois. À quatorze ans, elle était beaucoup *trop âgée pour jouer encore à la poupée, mais elle le conservait précieusement. Il lui rappelait que rien ne lui serait inaccessible, tant qu'elle disposerait de son petit talent.*

Ce soir-là, la lueur d'un fanal annonça la venue d'un veilleux. C'était Jérôme Bouchard, accompagné de son fils Charles. Le père comme le fils étaient de solides gaillards, blonds comme les blés à l'automne et joyeux comme des enfants en vacances. Ils avaient la bonne humeur contagieuse, le rire facile, la chanson rapidement aux lèvres.

C'étaient des habitants de Saint-Thomas de la Pointe-à-la-Caille qui venaient d'hériter de la propriété d'un vieil oncle ici, à Saint-Vallier. La terre avait l'air fertile, mais la maison avait besoin d'une solide remise à neuf. Et ils n'étaient vraiment pas riches, car ils avaient tout perdu lors d'un incendie. L'héritage avait été un vrai cadeau du Ciel, et si seulement... ils savaient que l'oncle avait laissé son avoir quelque part dans la vieille bicoque, mais n'avaient aucune idée de l'endroit. Père jeta un regard lourd de sens à Marie-Josephte, comme chaque fois qu'il repérait une rapine potentielle. Mais ce soir-là, elle ne s'en préoccupa pas. Elle avait l'esprit ailleurs.

Ce n'est que tard dans la nuit qu'elle osa confier la vérité à son pantin : elle était amoureuse de Charles Bouchard, depuis le premier jour où elle l'avait aperçu. Son pantin ne pouvait pas répondre, mais sa simple présence constituait une réponse en soi. Tant qu'elle aurait son don, elle pourrait obtenir tout ce qu'elle voulait.

Même Charles.

◆

Elle ne se berçait pas d'illusions. Elle savait perti-
nemment que si elle avait été invitée à cette veillée,
chez les Bouchard, c'était parce que son frère était
un habile violoneux. Malgré cela, Charles avait eu
la gentillesse de l'inviter à danser, le temps d'un
cotillon. Tout en gentillesse, le Charles. Mais elle
voyait qu'il ne se souciait pas d'elle. Sa nouvelle
robe, ses cheveux brossés jusqu'à devenir soyeux
comme de l'étoffe, les tartes dont elle avait minutieusement guetté la cuisson dans le seul but de les
lui offrir... Il ne remarquait rien de tout cela. Seule
lui importait Isabelle Sylvain, la fille du docteur,
vêtue comme une reine, du parfum dans ses cheveux
couleur d'or. Mais Marie-Josephte ne resterait pas
les bras croisés. Elle avait bercé son pantin presque
une heure avant de venir. Elle y avait puisé sa détermination.

C'est donc sans penser aux ragots, sans se préoccuper des regards outragés des vieilles mères, que
Marie-Josephte suivit Charles à l'extérieur où il était
sorti se rafraîchir. Avant même qu'il n'énonce quoi
que ce soit, elle amena le sujet d'un ton qu'elle voulait
désinvolte :

— Tu sais, l'avoir de ton oncle qui serait caché
dans la maison...

Charles se retourna vivement vers elle, soudainement intéressé par ses paroles.

— Tu sais où le vieux l'a caché ?

— J'suis pas sûre... hésita faussement Marie-
Josephte malgré la clarté de sa vision. J'ai entendu
des vieux qui jasaient... il serait question de creuser
le plancher de terre battue, sous le poêle.

— *Quels vieux ? Qui a dit ça ?*

— *Bof… l'père Gélinas*, marmonna-t-elle, sachant que l'ancien engagé était mort l'année précédente.

— *L'oncle aurait mis son engagé dans l'secret ?*

— *Le vieux voulait peut-être juste jouer à l'intéressant… mais tu perds rien à vérifier.*

Charles regarda autour de lui, mal à l'aise.

— *Tu devrais rentrer, Marie-Jo. C'est pas convenable de me voir sans chaperon.*

Dès le lendemain, Charles vint lui rendre visite, accompagné de son père. L'argent avait été trouvé à l'endroit indiqué, bien entendu. Les voisins la remercièrent plus d'une fois. Tout le temps qu'ils furent là, Marie-Josephte fuit le regard de son père. Il avait convoité cet avoir, après tout. Néanmoins, quand les visiteurs furent partis, il posa une main rassurante sur son épaule :

— *J'te comprends, ma fille. T'as bien agi. C'te Charles est un bon parti : vaillant à l'ouvrage, sans malice, sans sacre ni boisson.*

Il échangea un regard entendu avec sa mère.

— *Si tu réussis à l'faire venir veiller, j'le laisserai t'conter fleurette.*

On vint frapper à la porte dès l'aube, le jour suivant. Mais ce n'était pas Charles. C'étaient des soldats venus de Québec à la recherche d'un espion anglais. Leurs contacts affirmaient qu'il se cachait à Saint-Vallier. Les militaires firent les recommandations d'usage : surveiller les enfants, ne pas laisser sortir les filles seules, garder une arme chargée. Une battue serait organisée dans les bois et une récompense de trente louis serait accordée à quiconque

*permettrait l'arrestation du criminel. Une fortune.
Sitôt les soldats éloignés, le père de Marie-Josephte
s'exclama en se frottant les mains :*

— *Trente louis ! Dis-moi vite où s'trouve c'te mécréant...*

*Elle l'avait vu clairement, au détour de sa vision
seconde. Un homme riche, vêtu de noir, aux traits et à
la posture aristocratique. Sûrement un noble britannique, d'où l'énormité de la récompense. Néanmoins,
elle avait également repéré le lieu de sa cachette : le
sous-sol de la veuve Bellemare.*

— *Qu'est-ce qui arrivera à la personne qui dissimule l'Anglais, Père ?*

— *Aucune idée. Ils l'arrêteront, sûrement.*

*Arrêter la veuve Bellemare. Cette pauvre vieille,
n'ayant pas un sou en poche, toujours à guetter les
corvées collectives pour s'attirer les bonnes faveurs
du voisinage... non, elle ne pouvait pas dénoncer
cette femme. Son père vit son hésitation et se fâcha :*

— *Si tu le veux, ton Charles, t'as intérêt à ce que
je puisse te faire grande dot parce que la fille du
docteur Sylvain...*

*L'argument la frappa comme un coup au ventre.
Le souffle coupé, elle se laissa lourdement tomber
sur une chaise et hocha la tête en direction de son
père.*

— *Chez la veuve Bellemare, couina-t-elle, morti-
fiée de honte.*

*Deux nouvelles la frappèrent coup sur coup, ce
soir-là. La première fut le jugement hâtif et la déclaration de la pendaison prochaine de la veuve Bellemare. Elle avait confessé qu'elle dissimulait l'Anglais*

contre une forte somme d'argent. La seconde nouvelle fut l'annonce des fiançailles de Charles et d'Isabelle Sylvain. La découverte des économies de son défunt oncle lui fournissait les moyens de s'établir. Dans le secret de sa chambre, étouffée par un chagrin si fort qu'elle en souffrait dans tout son corps, Marie-Josephte pleura de longues heures. Sur sa table de chevet, son pantin la contemplait, silencieux. Elle le serra contre son cœur, lui murmura ce que seul lui pouvait comprendre :

— Moi aussi, on tire mes ficelles.

◆

Un homme l'observait. *Elle* avait l'impression que c'était son frère, mais ce n'était ni Antoine ni Pierre. *Elle – Il –* se redressa à demi dans le lit. Les murs, la pièce, tout cela lui était familier. Le presbytère. *Elle* s'estompait, *Il* s'éveillait. Faustin.

— Tu nous as fichu une sacrée peur, déclara une voix qu'il reconnut être celle de François. Tu courais comme un dément par les ruelles, en hurlant et en te tenant la tête à deux mains, comme si tu avais peur de la perdre. Tu as bien failli te jeter du haut des remparts… Shaor'i t'a arrêté juste à temps.

Tout lui revenait. Elizabeth, le manoir, la Corriveau incarnée dans la chair de Rose Latulipe…

— Nous sommes à la maison, affirma Faustin en fixant le vicaire.

— Au presbytère, oui. J'ai cru que ses protections magiques étaient indispensables, maintenant que nous connaissons leurs desseins.

— Alors depuis combien de temps suis-je…

— Seulement une demi-heure. Nous sommes rentrés en chasse-galerie afin de mettre un maximum de distance entre eux et nous.

— Ils nous ont poursuivis ?

— Pas à ce qu'il me semble. Ils doivent croire que tu es toujours dans cette chambre, avec cette Corriveau. Le sort de clairaudience a très bien fonctionné, Faustin. J'ai clairement entendu les dissensions qui règnent au sein du groupe. Probablement que la Corriveau a elle aussi ses propres vues.

Faustin hocha la tête, but un gobelet d'eau laissé sur une table de chevet, de toute évidence à son attention. Il lui fallut du temps pour expliquer sa… « vision » n'était pas le mot. Il n'avait pas seulement *vu* l'enfance de Marie-Josephte mais aussi *ressenti* les émotions comme si elles avaient été les siennes. Plus encore. Il avait *été* Marie-Josephte au cours de ce rêve étrange.

François l'écouta patiemment, l'interrompant parfois pour demander des détails.

— Un transfert mnémonique, décréta-t-il quand Faustin eut terminé ses explications. L'inverse du sort de sonde mémorielle que j'ai déjà utilisé sur Crête ou sur le jeune Boisvert. Plutôt que de lire tes souvenirs, elle t'a implanté les siens.

— Mais pourquoi ?

— Pour des raisons qui doivent favoriser ses propres ambitions. Ton évasion inopinée a probablement perturbé le sort. D'où ta réaction hystérique. Ce qu'elle voulait te transmettre te reviendra par à-coups au fil des prochaines douze à seize heures.

Nerveux, François se remit à fouiller dans la pièce. Il fourrait vêtements et menus objets dans un vieux sac de jute.

— Depuis le début je savais que c'était une mauvaise idée. Jamais je n'aurais dû te laisser courir un tel risque. Mais au moins je sais maintenant pourquoi ils en ont également contre moi.

Consterné, Faustin jeta un coup d'œil autour de lui. Des caisses et des caisses de livres avaient été enlevées des étagères du bureau de son oncle. Leurs possessions avaient été entassées dans trois malles. D'énormes liasses de billets étaient roulées et cordées dans une boîte à cigares. Juste à côté, le pot à farine avait été vidé de son contenu et empli de pièces de toutes sortes.

— J'ai pris toutes les liquidités qu'il y avait chez le notaire Lanigan. Ça nous servira à acheter une terre dans l'Ouest.

— Une terre dans l'Ouest? bafouilla Faustin, l'esprit encore embrumé par sa vision.

— Prépare tes affaires, si tu te sens rétabli. Nous ne pourrons pas amener toute la bibliothèque, mais j'ai l'essentiel. Il faudra brûler le reste, pour éviter qu'il ne tombe dans de mauvaises mains.

— Tu m'inquiètes, François. De quoi parles-tu?

— De l'Ordre du Stigma Diaboli, quelle question! Ils me réservent le même sort qu'à Rose et souhaitent te faire Dieu sait quoi à cause de ton vieillissement localisé... il est hors de question de rester ici. Baptiste est parti acheter un rabaska. Il aura davantage de contenance qu'un canot pour lever une chasse-galerie. Nous irons chercher Madeleine tout à l'heure.

Atterré, Faustin vit François arracher un à un les tiroirs de sa commode et éparpiller leur contenu sur le plancher.

— Ton oncle était au courant, tu sais?

— De quoi ? demanda bêtement Faustin, trop stupéfait pour réagir davantage.

— Pour mon ancêtre. Jean-Pierre Lavallée.

Lavallée. Oui, il se souvenait vaguement d'avoir entendu ce nom pendant le souper au manoir Sewell. *« Et à propos du descendant de Jean-Pierre Lavallée ? »* avait demandé ce maigre Anglais, cet Anderson. Et la réponse avait été des plus inquiétantes. *« Vous voulez parler du vicaire François Gauthier ? Notre Seigneur en aura besoin de la même façon que la fille Latulipe pour Dame Corriveau. »* L'état de François devenait soudainement beaucoup plus compréhensible.

— Tu dis que mon oncle savait ?

— Tout est là, s'exclama François en désignant une petite boîte remplie de documents. Mon arbre généalogique. Les études à mon sujet. La biographie de mon ancêtre Lavallée et tous ses exploits. Ton oncle était au courant depuis le début, Faustin. Il m'a cherché pendant des années et m'a pris à son service quand il m'a enfin repéré. Pour me protéger, semble-t-il. Mais il aurait mieux agi en m'envoyant le plus loin possible d'ici. Comme il aurait dû le faire pour cette pauvre Rose…

— Ça n'aurait servi à rien, coupa la voix de Shaor'i.

L'Indienne était assise sur le rebord de la fenêtre.

— Depuis quand nous espionnes-tu ? demanda le vicaire, piqué.

— Je viens de me poser.

Elle ramassa une chaise pour s'asseoir sur le dossier, les pieds sur le siège.

— T'envoyer à l'extérieur n'aurait servi à rien. Pas plus que ta fuite dans l'Ouest. Tout au plus, vous y gagnerez quelques années de répit. Mais ils vous retrouveront.

— Il y a des sorts d'étanchéité à la divination. Des égides contre le repérage.

— Leur maître les outrepassera. Je l'ai vu, à travers les fenêtres du manoir. Ce n'est pas n'importe quel sorcier de village. J'ai ressenti son aura, même à vingt-cinq pieds de distance.

Elle sauta de sa chaise et vint se planter face à Faustin.

— Tu t'es tenu à ses côtés, non ? Tu dois l'avoir perçue… une attraction, une puissance comme un torrent qui engloutit tout sur son passage !

— Oui. C'était comme… être devant un grand seigneur… un empereur ou même le pape, pour un croyant. J'avais la certitude qu'il pouvait voir jusqu'à mon âme.

— Tu n'es pas de taille, décréta Shaor'i en se retournant vers François. En supposant qu'il ne te rattrape pas avant ton départ, il te traquera sans relâche. Le temps n'a pas d'emprise sur lui. Il t'aura.

— Que veux-tu que je fasse d'autre ?

— Ce que nous avons tenté pour Rose. Trouver les restes de ton ancêtre et les réduire en fine poussière que nous jetterons dans le fleuve.

— Et qu'est-ce qui te dit qu'il n'est pas trop tard, qu'ils n'ont pas déjà la dépouille en leur possession ?

— Ceci, annonça Shaor'i en sortant un objet dissimulé dans son vêtement : un anodin morceau de granit de la taille du poing.

Qu'est-ce que c'est ? allait demander Faustin avant que le sol ne semble se mettre à tanguer et ne l'empêche de s'exprimer. L'instant d'après, le vertige l'emporta à nouveau dans le tourbillon d'une vision.

◆

C'est sous le prétexte d'aller cueillir des bleuets que Marie-Josephte s'était éloignée de la maison. Au fil des jours, le chagrin était devenu moins sourd, moins cruel, mais il était toujours présent comme un poids dans le ventre. Les regards compatissants de sa mère ne faisaient qu'empirer son sentiment. Elle n'avait pas besoin de pitié ni de compassion. Juste qu'on la laisse seule avec sa peine.

Les bleuets étaient bien mûrs. Elle s'était accroupie dans une talle et remplissait son seau avec diligence. Il ne lui fallut qu'une heure pour vider méthodiquement le feuillage du moindre fruit bleu. Comme elle allait se lever pour chercher un nouvel endroit, une voix l'appela entre les arbres :

— Il y en a beaucoup par ici.

Marie-Josephte se redressa, stupéfaite et vaguement apeurée. L'espace d'un instant, elle en oublia même les armées de moustiques qui tourbillonnaient autour d'elle. Le criminel anglais, cet homme qui avait causé la perte de la veuve Bellemare, se tenait à six verges d'elle. Sur le coup, elle voulut hurler mais, inexplicablement, elle restait paralysée et muette.

— J'ai toujours aimé les bleuets, expliquait l'homme vêtu de noir en avançant vers elle. Pas tant pour leur goût que pour le symbole. Ils sont les premiers à pousser après un incendie, ils émergent d'un sol humble et offrent aux pauvres une délicate douceur… tu peux répondre, Marie-Jo. Je ne te ferai rien. Ai-je l'air d'un Anglais ?

Force était d'admettre que non. Il avait une belle diction, comme un Français. Tout dans ses manières, *dans ses habits, témoignait d'un grand raffinement. Il émanait de lui une sorte de force qui la fascinait plus qu'elle ne l'effrayait. Retrouvant l'usage de la parole, elle demanda faiblement :*

— Qu'est-ce que vous me voulez ?

— Je veux te parler, Marie-Jo… c'est une bonne année pour les bleuets. J'y pense… tu connais la légende du phœnix ?

Toujours inquiète, Marie-Josephte se contenta de secouer la tête.

— C'était un oiseau fabuleux qui vivait plusieurs siècles. Il était incapable de perpétuer sa race, car il était seul de son espèce. Néanmoins, il devait assurer sa descendance : quand il sentait la mort proche, il s'embrasait lui-même. De ses cendres naissait un autre phœnix.

Le visage bienveillant, l'homme ajouta :

— Une forêt incendiée est comme le phœnix, vois-tu. Et lorsqu'elle revient à la vie, les bleuets sont les premiers fruits de sa renaissance.

— Cet oiseau, ça ressemble aussi à l'histoire de la résurrection du Christ, non ?

— Peut-être un peu…

— Et les bleuets, abondants pour les pauvres et fruits de la résurrection… on devrait communier avec des bleuets ! plaisanta timidement Marie-Josephte avant de rougir violemment en constatant son blasphème.

Mais l'étranger ricana :

— Tu as raison, au fond. C'est un bon coin à bleuets ici. Tu l'as trouvé avec ton don ?

La peur revint instantanément dans la gorge de Marie-Josephte, se mua en terreur, en panique, puis retomba aussitôt quand l'étranger la rassura :

— Ne t'inquiète pas. Personne d'autre que moi n'est au courant. Tu as un sacré talent, tu sais ? Tu aimerais réussir autre chose grâce à ton don ?

Mi-méfiante, mi-curieuse, Marie-Josephte demanda :

— Comme quoi ?

— Oh ! Toutes sortes de petites choses. C'est pour ça que je suis ici, tu vois. Je suis un peu comme le phœnix, plus ou moins sur mon déclin. Je peux m'en remettre, tu sais… avec un petit coup de pouce. Tu pourrais m'aider, avec ton don. Et en échange, tu pourrais apprendre à l'utiliser pour mettre la main sur ce Charles Bouchard, qu'en penses-tu ?

Quelque chose en elle lui soufflait qu'elle devait avoir peur. Pourtant, elle se sentait plutôt ravivée, ressuscitée elle aussi. L'étranger semblait l'avoir remarqué.

— Tu sais lire ?

— Très bien, s'enorgueillit Marie-Josephte. Ma tante est institutrice.

— Fort bien. La veuve Bellemare étant décédée, sa maison est vide, n'est-ce pas ? Si tu t'y rends de nuit et que tu descends à la cave, tu trouveras un meuble ancien. Tout ce qu'il te faudra faire, par la suite…

◆

C'était un petit meuble carré de deux pieds de côté, monté sur des pattes finement travaillées. Le bois était d'une essence que Marie-Josephte ne pouvait identifier : un bois foncé, presque noir. De la paume, elle caressa le grain lisse, puis suivit du bout des doigts les étranges dessins, presque invisibles, qui avaient été gravés sur le pourtour. Le meuble avait une double porte sur le devant, ornée de deux petites poignées de cuivre. On avait creusé de chaque côté de ces portes une espèce de crochet qui rappelait une lettre S stylisée.

À première vue, le meuble était aussi simple que cela. D'une beauté magnifique, certes, mais tout de même un meuble ordinaire. Or, Marie-Josephte savait que cette simplicité était trompeuse. Suivant les indications données par l'étranger, elle laissa d'abord la double porte fermée et tourna la poignée de gauche d'un quart de tour. Elle eut la satisfaction d'entendre un cliquetis discret. Puis elle tira sur la poignée de droite. Un tiroir secret s'ouvrit sur le côté.

Marie-Josephte s'empressa d'en examiner le contenu et fut déçue de ce qu'elle y trouva. Une petite règle, un compas, des équerres, une table de mesure des angles. Elle mit ces objets de côté et s'affaira à trouver la seconde cachette.

Elle se leva, pressa d'une paume la surface du meuble dans son coin inférieur gauche. De l'autre main, elle fit tourner la patte située juste en dessous. Celle-ci se détacha ; elle était creuse. À l'intérieur, elle découvrit quelques fioles et un tube d'acier dans lequel était roulée une épaisse liasse de parchemin.

Sans prendre le temps de les examiner, Marie-Josephte passa la main sous le meuble. Elle mit plusieurs minutes à repérer au toucher une fente très fine, presque invisible. Quand elle l'eut décelée, elle y enfonça l'aiguille qu'elle avait apportée dans ce but. Un autre déclic. Lentement, la jeune femme se releva, ouvrit la porte de droite en veillant à ce que celle de gauche reste bien close. Encore un déclic. Alors seulement elle ouvrit la seconde porte et constata qu'une planchette, qui s'était soulevée, révélait le double *fond et le livre qu'il contenait. Avec le soin qu'elle aurait eu pour un bébé naissant, elle extirpa le bouquin de sa cachette. C'était un livre à couverture de cuir rouge, enjolivée de coins de laiton. On y avait tracé le même symbole que sur les portes du meuble. Le titre fut difficile à déchiffrer tant il était rédigé d'une calligraphie alambiquée :* Traité de goétie, maîtres ensorcellements. *Et, en plus petit* : De maintes choses merveilleuses & effroyables ; De la thaumaturgie de l'Ordre du Stigma Diaboli.

◆

— Il est revenu, annonça une voix qu'il identifia rapidement, celle de Shaor'i.

— Une autre vision ? demanda le vicaire, inquiet.

Faustin hocha la tête.

— Encore une vétille. Une scène de son adolescence. Son premier amour, je crois.

Avec reconnaissance, il accepta le gobelet d'eau que Baptiste lui tendit, ne réalisant qu'après coup :

— Tu es de retour ?

— Rien que depuis cinq minutes. 'Pas pu trouver de rabaska dans l'village. Faudra chercher à Pointe-Lévy.

— De toute façon, nos plans ont changé, rétorqua François.

Faustin se redressa à moitié dans son lit :

— Comment ça ?

— C'te mécréant d'marin, c'te Giuliano… Il a été retrouvé dans une cale de navire. Il avait passé la nuit à hurler que l'diable était après lui… pis on l'a retrouvé réduit en cendres, comme le notaire Lanigan.

Faustin frémit et s'efforça de ne pas se sentir partiellement coupable. François ajouta :

— Si l'Étranger est aussi puissant que le prétend Shaor'i, rien ne nous sert de nous enfuir sans au moins assurer nos arrières. La dépouille de Jean-Pierre Lavallée repose sur l'île d'Orléans et ils ne peuvent y avoir accès sans disposer de la clé appropriée. Nous avons donc une chance de la détruire.

Shaor'i posa son petit bloc de granit sur la table de chevet.

— Le sorcier Lavallée était métis. Il a été enseveli selon les rites chrétiens, à *Mi'Nigo,* mais c'est aux Danseurs qu'il a confié l'unique moyen d'accéder à sa sépulture. Je viens d'aller la quérir à Otjiera. Nous la conservons depuis cent trente ans.

— *Mi'Nigo* ?

— Le nom sacré de l'île que vous nommez « d'Orléans ».

François fouilla dans la caisse contenant les détails de sa généalogie. Il choisit un livret de cuir dont il avait marqué une page :

— Lavallée a été un sorcier extrêmement influent aux derniers jours du Régime français. Comparable au Merlin des légendes celtes, je dirais. Ses débuts ont été modestes et il est écrit qu'il a frôlé le procès pour sorcellerie. Il en a réchappé grâce à Jean Talon en personne qui avait, par hasard semble-t-il, assisté aux exploits de Lavallée. Ils sont devenus des amis intimes et Lavallée a été régulièrement invité aux assemblées du Conseil souverain. Et il n'avait que la vingtaine.

Baptiste eut un sifflement admiratif. Toujours de la même pile, François extirpa une liasse de très vieilles lettres, écrites à la main.

— J'ai certaines correspondances jésuites le mentionnant. On le décrit comme un survivant de l'Ordre Théurgique et on requiert la permission de l'éliminer. Mais Lavallée est déjà très connu des hautes sphères de Québec et les Jésuites n'arrivent pas à l'atteindre.

— Ils devaient bouillir de rage, remarqua Baptiste en ricanant.

— Je suppose, admit François en posant les missives pour ouvrir un vieux carnet. Et Lavallée paiera grassement ses protecteurs. Dans ce compte-rendu franc-maçon, il est question d'un sorcier qui assurera du beau temps pendant toute la durée des constructions des fortifications de Québec. Le soleil brillait alors que les averses inondaient les champs voisins. Quelques années plus tard, un chroniqueur explique comment Lavallée tracera : « *des lignes et des cercles gréés d'écriture païenne et qu'il chante en cette même langue* ». À la suite de quoi le sorcier se tordra dans tous les sens et il faudra se mettre à quatre pour le retenir.

— Divination temporelle, reconnut Faustin avec un pincement au cœur.

— En effet. Une fois remis de sa « crise cardiaque », Lavallée s'aventure dans le sous-sol du Château Saint-Louis et ordonne qu'on perfore une ouverture dans une paroi. On y trouve des dizaines de barils de lard salé. Et ainsi la famine de 1704 est évitée… Il y a mieux. Une lettre qu'un capitaine écrivit à son fils resté en France. En 1711.

François sortit une pile de feuilles jaunies attachées par une cordelette qu'il dénoua précautionneusement avant d'amorcer sa lecture :

Mon très cher fils,
L'Août en mois est de beau temps en Pays
de Nouvelle-France et j'ose penser que
mon épouse, ta mère, est de bonne santé
tout comme tu me racontais l'être dans…

— Passe à l'essentiel, coupa Shaor'i. Ou nous y
serons encore demain…

François lui jeta un regard offusqué puis sauta
plusieurs pages, cherchant un passage des yeux. Il se
remit à lire quand il l'eut trouvé.

Cette journée sera toujours marquée du
sceau d'étrangeté des choses qui n'arrivent
qu'en Monde Nouveau. Nous campions
sur une langue de terre désolée faisant
partie de l'île dite « aux Œufs ». Je fus
éveillé à l'aube par la cloche d'alerte et
on racontait que l'amiral anglais Walker
avait rassemblé une dizaine de navires
pour prendre d'assaut la forteresse. Non
loin, les colons s'étaient réfugiés en leur
demeure sans même se soucier des bes-
tiaux, et ces bonnes gens, une fois famille
à l'abri, ressortaient armés qui de sa
fourche, qui de sa houe, qui de son fusil
de chasse.
J'embrassai mon Saint Crucifix et la mé-
daille de la bonne Sainte-Anne tout en
manœuvrant mes braves hommes. Alors
on attira mon attention : la vigie avait
repéré, disait-on, un vieillard de la popu-
lace qui se refusait au refuge. Je lui recom-
mandai de prier pour son âme mais le
guetteur, un nommé Bayard, affirma avoir

reconnu un quelconque jongleur rebouteux du nom de Jean-Pierre dit « de la vallée », et qu'il s'agissait là d'un ancien intime du Seigneur Frontenac. Je portai longue-vue en cette direction mais, ne voyant là qu'un malpropre chétif brandissant un semblant de crosse pastorale, je ne prêtai pour l'heure nulle attention. Au moment précis où les navires britanniques abor-daient la Pointe, une brume comme jamais je ne vis recouvrit l'emplacement malgré le fait que, Dieu m'en est témoin, nous fûmes en chaude journée d'été. Sur mon âme de chrétien, fils aimé, je jure que ce brouillard fut si épais que nous ne vîmes bientôt plus que les pavillons et les sommets de voi-lures, mais nous entendîmes clairement les vaisseaux de l'escadre anglaise, ayant perdu tous repères, se fracasser contre les récifs. À travers les sons sinistres mais glorieux du bois qui éclatait, je perçus les cris des chiens d'Anglais qui périssaient de noyade. Certains corps étaient encore visibles quand la brume se dispersa aussi soudainement qu'elle vint. Mais du vieillard de la vallée, sur l'autre rive, je ne vis plus une trace, malgré qu'on lui attribuait déjà en nos rangs le brouillard providentiel.

— Pourquoi personne n'a jamais entendu parler de ça ? demanda Faustin. On jurerait entendre une histoire mythologique ou une épopée arthurienne.

— Je sais. Mais c'était il y a plus d'un siècle. Il s'est passé beaucoup de choses pendant le changement de régime… Le dernier témoignage au sujet de Lavallée date de 1719, quarante ans avant la prise de Québec. Quelque part au printemps, le sorcier présente ses adieux à ses amis et part s'exiler en forêt, sur l'île d'Orléans. Le gouverneur le supplie de rester : Lavallée lui a rendu plusieurs services et les deux hommes sont devenus de bons amis. Mais le sorcier tient à son départ.

François ouvrit le dernier document et lut :

> — *Vous me manquerez, Jean-Pierre. À mes fils également, et à tous les gens de Québec. Que feront-ils tous sans votre bénédiction ?*
> — *Je les ai bénis, m'assura mon ami. Mille fois bénis chaque jour que j'ai passé ici. Ce fut pour moi source d'une quiétude tant désirée. Mais écartez vos craintes : mon apprenti est allé à bonne école, de même qu'Ariane, ma fille, votre filleule. Avec ces deux érudits, la défense arcanique de Québec est entre bonnes mains. Vos stratèges ne verront même pas la différence.*

Plus loin dans ce journal, il est dit qu'Ariane se mariera deux ans plus tard avec l'apprenti de Lavallée, un certain Gauthier. C'est le gouverneur qui l'accompagnera à l'autel. Peu après, ils auront un fils, Pierre.

— Et ainsi se poursuit la lignée dont tu es issu… dit Faustin, visiblement impressionné.

— Ça étant dit, ajouta Baptiste, l'île a beau être p'tite, ça reste grand à arpenter dans une journée. En supposant qu'on en fasse bon chemin.

— C'est à l'église Saint-Laurent qu'il faut se rendre, affirma Shaor'i. C'est ce que m'a indiqué Otjiera. Pendant que nous y serons, il nous permettra de gagner du temps en agitant les flots du fleuve, de façon à retarder le départ des navires en direction de l'île.

— Donc nous prendrons la voie des airs ?

— C'est ce qui me semble le plus logique, affirma François. Nous reprendrons le canot qui a déjà servi, et nous avons toujours ton aviron gravé.

— Et pourquoi pas une téléportation, comme lorsque je me suis échappé du manoir Sewell ?

— Ce genre de sort ne marche bien qu'à courte distance. Dépassé la limite des cinquante verges, ou cent si l'on est un spécialiste, le sort perd sa précision.

— Tu lui expliqueras tout ça en chemin, dit Shaor'i. Nous perdons du temps.

◆

Du haut des airs, l'île paraissait à l'étroit entre ses battures. La chasse-galerie amorça sa descente, Shaor'i choisissant un lieu discret au sein d'une forêt de feuillus dépouillés de leurs atours. Ils brisèrent quelques branches lors de l'atterrissage et se posèrent dans un endroit désolé, loin du village.

Quelque chose ici déplaisait à Faustin. Il perçut le malaise dès qu'il eut mis un pied hors du canot. Une sorte de fourmillement qui semblait pulser du sol et crépiter sous la plante de ses pieds.

— La magie concentrée à Mi'Nigo dépasse largement ce que l'on trouve ailleurs, expliqua Shaor'i qui vit l'expression de son visage. Les Wendats ont utilisé cette île comme un haut-lieu de la magie pendant des siècles, avant d'en être chassés par les Blancs. Aucun village n'y était installé, mais plusieurs cérémonies s'y déroulaient à des moments très précis de l'année. Les Danseurs s'y réunissaient secrètement pour procéder à des enchantements collectifs ou échanger leurs connaissances.

— De leur côté, les théurgistes y ont tenu leur place-forte jusqu'au changement de Régime, compléta François. Ce n'est qu'au débarquement des Anglais que le siège de l'Ordre a été transféré au Mont à l'Oiseau.

En passant à l'outrevision, Faustin constata les traces argentées, bleues et noires qui s'attardaient au sol, s'accrochaient aux arbres, auréolaient les pierres – les lambeaux d'une époque révolue, où les arcanes étaient encore maîtres sur ces terres.

Ils suivirent une piste de chasse en pente raide qui devait les conduire hors des bois, à un mille de l'église Saint-Laurent. Tout au long du trajet, Faustin garda son outrevision bien focalisée ; il avait presque l'impression de se retrouver dans un passé pas si lointain où, racontait-on, les arcanistes étaient beaucoup plus nombreux.

Ils contournèrent un chêne gigantesque, âgé de quatre cents ans selon Shaor'i, duquel émanait une forte lueur de magie médiane. Quelques verges plus loin, une croix de pierre effondrée, mangée par la mousse et à demi ensevelie par le temps, laissait encore entrevoir qu'elle avait été enchantée par un théurgiste.

— Qu'est-ce qui a poussé les Indiens et les Blancs à concentrer tant de forces arcaniques sur cette île ? demanda Faustin en s'attardant devant des runes indiennes gravées des siècles plus tôt dans l'écorce d'un arbre séculaire, des *komkwejwika'sikl* comme les nommait Shaor'i.

— C'est un point stratégique, un lieu de défense tout désigné où le fleuve s'étrécit en deux petits bras, expliqua François. Mais c'est également un endroit isolé, que nul pont ni langue de terre ne relient au continent, gardé par une forêt dense et ancienne. Idéal pour agir en toute quiétude. Tiens, regarde, Faustin ! s'exclama-t-il en désignant une lueur du doigt.

La lumière dansante, fugitive, flottait entre les arbres. Elle avait cette couleur jaune-vert des lucioles, mais elle était de la taille du poing.

— Un feu follet ?

— Oui, mais celui-ci s'est égaré. Le corps physique de cet esprit est mort depuis longtemps, mais le feu follet l'ignore peut-être. La notion du temps est différente, sous cette forme – tu le sais mieux que quiconque, n'est-ce pas ?

Faustin hocha la tête, en se remémorant son expérience dans l'outremonde où neuf heures lui avaient semblé quelques minutes.

— Qu'est-ce qui te prouve que le corps n'existe plus ?

— On le constate à sa teinte. Les feux follets sont rougeâtres quand le corps de l'arcaniste est en bonne santé. Ils passent à l'orangé si le corps vieillit trop, deviennent jaunes à la mort de celui-ci. Esprits errants, ils verdissent tranquillement et s'éteignent quand ils finissent par bleuir. Celui-ci erre depuis un bon siècle, si ce n'est davantage.

— Pourrait-on lui parler ? Par magie, je veux dire ?

— Techniquement oui. Mais les feux errants sombrent vite dans la démence. On ne peut rien en tirer…

Indifférent à ses observateurs, le feu follet voleta subrepticement entre les arbres jusqu'à ce que Faustin le perde de vue. *J'aurais pu devenir ainsi*, pensa-t-il en réprimant un frisson.

— Mi'Nigo est un vrai nid à enchantements, expliqua Shaor'i. Il y a tant de magie concentrée ici que la moindre manifestation libre est attirée comme des phalènes par une lanterne. La population l'ignore plus ou moins ; ceux qui en savent un peu plus que les autres ont tendance à se taire, ou à être pris pour des menteurs.

— Et ça, qu'est-ce que c'est ?

Comme une étole flottant au gré du vent, le trait de lumière argentée ondulait dans l'air et semblait accroché aux branches d'un vieil érable.

— C'est tout ce qui reste d'un missionnaire que les Wendat ont pendu en raison de crimes odieux qu'il avait commis. Depuis plus de deux cents ans, il reste là à méditer sur ses méfaits. Il pourrait s'endormir s'il le voulait, mais il se maintient. Il n'est pas encore serein avec lui-même, je crois.

J'espère que mon oncle n'en est pas là, pensa brièvement Faustin avant de secouer la tête pour chasser une telle idée. L'atmosphère lui sembla soudainement s'alourdir, comme un ciel avant l'orage ou comme la salle à manger d'une auberge après une dispute entre clients. Quelque chose de franchement oppressant saisit Faustin à la poitrine.

Entre-temps, François était parvenu au sommet de la pente et s'était immobilisé, comme pétrifié. Il resta plusieurs secondes ainsi, le visage empreint de la plus complète stupeur, avant de parvenir à prononcer :

— Dieux des temps anciens… qu'est-ce que cet endroit ?

Faustin s'empressa de rejoindre le vicaire sur la crête, d'où il put apercevoir l'église Saint-Laurent. C'était une impressionnante construction de maçonnerie, aux portes massives, au clocher imposant, à la toiture de fer-blanc qui étincelait sous les derniers rayons du soleil. Mais ce ne fut pas le bâtiment lui-même qui l'ébranla autant qu'il avait statufié le vicaire. C'était ce que leur vue arcanique leur permettait de contempler.

Telle une œuvre sculpturale aux proportions titanesques que seule l'outrevision pouvait révéler, l'église palpitait sous les enchantements médians et goétiques. D'incandescents entrelacs de lumière bleue et noire s'emmêlaient à la manière d'un lierre immatériel, couvrant chacun des murs du bâtiment. Comme des arcs électriques, des vagues bleutées jaillissaient du sol et couraient le long de la façade jusqu'au clocher avant de se perdre dans les cieux. Un brouillard d'ombre, semblable à une nappe de goudron, couvrait le sol sur plusieurs verges de diamètre. L'air environnant était si surchargé de magie, si saturé d'arcanes qu'il semblait onduler. Les traînées lumineuses, azurées ou sombres, évoquaient les vagues de chaleur s'évaporant des toitures.

— C'est l'église qu'a fait construire le sorcier Lavallée, expliqua Shaor'i. Toute sa structure est conçue pour protéger ce qu'il y a en dessous. Il a été présent à chaque moment de son édification, soit comme contremaître, soit comme assistant d'architecte, soit comme ouvrier ou même comme cheval de trait.

— Hein ? Comme *cheval* ?

— C'était la forme animale de Lavallée. Il était métis, ne l'oubliez pas.

— T'es sûre, P'tite, qu'y a aucun risque ? La place a beau être une église, elle a rien de très catholique.

— Les paroissiens viennent ici régulièrement sans se douter de quoi que ce soit et ce, depuis les années 1700. Le prêtre lui-même ne se rend pas compte de la colossale quantité d'énergie qui émane de son église. Tout cela nous affecte à cause de nos sens particuliers, mais ce n'est pas le cas pour le commun des mortels. Je n'ai détecté aucune aura humaine à des lieues à la ronde. Il n'y a pas le moindre arcaniste dans les environs, pour l'instant.

— Dans ce cas, ne perdons pas de temps, décréta François. Doit-on contacter le curé de Saint-Laurent pour se renseigner ?

— Inutile, décréta Shaor'i. Il n'entend rien aux arcanes, n'en connaît même pas l'existence. J'ai avec moi la seule chose dont nous ayons besoin.

De sa bourse, elle sortit la pierre grossièrement carrée qu'elle leur avait déjà montrée au presbytère.

— C'est la Pierre Manquante. Lavallée l'a confiée aux Danseurs peu avant de trépasser. Il y a un trou, juste sous le clocher. Il suffit d'y insérer la pierre pour accéder à la sépulture.

L'air vint soudainement à manquer à Faustin. Il avança de quelques pas puis tomba à genou. Le vertige se saisit de lui avant qu'il ne puisse en avertir ses compagnons. Le décor se brouilla comme s'il le regardait à travers les ondulations d'un lac.

— Une vision ? s'inquiéta la voix lointaine, si lointaine, de François.

— Allonge-toi dans l'herbe, ordonna à des milles de là une femme dont Faustin avait oublié le nom.

Quelqu'un d'autre produisit des sons, peut-être des mots. Faustin ne les entendait plus. Impérieux,

inarrêtable, le songe s'imposa de nouveau à lui, à
elle.

◆

« … *de ce fait, deux masses sont attirées l'une
vers l'autre par une force proportionnelle aux deux
masses. Ainsi* $F = Gm_1m_2/r^2$. *La force gravitationnelle
pourra être annulée sur ladite chasse-galerie par
l'effet ondulatoire d'une formule arcanique de type
vibrato incantée en Ré (voir Cornelius Agrippa) et
supportée d'un diagramme incluant un octogone régulier dont les quatre apothèmes majeurs auront été
tracés suivant…* »

*Lassée, Marie-Josephte repoussa l'ouvrage en
soupirant. Dans de pareils moments, elle regrettait
presque l'époque où ses rapports avec les arcanes se
limitaient à son don pour la clairvoyance. Mais un
don n'était pas tout, à moins de se lancer dans de
longues méditations personnelles, comme les Sauvages médianistes. Sinon, il fallait plancher sur les
lois de la physique, élaborer ces foutus diagrammes
et mémoriser ces fichues formules.*

— *Je t'ai préparé du thé, Marie-Jo… annonça
Charles en s'immisçant dans le grenier qu'elle avait
reconverti en bureau d'étude.*

— *Merci… tu peux le poser là.*

— *T'étudies trop, Marie-Jo. T'devrais dormir plus.*

— *Je sais ce que je fais, Charles, répondit-elle
avec agacement.*

— *T'en es venue à parler comme un curé. Pour
sûr, tu vas devenir quasiment aussi savante que
l'docteur Sylvain.*

— *Je le suis déjà bien davantage*, dit-elle en songeant qu'effectivement son élocution s'était enrichie au rythme de ses lectures.

Elle s'offrit le luxe de se perdre quelques instants dans ses souvenirs. Quand sa diction avait-elle commencé à se modifier ? Peut-être depuis la découverte de ce vieil ouvrage de sorcellerie, dans le meuble secret chez la veuve Bellemare. Il n'avait fallu que six jours pour que Charles ne brise ses fiançailles avec Isabelle Sylvain, deux semaines pour qu'il la demande, elle, en mariage. Et le 17 novembre suivant, ils s'étaient mariés – pour ce que cela avait valu.

— *T'veux que j'te masse les épaules, Marie-Jo ?*

Cher Charles, toujours aussi attentionné après dix ans de vie commune.

— *Non, merci…*

— *Une collation ? Ton châle ?*

— *Je ne veux rien, Charles. J'étudie.*

Il sembla aussitôt se replier sur lui-même, comme chaque fois qu'elle lui parlait un peu brusquement. Pauvre Charles. Il lui vouait une telle adoration, presque de l'idolâtrie.

— *Comment vont les filles ?*

— *Angélique pis Françoise dorment toutes les deux. J'te laisse, à c't'heure.*

Marie-Josephte attendit qu'il fût parti pour soupirer. Quel être servile ! Cynique, elle contempla son vieux pantin vert et rouge, accroché à une poutre par ses ficelles. Voilà qui résumait parfaitement sa relation avec Charles. L'Étranger lui avait offert le jouet dont elle avait envie pour acheter sa collaboration. Un pantin… elle aurait pu pousser l'analogie encore plus loin, si elle l'avait voulu. Mais elle n'était pas d'humeur, ce soir-là. Si les sentiments de Charles étaient factices, manipulés par les arcanes, ceux de ses filles étaient bien réels, eux. À ce point qu'elle appréciait même lorsqu'elles piquaient des colères, preuves qu'elles n'étaient pas aussi soumises que leur père.

À contrecœur, elle replongea dans l'étude. Le cours de ses pensées ne fut pas long à s'égarer. Depuis deux ans, l'Étranger lui rendait visite fréquemment – toujours secrètement. Il avait averti l'Ordre tout entier : les Anglais rafleraient bientôt la Nouvelle-France. D'urgence, tous les membres du Stigma s'étaient attelés aux tâches essentielles : Ariane Lavallée avait consolidé les protections de l'île d'Orléans, le père Rouillard s'acquittait de la surveillance par divination, l'abbé Briand préparait les enchantements qui lui permettraient d'avoir un ascendant sur les futurs gouverneurs. À elle, il avait incombé de repérer les objets enchantés, les grimoires, les traités et tout ce qui pourrait constituer une sorte d'Arche arcanique destinée à préserver des purges qui ne manqueraient pas d'accompagner le changement de régime. Accessoirement, elle devait aussi préparer une chasse-galerie pour assurer son transport jusqu'aux Trois-Rivières, où l'Étranger avait pour elle une mission de première importance. « Il est temps pour moi de me faire phœnix, avait-il expliqué, ou nous ne survivrons pas à l'implantation des Anglais. »

Obstinément, elle se remit à l'étude. L'Étranger lui avait donné rendez-vous d'ici deux jours, et elle ne maîtrisait toujours pas l'enchantement.

◆

— Une jument poulinière, en bref, asséna Marie-Josephte, se levant prestement du banc de pierre. Et *c'est pour cela que tu m'as ordonné de venir aux Trois-Rivières.*

Elle botta rageusement une pierre qui alla se perdre dans le souterrain. L'énorme complexe de tunnels, qui s'étendait sous les Forges, comptait de nombreuses caves et chambres secrètes. Dans celle-ci, où l'Étranger lui avait demandé de venir, se trouvait un impressionnant cercueil de cuivre, verdi par le temps, mais jadis enjolivé de symboles alambiqués. L'Étranger était là, bien entendu. C'était son domaine, après tout. Il la regarda avec mélancolie :

— S'il y avait une autre solution, Marie-Jo, jamais je ne te demanderais une telle chose. Mais je ne peux plus vivre de cette façon.

Bien sûr, elle l'avait déduit depuis longtemps. L'Étranger ne la rencontrait que sous forme d'effigie ou de projection, jamais physiquement. Elle avait toujours cru que c'était par commodité. Ce qu'elle découvrait était tout autre et avait des implications qu'elle n'acceptait que bien mal.

— Pourquoi me le demander à moi, pourquoi ne pas engrosser la première paysanne venue, que tu dominerais de la même façon que j'ai obtenu Charles ?

— Parce que la seule façon d'entrer dans ce lieu est par la voie des arcanes. Tu es la seule femme de l'Ordre encore en âge de procréer. Les Anglais risquent de débarquer d'un mois à l'autre et je n'ai pas le temps de chercher quelqu'un d'autre. Je dois absolument concevoir cette lignée. Trop de choses en dépendent.

Marie-Josephte fit mine de s'éloigner, mais l'Étranger la rattrapa en deux pas.

— Je t'ai déjà parlé de l'Europe, Marie-Jo, de l'Espagne à la fin de la Reconquista. De l'Inquisition, de Torquemada, de la peur qui s'infiltre dans

les villages comme un souffle glacé, des innocentes sages-femmes rendues responsables d'une vache malade. Je t'ai conté les émeutes, les foules en furie, les lynchages. Les bûchers assemblés par les masses terrifiées, les prêtres démagogues, l'odeur de la chair qui carbonise, celle de la graisse humaine grésillant en flaque au pied du bois calciné. Il faut que tu comprennes, Marie-Jo. Ils m'ont eu voilà plus de deux cent cinquante ans. Ils m'ont attaché à un pieu pour me réduire en cendres. Mais j'y ai survécu. J'ai placé mon corps en stase temporelle, je les ai laissés l'ensevelir et j'ai erré, longuement, dans cet état d'effigie, projetant ma présence sous forme d'illusion. Patiemment, j'ai recruté quelques arcanistes amateurs. Avec leur aide, j'ai fait transporter ma dépouille jusqu'en Amérique. Et j'ai attendu. Attendu de trouver la perle rare, celle qui pouvait m'apporter un successeur. Puis je t'ai trouvée.

— *Il n'y aurait pas un autre moyen ? Régénérer ton corps, par exemple ?*

— *Marie-Jo… tu sais parfaitement que la goétie ne peut soigner. Où trouverais-je un théurgiste pour s'acquitter d'un tel ouvrage, et y sacrifier plus de trente ans de sa vie ?*

Déglutissant avec peine, Marie-Josephte hocha la tête. L'Étranger vint se placer tout près, caressant son visage du revers de la main.

— *Ce ne sera pas agréable, Marie-Jo. Mais si ça peut t'apporter quelque réconfort, ce sera encore plus pénible pour moi. Une fois que j'aurai réintégré mon corps, la souffrance envahira chacune des fibres de mon être. C'est un miracle que tout mon système reproducteur soit intact, alors que mes intestins sont si atteints qu'il n'en reste presque plus rien.*

— *Je suis prête. Ton corps est dans ce cercueil, alors finissons-en.*

L'Étranger sembla triste l'espace d'un battement de cœur.

— *Tu as raison, mon amie…*

Tout doucement, l'image de l'Étranger s'estompa, se dissipa, comme de la fumée dans le vent. Presque aussitôt, Marie-Josephte sursauta au bruit sourd et métallique du cercueil dont le couvercle bascula en retentissant sur le sol.

Malgré toute sa préparation, elle ne put réprimer un hurlement quand elle se retourna. Plus elle le dévisageait, plus les cris jaillissaient de sa gorge, incontrôlables, irrépressibles. Ses genoux la trahirent, elle tomba sur le sol, toujours en hurlant. Elle avait détourné la tête, gardait les yeux clos en fermant les paupières si fort qu'elle en avait mal. Elle resta ainsi une éternité, recroquevillée contre le mur jusqu'à ce que, à bout de souffle, elle fût incapable de crier davantage.

— *Regarde-moi, Marie-Jo,* grogna une voix rauque et gutturale.

Marie-Josephte secoua la tête en signe de dénégation, le visage ruisselant de larmes, les yeux toujours clos.

— *Marie-Josephte !* intima la voix éraillée.

Tremblante, la jeune femme se força à pivoter vers l'Étranger, lentement, pouce par pouce. Quand elle se fut totalement retournée vers lui, elle prit plusieurs inspirations, essuya ses larmes et entrouvrit les yeux.

C'était ça, en fin de compte, l'Étranger. Un corps grotesque, noirci par les flammes, la peau brunie là où le feu l'avait moins touchée. Un crâne chauve, tavelé de bouffissures, des yeux presque recouverts par les cloques, un torse boursouflé, sillonné d'un réseau de crevasses qui se terminaient abruptement par un creux inconcevable, là où aurait dû se trouver le ventre. Il boitait, s'aidant de son mieux en s'appuyant sur le mur, ses jambes décharnées le portant à peine.

— Je t'avais avertie, Marie-Josephte, rappela l'Étranger de sa voix rauque, sa vraie voix.

— Je sais.

— Je n'ai pas beaucoup de temps, Marie-Josephte… Il faut que tu me laisses agir, maintenant.

— Non! cria-t-elle à nouveau, serrant les cuisses aussi fort qu'elle le pouvait, fermant à nouveau les yeux en pleurant hystériquement.

— Je n'ai pas le choix, Marie-Josephte. Et je ne peux plus attendre. Je t'ai demandé de venir ici parce que mon corps y est maintenu en vie, parce que je ne puis l'en déplacer. Maintenant que je l'ai réanimé, il faut que tu te laisses faire ou je te forcerai.

— Non! Non! Non!

— Je n'ai plus le temps d'attendre, soupira l'Étranger en traçant quelques lignes sur le sol. Ashek sedh aptra… murmura-t-il comme à regret.

Des ténèbres vinrent cueillir Marie-Josephte. Elle se sentit s'engourdir doucement, pas assez vite toutefois pour ne pas percevoir les doigts calleux de l'Étranger lui saisir les chevilles et lui écarter les cuisses.

— Pardonne-moi, mon amie, l'entendit-elle chuchoter avant de sombrer dans l'inconscience.

◆

Deux jours plus tard, quand elle revint à Saint-Vallier, son père l'attendait sur le pas de sa demeure. Ses deux filles, Françoise et Angélique, affichaient une pâleur qui l'alarma aussitôt. Mais son père l'arrêta avant qu'elle ne puisse s'approcher d'elles. Passant un bras autour de ses épaules, il lui expliqua : Charles s'était éveillé en pleine nuit de l'avant-veille. Il avait hurlé avant de s'effondrer sur sa paillasse, terrassé par une crise cardiaque.

Marie-Josephte n'eut pas de difficulté à simuler le chagrin. Elle en éprouvait pour ses deux filles qui pleuraient la mort de leur père. Elle-même ne ressentait plus rien envers Charles depuis longtemps, sauf une triste lassitude. Jusqu'à la fin, il n'aurait été qu'un pantin.

Toutefois, l'avertissement de l'Étranger était clair : ce qu'il donnait, il pouvait le reprendre.

◆

Fraîcheur. Humidité. De l'eau.

Faustin ouvrit les yeux. Penché au-dessus de lui, François vidait sur son visage le contenu d'une gourde.

— On ne peut plus continuer dans ces conditions, expliquait-il à l'intention des autres.

— Tu n'as qu'à rester ici pour le veiller, répliqua la voix de Shaor'i. Baptiste et moi pouvons très bien descendre seuls et ramener la dépouille.

— Ça va, maintenant… bafouilla Faustin en se redressant.

En quelques mots, il résuma sa vision : la Corriveau rejoignant l'Ordre du Stigma, son époux pour lequel elle perdait tout intérêt. Par pudeur, il s'abstint de mentionner l'accouplement avec l'Étranger, mais il en décrivit toutefois l'apparence réelle.

— Tu veux dire qu'il garde ce corps calciné en stase temporelle et ne se déplace que par projection ?

— Plus qu'une projection. Je l'ai vu boire et manger au manoir Sewell.

— Une effigie, dans ce cas. Comme lorsque Gamache a tenté de te paralyser, le soir où nous avons rencontré Baptiste.

— Tu te rends compte, souligna Shaor'i, qu'une effigie n'a jamais plus que le quart de la puissance du corps dont elle est issue ? Donc l'aura que nous avons perçue au manoir...

— ... ne serait qu'un faible aperçu du pouvoir de l'Étranger, compléta Faustin. Mais, fort heureusement, il est dans l'incapacité de réintégrer son corps, sinon il mourrait. Il l'a clairement spécifié à la Corriveau. Ses intestins n'existent plus.

— Et les goétistes ne peuvent user de magie curative. Encore heureux.

Baptiste ramassa son paquetage qui traînait sur le sol et le passa sur son dos.

— Oui-da, si c't'Étranger est aussi fort que vous dites, hors de question d'vous laisser seuls. 'Peut débarquer n'importe quand.

— Ça ira. Je suis en état de suivre, maintenant. Ne perdons pas davantage de temps.

— Nous n'en avons que pour une heure tout au plus, estima Shaor'i. La sépulture est déjà ouverte.

Passant à l'outrevision, Faustin eut la stupéfaction de constater que les auras bleues et noires de l'église Saint-Laurent avaient disparu.

— La magie a convergé vers le souterrain, lui expliqua l'Indienne. L'entrée est juste là.

— Remise en place, la pierre manquante a rectifié la résonance des ondes arcaniques, ajouta François. Comme si, subitement, on avait corrigé l'acoustique d'un amphithéâtre ou d'une cathédrale. Ainsi, la nouvelle régularité des ondes a redirigé la magie juste là.

François montra un rocher de la taille d'une charrette qui trônait à quelques verges de l'église. À l'outrevision, il rayonnait désormais sur un large périmètre. Le plus naturellement du monde, Shaor'i passa au travers. Elle s'enfonça doucement dans la pierre comme elle aurait pénétré dans une mare d'eau.

— C'est une illusion ? hoqueta Faustin, incrédule.

— Non, c'est une vraie roche, le détrompa François. Les lois physiques, manipulées par les arcanes, altèrent seulement sa structure.

— Une chose est solide ou elle ne l'est pas.

— Je te ferai lire Dalton à notre retour.

Avec méfiance, Faustin s'approcha et passa prudemment la main à travers le rocher. C'était une sensation étrange, comme si la densité de l'air se modifiait ou comme s'il enfonçait les doigts dans l'eau après les avoir trempés dans l'huile. Inspirant profondément, il traversa la pierre et sentit naître sous ses pieds les marches d'un escalier. Pas à pas, il s'enfonça dans le sol.

◆

Dans le faisceau de la lanterne, la poussière voletait comme la neige d'une tempête d'hiver. Le sol était couvert d'un épais tapis grisâtre, sec, qui projetait tant de particules dans l'air que la respiration en devenait pénible. Les murs de pierre friable, aux joints de mortier craquelé, laissaient de poudreuses traînées blanches quand ils les frôlaient. Chacun de leur pas dérangeait des armées d'araignées aux pattes longues et grêles ou de furtifs rongeurs qui s'empressaient de rejoindre la sécurité d'une fissure.

Faustin rentrait instinctivement la tête chaque fois qu'une poignée de sable crayeux coulait du plafond. Tout semblait fragile, vétuste, desséché. Les couloirs étaient si étroits qu'ils avançaient tous de côté, à l'exception de l'Indienne qui parvenait à se faufiler. Quant à Baptiste, il peinait terriblement pour progresser. Le dos appuyé sur l'un des murs, il frôlait l'autre de son torse, échiffant l'étoffe de son mackinaw.

Il leur semblait marcher depuis plus d'une heure. Leur progression était ingrate et lente. De temps à autre, ils croisaient une niche rectangulaire creusée à même le mur. Chacune contenait des ossements humains et quelques objets que le temps avait épargnés. Une demi-heure auparavant, Shaor'i avait remarqué la première sépulture et déchiffré, sur la pierre usée par le temps, le nom qui y avait été gravé.

CI-GÎT DANSEUSE QEHAWE, DITE
L'OURSE ET LA MOUINE
1670-1772
VASSALE DU MAGISTER
DEVINERESSE ET PROPHÈTE SOUVERAINE
ELLE SE RÉJOUIT DE VOIR L'ENVAHISSEUR DEVENIR L'ENVAHI

— *Kisiku'k iknmuksi'k…* L'Ourse Qehawe fut l'une des plus puissantes du cercle des Danseurs. Elle vécut plus d'un siècle et prédit plusieurs années à l'avance l'invasion par les Anglais.

— C'est étrange. Aberrant, même. Pourquoi irait-on installer une sépulture dans la tradition des martyrs chrétiens pour une Indienne ?

— C'est vrai. On jurerait des catacombes…

— Cet autre corps n'est pas indien.

À six pieds de là, un autre tombeau portait une tout autre épitaphe. On avait sculpté une croix chrétienne dont la longue ligne verticale débutait par un arrondissement et se terminait par une pointe. La ligne horizontale, très courte, était beaucoup plus haute que sur les croix traditionnelles. L'image évoquait un glaive pointé vers le sol.

— La croix d'Albert le Grand ! s'exclama François.

— Un ossuaire mixte ? Enfin… pourquoi pas, au fond ?

En chuchotant, Faustin lut l'inscription :

CI-GÎT PÈRE AMABLE AMBROISE ROUILLARD, CURÉ
1699-1768
VASSAL DU MAGISTER
SPIRITE ET CLAIRVOYANT
SON PORTRAIT FUT MESSAGER DE SON TRÉPAS

Un vase d'argent était déposé parmi les os. Faustin crut d'abord à un calice mais ses gravures, évoquant une danse macabre, révélaient un tout autre usage. Pourtant, l'outrevision révélait une aura théurgique.

— Tu connais ? demanda-t-il à François.

— Jamais entendu parler. L'Histoire de l'Ordre n'a jamais été ma matière forte.

Ils avaient ainsi poursuivi leur marche dans les poussiéreuses galeries, croisant encore quelques tombes, certaines indiennes, d'autres ornées d'une croix d'Albert. Faustin lisait une à une les épitaphes, toutes rédigées dans le même style. Lorsqu'ils tournèrent à un coude, il sursauta en découvrant un tombeau qui ne portait pas une croix mais un autre symbole qu'il connaissait désormais trop bien.

— Regarde, François ! Celui-ci est marqué du Stigma Diaboli !

François fit demi-tour, interloqué, et vint lire à haute voix :

CI-GÎT IKÈS, DIT
LE JONGLEUR
VASSAL DU MAGISTER
1709-1763
ENFANT DU CARCAJOU ET ADOCTÉ DU PETIT PEUPLE
TUÉ DE LA MAIN D'UNE ANCIENNE SŒUR D'ARME,
IL CHERCHA SANS JAMAIS TROUVER

— Le Jongleur. *Awan !* Le premier apostat de l'histoire des Danseurs.

— Il vous a quittés ?

— Oui. C'est la *mouine* qui a été son Exécutrice.

— Que signifie « adocté du petit peuple » ?

— Que lors de sa formation au Sanctuaire des Sept, un *mah oumet* s'était lié à lui et, par amitié, avait décidé de quitter sa colonie pour vivre à l'extérieur avec l'humain élu. Ça n'arrive plus de nos jours. Même auparavant, c'était un honneur rarissime. Un peu comme une adoption. Le lien qui unissait l'humain et le *mah oumet* était très puissant, peut-être davantage encore que celui qui unit des jumeaux.

— C'était votre premier défroqué, tu disais ? releva Baptiste.

— Oui. Il s'est vendu aux Anglais pour épargner sa vie. En contrepartie, il leur a révélé l'emplacement des campements wendat et indiqué la faiblesse de leurs défenses.

— Quel être abject, commenta Faustin, dégoûté.

— Ç'a été la première fois que les Sept souffraient de la trahison de l'un des leurs. La chose ne s'est reproduite qu'une fois par la suite, dans le cas de Nadjaw, la femme de Gamache.

Avec un bruit sourd, François tituba.

— Attention, il y a une marche ici.

Le couloir s'élargissait significativement, les murs de roche cassante cédant à de la véritable maçonnerie. Sous leurs talons, le sol n'était plus de terre durcie mais plutôt d'un dallage régulier. Le plafond se muait en dôme et s'étendait au-dessus d'une petite pièce. Tout au fond, on distinguait une porte surmontée d'un arc en plein cintre. La clé de voûte portait l'image du Stigma Diaboli, autour duquel on avait reproduit les six étoiles des Pléiades. Juste au-dessus on pouvait lire :

Ci-gît Jean-Pierre Lavallée, dit
le Sorcier du Fort
1629-1721
Bras Droit du Magister
Gardien des arts anciens
Il tenta de réconcilier deux peuples
pour concilier les deux parts de son sang

◆

La porte avait été condamnée avec du plâtre, que le cours des ans avait craquelé et sillonné de fissures, le laissant cassant et fragile. Baptiste se servit du manche de sa hache pour réduire le scellant en éclats. Shaor'i acheva le travail en glissant l'une de ses lames entre la porte et son cadre puis, d'un coup d'épaule, elle enfonça l'huis séculaire.

La pièce octogonale était aussi grande que l'intérieur d'une église. Chacun de ses murs était masqué par d'imposantes bibliothèques où s'amoncelaient bouquins reliés de cuir, rouleaux de parchemin et tomes à la couverture métallique. Presque tout l'espace au sol était occupé par de nombreuses tables de granit poli couvertes de bouliers, compas, équerres, balances, lentilles, loupes et prismes de verre. Sur l'une des tables, entre un alambic et un athanor, se trouvait un imposant ensemble de cornues, mortiers et fioles de diverses contenances.

Impressionné, Faustin longeait les rayonnages. La bibliothèque du Collège n'aurait même pas couvert la moitié de la surface de cette vaste collection de livres. Ayant de plus pressantes préoccupations, François avait déjà traversé la pièce jusqu'au plateau du fond, où reposait un respectable sarcophage de marbre.

Le cercueil de pierre avait été travaillé avec art. Sur son contour étaient reproduites les fortifications de Québec. Le couvercle était enjolivé d'un cheval lancé au galop. Avec un pénible effort, le vicaire fit suffisamment glisser le dessus du tombeau pour révéler son contenu.

Du gisant, il ne subsistait que l'ossature. Aux côtés de celle-ci reposait un lourd bâton de chêne à l'extrémité recourbée en volute. Quand Faustin, qui s'était approché, passa à l'outrevision, il constata que l'aura du sceptre excédait les dix pouces d'épaisseur. Plus stupéfiant encore, il s'agissait d'une aura théurgique.

François n'y prêta guère attention. De sa poche, il extirpa son bréviaire de magie et une craie.

— Il ne me faudra que quelques minutes pour tracer le diagramme et jeter un sort d'effritement sur la dépouille. Ensuite nous…

Un bref déclic provenant de l'entrée l'empêcha de poursuivre.

— Je ne tenterais pas ça, à votre place !

Tous firent volte-face pour découvrir un homme maigre, roux, au visage durci par la contrariété : Louis-Olivier Gamache. Le sorcier pointait dans leur direction un long fusil de chasse, chargé de toute évidence.

— Posez cette craie immédiatement, père Gauthier ! Je ne puis vous abattre, mais je me réjouirai de descendre cette Sauvagesse si vous esquissez le moindre mouvement louche. J'ai fait les escarmouches de '38, vous savez… je ne rate jamais ma cible.

François laissa tomber sa craie, qui se brisa sur le plancher. Son visage exprimait autant la haine que l'appréhension.

— Je me tuerai avant que vous ne m'infligiez le même sort qu'à Rose.

Un lynx de taille énorme pénétra à son tour dans la chambre mortuaire. Gamache s'accroupit pour gratter la tête du fauve en ricanant.

— Je crois que mon épouse vous empêchera de commettre ce genre de folie.

Avec un apparent mépris pour l'arme qui était pointée sur elle, Shaor'i esquissa deux pas en direction de l'étrange couple.

— Nadjaw, dit-elle froidement au lynx en le foudroyant du regard. C'est un honneur de vous rencontrer, à défaut d'être un plaisir.

Le félin reprit sa forme humaine. L'épouse de Gamache portait elle aussi une tunique indienne et avait à sa ceinture deux couteaux identiques à ceux de Shaor'i.

— Enchantée de vous rencontrer, Shaor'i. Otjiera ne tarissait pas d'éloges à votre sujet, jadis.

— Au vôtre, c'est de malédiction dont il ne tarit pas.

La femme-lynx eut un rire sonore qui résonna étrangement sur les parois rocheuses. Elle marcha vers Shaor'i en émettant le même ronronnement qu'un chat.

— Je vois que notre mentor m'a dûment remplacée. Je constate également que vous portez vous aussi les couteaux *saokata*.

Shaor'i fit un pas à gauche avant de répondre.

— Je les préfère à l'arc. Moins encombrants. Beaucoup plus intimes.

Un autre pas à gauche. Faustin réalisa que Shaor'i essayait de se placer de façon à ce que Nadjaw se retrouve entre le fusil et elle. Comprenant la stratégie, il tenta de détourner l'attention du sorcier.

— Comment nous avez-vous retrouvés, Gamache?

— J'avais plus ou moins confiance en vos aptitudes. J'espérais que vous finiriez par venir ici. Je vous remercie, en passant, de nous avoir ouvert les catacombes. Sans la Pierre Manquante, je me demande bien comment nous aurions procédé.

— Nous aurions pu traquer Otjiera et la lui prendre de force, commenta Nadjaw, que Shaor'i était parvenue à entraîner d'un pas de plus vers la gauche.

Presque, pensa Faustin. *Encore un pas, peut-être.*

— Nous ne serions jamais venus sans vos précieuses informations du manoir, nargua-t-il pour garder l'attention de Gamache.

Ce dernier le contempla d'un regard mi-respectueux, mi-amusé.

— Quel culot, tout de même, d'entrer de la sorte chez les Sewell avec un sort de banalisation. Vu le nombre restreint des invités, c'est presque un miracle que seule cette négresse t'ait remarqué...

Enfin dans une bonne position, Shaor'i prit son élan avant de bondir à travers la pièce. Elle prit en vol sa forme de harfang et courba sa trajectoire juste à temps pour éviter les mâchoires du lynx qui venait de fendre l'air.

Avant que le sorcier ne puisse tirer, Baptiste projeta sa hache d'un geste puissant. L'arme fendit l'air en tournoyant et, percutant violemment le fusil, en fit gauchir le canon. Poussant une sorte de rugissement, le colosse se rua sur Gamache.

Sans se départir de son sang-froid, le sorcier leva une paroi invisible, qui stoppa à la fois la charge du bûcheron et le globe de flammes que François venait d'incanter. Sonné, Baptiste s'effondra au sol après avoir percuté le mur de force.

Tout en se portant au secours de son ami, Faustin essayait de suivre des yeux le hibou blanc qui évitait les dents du lynx, aussi maladroitement que ce dernier esquivait ses serres. Les deux formes animales souffraient de l'espace restreint, aussi la femme de Gamache fut-elle la première à reprendre son corps humain. Shaor'i l'imita en atterrissant sur une bibliothèque renversée. Les couteaux acérés de Nadjaw la manquèrent de peu. La jeune femme dégaina à son tour et para de justesse un coup qui aurait dû lui être fatal.

Le sorcier ne semblait même pas remarquer la situation délicate de son épouse. Le pentacle qu'il venait de tracer à la hâte brilla ardemment. François commença aussitôt à suffoquer. Le vicaire porta les mains à son ventre et tomba à genoux, en cherchant désespérément son air. D'un geste tremblant, il tenta de griffer le sol de ses ongles pour y graver des symboles cabalistiques. En vain.

Faustin tituba en tentant d'avancer vers Gamache. Celui-ci ne lui prêtait pas la moindre attention. Aussi feignit-il de retomber sur le sol jonché de débris et repéra le fusil que le sorcier avait rejeté. Le canon était irrémédiablement faussé par l'attaque de Baptiste, mais il pouvait toujours servir à bout portant. Ayant rampé à deux pieds de son ennemi, Faustin se redressa subitement et pressa la détente.

La balle ricocha contre le mur invisible, mais le son assourdissant fut suffisant pour briser la concentration de Gamache. Ce dernier se retourna vivement vers Faustin en relâchant son emprise sur François, qui recouvra enfin sa respiration en toussant et crachant de la salive teintée de sang.

Shaor'i venait de prendre un coup de pied dans les côtes. Elle se laissa tomber sur le sol, roula sur elle-même et se releva prestement, ses couteaux pointés vers son ennemie. Elle projeta sa lame droite vers le visage de Nadjaw, mais celle-ci l'évita avec aisance. Shaor'i plongea, esquiva un autre assaut et projeta son talon si vite que le mouvement en fut imperceptible. Mais son pied ne rencontra que le vide. D'un saut d'une impensable hauteur, Nadjaw s'était mise hors de portée.

Les deux femmes se battaient dans une symétrie si parfaite qu'elles semblaient exécuter les pas mesurés d'un ballet mortel. Chaque feinte était efficacement contrée par une gracieuse contre-attaque, portant des coups si rapides que l'œil ne pouvait les suivre. Shaor'i feignit de lancer ses deux lames mais frappa son adversaire d'un pied dans l'estomac. En tombant, Nadjaw tenta de lui planter un couteau dans le mollet. Shaor'i bondit pour s'y soustraire… exactement comme l'avait prévu son ennemie. Un coup de coude à la nuque envoya Shaor'i dans l'in-conscience.

Toujours à demi suffoqué, François fut rapidement neutralisé à son tour. La voix de Gamache entonna un sortilège de paralysie qui empêcha Baptiste d'inter-venir.

Soudainement seul contre deux puissants vis-à-vis, Faustin sentit ses forces l'abandonner. La tête se mit à lui tourner, le décor se perdit dans le flou. *Non !* fit-il intérieurement, en reconnaissant les signes d'une vision imminente. Le vertige s'empara de lui, le privant de ses mouvements. « Pas maintenant, non ! » cria-t-il alors que des souvenirs qui n'étaient pas les siens s'imposaient, le dominaient. *NON !!* hurla tout son être, toute son âme contre le reflux mémoriel qui l'écrasa impitoyablement.

CHAPITRE 13

Les feux de l'île d'Orléans

Le mépris qu'elle avait pour Dodier n'avait aucune limite. C'était un ivrogne et un inculte, il détestait ses enfants, surtout son bébé. Lorsqu'elle l'avait épousé, à peine un an après la mort de Charles, elle avait cru y trouver son bonheur. Dodier la regardait avec un vif intérêt, la désirait violemment, tentait d'innombrables combines pour se retrouver en sa présence. « Avec celui-là, avait-elle pensé, nul sortilège ne sera requis. » Oh! comme elle avait adoré sa nuit de noces, avait ressenti la différence entre le vrai désir et la passive participation à laquelle Charles s'adonnait auparavant! Mais les choses s'étaient gâtées. Toujours ivre, il laissait la terre s'en aller à vau-l'eau. Il n'osait la battre mais se vantait de le faire, comme si c'eût été un exploit. Elle refusait désormais qu'il la touche, certaine qu'il avait contracté la syphilis avec une fille de Québec.

Néanmoins, quand elle avait découvert son cadavre dans la grange, elle s'était mise à trembler. Il gisait sur le sol de l'écurie, la tête réduite à une sorte de masse sanguinolente et méconnaissable. Elle avait dû s'asseoir sur une vieille caisse pour éviter la panique.

Qui l'avait tué, et pourquoi ? L'espace d'un instant, elle pensa à l'Étranger – mais ce n'était certes pas dans ses manières. De toute façon, elle avait fait ce qu'il attendait d'elle. Elle avait porté son enfant, l'avait mis au monde. Un beau garçon, fort et vigoureux. Par ironie, et peut-être par provocation, elle l'avait appelé Charles. L'Étranger avait d'abord été très satisfait… toutefois, une ombre ne tarda pas à se glisser dans ses plans : le petit Charles était atteint de nanisme. Il restait tout petit et même maintenant, à l'âge de deux ans, il était difficile de le distinguer d'un bébé naissant. L'Étranger avait beaucoup cherché mais n'en avait pas trouvé l'explication.

Elle repensa beaucoup au petit Charles, et à Angélique et Françoise. Elle y repensait encore quand les militaires anglais se présentèrent avec un mandat d'arrestation signé par le gouverneur Murray. Ils ne quittèrent pas son esprit quand elle se laissa escorter à la prison de Québec.

◆

C'étaient des murs de pierre nue, sale, sèche de poussière près du sol et grasse de suie près du plafond. Le plancher était froid, couvert de sable, et empestait l'urine. Le seul ameublement était une paillasse souillée presque aussi nauséabonde que le pot de chambre en terre cuite plein à ras bord des rejets du précédent occupant de la cellule.

Marie-Josephte avait cessé de regarder à travers les barreaux de sa prison. Les tiges de fer rouillé l'angoissaient plus que le reste. Elle avait prié presque deux heures, ce qu'elle n'avait pas fait depuis des années. De temps à autre, le bruit de pas la faisait sursauter. *Mais la plupart du temps, un silence de mort régnait, à l'exception des bourdonnements entêtants des mouches au-dessus des immondices.*

Souvent, Marie-Josephte se rejouait son procès. De l'essentiel, elle n'avait rien compris. Tout s'était déroulé en anglais et elle n'avait pas osé, malgré la tentation, tracer un pentacle de compréhension qui, sans tout lui traduire intégralement, lui aurait permis d'assimiler l'information par-delà la barrière du langage.

Ce qui lui revenait le plus souvent en mémoire, c'était le visage de son père, vieux et usé, qui prétendait avoir assassiné Dodier. Mais, surtout, elle se remémorait le visage hypocrite d'Isabelle Sylvain et son immonde témoignage dans lequel elle prétendait être la confidente de Marie-Josephte. Le visage faussement candide, elle avait débité tout un chapelet de mensonges, les yeux brillant d'une innocence factice. Son amie Marie-Josephte, prétendait-elle, insistait depuis des mois auprès de son père pour qu'il tue Louis Dodier, comme elle avait assassiné Charles Bouchard trois ans auparavant.

Sale garce! rageait toute seule Marie-Josephte dans le fond de sa geôle. Et toutes ces dindes de commères qui avaient comparu… Si l'on en croyait ces folles, elle aurait eu au moins sept amants! Et cela les arrangeait bien, elles avaient toutes choisi des hommes décédés lors d'accidents. L'Ensorceleuse Corriveau, c'est ainsi qu'on la désignait, désormais.

Enragée, Marie-Josephte se leva dans sa cellule et ficha un coup de pied dans le pot empli d'excréments, lequel se brisa contre un mur en répandant son contenu. Elle savait tout, maintenant. La Sylvain était dans une cellule toute proche. Sa seule consolation, au demeurant. Ah, elle n'avait pas prévu cela, Isa-belle… pour les Anglais, savoir qu'un meurtre se prépare et ne rien dire la rendait complice. La voilà dans la merde jusqu'au cou, la Sylvain. Ça lui ap-prendra à s'inventer confidente. On la fouettera, tout comme elle, et Marie-Josephte s'en réjouira. Mais ce ne sera qu'un début. Qu'elle attende, une fois les instruments de géométrie retrouvés… elle lui ré-servait de beaux diagrammes. L'Ensorceleuse, hein ? Elle allait lui montrer ce que pouvait déchaîner une ensorceleuse…

Sans ses instruments, Marie-Josephte avait tout de même réussi à scruter les pensées de cette salope de Sylvain en traçant un pentacle sur le plancher à l'aide d'un éclat de pierre. Il y avait trois ans qu'elle planifiait son coup. Depuis la mort de Charles. Elle ne lui pardonnait pas de lui avoir volé son fiancé. Du coup, elle avait commencé à répandre des rumeurs. La Corriveau a fait ceci, la Corriveau a fait cela, la Corriveau pactise avec le Diable et la Corriveau em-poisonne les bébés… elle avait bien joué son rôle, la Sylvain. Elle avait finement inventé des commérages, en modifiant une anecdote, inventant une histoire, reformulant un fait, jusqu'à ce que le village en entier soit convaincu, après trois ans de labeurs, que les délires d'Isabelle Sylvain étaient l'exacte vérité. Puis il y avait eu ce climat de peur. La vache des Dufresne était morte ? La Sylvain avait vu Marie-Josephte marmonner en langue païenne devant l'étable. Le dernier-né des Lacombe était en crise de fièvre ? La Sylvain avait observé la Corriveau brûlant une petite poupée de cire.

Bien vite, la Sylvain n'eut même plus à s'en mêler. Pendant des mois, le moindre mal était attribué à la

Corriveau. Puis un soir, alors que Louis Dodier pansait son cheval, elle s'était faufilée dans le bâtiment et avait jeté un tison ardent sur la croupe de l'animal. Dodier avait été frappé d'une ruade ; encore sonné, il avait été achevé d'un coup de hache.

Ça, Marie-Josephte l'avait découvert en peu de temps. Et elle en avait vite déduit, connaissant son père, que le pauvre homme avait décidé de porter le blâme sur ses épaules. Même lui avait cru une partie des ragots. Il l'avait crue capable de tuer un homme. Et pour la protéger, il s'était offert en sacrifice. La colère de Marie-Josephte fondit aussitôt qu'elle y repensa. Se recroquevillant contre un mur, elle pleura longtemps, longuement, une éternité, peut-être.

◆

Les murs de pierre semblaient la dévisager, l'accuser. Les riches ouvrages d'ébénisterie qui ornaient la pièce montraient clairement l'aisance et la puissance des trois hommes qui se tenaient devant elle.

— Assoyez-vous, je vous prie, dit l'un des hommes dans un français impeccable : Stevin, si elle se souvenait bien.

Marie-Josephte prit place sur une chaise en chêne finement sculptée au coussin de cuir généreusement rembourré.

— Madame Marie Françoise Marie-Josephte Bouchard Dodier née Corriveau, fille de Joseph Corriveau et de Françoise Corriveau née Bolduc. Vous avez été accusée et reconnue coupable de complicité de meurtre sur la personne de votre second mari, Louis Dodier, décédé le 27 janvier dernier. La

*Couronne britannique vous condamne à soixante
coups de fouet.*

— *Je sais déjà tout ça.*

— *Conformément à la Loi d'Assistance à la Justice, vous êtes en pouvoir de diminuer votre peine et
celle de votre père. Le saviez-vous ?*

*Le cœur de Marie-Josephte bondit dans sa poitrine
et se serra.*

— *Non, je l'ignorais.*

— *Souhaitez-vous aider la Couronne britannique à
appréhender un criminel coupable de haute trahison
envers Sa Majesté, épargnant ainsi la vie de votre père
et vous épargnant de fortes souffrances corporelles ?*

— *Si je le peux, oui, s'exclama Marie-Josephte,
la voix enrouée par l'émotion.*

— Show us your left arm, *dit l'un des autres
hommes, le grand mince au nom de Walpole.*

— *Montrez-nous votre bras gauche, Madame
Dodier.*

*Le Stigma ! À coup sûr, ils voulaient voir le Stigma.
Pourquoi ? N'ayant pas le luxe de les faire patienter,
Marie-Josephte releva sa manche et dévoila son
avant-bras.*

*Le maigre Walpole eut un hoquet de surprise. Le
gros qui n'avait encore rien dit, Gladstone, demanda
dans un français beaucoup moins fluide que celui de
son compagnon : Pouvoir-vous expliquer ce image,
Madame Dodier ?*

— *Un tatouage. Un ami me l'a dessiné.*

— *Quel ami, madame Dodier ? demanda Stevin.*

— *Un marin. Il tatouait les autres matelots.*

— *Pouvez-vous me nommer ce marin, Madame
Dodier ?*

— *Jean. Jean Hébert.*

— She's lying, *coupa Walpole aussitôt.*

— I know, *répondit Stevin. Madame Dodier, si vous voulez que la Couronne soit clémente, vous devez vous abstenir de proférer le moindre mensonge à notre égard. Je repose la question de sir Gladstone pour la dernière fois : d'où tenez-vous ce dessin si inusité ?*

Comment leur expliquer la vérité sans qu'ils la prennent pour une folle ? Mais qu'avait-elle à perdre, dans le fond ?

— Un étranger l'a fait apparaître du bout de ses doigts. L'homme qui était recherché en 1748 pour avoir pillé une bibliothèque à l'église Saint-Laurent, sur l'île d'Orléans. Celui qu'on disait être un espion anglais, mais qui n'en était certes pas un.

— Good Lord… *laissa tomber Walpole, qui cette fois semblait la croire.*

— Et vous avez eu des contacts fréquents avec cet étranger ? *reprit Stevin.*

— Très peu.

— Et de quoi avez-vous discuté ?

Le petit Charles. Il fallait à tout prix qu'ils ignorent la vérité sur cet enfant. Si ces Anglais apprenaient que Charles descendait de l'Étranger… Il fallait éviter le sujet. Et sans mentir, au cas où.

— De peu de choses. Il prétendait sans cesse qu'il avait des projets pour moi. À cause du voile gris que je vois quand j'entrouvre les yeux.

— Et ces projets, il vous en a parlé ?

— Bien peu.

— Que veut dire « bien peu », pour vous ?

— Qu'il voulait monter une sorte de groupe. Mais il ne m'a jamais présentée directement à quiconque.

— *Et en présence de cet étranger, avez-vous déjà éprouvé un sentiment… de surnaturel ?*

— *Pas plus qu'après une veillée de conte.*

Elle était assez satisfaite de sa dernière phrase. Qu'ils digèrent un peu ça ! Toutefois, Walpole marmonna quelque chose en anglais et Stevin revint à la charge.

— *Les gens murmurent à votre sujet, au village. Ils affirment que vous avez pactisé avec le diable. Pouvez-vous expliquer cela ?*

— *Les gens ont changé d'opinion depuis mon arrestation. Avant, ils appréciaient grandement mon talent.*

— *Votre talent ?*

— *Je retrouve des objets perdus.*

— *Et c'est cet étranger qui vous a enseigné ce talent ?*

— *Non. Je l'ai toujours eu.*

Stevin se leva :

— *Bon, je crois que nous savons tout ce que nous avons à savoir…*

— *What ? coupa Walpole, stupéfait.*

— *Je vais laisser le garde vous raccompagner à votre cellule. Nous allons délibérer entre nous.*

— *Et pour mon père ?*

— *Nous allons délibérer entre nous, répéta Stevin.* Guard !

◆

Elle ne perdit pas un instant lorsqu'elle fut dans sa cellule. Si elle ne disposait pas de matériel de géométrie, il lui restait toujours son don. Elle l'avait affiné au fil des années, toujours plus efficace, lui

permettant désormais de voir – et d'entendre! – tout
ce qu'elle voulait dans un large rayon. Feignant de
prier, elle ferma les yeux pour scruter la pièce d'où
elle revenait. Les meubles coûteux, les riches draperies,
tout cela s'imprima aussitôt dans son esprit. Les
trois hommes y étaient toujours, et leur discussion
semblait très animée… mais en anglais, bien sûr.

Réprimant un grognement agacé, Marie-Josephte
s'empara d'un petit éclat de pierre et traça un pentacle de compréhension. Un frisson parcourut son
échine quand le sort draina sa force vitale – avec un
diagramme aussi approximatif, le contrecoup allait
être exagérément coûteux. Mais Marie-Josephte n'était
pas en position de se soucier de pareils détails. Toute
son attention était tournée vers la discussion des
trois Anglais, désormais interprétable :

— Et moi, je prétends que vous délirez tout simplement! grognait le plus gros des Anglais, Gladstone.
Cette femme ne sait rien. Tout au plus, c'est une
minable sorcière de village.

— Elle porte la marque… commença Walpole.

— Elle a été marquée par ce démon comme on
marque le bétail. Si elle était réellement arcaniste, elle
aurait déjà pu sauver sa peau et celle de son père.

— Elle porte la marque, s'entêta Walpole.

— L'ordre du Stigma Diaboli a été dûment écrasé
depuis plus de deux siècles !

— Et s'ils s'étaient enfuis vers les Amériques ?

— Et s'ils s'étaient déguisés en ânes et vivaient
dans nos fermes ? Franchement, Walpole, je vous
trouve une certaine propension à fabuler.

— Mais cette Corriveau est marquée du Stigma,
non ?

— Une curiosité, concéda Stevin. La descendante de Barclay de Salem, peut-être.

— Et Lavallée, c'était une curiosité, lui ? Allez conter ça sur la tombe de l'amiral Walker !

— Lavallée était un Métis. Il tenait forcément ses pouvoirs de sa mère. Il était comme la vieille Mouine ou ce putois d'Ikès. Quelques soubresauts de la magie sauvage avant qu'elle ne disparaisse totalement.

— Pourquoi êtes-vous donc si obtus ! s'impatienta Walpole. La Corriveau est une sorcière et doit être conséquemment supprimée.

— Nous serons la risée de Londres si nous intentons un procès pour sorcellerie !

— Le but de cette assemblée n'est pas de préserver son prestige mais d'éliminer la moindre trace de sciences arcaniques. Fouettez cette Corriveau et vous en ferez une martyre. Elle nourrira un terrible ressentiment contre le Régime anglais. Si pouvoirs magiques elle possède, soyez sûr qu'elle en usera discrètement contre nous. Du coup, sa réputation lui attirera la moindre voyante de village, le moindre rebouteux de ruelle. Elle les triera sur le volet, choisira les plus prometteurs, préparera d'immondes orgies sexuelles d'où jaillira une nichée de marmots braillards pourvus d'outrevision. Elle créera une lignée, surveillera son cheptel, et du coup vous aurez un nouveau Salem sur les bras. Une belle société secrète, fondée sur la haine du Régime anglais, qui usera de ses pouvoirs pour saper notre autorité.

— Vous me paraissez un tantinet sophiste, Walpole. Mais votre pente fatale est risible.

— Et souhaitez-vous vraiment courir le risque, Gladstone ? Lavallée a coulé l'amiral Walker il y a quarante ans. Il y a cette vieille Mouine qui avait *prédit notre arrivée et aurait pu, si elle l'avait voulu, avertir les Français. Mais la renarde a rongé son os en s'imaginant laisser les deux camps Blancs s'affaiblir mutuellement pour ensuite les achever l'un et l'autre. À l'heure qu'il est, elle murmure à l'oreille du chef Pontiac… et il y a les prêtres papistes, comme ce père Ambroise Rouillard ou l'autre, encore pire, cet abbé Jean-Olivier Briand.*

Walpole haletait en parlant, comme s'il effectuait un effort athlétique intense. Il inspira profondément avant de reprendre :

— Je les ai vus, ces prêtres, Gladstone. Ils ont une influence que je n'aime pas du tout sur Son Excellence le Général Murray. Briand prétend déjà qu'il pourra relever son clergé papiste en quelques mois. Tout cela n'est pas naturel…

— Walpole, je retire ce que j'ai dit. Vous n'êtes pas un tantinet sophiste. Vous êtes carrément paranoïaque.

— Et vous, un fieffé inconséquent.

— Messieurs, messieurs, coupa Stevin d'un ton conciliant, ce n'est là qu'une misérable paysanne française. Vous voulez la voir morte, Walpole ? Soit. Reste à trouver sous quel chef.

— Simulez une confession, suggéra Gladstone. Prétendez qu'à la pensée de voir son père condamné à sa place, la Corriveau a avoué son crime. Qu'elle admet être l'assassin de Dodier.

— Une simple condamnation ne sera pas suffisante, s'entêta Walpole. Il faut quelque chose qui servira d'exemple à ce peuple boueux, papiste et arriéré. Un châtiment assez fort pour marquer l'esprit de ces gueux jusqu'à leur assimilation totale. Une exécution qui leur enlèvera toute envie de pratiquer la sorcellerie.

— *J'ai le châtiment qu'il vous faut, Walpole. Tout ce dont vous avez besoin pour calmer vos chimères de conspiration.*

— *Quoi donc ?*

— *La Cage de Chaînes.*

◆

Gris, gris, une espèce de voile couleur cendre. De la brume ? Non, aucune trace d'humidité. De la fumée ? Il en manque l'odeur.

Ça ne devrait pas être si souvent gris. Ça devrait être noir, parfois. Pourquoi ne cligne-t-elle pas des yeux ? Gris, gris… jamais noir. Elle ne peut pas fermer les paupières. Pourquoi ? Rêve-t-elle ? Elle n'a pas l'impression de sentir son corps. Rien ne peut remuer, rien ne peut bouger. Les ordres qu'elle donne à ses membres restent vains.

Gris. Elle rêve. Ou presque. D'habitude, elle n'est pas consciente qu'elle rêve. Et ses rêves dévoilent généralement des scènes plus variées. Gris, gris. Pas un bruit, pas une texture, pas même le rythme de son souffle, juste ce gris qui se marbre parfois de tons gris plus foncés.

Puis elle se rappelle. La foule anonyme, qui l'invective et la bombarde d'immondices. La Cage, accrochée à un carrefour, dont elle ne comprend l'usage qu'une fois qu'on l'y a enfermée. Les heures qui défilent, la panique quand elle réalise qu'on la laissera mourir ainsi, à petit feu. Le temps qui passe encore. Le grincement sinistre des chaînes, l'effroyable balancement au-dessus du sol, comme un pantin pendu par ses fils. Mais un pantin ne souffre pas, il n'a pas pour compagne la Faim, sourde douleur au creux de

son ventre, ni la Soif, bien pire, qui enflamme son
gosier déjà irrité à force de cris, de supplications.

Puis les forces qui l'abandonnent, le sommeil qui
la cueille de plus en plus souvent, la conscience qui
ressemble de plus en plus à l'inconscience. Puis rien.
Le néant, le vide, l'absence.

Puis l'éveil. Gris, gris, gris…

C'est donc cela, le trépas? Rien d'autre? À quoi
bon être encore capable de penser si ce n'est que
pour contempler cette éternité silencieuse et grise?
Mais elle vient de commencer à penser. Ou pense-
t-elle depuis longtemps? Pourtant, il lui semble bien
que tout vient juste de s'éveiller. À moins que ce ne
soit qu'un caprice de l'éternité…

Non, il y a quelque chose qui calibre cet endroit.
Une sorte de pulsation qu'elle peut compter. Un
rythme. Le temps a donc une signification dans l'éternité? Plus qu'un rythme. Un leitmotiv. Une litanie.
Plus encore. Une incantation.

Pour un peu elle en percevrait les mots. Une teinte,
également. Dans un fragment d'éternité, là tout près
dans le voile gris, le rythme est plus fort, plus lancinant, et le gris est plus sombre. Un entrefilet noir,
là-bas… son outrevision! Elle comprend! Seule son
outrevision est effective ici… et ce noir, là-bas, qui
coule et se répand comme de la mélasse sur une mie
de pain… c'est un sortilège, ce noir, et maintenant le
nuage la couvre, l'enveloppe, l'embrasse, l'embrase…
un noir qui palpite, qui frissonne, qui bruisse, qui la
couvre et la recouvre de sensations, qui envahit l'éter-
nelle monotonie grise au rythme d'une incantation
qu'il lui semblerait presque entendre, proche, si
proche d'être un son sans en être un…

ek... si... ak... ek... si... ak... ek... si... ak... *ça y est, c'est un son, ce sont des paroles et elle les entend, elle les sent vibrer en elle, à travers elle à mesure qu'elles deviennent plus audibles...* shek... arsin... aktabar... shek... arsin... aktabar... shek... arsin... aktabar... *sa mémoire comble les vides, elle réalise, elle déduit, elle comprend et se rappelle cette formule qu'elle n'avait jamais utilisée mais qu'elle connaissait bien, ce sortilège de conjuration des défunts :*

Ishek al-darsin zakta-abr... Ishek al-darsin zakta-abr...

On l'appelle, on la veut, on désire la tirer du néant et elle le désire elle aussi, tout son être ne veut plus qu'échapper au vide, à l'oubli, elle va s'éveiller, elle s'éveille, elle va ouvrir les yeux, elle va voir...

Elle voit. L'Étranger...

◆

— *Nous sommes en mars 1849, Dame Corriveau. Vous êtes décédée il y a quatre-vingt-six ans.*

Un homme roux, portant une grande toge noire. À ses côtés, une Indienne. Des gens qu'elle ne connaît pas, dont une Noire. Et l'Étranger, qui l'aide à se relever du lit de pierre où elle repose et lui explique :

— *Juste avant ton arrestation, le père Briand nous a trahis pour assurer la pérennité de l'Église catholique au sein du Régime anglais. Les prêtres théurgistes de l'Ordre d'Albert le Grand ont traqué l'ordre en entier : Ariane, Ambroise, Ikès... ils ont tous été traqués et tués. Même moi, j'ai été pris de court... ils ont enclenché de puissantes entraves arcaniques m'empêchant de me manifester par effigie. Je n'ai*

rien pu faire. Heureusement qu'ils ignoraient la loca-
lisation exacte de mon corps. Messire Gamache, que
voilà, m'a libéré il y a tout juste dix ans.

Elle était nue, elle s'en rendit compte. Ce corps
n'était pas le sien. Comment l'avaient-ils fabriqué ?
Les arcanes biologiques n'avaient jamais été son
point fort. Soudainement, une pensée traversa son
esprit :

— Et mes enfants ? Comment les choses se sont-
elles déroulées pour eux ?

L'Étranger eut une expression indéchiffrable avant
de lui expliquer :

— Françoise est décédée de la scarlatine deux ans
après ton exécution. Angélique a été recrutée par les
théurgistes d'Albert le Grand. Quant à notre fils, les
prêtres ont pillé ta demeure juste après ta mort. Ils
ont ramassé tout ce qui leur semblait lié de près ou
de loin aux arcanes. Y compris Charles.

— Charles ? Ils l'ont pris ? Pourquoi ?

— Il est resté un nourrisson toutes ces années. Il
n'a pas grandi d'un pouce. Il a été un bébé vagissant
incapable de dormir ses pleines nuits pendant plus
de soixante ans. Les prêtres étaient persuadés que tu
avais découvert le secret de l'immortalité, l'Élixir de
Longue Vie. Et que Charles en était le résultat. Ils
l'ont recueilli pour l'étudier mais n'ont rien pu trouver.
Et subitement, en '27 ou '28, il a finalement entamé
sa croissance. Ils lui ont donné le nom du saint qui
avait refusé de se soumettre aux dieux païens.

— Qui ça ?
— Saint Faustin.

◆

Il refusait. Tout en lui hurlait, se révoltait. Il ne voulait plus de ces visions, de cette mémoire. L'espace d'un instant, Faustin crut qu'il pourrait s'y dérober. Il luttait de toutes ses forces, de tout son esprit, pour s'arracher aux souvenirs qui n'étaient pas les siens. *Mensonges!* avait-il envie de crier tout en ayant la certitude que tout était vrai, trop vrai, terriblement vrai... et à mesure que cette certitude s'imposait à lui, les visions le regagnèrent, le dominèrent, le forcèrent à regarder, à savoir.

Et il reconnut aussitôt cette scène. C'était lui, juste après qu'Elizabeth eut été chassée de la chambre. Une partie de sa vie, un moment s'étant déroulé à peine quelques heures plus tôt, dont il se souvenait parfaitement mais qu'il contemplait, cette fois, avec les yeux d'une autre personne.

◆

— Elizabeth! Il suffit!

Ses sens ne l'avaient pas trompée. Cette salope cherchait bel et bien à briser la volonté de son fils. Mais la négresse savait à qui elle avait affaire. Elle s'empressa de se couvrir d'un drap et de déguerpir sans demander son reste.

— Sale catin! gronda Marie-Josephte. Hors d'ici!

Elle n'avait été rappelée des morts que depuis quelques heures. Et voilà qu'elle avait perçu une présence ici, en plein manoir. Son fils. Son Charles. Qui la regardait confusément, l'air terrifié. Inspirant profondément, Marie-Josephte trouva le courage de demander:

— Tu dois savoir qui je suis...

Le jeune homme qu'était devenu Charles la regarda longuement. Mon Dieu, comme il ressemblait à Angélique! Les mêmes yeux verts mêlés d'or, les mêmes cheveux marron foncé, le même visage ingénu, un peu anguleux.

Charles semblait de plus en plus nerveux et répondit d'une voix hésitante :

— Rose ?

Non! cria-t-elle intérieurement. Charles devait la connaître, il fallait qu'il la reconnaisse. L'Étranger devait lui avoir tout expliqué, non ? Il devait savoir la vérité, c'est pour cela qu'il était là... mais cette négresse, cette putain devait l'avoir plus ébranlé qu'elle ne le croyait.

— Non, répondit-elle à son fils en essayant de masquer sa déception. Tu dois savoir, tu dois avoir compris...

Les yeux de son fils s'écarquillèrent et son corps fut secoué d'un vif tremblement :

— Marie-Josephte Corriveau ?

Il savait. Pourtant, ce nom la chagrina plus qu'elle l'eût cru. Mais au fond, il devait ne la connaître que de réputation. Elle ne pouvait s'attendre à ce qu'il lui saute au cou en l'appelant maman, malgré le nombre incalculable de fois où elle avait espéré cette scène. Et cette première rencontre n'était absolument pas à l'image de ce qu'elle anticipait.

— Je suppose qu'il sera plus aisé pour toi de me donner ce nom.

Le pauvre Charles était terriblement secoué. L'Étranger ne lui avait-il donc rien expliqué ? Elle devait lui raconter, trouver les mots, lui faire comprendre... à moins que...

Marie-Josephte prit place dans le fauteuil voisin de son fils. Elle le contempla longuement et sentit une bouffée de fierté monter en elle. Quel fier jeune homme ! Quel beau garçon ! Elle aurait tant voulu surmonter le malaise, sauter par-dessus les premiers pas difficiles et en venir tout de suite à quelque chose de plus conforme à ce qu'elle espérait, à une promenade dans les rues de la Haute-Ville de Québec où il lui raconterait sa vie, où il lui parlerait de lui, et elle l'écouterait, ravie de cette nouvelle existence que l'Étranger lui offrait un siècle après sa mort…

— Ne bouge pas, lui demanda-t-elle doucement.

Charles semblait trop nerveux pour remuer, de toute façon. Tant pis. Dans quelques instants ils pourraient reprendre cette discussion du début. Juste une petite incantation, juste un petit sortilège de rien et elle lui transférerait chaque bribe de sa mémoire qui le concernait, qui lui permettrait de prendre conscience de qui elle était.

Doucement, très lentement, elle approcha les doigts de sa tempe. Ses genoux tremblèrent quand elle effleura ses cheveux. De toutes ses forces, elle se retint de lui caresser le dessus de la tête, de recoiffer une mèche rebelle, de le serrer tout contre elle. Au lieu de cela, elle se servit de son autre main pour extirper une craie de sa manche et tracer un cercle arcanique sur le guéridon. Les mots de la formule lui vinrent tout naturellement aux lèvres et une douce torpeur l'envahit. Elle s'y laissa couler en toute quiétude, sachant qu'à son réveil son fils et elle pourraient enfin faire cette promenade tant anticipée.

◆

Une douleur vive sur ses poignets. Une autre, plus sourde, quelque part dans son dos. Lorsqu'il entrouvre les yeux, il a vaguement conscience du paysage qui défile devant lui. Il avance mais il ne marche pas. Quelqu'un le porte sur ses épaules. Quelque chose. Il est transi de froid, et ce froid lui rappelle quelque chose. Il lui faut du temps pour se remémorer. Un jack mistigri.

Il referme les yeux, s'isole dans une obscurité qu'il retrouve comme une vieille amie. Pour un peu il en oublierait la douleur. La démarche du jack mistigri le bercerait presque si ce n'était de la froidure. Et même, cet engourdissement lui semble le bienvenu.

Il ne veut pas penser. Il ne veut pas se rappeler la vision qu'il vient d'avoir. Il ne veut pas non plus prendre conscience de son environnement. Ne pas se demander où sont ses amis. Ni savoir où on l'emporte. Il veut cesser d'exister pour quelques minutes ou quelques siècles.

Pourtant ses yeux refusent de lui obéir et s'ouvrent à nouveau. Ils ne s'attardent pas sur la carcasse décharnée du wendigo qui lui sert de monture. Ils se perdent aux limites du champ de vision, entre les arbres, au plus profond de ce qui semble être une forêt.

Un mouvement à côté de lui. Une autre créature squelettique. Qui porte une autre personne, un homme blond au visage anguleux. François.

Des choses que Faustin tentait de refouler cherchent à remonter. Son oncle qui n'était pas son oncle, le mensonge du curé Lamare au sujet d'une sœur morte en couches et d'un père ayant fui ses responsabilités. La vérité, il la connaissait désormais. Il était âgé de près de cent ans, sa mère était morte depuis des

décennies puis avait été ressuscitée. Son père était…
qu'était-il ? Un homme qui vivait il y a des siècles et
vivait toujours aujourd'hui, sans avoir vieilli. Un
Étranger, avait dit quelqu'un. Qui ? Faustin ne se
rappelait plus, ou ne voulait pas se rappeler.

Rien de tout cela n'avait un sens. Il voulait s'en-
velopper à nouveau dans l'inconscience, mais les
ténèbres se refusaient à lui. Au lieu de cela, son
regard passait d'un sens à l'autre. Droit devant lui, il
reconnut le dos finement musclé de Shaor'i. Elle
aussi était portée par l'une de ces choses immondes.
Plus loin encore en avant, il y avait un grand homme
roux escorté d'un lynx.

Les yeux de Faustin passèrent de gauche à droite.
Quelqu'un manquait, il en était certain. *Baptiste*. Il
se rappela le combat dans les catacombes, le bûcheron
comateux au visage ruisselant de sang. *Mort ?* L'inquiétude éveilla un peu plus l'esprit de Faustin. Il se
força à relever la tête. En vain. Soit il était encore
trop faible, soit le froid paralysant du jack mistigri
l'avait pleinement pénétré. Il ne pouvait même plus
remuer les doigts.

Restait sa liberté de pensée. Avait-il envie d'en
user ? Quelques bribes de sa dernière vision l'en dis-
suadèrent. Mieux valait rester dans cet état végétatif
et laisser les choses évoluer.

Ils avançaient à travers une épaisse forêt. Le sol,
détrempé par la fonte hâtive de la neige, évoquait
une épaisse masse de tire. Ils devaient marcher depuis
quelques heures, car le soleil avait commencé à décliner. Étaient-ils encore sur l'île ? La forêt semblait
ne jamais vouloir se terminer. Les troncs massifs se
succédaient inlassablement. Sous le mouvement irrégulier de la démarche du wendigo, Faustin voyait le

décor forestier monter et descendre en s'éternisant.
Il sentit une migraine commencer à poindre et parvint
à refermer les yeux.

À nouveau dans l'intimité de la noirceur, un souvenir avait remonté à la surface du puits d'oubli qu'il
avait creusé. Un mot résonna dans sa tête. *Charles*.
C'était son nom. Le nom que lui avait donné sa mère.
Sa mère qu'on nommait la Corriveau. La Corriveau
qui avait été ramenée à la vie par un homme. Un
homme qui était son père. Son père qui avait vécu
plus de cent ans, tout comme lui. Lui, *Charles*.

Quand il ouvrit les yeux pour chasser ces pensées,
il constata que la forêt s'était éclaircie. Ils pénétraient
dans une grande clairière de plusieurs dizaines de
verges de large. Les arbres étaient moins grands tout
autour. Le sol ne portait aucune trace de boue ou de
neige. Vers l'ouest montait une colline couverte de
ronces. Presque au sommet, à environ cent pieds de
là, s'activaient les wendigos autour d'un rocher de
bonne taille.

— *Ici!* ordonna une voix sèche.

Faustin sentit la prise du jack mistigri se relâcher.
Il tomba sur la terre sèche sans trop de mal et eut le
temps de voir s'éloigner la créature, accompagnée
de ses pairs portant leurs charges et de leur chef,
Gamache.

À mesure que le groupe s'éloignait, Faustin sentait
la vigueur revenir dans ses membres. Une dizaine de
minutes après que les derniers bruits de pas l'eurent
atteint, il parvint à s'asseoir. Le sol était étrangement
chaud, comme une pierre exposée au soleil, et la
terre était aussi dure que si on l'avait battue pour en
faire une cave. Étrangement circulaire, la clairière

baignait dans un silence irréel. Lentement, Faustin se releva sur ses pieds, scruta les environs.

Un homme était assis sur une pierre, à l'extrémité du cercle. À pas mesurés, il avança vers Faustin. Il avait de coûteux vêtements de velours noirs, finement découpés, et marchait très dignement en portant une canne ouvragée. Son visage racé semblait taillé dans le marbre et évoquait un buste romain. Ses cheveux d'ébène étaient longs, retenus par un ruban sombre, coiffure évoquant celle des généraux anglais du siècle précédent. Sans peine, Faustin reconnut le Seigneur de l'Ordre du Stigma Diaboli. Celui-ci s'inclina poliment à quelques pas avant de le saluer :

— Mes hommages, Charles. Heureux de te rencontrer enfin.

Quelque chose en Faustin se mit à brûler, un feu de haine atroce qui le dévorait, le consumait. *L'Étranger.* C'était de sa faute si tout était différent, s'il n'était pas un homme ordinaire, si le curé Lamare était mort, si…

— Je m'appelle Faustin. Faustin *Lamare.*

— Ta mère serait peinée d'entendre ça, répondit l'Étranger en se composant un air navré. Elle t'aime beaucoup, tu sais. En dépit des apparences, c'est une mère comme les autres.

— Et toi, en dépit des apparences, tu es quoi exactement ? Le Diable ?

L'homme eut un grand rire sonore qui résonna dans le silence de la clairière.

— Si tu savais le nombre de fois où l'on m'a pris pour le Diable… Tu peux m'appeler l'Étranger, si tu veux. Ce nom m'amuse. Mais franchement… le Diable ! Je te croyais émancipé des fadaises chrétiennes.

— Alors tu es quoi, exactement ? Et moi, qu'est-ce que je suis ?

L'Étranger eut un regard lointain. Il s'éloigna vers le rocher sur lequel il s'était assis peu auparavant, lança sa canne en la faisant tournoyer dans les airs et la rattrapa par le pommeau. Un sourire altier aux lèvres, il se retourna vers Faustin.

— Tu es mon phœnix, mon fils.

— Je t'interdis de m'appeler ainsi ! vociféra Faustin, les poings si serrés que ses ongles lui mordaient les paumes.

— Tu as raison. *Réceptacle* est le mot qui convient. Tout comme Rose fut le réceptacle de ta mère, et ton ami le vicaire sera celui de Lavallée. J'ai été si heureux de te retrouver, tu sais. J'ignorais que tous les enchantements de longévité dont j'ai usé de mon vivant iraient se répercuter sur toi. Dès la naissance tu as arrêté de vieillir. Puis ton corps s'est essoufflé de se régénérer perpétuellement. Donc tu as vieilli pendant seize ou dix-sept ans. Et tu as stoppé à nouveau son vieillissement.

— Voilà pourquoi les arcanes restent sans impact sur moi. Et je ne vieillirai plus ?

— Oh, tu aurais vieilli encore, quand ton corps aurait à nouveau été essoufflé de se régénérer. Normalement, ça aurait été dans un autre soixante ans. Mais les sortilèges que tu as lancés ont devancé cette échéance. En termes simples, c'est comme si tu recevais, tous les seize ans soixante années de crédits à dépenser comme tu le veux. Tu aurais pu les vivre ou les utiliser pour les arcanes.

L'Étranger plongea la main dans le gousset de sa ceinture, en extirpa une montre en or attachée à une chaînette. Il en releva le couvercle d'un geste raffiné et vérifia l'heure.

— Ceci dit, reprit-il en rangeant l'objet à sa taille, tu n'auras guère l'opportunité de profiter de cette longévité. Depuis plus de trois cents ans, je ne me promène qu'en projetant ma conscience, sous forme d'effigie. Une fois, une seule fois depuis près de trois siècles, j'ai utilisé réellement mon corps, et ce fut pour te concevoir. J'ai bien failli y rester.

— Quelle pitié que ce n'ait pas été le cas !

Avec la désinvolture d'un richard qui parle d'un torchon, cet homme, cette *chose* prévoyait se servir de son corps comme d'un simple contenant. Son souffle se faisant haletant, Faustin aurait voulu s'enfuir aussi loin qu'il l'aurait pu ; toutefois, ses membres ne lui obéissaient plus.

L'Étranger vint se planter devant lui. Ses traits exprimaient une profonde déception. Pour un peu, il aurait semblé peiné.

— Pourquoi faut-il que tu me haïsses tant, Faustin ?

— Parce que tu vas me tuer ! hurla Faustin, désormais paniqué, luttant pour fuir malgré son immobilité.

L'Étranger lui posa une main sur l'épaule sans qu'il ne puisse s'y dérober. Écœuré, Faustin ne put rien tenter d'autre qu'éviter le regard de son interlocuteur. L'homme se pencha tout près de son visage et murmura à son oreille :

— Tu es passé par le Sanctuaire des Sept Danseurs, je crois ? Et par la caverne des *mah oumet*, auparavant ? Et tu n'as rien saisi ? Même en voyant la bête à grand'queue, tu n'as rien compris ?

— Mais quoi ?

— Il y a quelque chose qui dort ici et qui refuse de rendre l'âme. Il n'y a pas si longtemps vivaient sur ces rives de puissants sorciers qui osaient encore s'allier ouvertement aux gouverneurs. Des voyantes qui prédisaient réellement l'avenir, des ramancheurs qui avaient vraiment le pouvoir de soigner. Les wendigos hantaient les plus profondes pinèdes, les maisons abandonnées étaient le havre des esprits frappeurs, les cavernes celui des lutins. Les hommes se changeaient en loups, les Sauvages préparaient philtres et potions, les maîtres-penseurs sillonnaient les landes en feux follets ou les cieux à bord des chasse-galeries. C'est toute la couleur du monde que vous avez laissée s'estomper, Faustin. Vous avez nié l'existence de ce qui a fait partie de l'évolution humaine pendant des millénaires. De votre déni est né l'oubli, de l'oubli naîtra l'extinction. Nous en sommes déjà au crépuscule… et je refuse que la nuit tombe définitivement sur les arcanes.

Sans se soucier de Faustin qui tremblait de tous ses membres et luttait pour préserver son équilibre mental, l'Étranger le contourna doucement et se plaça derrière lui, une main sur chacune de ses épaules, posant son front dans ses cheveux.

— Ce que vous avez gagné au point de vue matériel, vous l'avez perdu sur le plan spirituel. Même les *mah oumet* se meurent à petit feu parce que vous décimez des forêts entières de grands pins, uniquement dans le but d'augmenter un peu vos gages. La pathétique subsistance de votre magie n'est plus qu'une bande de pleutres travestis en hommes de foi pour se donner encore quelques gouttes d'influence, comme un ivrogne qui boit de plus en plus lentement les dernières lampées de sa bouteille.

Au loin, plusieurs corbeaux se mirent à croasser. Dans un coin de son esprit, il sembla à Faustin que les oiseaux ajustaient leurs cris au rythme de son souffle. À mesure que leur chant funèbre se rapprochait, de longs hurlements jaillissaient d'une direction opposée, comme pour leur répondre. L'Étranger s'éloigna de lui et prit place au pied d'un grand hêtre.

— Je permettrai aux survivants des miens de revenir et nous régnerons à nouveau en maîtres, dans l'ombre, sans que personne ne sache que nous tirons les ficelles de votre existence. Une fois que ton corps sera mien, je prendrai les choses en main. Vous – hommes de foi ou hommes de science – ne méritez pas ce monde. Vous n'auriez jamais dû l'avoir.

Le cri des corbeaux changea de cadence pour devenir entêtant, lancinant, jusqu'à ce que Faustin les vît se poser à une distance respectueuse de l'Étranger. Un à un, ils diminuèrent leur tumulte et assumèrent leur apparence humaine. Faustin reconnut la silhouette de Lady Elizabeth. Elle portait une longue tunique noire d'étoffe fine et les rebonds de ses seins révélaient qu'elle était nue en dessous. De l'homme qui prit forme derrière elle, Faustin distingua le visage érudit de Joseph Légaré, pareillement vêtu. Puis la face ronde aux yeux chassieux de James Ferrier, qui inspectait scrupuleusement ses bras et son torse, comme s'il eut craint qu'une partie de son anatomie ne fût pas correctement restituée, attitude qu'imitait la femme du commerçant Anderson. Finalement, Faustin distingua la tête rousse de Gamache, à qui la toge noire donnait l'apparence d'un esprit malfaisant.

D'un coup, Faustin sentit ses membres retrouver leur force. Mais même s'il pouvait à nouveau se mouvoir, il était inutile de songer à fuir. En se retournant, il vit l'étrange spectacle d'une troupe de loups émergeant des bois guidée par un lynx. Nadjaw fut la première à revêtir sa forme bipède. Suivirent le shérif Sewell et sa femme. Tous pareillement vêtus.

D'un pas lent, les larbins de l'Étranger se déplacèrent silencieusement autour de Faustin. Quand ils eurent formé un cercle parfait, ils s'agenouillèrent dans un total synchronisme, les yeux baissés vers le sol.

L'Étranger traversa le cercle de robes noires pour venir murmurer à l'oreille de Faustin, si près que ses lèvres l'effleurèrent :

— Mon fils, ma chair… ma rédemption. Comprends-tu enfin ce qu'eux ont réalisé depuis des années ? Vous êtes la gangrène qui ronge cette terre, Faustin. Il ne me reste plus qu'à vous amputer. Sois-en fier, tu seras le principal outil de cette tâche. *Ibn salima.*

— *Ibn salima*, répétèrent d'une voix les membres du Stigma Diaboli.

◆

Docilement, Faustin se laissa encadrer par Lady Elizabeth et Joseph Légaré. Sans opposer la moindre résistance, il les suivit en direction du rocher où l'avait attendu l'Étranger. Chemin faisant, Faustin se surprit à lorgner les courbes saillantes de la Noire sur lesquelles se plaquait la robe sombre. Quand leurs regards se croisèrent, il lut clairement la lueur d'amusement sadique dans les yeux de la femme et comprit que même dans ces circonstances, elle se jouait de lui en usant de son don particulier.

Derrière le rocher, on lui indiqua une étroite fissure dans le sol par laquelle il réussit tout juste à se faufiler. Avec un chuintement poussiéreux, Faustin glissa sur une pente de quelques pieds qui s'enfonçait sous terre puis, plongé dans l'obscurité, il entendit ses escortes qui s'en retournaient. Désormais seul, il explora à tâtons les parois de terre dure entremêlée d'épaisses racines. Faustin commença à longer un mur et buta tout de suite sur une chose souple.

— Merde, Faustin !

— François !

— Chut !

— Ils veulent nous tuer, François !

— On le sait, claqua comme un fouet la voix de la jeune Indienne.

Lorsque ses yeux furent habitués à la noirceur, Faustin découvrit que l'endroit ne mesurait pas plus de dix pieds de diamètre. François était assis en tailleur, adossé au mur. Shaor'i, assise sur ses talons, gardait une main sur le sol et l'autre sur le poignet de Baptiste qui, immobile, avait été allongé sur le dos.

— Il est… ?

— Il est vivant, le rassura François, mais toujours inconscient. Et toi, ils t'ont blessé ?

— Non, ça va. Mais pour toi ça ne va pas du tout. Ils veulent te…

— Je sais, Faustin. Nous l'avions tous compris. Ils me réservent le sort de Rose Latulipe. Du reste, Gamache a été d'une surprenante loquacité quant à leurs projets.

Loquace à quel point ? se demanda Faustin. Avait-on révélé à ses amis ses origines ? Pour l'instant, il préférait ne pas aborder le sujet. Lui-même ne savait pas trop comment assimiler la chose.

— Fuyons.

— Mais bien sûr, répondit Shaor'i avec sarcasme.

— Ce trou est protégé par un sceau qui l'isole des arcanes. Shaor'i ne peut même pas se transformer. Nadjaw lui a pris ses couteaux et des jacks mistigris surveillent au-dehors.

De longues minutes passèrent dans le silence. Shaor'i nettoyait le visage de Baptiste des croûtes de sang séché qui le couvraient. François, recroquevillé dans un coin, entourait ses jambes de ses bras, le regard rivé au sol. Ne trouvant rien de mieux pour s'occuper, Faustin s'étira sur la pointe des pieds et tenta de voir par-delà l'ouverture. En vain. Il parvint néanmoins à percevoir une conversation. Quand il eut fait signe aux autres d'écouter, il reconnut la voix qui avait jadis été celle de Rose Latulipe, dont le timbre prématurément mûri et les tournures de phrase caduques révélaient l'esprit de la Corriveau.

— L'Étranger m'avait promis, dit la voix en s'approchant lentement, que mon fils serait présent ce soir.

— Votre fils ne s'est pas présenté, que voulez-vous que le Seigneur y change ? Il s'est même enfui quand vous avez voulu discuter avec lui, rétorqua la voix d'un homme que Faustin identifia comme celle de Louis-Olivier Gamache.

— On pourrait m'indiquer où je peux le voir, que je me présente à lui, proposa la femme d'une voix pleine d'espoir, toujours en se rapprochant.

— Le Seigneur a besoin de vous pour le rite de ce soir, ma Dame. Votre assesseur sera éveillé sitôt les prérequis complétés. Vous n'avez plus qu'à patienter quelques heures.

— Comme ces créatures me répugnent ! lança la Corriveau, le son indiquant à Faustin qu'elle était juste devant les wendigos qui gardaient l'entrée.

— Elles nous sont nécessaires. Sans elles, les théurgistes nous assailliraient. Dois-je vous rappeler qu'ils ont kidnappé votre fils et tué votre fille ?

— Inutile de me le remémorer, en effet. Comprenez-moi, Messire Gamache, je n'ai aucun point d'ancrage autre que mon fils dans ce siècle. À quoi bon revenir des morts si tous ceux que j'ai connus ont trépassé depuis longtemps déjà ? Il me tarde de le retrouver.

— Je comprends tout cela, ma Dame. Et le Seigneur y est sensible. Seulement, il y a de ces œuvres dont l'importance dépasse les désirs intimes. Moi-même, ne croyez-vous pas que je préférerais être sur l'île d'Anticosti, avec mes deux filles, que je n'ai pas vues depuis fort longtemps ?

— Certes. Mais vous, vous faites partie de ce monde. Vous n'êtes pas, comme moi, dépaysé devant ces… comment dites-vous ?… ces *usines*, ces *manufactures* qui abondent désormais à perte de vue, ces effroyables *locomotives*, cette ville de Québec surpeuplée…

— Vous n'avez même pas cherché à vous intégrer à ce nouvel environnement, ma Dame.

— Encore faudrait-il qu'on cesse de me retenir dans ce manoir, telle une prisonnière.

— Une prisonnière n'est pas traitée en invitée de marque, vous devez le savoir mieux que moi, répondit Gamache avec condescendance.

— Mais si mon fils…

— Votre fils se fiche bien de vous, c'est ce que vous vouliez entendre ? Il n'est venu au manoir que pour mendier un héritage. Malgré cela, il a été cordialement invité ce soir et n'est pas venu. Vous n'êtes pas sa mère, ma Dame. Pas de son point de vue. Il n'a aucune affection pour vous et n'en aura jamais.

Bien plus qu'il ne l'aurait cru, ces mots giflèrent Faustin et le mirent en rage. Pour un peu, il aurait crié afin de manifester sa présence. Mais la peur l'en empêcha au dernier moment. Son cœur se serra toutefois quand il entendit les sanglots étouffés de Marie-Josephte, juste au-dessus de lui.

— Gamache, prononça-t-elle la voix tremblante, vous êtes un monstre d'affirmer une telle chose.

— Et vous, ma Dame, vous êtes bien sotte de croire à l'amour de ce fils insensible.

— Je vous déteste.

— Réciproquement, ma Dame. Et maintenant, si vous voulez bien retourner au cercle d'arcane pour l'étudier convenablement, nous pourrions amorcer les rites préliminaires.

La voix de Gamache fondit en decrescendo. Les pas des deux arcanistes les éloignèrent de la fosse. Faustin ne se détourna que lorsqu'il n'entendit plus les tristes gémissements de la Corriveau.

— Quelle folle, commenta François dans l'obscurité, de croire son fils encore vivant après tout ce temps.

Faustin ne répondit que d'un geste vague de la main.

— Et quel sadique que ce Gamache, renchérit le vicaire, de mépriser et de faire souffrir une pauvre folle.

— Un sadique, en effet, cracha Faustin avec conviction, avant de s'isoler dans un mutisme lourd de réflexion.

Au-dehors, on percevait faiblement les bruits des membres du Stigma qui s'activaient. Frappé d'une inspiration subite, Faustin se retourna brusquement :

— Shaor'i, est-ce que Baptiste a encore son miroir à raser dans son mackinaw ?

— Tu crois vraiment que c'est le moment ?

— Je veux voir dehors…

La jeune femme fouilla la veste carreautée et lui tendit le petit morceau de miroir. De son côté, elle s'attarda longuement au rasoir, dont elle testa le tranchant de la petite lame qui ressemblait à un court couteau.

— Il suffirait ? demanda François avec intérêt.

— Sûrement pour en tuer un ou deux, répondit-elle. Peut-être davantage si je me concentrais sur les bourgeois anglais.

— Tu pourrais peut-être empêcher le rituel de s'exécuter ?

— Tout tranchant soit-il, ce misérable objet ne viendrait pas à bout des wendigos de là-haut. En réalité, la meilleure façon d'empêcher le rituel sera de t'ouvrir la gorge. N'aie crainte, je me réserve le même sort. J'ai juré sur ma vie de vous protéger : l'échec me contraindrait au trépas.

François déglutit péniblement.

— Ce sera douloureux ?

— Je veillerai à ce que ce ne le soit pas, si tu restes tranquille le moment venu.

Sans perdre un mot du dialogue, Faustin avait réussi à arracher une fine racine avec laquelle il attacha le miroir à une vieille branche. Ainsi emmanché, il put glisser le bout de verre hors de la fissure et l'orienter vers la clairière.

Le soir était tombé. Du peu qu'il put en constater dans l'obscurité naissante, les membres du Stigma Diaboli avaient beaucoup à faire. En inclinant le miroir sous un certain angle, il vit Anderson qui manipulait des instruments d'arpentage et qui semblait donner des indications au couple Sewell.

En changeant d'inclinaison, Faustin eut la surprise de voir sa mère. Son interlocuteur n'était pas visible, mais lorsqu'une main gantée vint se poser sur la joue de la femme, Faustin reconnut l'Étranger.

Il allait sortir davantage le miroir quand une patte griffue vint faucher l'instrument. Faustin recula vivement et vit le visage corrompu d'un jack mistigri qui scrutait l'intérieur du terrier. Les yeux malsains le fixèrent un instant et l'haleine glaciale projeta une fine brume à travers la faille. La chose resta là une dizaine de secondes, puis reprit la position qu'elle avait quittée.

L'instant suivant, François vint se placer aux côtés de Faustin :

— Et puis ?

— Le diagramme qu'ils tracent sera très grand et se doit d'être très précis. Ils utilisent du matériel d'arpenteur.

— C'est tout ? demanda Shaor'i.

— Il y a ma... (Faustin se retint de dire « ma mère ») ... rie-Josephte Corriveau avec eux.

— C'était prévisible.

— J'y pense... reprit aussitôt François. As-tu eu d'autres visions ?

— C'est une vision, ce que tu as eu dans les catacombes, non ? renchérit Shaor'i.

Sans qu'il ne puisse savoir ce qui le poussa à agir ainsi, Faustin nia de la tête.

— Difficile de comprendre pourquoi cette femme a cru bon de te transmettre tout ça, commenta François.

— C'est une âme en peine, expliqua Shaor'i. Qui peut savoir ce qui a traversé cet esprit tourmenté ? Il est possible qu'elle souhaite seulement voir ses souvenirs être préservés par quelqu'un d'autre.

— Pourquoi Faustin et pas un membre du Stigma, alors ?

— Qui sait ? conclut l'Indienne en plongeant ses yeux fixes dans ceux de Faustin.

◆

Faustin n'avait toujours pas proféré le moindre mot quand, deux heures plus tard, les wendigos jaillirent à travers la fissure. Shaor'i se leva d'un bond et se jeta aussitôt sur François, le rasoir bien serré dans son poing. L'une des créatures se lança en travers de sa route, la saisit à bras-le-corps et laissa son aura glaciale engourdir la jeune femme.

Un second wendigo se contenta d'avancer vers Faustin et de poser une main sur son épaule. Le froid le brûla comme s'il avait touché la lame d'un couteau au plus fort de l'hiver, puis la paralysie le saisit doucement sans qu'il ne puisse esquisser le moindre geste.

Les deux créatures restantes foncèrent sur le vicaire et le saisirent chacun par un bras. À peine prirent-ils le temps de laisser agir leur effet d'ankylose qu'ils ressortirent du trou, entraînant François avec eux, suivis de leurs pairs.

À nouveau seuls dans le noir, Faustin et Shaor'i laissèrent la chaleur revenir dans leurs membres. Faustin avait tout juste eu le temps de voir passer l'attaque-éclair des wendigos.

— *Awan*, j'aurais dû le tuer bien avant, se maudit Shaor'i à haute voix.

— Tu as encore le rasoir ?

— Évidemment. Ces immondices n'ont pas le sens de l'initiative. Ils ne font qu'exécuter leurs ordres. Deux sont partis avec le prêtre ; les deux autres sont toujours au-dessus ?

— Je crois, oui.

— Tu me sous-estimes, Nadjaw, grinça Shaor'i pour elle-même avant de reprendre : nous devons tuer François à n'importe quel prix.

Le détachement avec lequel elle prononça ces mots fit trembler Faustin :

— N'y aurait-il pas un autre moyen ?

— C'est le plus sûr. Il me laissera agir.

— Il sera protégé.

— C'est un risque à prendre.

— Mais un autre officiant au rite…

— … sera remplacé et le rite reprendra pareillement, sauf que nous serons tous les deux morts et désormais incapables de l'empêcher.

L'esprit de Faustin roulait à toute allure pour trouver une alternative. Celle-ci lui vint quand il vit Shaor'i esquisser quelques passes dans le vide pour s'accoutumer au rasoir.

— Une effigie, c'est facile à dissiper, non ?

— Très facile, oui. Le moindre objet enchanté la disperse comme de la brume.

— L'Étranger n'est ici que sous forme d'effigie. À l'outrevision, il n'y a pas de doute possible. Tu n'aurais qu'à vérifier. Si tu le dissipais, le rite serait interrompu.

— L'ennui, c'est que je n'ai plus mes lames.

— Et c'est long, enchanter une arme ?

— Très long. Ça prend des semaines.

Calvaire ! jura Faustin *in petto*. Toutefois, Shaor'i ajouta :

— J'ai juré à Otjiera de vous protéger. Mon honneur et ma vie en dépendent. S'il y a un moyen de sauver François, je le tenterai.

— Et pour tes couteaux ?

— J'irai les chercher là où ils sont : entre les mains de Nadjaw. Maintenant, prépare-toi, nous allons sortir.

— Mais tu avais dit que tu ne pouvais venir à bout des jacks mistigris…

— C'était quand il y en avait quatre. Maintenant qu'ils sont deux, c'est différent. Tu connais ce sortilège basique qui sert à allumer un feu ?

— J'ai déjà vu mon oncle le lancer.

— Ça suffira ?

— Je crois.

— Mis à part la magie, les wendigo ne sont vulnérables qu'à la chaleur. On ne pourra lancer le sort qu'une fois sortis de ce trou scellé contre les arcanes et de là ces créatures tenteront tout pour nous y renvoyer. Je vais occuper les wendigos pendant que tu feras chauffer la lame du rasoir. Quand elle sera rougeoyante, tu m'avertiras et je les achèverai. Ensuite tu iras te planquer entre les arbres. Ça te va ?

Inspirant profondément, Faustin acquiesça.

◆

— Cours ! hurla l'Indienne en s'élançant au-dehors.

Ils traversèrent la fissure et émergèrent dans l'obscurité de la nuit. Les non-morts réagirent comme des animaux, sursautant à leur arrivée puis fonçant sur eux en grondant.

Shaor'i accueillit l'un d'eux d'un coup de pied au visage ; la mâchoire claqua avec un bruit sec et le maxillaire se détacha du crâne. Elle fit volte-face, projeta son coude droit dans le sternum de la créature. De son autre bras, elle enfonça l'index et le majeur dans les yeux du second wendigo. Les globes oculaires jaunâtres se perforèrent et Faustin frissonna quand il entendit le bruit des ongles de Shaor'i râper l'intérieur des orbites pour en arracher les yeux.

Sans perdre de temps, Faustin avait ramassé une petite pierre et tracé sur le sol un cercle arcanique. Quatre losanges en croix se touchant au premier tiers. Deux petits cercles au centre et deux grands aux extrémités.

Une plainte sépulcrale détourna son attention.

Le wendigo aveugle fouettait l'air de ses griffes, en cherchant à happer la jeune Indienne. Shaor'i en profita pour lui attraper le poignet et tirer le bras vers elle, en se servant de sa main libre pour lui pousser le coude dans le mauvais sens. L'articulation émit un craquement sinistre et l'extrémité du membre se mit à pendre mollement.

Le rasoir en main, Faustin marmonna la formule d'activation. Il bafouilla et inversa deux syllabes. Quand il vit que rien ne se passait, il recommença deux fois, trois fois, jusqu'à ce que le manche de la lame lui paraisse soudainement plus chaud.

L'autre wendigo posait davantage de problèmes à l'Indienne. Il restait sans cesse en mouvement et cherchait la bonne opportunité pour maintenir avec elle un contact prolongé. Craignant son toucher hypothermique, Shaor'i veillait à garder ses distances. Elle commençait toutefois à s'épuiser devant l'endurance surnaturelle de la créature. Son dernier assaut la manqua de peu… et la mit à portée du premier jack mistigri, l'aveugle au bras brisé, qui se servit de sa bonne main pour agripper l'Indienne par une épaisse poignée de ses cheveux noirs. Seules quelques plumes blanches lui restèrent.

Le harfang s'éloigna de quelques verges et reprit sa forme humaine tout près de Faustin. Il tenait avec difficulté le manche de bois qu'il avait entouré d'un mouchoir trempé de neige – le rasoir étant aussi brûlant que dans l'âtre d'un forgeron. Shaor'i s'en saisit, fonça droit sur le wendigo aveugle et lui enfonça les cinq pouces d'acier chauffé à blanc dans le cœur. Sans perdre une seconde, elle se retourna, plongea entre les jambes de la seconde créature, se releva derrière elle et lui planta le rasoir dans le dos. Toutes deux s'écroulèrent en silence sur la terre battue.

— Tu as mis un de ces temps.

— J'ai raté la formule, avoua Faustin. Puis, changeant de sujet: tu crois que les membres du Stigma ont repéré notre évasion?

— Sûrement pas, sinon une putain travestie en lynx aurait débarqué en trombe.

Plaçant le rasoir à sa ceinture, elle serra la mâchoire avec un air de détermination.

— Reste ici, Faustin. Je m'en vais dissiper l'Étranger.

Un harfang des neiges battit des ailes et gagna le ciel nocturne.

◆

Caché derrière une masse dense de ronces sèches, Faustin observait, à moins de trois cents verges, les membres du Stigma Diaboli qui s'étaient regroupés en un cercle. Au centre, un diagramme aux proportions titanesques avait été tracé à la pâte de phosphore blanc, ce qui le rendait lumineux dans l'obscurité. Non loin,

François gisait torse nu, bâillonné, pieds et poings liés. On l'avait étendu sur un lit d'ossements humains : les restes de son ancêtre, Jean-Pierre Lavallée.

Ayant tous revêtu leur toge couleur de nuit, les goétistes avaient déjà amorcé la phase préliminaire du rituel. Avec une étrange harmonie, ils psalmodiaient une suite de trois syllabes en canon, engendrant une résonance si intense que Faustin en ressentait les vibrations dans le sol.

Seuls au centre du diagramme, l'Étranger et la Corriveau respiraient profondément, à l'unisson, attendant de toute évidence que la ceinture sonore ait l'intensité adéquate.

Qu'attend Shaor'i ? se demandait Faustin pour la dixième fois. Depuis plus d'une demi-heure, il assistait impuissant aux préparatifs du sortilège et s'impatientait de voir intervenir l'Indienne. *Et si elle s'était tout simplement sauvée ?* pensa-t-il encore, réprimant aussitôt cette idée. Il se devait d'avoir foi en elle. Le cri soudain d'un rapace lui confirma qu'il avait eu raison.

Réagissant aussitôt, la femme de Gamache se retira subitement du cercle, levant les bras pour se protéger des serres d'un harfang des neiges. Shaor'i reprit sa forme humaine, le rasoir de Baptiste dans la main gauche.

Instantanément, Nadjaw dégaina deux des quatre couteaux qu'elle portait à la ceinture et visa la gorge et le cœur de Shaor'i. Celle-ci esquiva en s'accroupissant rapidement et chercha à atteindre le talon de son adversaire. La femme de Gamache mit ses pieds hors de portée d'un saut périlleux ; elle atterrit en chancelant, incommodée par son encombrante toge de cérémonie. Shaor'i profita de cet avantage, fendit l'air en dirigeant la lame affûtée vers la taille de son ennemie. Nadjaw croisa ses deux couteaux pour protéger le bas de son ventre, mais le point que visait Shaor'i était tout autre. Du tranchant du rasoir, elle coupa la lanière qui retenait l'un de ses couteaux, puis elle attrapa la lame confisquée de sa main libre. Quand Nadjaw voulut riposter, le harfang était déjà hors de portée.

Un globe enflammé percuta le sol là où Shaor'i s'était tenue quelques secondes plus tôt. Gamache ragea en intervenant un instant trop tard. Il beugla un ordre, puis ses contours se fondirent pour adopter sa forme de corbeau, rapidement imité par ses pairs. La volée d'oiseaux noirs prit son envol à la poursuite du rapace blanc.

Autant que Faustin pouvait en juger, l'Étranger ne semblait pas inquiet le moins du monde. Il sortit la montre de son gousset d'un geste excédé et eut un soupir agacé en consultant l'heure. À ses côtés, la Corriveau avait l'air beaucoup plus nerveuse. Elle se retournait sans cesse, comme si elle craignait de voir surgir quelque ennemi.

Le cri aigu du rapace fendit l'air. Le harfang des neiges piquait à grande vitesse en direction de l'Étranger. Les corbeaux, incapables d'atteindre une telle vélocité, planaient inutilement au-dessus des arbres.

L'Étranger leva les yeux en direction du hibou neigeux qui plongeait vers lui. Une expression de complète incompréhension se peignit sur son visage.

Shaor'i reprit forme humaine à huit pieds dans les airs, tenant son couteau par la lame. Juste avant de toucher le sol, elle projeta l'arme avec une force exceptionnelle. Le couteau tournoya en sifflant et passa directement à travers l'effigie. La projection se dissipa avec le bruit d'un soupir : là où l'Étranger se tenait une seconde plus tôt, il n'y avait plus rien.

Au ras du sol, Shaor'i tâtonna pour ramasser son couteau quand un pied se posa sur son poignet. Un pied botté de cuir raffiné, orné d'une boucle de cuivre poli. L'Indienne écarquilla les yeux de surprise.

— *Awan…*

— Tu ne croyais tout de même pas que j'étais pareil à vous, fit en ricanant la voix mesurée de l'Étranger. Je n'ai nul besoin de rituel pour susciter une nouvelle effigie, *moi*. Dissipe-moi autant de fois que tu le voudras, belle Shaor'i, et je reviendrai aussitôt. Tel un phœnix, n'est-ce pas, ma très chère ? dit-il à l'intention de la Corriveau.

Marie-Josephte ne répondit pas. Elle se contenta de détourner le regard quand l'Étranger fit un geste négligent des doigts qui projeta dix verges plus loin le corps inerte de l'Indienne.

◆

Faustin vit les corbeaux reprendre leur apparence humaine. Les silhouettes en robe noire se rapprochèrent de l'Étranger, qui leur intima quelques ordres. Deux des lycanthropes assumèrent leur forme canine et partirent en chasse entre les arbres, suivis du lynx qu'était Nadjaw. Faustin les vit s'enfoncer dans la forêt et soupira de soulagement quand il constata qu'ils allaient dans une direction opposée à la sienne. Tous les autres membres du Stigma se replacèrent en cercle et reprirent le rituel. Au loin, Faustin entendit le son d'une formule prononcée à l'unisson sur un timbre qui semblait sortir du fond des âges.

La clairière fut baignée lentement d'une lueur rougeâtre qui rappelait un feu follet. Au centre du cercle, le corps de François commençait à s'agiter. Recroquevillé sur le sol, il remuait comme un enfant qui rêve. Il sembla soudain à Faustin que la lumière de plus en plus vive émanait de François lui-même, comme s'il s'était soudainement mis à dégager une forte énergie.

Sans attendre, Faustin passa à l'outrevision. Sur le fond grisâtre de sa vue, le gigantesque cercle de la clairière crépitait comme un anneau de flammes sombres. De grands linceuls de fumée noire tourbillonnaient lentement autour du vicaire inconscient. Au côté de lui, parmi les ossements disposés sur la terre, flottait une forme vague, peut-être une silhouette mal découpée. *L'esprit de Lavallée*, comprit Faustin.

Le hurlement d'un loup tout près de lui le fit sursauter. On l'avait retrouvé. Faustin se retourna vivement, repéra trois paires d'yeux brillants entre les arbres.

Sans chercher à fuir, Faustin se replia sur lui-même et s'agrippa la tête en enfonçant ses ongles dans sa peau. Baptiste était mourant. Shaor'i inconsciente. François allait disparaître. Et que faisait-il ? Que *pouvait-il* faire ? Dans un récit de conteur, un puissant sortilège aurait jailli de sa mémoire, qui lui aurait permis de sauver ses amis *in extremis*.

Mais rien de tel ne se produisit. Au lieu de cela, en même temps que vinrent les pleurs d'impuissance et de désarroi, une idée folle surgit, une idée qui n'avait qu'une chance sur mille de fonctionner, peut-être, mais qui était mieux que rien.

Sans se soucier du lynx et des deux loups qui n'étaient plus qu'à quelques verges de lui, Faustin inspira profondément et hurla : « Mère ! »

◆

À plusieurs verges de là, le chœur d'incantation perdit deux de ses voix. D'un même mouvement, la Corriveau et l'Étranger se retournèrent en direction de la petite colline rocheuse. Le cri que Marie-Josephte espérait autant que son compagnon le redoutait résonna encore une fois :

— Mère !

Faustin courait en dévalant la butte, deux loups lancés à sa poursuite. Les molosses se rapprochaient dangereuscment, leur gueule sans cesse plus proche de ses jarrets. D'un seul bon, le grand lynx sauta du sommet du promontoire et atterrit à quelques pieds de Faustin.

Celui-ci vira brusquement en dérapant sur la terre. Sa mère et son père n'étaient plus qu'à une centaine de pieds. Quatre-vingts. Cinquante. Quand il quitta la colline pour filer sur la terre battue, il put distinguer parfaitement l'expression du visage de ses parents, celui souriant et baigné de larmes de sa mère et la face dure de son père sous la rage refoulée.

— Nadjaw ! tonna l'Étranger d'une voix qui résonna à des milles.

Le lynx banda ses muscles et exécuta un bond prodigieux en direction de Faustin, dont tout l'esprit était tendu vers la distance qui le séparait de sa mère. Trente pieds. Vingt-cinq. Vingt. Le feulement du lynx au-dessus de lui le fit crisper les muscles et trébucher. Il percuta durement le sol, roula sur le dos et vit la bête heurter un mur invisible juste avant de l'atteindre.

— Charles !

L'incantation collective s'était tue. Marie-Josephte se précipita sur Faustin, moitié riant, moitié pleurant. Elle s'agenouilla à ses côtés en posant la tête de son fils sur ses cuisses.

— Tu es venu, répétait-elle, la gorge nouée, tu es venu pour moi…

— Je ne savais pas, Mère… Je ne savais pas qui vous étiez…

Les traits de Marie-Josephte se pétrifièrent.

— Tu l'ignorais ?

— Il veut me tuer, Mère. Il veut se servir de moi comme de Rose Latulipe…

— Il suffit, Marie-Josephte ! vociféra la voix de l'Étranger avec une force inouïe. Tu t'égares devant ses élucubrations…

L'homme avança de trois pas vers Faustin, marmonna quelques mots et fit un grand geste de la main. Faustin se sentit vibrer comme une barre de fer frappée contre un mur.

La Corriveau grisonna subitement, des pattes d'oie se creusant autour de ses yeux et de ses lèvres. Par réflexe, Faustin passa à l'outrevision. Sous le voile gris, la silhouette d'encre de l'Étranger décrivit un autre large mouvement. Des vagues noires fusèrent et se heurtèrent à une paroi qui s'élevait entre Faustin et son père. Quand il revint à la vision normale, Marie-Josephte avait encore vieilli de dix ans.

— Tu ne pourras parer mes sorts très longtemps, pauvre folle. Dissiper le moindre de mes assauts te fera vieillir d'une décennie.

— Et toi, tu ne peux rien sans moi. Force-moi à parer un sortilège de trop, force-moi prématurément à vieillir et tu ne pourras même plus rappeler ton cher Lavallée.

Les traits de l'Étranger se glacèrent sous l'effet de la colère :

— Marie-Josephte, notre fils a été élevé par les théurgistes. Tu laisses l'affection t'aveugler. Mais tu t'affaiblis pour un leurre. Il se fiche éperdument de celle qui est sa mère. Crois-tu qu'un fils aimant aurait choisi pareil moment pour se manifester ? Ce garçon n'agit que par intérêt. Il est ici pour sauver la vie de ce prêtre. Et tous les moyens sont bons pour te déstabiliser… même t'appeler « mère ».

Marie-Josephte recula comme si elle avait été giflée. L'Étranger fit un pas en avant et posa une main sur sa joue :

— Je voulais t'épargner ça, ma petite Marie-Jo. J'ai autant de chagrin que toi devant la manière dont les théurgistes ont manipulé Charles.

Il ouvrit les bras pour y prendre Marie-Josephte. Hésitante, elle recula. Ce dernier pas en arrière la mit à portée de toucher de Faustin, qui avait pleinement usé de ces quelques secondes.

Resté allongé, silencieux, il avait tracé de mémoire le cercle arcanique que sa mère avait déjà dessiné pour lui. Ce souvenir lui avait été implanté avec les autres visions. Reproduire le diagramme avait été aussi facile qu'écrire son nom. Et quand il put effleurer le mollet de sa mère du bout des doigts, la formule lui vint tout naturellement aux lèvres : *Sherdja fudjar adjmen umm al-qaran ras khaymir.*

La connexion entre son esprit et celui de sa mère fut aussi percutante qu'un coup de fouet. Il lui sembla que deux masses intangibles venaient de se heurter avec violence pour fusionner partiellement. Là où les psychés se touchaient, Faustin sentait une espèce de force latente. Il dirigea toute sa volonté sur le souvenir de l'entretien qu'il avait eu avec l'Étranger quelques heures plus tôt. Sa force mentale donna une vive poussée sur le point de contact des deux esprits, comme de la vapeur brusquement libérée d'un chaudron. Le souvenir opéra son transfert en quelques instants, puis Faustin revint à un mode de pensée normal.

Pas une seule seconde ne semblait s'être écoulée quand le sort prit fin. La Corriveau se dérobait toujours au contact de l'Étranger qui cherchait à l'étreindre. Ce dernier continuait de lui parler d'une voix mi-autoritaire, mi-rassurante :

— Nous aurons tout le temps d'expliquer la vérité à notre fils. Pour l'instant, l'endoctrinement des théurgistes le possède comme une démence.

Marie-Josephte se retourna vers son fils, l'air d'avoir l'âme au supplice. Avec toute la douceur qu'il le put, Faustin eut tout juste le temps de murmurer :

— Vous n'êtes pas un pantin, mère.

La Corriveau tomba à genoux, une main sur le sol. De toutes les pensées qui semblaient se bousculer dans la tourmente de son esprit, elle ne prononça qu'un seul mot, infiniment amer, craché à l'intention de l'Étranger :

— Menteur.

L'Étranger recula vivement quand il remarqua qu'elle avait ramassé le couteau de Shaor'i resté sur le sol. Il la menaça d'une voix méprisante :

— Inutile, Marie-Josephte. J'effacerai le moindre cercle arcanique que tu traceras !

Sans même regarder ce qu'elle faisait, elle enfonça la pointe de la lame dans sa cuisse et y grava une entaille circulaire. La tête rejetée vers l'arrière, les traits déformés par les tics, elle respirait de plus en plus rapidement en se lacérant la jambe. Deux estafilades en pointe. Trois coupures parallèles. Un autre cercle plus petit. Quand elle se releva, un diagramme sanglant dégoulinait sur sa cuisse.

— Et ça, tu penses que tu saurais l'effacer, goétiste ? dit-elle d'une voix suraiguë. Tu te crois capable de guérir une plaie ? Depuis quand la magie noire peut-elle soigner ? acheva-t-elle dans un cri.

— Abattez-la ! hurla l'Étranger à l'intention des membres du Stigma. Tuez-la, *maintenant !*

La Corriveau se mit à avancer avec une lenteur calculée, le sang ruisselant sur elle. La tête qui dodelinait, un sourire malsain aux lèvres, elle marmottait au rythme de ses pas : *men-teur, men-teur, men-teur…*

L'un des loups fut le premier à répondre à l'ordre. L'énorme animal fonça droit sur elle, la gueule écumante de bave. Il eut à peine le temps de stopper sa course qu'un torrent de flammes l'engloutit.

Tous les membres du Stigma reculèrent devant le spectacle. Du bout des doigts, la Corriveau avait suscité une colonne de feu ardent qui brûlait le corps de l'animal avec une odeur écœurante. Il crépitait encore quand il tomba, fumant et grotesquement noirci, et reprit lentement la forme qui avait été celle du commerçant Anderson.

Le hurlement que poussa Marie-Josephte resterait gravé dans l'esprit de Faustin jusqu'à la fin de ses jours. Elle rugit littéralement en étendant ses bras en croix et en projetant de chaque main d'énormes sphères de feu qui s'abattirent sur deux membres du groupe restés à l'écart. Sans se soucier de leurs atroces gémissements d'agonie, la Corriveau hurla encore, les mains dressées vers le ciel, des flammes jaillissant du sol sous les pieds de Dame Sewell et d'Elizabeth, dont la chair fondit comme la cire d'une chandelle.

À peine entendit-on les bruissements d'ailes des autres membres du Stigma qui s'éparpillèrent entre les arbres ou le bruit de course de ceux qui fuyaient sans pouvoir s'envoler. Seule la lynx resta un instant pour contempler la scène avant de fuir à son tour.

Un silence de mort tomba sur la clairière. L'odeur âcre de la chair brûlée saturait l'air chargé de fumée. Marie-Josephte n'avait pas cessé de marcher. Ses cheveux brillaient de leur nouvelle couleur d'ivoire. Son visage parcheminé était constellé de taches de vieillesse. Son corps devait avoir plus de quatre-vingt-dix ans. Pourtant elle poursuivait la même inexorable avancée vers l'Étranger, qui n'était plus qu'à quelques pieds d'elle.

— Te voilà seul, toi aussi, murmura-t-elle quand elle fut juste devant lui.

— Marie-Josephte, tu ne vas pas, tu ne *peux* pas… bafouilla l'Étranger, chez qui la haine rivalisait avec la terreur.

— Menteur… chuchota-t-elle doucement avant d'amorcer avec la douceur d'une berceuse : *Fiera ka el-cipher, materos kahd-tizel shaz…*

— Marie-Jo, je t'ai laissée épouser l'homme que tu souhaitais…

— *…sedah kirsiten da el shiza kahisten…*

— Je t'ai donné un fils…

— *…eda naster tihitern shad mazer ibn sachem…*

— Marie-Josephte…

— *…dozish ibn salima.*

D'une sombre beauté, ses traits empreints d'orgueil aristocratique, l'Étranger inclina la tête avec résignation. Le diagramme sanguinolent de la Corriveau brilla d'une vive lumière. Un symbole identique apparut sur le sol, juste sous les pieds de l'homme qui avait vécu des siècles. Son effigie se dissipa doucement avant d'exploser dans un torrent de lumière rouge.

◆

Dans l'obscurité de la nuit de mars, la lueur rougeoyante fut visible de très loin et plusieurs habitants de Pointe-Lévy la remarquèrent. La plupart haussèrent les épaules en croyant à un feu de grange. Mais d'autres avaient la mémoire plus longue. Il y avait de cela très longtemps, les vieux racontaient que l'île d'Orléans s'illuminait la nuit sous les lueurs infernales des messes noires. Ce soir-là, les vieillards qui aperçurent l'île se souvinrent de l'ancienne légende qu'ils avaient entendue étant enfant. Certains en profitèrent pour la raconter à leur maisonnée, d'autres s'en abstinrent. Mais aucun, parmi lcs aïeux témoins du phénomène, ne trouva le sommeil au cours de cette nuit.

Et aucun ne vit, quelque part dans une clairière de l'île d'Orléans, le corps de Rose Latulipe, possédé par l'esprit de la Corriveau, s'effondrer sur le sol en subissant d'un coup plus de vieillissement qu'un métabolisme humain n'est capable d'en supporter.

À deux pas de son fils, Marie-Josephte mourut pour la seconde fois.

ÉPILOGUE

— C'était un sortilège de bannissement, expliquait Otjiera. Pour le tuer, il lui aurait fallu s'en prendre à son corps physique. Ta mère a réussi ce que le curé Lamare avait tenté.

Le wigwam était chargé d'effluves de bois brûlé, de tabac et de sauge. Assis sur une épaisse peau de caribou, Faustin écoutait le vieil Indien commenter le récit des événements de la veille.

Baptiste, endormi sur une couche, ronflait bruyamment. Il s'en remettrait, avait confirmé Otjiera. Il raterait la drave de ce printemps, mais serait sur pied pour la prochaine montée au chantier. Il s'en était fallu de peu, cependant, qu'il ne succombe à la perte de sang. Les rituels de guérison d'Otjiera avaient été longs et épuisants pour le vieux chamane.

— Et pour la Cor… la mère de Faustin ? demanda François entre deux gorgées d'une infusion de cèdre blanc.

Lui aussi se remettait de son épreuve. Il s'était éveillé peu après la disparition de l'Étranger. Il avait déliré pendant plusieurs minutes, puis était resté confus pendant quelques heures. Il avait à présent recouvré ses pleines facultés mentales, comme il le prouva en assistant le Premier Danseur dans les dernières phases de soins pour le bûcheron.

— Son âme a quitté le corps d'emprunt pour l'outremonde. Elle s'en est allée à l'endroit qui était sa demeure depuis près d'un siècle. Quant à savoir si elle repose en paix, qui sait ?

— J'en suis persuadé, dit posément Faustin.

Il jeta un coup d'œil à l'extérieur de la tente. Sur un petit toboggan était ficelé un précieux chargement couvert d'une épaisse couverture. La dépouille de Rose, qui était aussi celle de Marie-Josephte. Faustin avait décidé de l'ensevelir aux côtés de son oncle adoptif.

— Bien entendu, nous l'espérons tous, acquiesça Otjiera avec un sourire bienveillant.

— Je ne l'espère pas, grand maître. Je le *sais*.

À la suite de son contact mental avec sa mère, Faustin s'était découvert une sensibilité qu'il ne se serait pas soupçonnée pour le monde des défunts. Il avait acquis certaines certitudes quant à son oncle, à sa mère, et même à ses sœurs. Il lui suffisait d'évoquer leur souvenir pour ressentir tout de suite une sorte de communion intime qui l'assurait de leur sérénité. Otjiera nommait cela un *écho*. L'esprit de Faustin devait s'être ouvert à la suite de ses expériences successives : le feu follet, les visions de sa mère, la divination temporelle, le contact avec un autre esprit…

— Pour ce qui est de l'Étranger, toutefois, il peut resurgir n'importe quand, remarqua François.

— En effet. Si Gamache et Nadjaw ont survécu, ils ne devraient guère tarder à lui retirer ses entraves. S'ils ont toutefois la force nécessaire pour dissiper le sceau de la mère de Faustin.

— *Siawa'si,* marmonna Shaor'i, le regard perdu dans les braises.

D'eux quatre, c'est elle qui avait le plus de mal à se remettre de son épreuve. Un profond sentiment d'échec se lisait sur chaque trait de son visage. Elle avait passé la journée entière à l'extérieur sous l'apparence de harfang. Quand elle était revenue, tous constatèrent que ses yeux avaient pris une surprenante couleur dorée. Pourtant, cet empiétement de sa forme animale sur sa forme humaine ne semblait pas l'inquiéter outre mesure.

— De toute façon, Gamache ne sera pas en état de refaire une tentative avant longtemps, affirma François.

— Nous aurons un œil sur le manoir des Sewell, s'engagea Otjiera. Si l'Étranger venait à réapparaître, nous devrons être préparés, cette fois.

— Et c'est les p'tits qui devront s'en charger ? demanda la voix grave de Baptiste en surprenant tout le monde.

Le bûcheron était toujours allongé mais s'était tourné sur le côté, la tête appuyée sur son bras.

— Tu es éveillé, mon ami, fit en souriant Otjiera. Comment te sens-tu ?

— Dame ! Bin mieux… Mais réponds à ma question, vieux chafouin.

Otjiera eut un rire léger avant de parler :

— Pas seulement eux. J'entrerai en contact avec ce fameux curé Bélanger du Mont à l'Oiseau. Il faudra établir une surveillance étroite.

Faustin s'étira en faisant craquer ses articulations.

— Il va faire jour dans une heure. Je devrais arriver à Notre-Dame des Tempérances à temps pour déjeuner avec Madeleine.

— *Me' gatu gisgug alugwiaq,* lui lança Shaor'i.

— Le temps s'couvre, y va mouiller, traduisit Baptiste.

— Bah, lança Faustin en sortant du wigwam. Il peut toujours pleuvoir, je ne suis pas en sucre…

Il inspira profondément l'air matinal avant d'ajouter:

— Et c'est dimanche. Madeleine va sûrement faire du pain doré.

— Ah ça, lui jeta Baptiste de l'intérieur de la tente, c'est bin assez pour faire mouver un homme sur cent lieues.

La neige avait suffisamment fondu au cours des derniers jours pour que le retour soit plus facile que l'aller, lorsqu'il était venu guidé par Shaor'i, il y avait une éternité de cela. Les énormes ramures des pins de la Pinède en avaient tout de même préservé assez pour que le toboggan où reposait la dépouille de sa mère puisse glisser convenablement.

François vint rejoindre Faustin à l'extérieur alors que celui-ci achevait de préparer son paquetage. Il se tint longtemps à ses côtés sans dire un mot. Finalement, ce fut Faustin qui rompit le silence:

— Si tu changes d'idée, on te confiera probablement la cure de Notre-Dame des Tempérances. Toute la paroisse en sera ravie, moi le premier.

— Tu sais que je ne serais pas un bon curé, Faustin. Pas au sens où ton oncle l'était.

— Et quand reviendras-tu, alors?

— Dur à dire. Il y a tant de livres à étudier dans les catacombes de l'île d'Orléans. Je veux être à même de ressusciter le Collège d'Albert le Grand. Le curé Bélanger m'aidera, j'en suis certain.

— Bien sûr. Les jours où il ne sera pas soûl.

— Et toi, tu es sûr que tu ne veux pas venir avec moi ?

— Bof, moi, les bouquins poussiéreux…

— Otjiera affirme que tu as un talent pour le spiritisme. Que les derniers jours ont éveillé en toi un potentiel latent. Tu ne penses pas qu'il vaudrait mieux étudier la chose ?

— Un jour, peut-être. J'ai tout mon temps, tu sais.

— C'est le cas de le dire, quand on parle de toi, concéda François, mal à l'aise.

Manifestement, le vicaire avait de la difficulté à s'habituer aux récentes révélations sur son ami. Sa filiation avec la Corriveau et l'Étranger, sa longévité stupéfiante… Sans se préoccuper du trouble de François, Faustin passa son sac à dos en travers de ses épaules et noua la courroie du toboggan à sa ceinture. Il avança de quelques pas pour s'assurer de son confort. François l'arrêta juste avant qu'il ne parte :

— Faustin… fit-il d'une voix hésitante.

— Oui ?

— Tu lui en veux, à ton oncle ? De t'avoir caché la vérité, je veux dire…

— Tu me l'as déjà expliqué, François. Je suis un garçon de village et mon oncle en tirait plus de joie que de m'imaginer arcaniste. Il a voulu me donner la vie dont il aurait rêvé. Qui pourrait l'en blâmer ?

François eut un soupir de soulagement. Cette question semblait lui peser depuis longtemps.

— Tu as beaucoup vieilli, ces derniers temps, Faustin.

— Quelle étrange chose à me dire.

— Tu as mûri, alors. Tu sembles si… serein. Et hier tu découvrais être le fils d'une femme morte depuis un siècle.

— Ç'a été horrible, tu sais. Mais c'était hier. J'ai beaucoup réfléchi, depuis.

— Oui, je vois ça. Et j'en suis heureux. Je ne sais pas où tout ça te mènera, mais je te souhaite bonne route, mon ami, déclara François en posant une main sur son épaule.

— À toi aussi, grand frère, répondit Faustin en lui donnant une accolade. Tâche de passer au presbytère bientôt, ajouta-t-il en lui tapant le dos.

— Je n'y manquerai pas. Dis bonjour à Madeleine de ma part.

— Promis.

Faustin s'écarta de celui qui, avec Madeleine, formait sa seule famille. Sans ajouter un mot, il se détourna et s'éloigna. Le sifflement du toboggan qui glissait sur la neige sale et le chuintement de ses bottes sur le sol détrempé devinrent les seuls sons audibles. Il distança lentement le village nomade des Wendat et bientôt les petites tentes ne furent plus que de vagues taches à peine perceptibles quand il se retourna une dernière fois.

La pluie commença à tomber tout doucement, un petit murmure qui effleurait les arbres. Les premiers bourgeons étaient sortis, indifférents au fait qu'on était encore au début de mars. Quand, plusieurs heures plus tard, Faustin aperçut le clocher de l'église à travers le voile de pluie, il sentit son cœur faire un bond.

« Je rentre chez nous, mon oncle », murmura-t-il pour lui-même, la gorge serrée par l'émotion.

Et dans un coin de son esprit, un écho à peine perceptible l'effleura d'une onde de bien-être.

NOTES DE L'AUTEUR

Créer une *fantasy* québécoise, plus encore lorsque l'on choisit un siècle aussi proche que le XIXe, est un défi stimulant requérant de bonnes recherches. Je voulais une histoire qui *aurait pu* se passer, malgré l'intégration de sorcellerie, de créatures mythiques et d'autres éléments fantastiques. J'ai fait de mon mieux pour éliminer tous les anachronismes et respecter la stricte vérité historique quand cela ne nuisait pas à l'histoire.

Je me suis donc efforcé de décrire la magie comme une science exacte, obéissant aux lois de la physique, de la chimie et des mathématiques. Si on ne la retrouve plus de nos jours, c'est qu'elle est tombée dans l'oubli et que les textes qui en font mention ont été détruits. *L'Ensorceleuse* ne se passe pas dans un « Québec alternatif »; il s'agit de notre monde, à une époque où cette science n'était pas encore oubliée.

Pour rester aussi près que possible de la réalité, j'ai intégré au récit un maximum de personnages historiques plutôt que d'en inventer des fictifs. La plus connue de tous, *Marie-Josephte Corriveau*, fut accusée d'avoir tué ses deux maris. Les documents légaux affirment qu'elle a été exécutée avant d'être exposée dans une cage de fer, ce qui est presque certain; néanmoins, la tradition orale dit qu'en dépit de la décision de la cour, elle y fut enfermée vivante. Par exemple, en 1966, dans sa chanson *La Corriveau*, Gilles Vigneault chanta :

> *Dans les barreaux d'une cage en fer*
> *Mise vivante et pendue en l'air*
> *La Corriveau devait expier*
> *De faim et de froid devait expirer*

Qu'elle fût vive ou non, la violence du châtiment décidé par le nouveau gouvernement anglais marquera tant l'imaginaire collectif que les contes populaires feront de la Corriveau une sorcière qui, traînant sa cage, harcèle les voyageurs pour que ceux-ci la transportent au sabbat. La cage de la Corriveau sera réellement déterrée en 1849 et Louis Fréchette témoigne de cette anecdote dans sa nouvelle *Une Relique*.

Louis-Olivier Gamache a vraiment existé. Surnommé le « sorcier de l'île d'Anticosti », il fait partie des héros populaires de la région. Une baie porte son nom, la baie de Gamache. *Joseph Légaré* fut un peintre paysagiste québécois, qui immortalisa par ses toiles les grands drames dont il fut témoin. Patriote durant la Rébellion, il deviendra un député influent et fondera la Société Saint-Jean-Baptiste. *William Sewell* est issu d'une famille ayant fui la guerre américaine et devient shérif après s'être établi à Québec. *James Ferrier*, riche marchand montréalais, fut le quatrième maire de Montréal et le principal créancier du propriétaire des Vieilles Forges du Saint-Maurice en 1849. Le *Docteur Lindienne* a aussi existé et a été pendu pour meurtre à la prison de Québec. On a réellement découvert plusieurs cadavres sous les fondations de sa maison. Son neveu, *Simon Lanigan*, est une invention. L'homme à qui j'ai attribué la chute de l'Ordre Théurgique, *Jean-Jacques Lartigue*, fut réellement l'évêque de Montréal et prit le parti des Britanniques durant la rébellion des Patriotes. De nombreux curés de paroisse s'opposèrent à lui, notamment *Étienne Chartier*.

Quand la vérité historique ne suffisait pas, j'ai utilisé des personnages issus de contes traditionnels qui ne sont, au fond, qu'une autre forme de vérité. Tous ces contes ont été écrits il y a plus de cent ans et ont permis à nos légendes de survivre jusqu'à nous. *Rose Latulipe* est l'héroïne de plusieurs contes traditionnels tels « Le Diable beau danseur » ou « La légende du monsieur en noir ». Cette jeune femme aurait été enlevée par le Diable pour avoir dansé avec lui passé minuit. Elle est sauvée de justesse par le curé de la paroisse, alerté par une vision prophétique. J'ai pris ici une petite licence, car les contes de Rose la campent généralement bien avant 1849. Le *curé Bélanger* est inspiré de la nouvelle de Fréchette « Le Revenant de Gentilly ». Le marin *Giuliano* s'inspire du conte *Le Neptune*, seul cas répertorié, prétend son auteur, d'autocombustion spontanée en Amérique. *Joachim Crête* et *Hubert Sauvageau* proviennent tous deux du conte de Fréchette « Le Loup-Garou » ; encore une licence, car cette histoire est censée se dérouler à Beauséjour. L'apprenti de Gamache, *Thomas Plante*, est tiré du conte « L'Enfant mystérieux » de Wenceslas-Eugène Dick.

Pour ce qui est de *Jean-Pierre Lavallée*, il se rattache à la légende du *Sorcier de l'île d'Orléans*, parfois nommé « Sorcier du Fort ». Il est notamment cité dans *The Atlantic Monthly* de 1882, dans l'article « The Folk Lore of Lower Canada », par Edward Farrer. On lui attribue de nombreux prodiges tels que la destruction de l'escadre de Walker, la découverte de nourriture durant une famine ou l'assistance à la construction des fortifications de Québec.

Les arcanistes amérindiens m'ont tous été décrits par la même conteuse. *Otjiera* aurait été l'un des plus puissants chamanes à avoir vécu ; *Nadjaw* ou *Adija* serait le nom d'une femme revêtant la peau d'un lynx pour parcourir la forêt ; *Shaor'i* ou *Saoji* est le nom de Celle-Qui-Chasse-La-Nuit, pouvant assumer la forme d'un hibou, d'un harfang ou d'une chouette. Sur le plan historique, j'ai pris deux licences majeures : la première en élaborant un village nomade wendat en plein XIXe siècle, la seconde en supposant que les Premières Nations auraient fréquenté avec une certaine assiduité l'île d'Orléans, ce qui ne semble pas avoir été le cas.

Si la plupart des gens considèrent que *Jos Violon* est un personnage fictif, Fréchette affirme dans ses *Mémoires Intimes* l'avoir réellement connu. Il en va de même pour *Baptiste Lachapelle*. Il est longuement décrit dans le conte « Une complainte » et Fréchette prétend l'avoir rencontré personnellement. *François Gauthier* est inspiré d'un conte, « Le Prêtre alchimiste », où le héros principal porte le nom de « vicaire François Gauthier ». J'ai entendu ce conte de la bouche de deux conteurs différents, sans pouvoir en découvrir l'origine. *L'Étranger*, bien entendu, est inspiré du Diable dans nos légendes anciennes. *Faustin Lamare* est un personnage de ma plus complète invention.

Notre-Dame des Tempérances est un village fictif. *Pointe-Lévy* est l'ancien nom d'une partie de la ville de Lévis, bien entendu. Le *Collège d'Albert le Grand* est une invention, mais le *Mont à l'Oiseau*, ou montagne de l'Oiseau, existe réellement et avait jadis la sinistre réputation que j'ai décrite. Le Sanctuaire amérindien est fictif, mais les *komkwejwika'sikl* sont réels. Plusieurs théories, des plus plausibles aux plus farfelues, cherchent encore à en exprimer l'origine (et mon explication est loin d'être la plus étrange).

Les *mah oumet* sont inspirés des contes « Les lutins » de Fréchette, « Ikès le jongleur » de Taché et d'une légende que j'ai entendue de plusieurs gens âgés à La Tuque. Leur fameux tunnel aurait été détruit, m'a-t-on affirmé, lors du grand tremblement de terre du 25 novembre 1988. La bête à grand'queue provient du conte éponyme de Beaugrand.

Le *manoir des Sewell* existe encore aujourd'hui, désormais un hôtel du nom de Manoir d'Auteuil. L'*église Saint-Laurent* dont il est fait mention dans ce livre sera démolie quelques années après 1849 et n'est pas celle qui subsiste aujourd'hui.

Les chansons de Baptiste Lachapelle sont de vrais chants du XIXe siècle que j'ai dénichés au fil des archives, notamment dans l'imposant ouvrage de Marius Barbeau.

De nombreux spécialistes et érudits m'ont offert une aide inestimable. Un merci tout spécial au docteur D. Gagnon pour ses précieuses indications; à madame L. Gignac pour m'avoir initié aux contes amérindiens et avoir traduit quelques phrases du français au micmac; à J.-Y. Dupuis pour son titanesque travail informatique visant notre littérature traditionnelle. Le docteur A. Fortier de l'île d'Orléans fut une véritable mine d'or, de même qu'un nombre incalculable de conteurs et conteuses, dont R. Lefebvre, professeur d'histoire, et J. Beauchamp de la communauté d'échange folklorique *Les Guimbardeux*. Les éventuelles erreurs ou anachronismes ne sont imputables qu'à moi.

◆

D'un point de vue plus personnel, je dois d'abord remercier monsieur Pettigrew pour avoir eu la générosité de me donner la chance de tenter mes premiers pas en écriture professionnelle.

Merci aussi à Francine Pelletier pour ses pertinentes annotations dans mon manuscrit et ses propos rassurants au moment où l'insécurité m'assaillait. Il y aurait tout un roman à écrire sur ce que je lui dois, tant sur le plan professionnel que sur le plan personnel. Peu de gens connaîtront l'immense plaisir de travailler avec une idole de jeunesse admirée depuis vingt ans et de voir cette relation se muer en une profonde affection réciproque. De tout ce qu'a engendré et engendrera l'écriture de *L'Ensorceleuse*, je pense qu'il s'agit, et de loin, de la chose la plus merveilleuse qui me soit arrivée – assez pour me donner envie de croire à la magie !

Merci à Mariane Cayer, alias Prospéryne, qui est arrivée juste à temps dans ma vie pour m'inspirer d'ultimes modifications sur le personnage de Shaor'i, pour me faire découvrir l'univers littéraire québécois lors d'un mémorable salon du livre... et pour me botter le derrière aux moments où je manquais de confiance en moi.

Merci à Nathalie, Maxime et Érick. Sans leurs encouragements et leur soutien, jamais je n'aurais trouvé le courage de proposer l'un de mes manuscrits à un éditeur. Leur dédier mon premier roman à être publié est bien peu pour les remercier de tout ce qu'ils ont fait pour moi.

Merci à madame Corriveau (où que vous soyez, qui que vous soyez) qui s'est trouvée à m'offrir, par une étrange série de hasards, un magnifique recueil de contes québécois, lequel est à la source de cette histoire.

Mes derniers mots sont réservés pour un merci tout spécial à Denise Deschesne, qui n'a jamais cessé de m'encourager à écrire depuis tellement d'années et qui m'a tant supporté tout au long du processus. Que ce soit en écoutant mes fantaisies d'enfant, en commentant mes dessins d'adolescent ou en prêtant l'oreille à mes ambitions d'adulte, jamais elle n'a douté une seule seconde que je parviendrais un jour à devenir auteur, ce que je n'aurais pas pu réussir sans elle.

SÉBASTIEN CHARTRAND...

... est né en 1983 et réside dans un petit village en Mauricie. Il a découvert la science-fiction et la fantasy vers l'âge de neuf ans avec les œuvres de Francine Pelletier et de Joël Champetier. Il a étudié la biologie moléculaire et s'est intéressé à l'histoire de l'art, à la philosophie et à l'histoire avant de s'orienter définitivement vers l'enseignement. Outre ses études, il pratique la photographie artistique, se passionne pour la mycologie, la paléontologie et la musique classique, en plus d'être grand amateur (et humble pratiquant) de fine cuisine du terroir... *L'Ensorceleuse de Pointe-Lévy* est son premier roman publié.

EXTRAIT DU CATALOGUE

Collection « Romans » / Collection « Nouvelles »